U0083047

比较文学与世界文学研究丛书

主编 曹顺庆

初编 第3册

东方诗话学（上）

蔡镇楚 著

花木兰文化事业有限公司

国家图书馆出版品预行编目资料

东方诗话学（上）／蔡镇楚 著 -- 初版 -- 新北市：花木兰文化事业有限公司，2022〔民111〕

目 4+220 面；19×26 公分

（比较文学与世界文学研究丛书 初编 第3册）

ISBN 978-986-518-709-5（精装）

1.CST：诗话 2.CST：东方文学

810.8　　110022059

比较文学与世界文学研究丛书

初编 第三册　　ISBN：978-986-518-709-5

东方诗话学（上）

作　　者 蔡镇楚
主　　编 曹顺庆
企　　划 四川大学双一流学科暨比较文学研究基地
总 编 辑 杜洁祥
副总编辑 杨嘉乐
编辑主任 许郁翎
编　　辑 张雅淋、潘玟静、刘子瑄　美术编辑 陈逸婷
出　　版 花木兰文化事业有限公司
发 行 人 高小娟
联络地址 台湾 235 新北市中和区中安街七二号十三楼
　　　　 电话：02-2923-1455 ／传真：02-2923-1452
网　　址 http://www.huamulan.tw 信箱 service@huamulans.com
印　　刷 普罗文化出版广告事业
初　　版 2022 年 3 月
定　　价 初编 28 册（精装）台币 76,000 元

东方诗话学（上）

蔡镇楚 著

作者简介

蔡镇楚，号石竹山人，湖南师范大学资深教授，古代文学原省级重点学科带头人，文艺学博士点“文化批评与文化产业”方向导师。1992 年“《诗话学》研究生学位课程建设”，获全国普通高校首届优秀教学成果二等奖，1996 年与中韩日等国专家创建“国际东方诗话学会”，2018 年获“创会元老奖”。曾受教于钱钟书先生，衣钵相传，著作等身，代表作有《中国诗话史》《诗话学》《比较诗话学》《中国文学批评史》《茶美学》《湖南人的精神》等。

提　　要

本书纵论东方诗话学，凡十八章，以拙著《中国诗话史》、《诗话学》、《比较诗话学》为基础，吸收中韩日等国东方诗话研究新成果，立足于东方诗话学理论范畴与话语体系的总体研究，以中国诗话、朝韩诗话、日本诗话为代表的东方诗话为研究对象，以印度梵语诗学、阿拉伯等伊斯兰诗学及其中国穆斯林诗学与亚里士多德为代表的西方诗学为参照系，旨在构建东方诗话学的审美范畴与话语体系，乃是对 20 世纪以来东方诗话研究的阶段性总结与理论升华。

東方詩話學

比较文学的中国路径

曹顺庆

自德国作家歌德提出“世界文学”观念以来，比较文学已经走过近二百年。比较文学研究也历经欧洲阶段、美洲阶段而至亚洲阶段，并在每一阶段都形成了独具特色学科理论体系、研究方法、研究范围及研究对象。中国比较文学研究面对东西文明之间不断加深的交流和碰撞现况，立足中国之本，辩证吸纳四方之学，而有了如今欣欣向荣之景象，这套丛书可以说是应运而生。本丛书尝试以开放性、包容性分批出版中国比较文学学者研究成果，以观中国比较文学学术脉络、学术理念、学术话语、学术目标之概貌。

一、百年比较文学争讼之端——比较文学的定义

什么是比较文学？常识告诉我们：比较文学就是文学比较。然而当今中国比较文学教学实际情况却并非完全如此。长期以来，中国学术界对“什么是比较文学？”却一直说不清，道不明。这一最基本的问题，几乎成为学术界纠缠不清、莫衷一是的陷阱，存在着各种不同的看法。其中一些看法严重误导了广大学生！如果不辨析这些严重误导了广大学生的观点，是不负责任、问心有愧的。恰如《文心雕龙·序志》说”岂好辩哉，不得已也“，因此我不得不辩。

其中一个极为容易误导学生的说法，就是“比较文学不是文学比较“。目前，一些教科书郑重其事地指出：比较文学不是文学比较。认为把“比较”与“文学”联系在一起，很容易被人们理解为用比较的方法进行文学研究的意思。并进一步强调，比较文学并不等于文学比较，并非任何运用比较方法来进行的比较研究都是比较文学。这种误导学生的说法几乎成为一个定论，

一个基本常识，其实，这个看法是不完全准确的。

让我们来看看一些具体例证，请注意，我列举的例证，对事不对人，因而不提及具体的人名与书名，请大家理解。在 Y 教授主编的教材中，专门设有一节以“比较文学不是文学比较”为题的内容，其中指出“比较文学界面临的最大的困惑就是把‘比较文学’误读为‘文学比较’”，在高等院校进行比较文学课程教学时需要重点强调“比较文学不是文学比较”。W 教授主编的教材也称“比较文学不是文学的比较”，因为“不是所有用比较的方法来研究文学现象的都是比较文学”。L 教授在其所著教材专门谈到“比较文学不等于文学比较”，因为，“比较”已经远远超出了一般方法论的意义，而具有了跨国家与民族、跨学科的学科性质，认为将比较文学等同于文学比较是以偏概全的。”J 教授在其主编的教材中指出，“比较文学并不等于文学比较”，并以美国学派雷马克的比较文学定义为根据，论证比较文学的“比较”是有前提的，只有在地域观念上跨越打通国家的界限，在学科领域上跨越打通文学与其他学科的界限，进行的比较研究才是比较文学。在 W 教授主编的教材中，作者认为，“若把比较文学精神看作比较精神的话，就是犯了望文生义的错误，一百余年来，比较文学这个名称是名不副实的。”

从列举的以上教材我们可以看出，首先，它们在当下都仍然坚持“比较文学不是文学比较”这一并不完全符合整个比较文学学科发展事实的观点。如果认为一百余年来，比较文学这个名称是名不副实的，所有的比较文学都不是文学比较，那是大错特错！其次，值得注意的是，这些教材在相关叙述中各自的侧重点还并不相同，存在着不同程度、不同方面的分歧。这样一来，错误的观点下多样的谬误解释，加剧了学习者对比较文学学科性质的错误把握，使得学习者对比较文学的理解愈发困惑，十分不利于比较文学方法论的学习、也不利于比较文学学科的传承和发展。当今中国比较文学教材之所以普遍出现以上强作解释，不完全准确的教科书观点，根本原因还是没有仔细研究比较文学学科不同阶段之史实，甚至是根本不清楚比较文学不同阶段的学科史实的体现。

实际上，早期的比较文学“名”与“实”的确不相符合，这主要是指法国学派的学科理论，但是并不包括以后的美国学派及中国学派的学科理论，如果把所有阶段的学科理论一锅煮，是不妥当的。下面，我们就从比较文学学科发展的史实来论证这个问题。“比较文学不是文学比较”“comparative literature is not literary comparison”，只是法国学派提出的比较文学口号，只是法国学派一派的主张，而不是整个比较文学学科的基本特征。我们不能够把这个阶段性的比较文学口号扩大化，甚至让其突破时空，用于描述比较文学所有的阶段和学派，更不能够使其“放之四海而皆准”。

法国学派提出“比较文学不是文学比较”，这个“比较”（comparison）是他们坚决反对的！为什么呢，因为他们要的不是文学“比较”（literary comparison），而是文学“关系”（literary relationship），具体而言，他们主张比较文学是实证的国际文学关系，是不同国家文学的影响关系，influences of different literatures，而不是文学比较。

法国学派为什么要反对“比较”（comparison），这与比较文学第一次危机密切相关。比较文学刚刚在欧洲兴起时，难免泥沙俱下，乱比的情形不断出现，暴露了多种隐患和弊端，于是，其合法性遭到了学者们的质疑：究竟比较文学的科学性何在？意大利著名美学大师克罗齐认为，“比较”（comparison）是各个学科都可以应用的方法，所以，“比较”不能成为独立学科的基石。学术界对于比较文学公然的质疑与挑战，引起了欧洲比较文学学者的震撼，到底比较文学如何“比较”才能够避免“乱比”？如何才是科学的比较？

难能可贵的是，法国学者对于比较文学学科的科学性进行了深刻的的反思和探索，并提出了具体的应对的方法：法国学派采取壮士断臂的方式，砍掉“比较”（comparison），提出比较文学不是文学比较（comparative literature is not literary comparison），或者说砍掉了没有影响关系的平行比较，总结出了只注重文学关系（literary relationship）的影响（influences）研究方法论。法国学派的创建者之一基亚指出，比较文学并不是比较。比较不过是一门名字没取好的学科所运用的一种方法……企图对它的性质下一个严格的定义可能是徒劳的。基亚认为：比较文学不是平行比较，而仅仅是文学关系史。以“文学关系”为比较文学研究的正宗。为什么法国学派要反对比较？或者说为什么法国学派要提出“比较文学不是文学比较”，因为法国学派认为”比较“（comparison）实际上是乱比的根源，或者说“比较”是没有可比性的。正如巴登斯佩哲指出：“仅仅对两个不同的对象同时看上一眼就作比较，仅仅靠记忆和印象的拼凑，靠一些主观臆想把可能游移不定的东西扯在一起来找点类似点，这样的比较决不可能产生论证的明晰性”。所以必须抛弃“比较”。只承认基于科学的历史实证主义之上的文学影响关系研究（based on scientificity and positivism and literary influences.)。法国学派的代表学者卡雷指出：比较文学是实证性的关系研究："比较文学是文学史的一个分支：它研究拜伦与普希金、歌德与卡莱尔、瓦尔特·司各特与维尼之间，在属于一种以上文学背景的不同作品、不同构思以及不同作家的生平之间所曾存在过的跨国度的精神交往与实际联系。"正因为法国学者善于独辟蹊径，敢于提出"比较文学不是文学比较"，甚至完全抛弃比较（comparison），以防止"乱比"，才形成了一套建立在"科学"实证性为基础的、以影响关系为特征的"不比较"的比较文学学科理论体系，这终于挡住了克罗齐等人对比较文学"乱比"的批判，形成了以"科学"实证为特征的文学影响关系研究，确立了法国学派的学科理论和一整套方法论体系。当然，法国学派悍然砍掉比较研究，又不放弃"比较文学"这个名称，于是不可避免地出现了比较文学名不副实的尴尬现象，出现了打着比较文学名号，而又不比较的法国学派学科理论，这才是问题的关键。

当然，法国学派提出"比较文学不是文学比较"，只注重实证关系而不注重文学比较和文学审美，必然会引起比较文学的危机。这一危机终于由美国著名比较文学家韦勒克（René Wellek）在1958年国际比较文学协会第二次大会上明确揭示出来了。在这届年会上，韦勒克作了题为《比较文学的危机》的挑战性发言，对"不比较"的法国学派进行了猛烈批判，宣告了倡导平行比较和注重文学审美的比较文学美国学派的诞生。韦勒克作了题为《比较文学的危机》的挑战性发言，对当时一统天下的法国学派进行了猛烈批判，宣告了比较文学美国学派的诞生。韦勒克说："我认为，内容和方法之间的人为界线，渊源和影响的机械主义概念，以及尽管是十分慷慨的但仍属文化民族主义的动机，是比较文学研究中持久危机的症状。"韦勒克指出："比较也不能仅仅局限在历史上的事实联系中，正如最近语言学家的经验向文学研究者表明的那样，比较的价值既存在于事实联系的影响研究中，也存在于毫无历史关系的语言现象或类型的平等对比中。"很明显，韦勒克提出了比较文学就是要比较（comparison），就是要恢复巴登斯佩哲所讽刺和抛弃的"找点类似点"的平行比较研究。美国著名比较文学家雷马克（Henry Remak）在他的著名论文《比较文学的定义与功用》中深刻地分析了法国学派为什么放弃"比较"（comparison）的原因和本质。他分析说："法国比较文学否定'纯粹'的比较（comparison），它忠实于十九世纪实证主义学术研究的传统，即实证主义所坚持并热切期望的文学研究的'科学性'。按照这种观点，纯粹的类比不会得出任何结论，尤其是不能得出有更大意义的、系统的、概括性的结论。……既然值得尊重的科学必须致力于因果关系的探索，而比较文学必须具有科学性，因此，比较文学应该研究因果关系，即影响、交流、变更等。"雷马克进一步尖锐地指出，"比较文学"不是"影响文学"。只讲影响不要比较的"比较文学"，当然是名不副实的。显然，法国学派抛弃了"比较"（comparison），但是仍然带着一顶"比较文学"的帽子，才造成了比较文学"名"与"实"不相符合，造成比较文学不比较的尴尬，这才是问题的关键。

美国学派最大的贡献，是恢复了被法国学派所抛弃的比较文学应有的本义——"比较"（The American school went back to the original sense of comparative literature ——"comparison"），美国学派提出了标志其学派学科理论体系的平行比较和跨学科比较："比较文学是一国文学与另一国或多国文学的比较，是文学与人类其他表现领域的比较。"显然，自从美国学派倡导比较文学应当比较（comparison）以后，比较文学就不再有名与实不相符合的问题了，我们就不应当再继续笼统地说"比较文学不是文学比较"了，不应当再以"比较文学不是文学比较"来误导学生！更不可以说"一百余年来，比较文学这个名称是名不副实的。"不能够将雷马克的观点也强行解释为"比较文学不是比较"。因为在美国学派看来，比较文学就是要比较（comparison）。比较文学就是要恢复被巴登斯佩哲所讽刺和抛弃的"找点类似点"的平行比较研究。因为平行研究的可比性，正是类同性。正如韦勒克所说，"比较的价值既存在于事实联系的影响研究中，也存在于毫无历史关系的语言现象或类型的平等对比中。"恢复平行比较研究、跨学科研究，形成了以"找点类似点"的平行研究和跨学科研究为特征的比较文学美国学派学科理论和方法论体系。美国学派的学科理论以"类型学"、"比较诗学"、"跨学科比较"为主，并拓展原属于影响研究的"主题学"、"文类学"等领域，大大扩展比较文学研究领域。

二、比较文学的三个阶段

下面，我们从比较文学的三个学科理论阶段，进一步剖析比较文学不同阶段的学科理论特征。现代意义上的比较文学学科发展以"跨越"与"沟通"为目标，形成了类似"层叠"式、"涟漪"式的发展模式，经历了三个重要的学科理论阶段，即：

一、欧洲阶段，比较文学的成形期；二、美洲阶段，比较文学的转型期；三、亚洲阶段，比较文学的拓展期。我们将比较文学三个阶段的发展称之为“涟漪式”结构，实际上是揭示了比较文学学科理论的继承与创新的辩证关系：比较文学学科理论的发展，不是以新的理论否定和取代先前的理论，而是层叠式、累进式地形成“涟漪”式的包容性发展模式，逐步积累推进。比较文学学科理论发展呈现为层叠式、“涟漪”式、包容式的发展模式。我们把这个模式描绘如下：

法国学派主张比较文学是国际文学关系，是不同国家文学的影响关系。形成学科理论第一圈层：比较文学——影响研究；美国学派主张恢复平行比较，形成学科理论第二圈层：比较文学——影响研究＋平行研究＋跨学科研究；中国学派提出跨文明研究和变异研究，形成学科理论第三圈层：比较文学——影响研究＋平行研究＋跨学科研究＋跨文明研究＋变异研究。这三个圈层并不互相排斥和否定，而是继承和包容。我们将比较文学三个阶段的发展称之为层叠式、“涟漪”式、包容式结构，实际上是揭示了比较文学学科理论的继承与创新的辩证关系。

法国学派提出，可比性的第一个立足点是同源性，由关系构成的同源性。同源性主要是针对影响关系研究而言的。法国学派将同源性视作可比性的核心，认为影响研究的可比性是同源性。所谓同源性，指的是通过对不同国家、不同民族和不同语言的文学的文学关系研究，寻求一种有事实联系的同源关系，这种影响的同源关系可以通过直接、具体的材料得以证实。同源性往往建立在一条可追溯关系的三点一线的“影响路线”之上，这条路线由发送者、接受者和传递者三部分构成。如果没有相同的源流，也就不可能有影响关系，也就谈不上可比性，这就是“同源性”。以渊源学、流传学和媒介学作为研究的中心，依靠具体的事实材料在国别文学之间寻求主题、题材、文体、原型、思想渊源等方面的同源影响关系。注重事实性的关联和渊源性的影响，并采用严谨的实证方法，重视对史料的搜集和求证，具有重要的学术价值与学术意义，仍然具有广阔的研究前景。渊源学的例子：杨宪益，《西方十四行诗的渊源》。

比较文学学科理论的第二阶段在美洲，第二阶段是比较文学学科理论的转型期。从 20 世纪 60 年代以来，比较文学研究的主要阵地逐渐从法国转向美国，平行研究的可比性是什么？是类同性。类同性是指是没有文学影响关系的不同国家文学所表现出的相似和契合之处。以类同性为基本立足点的平行研究与影响研究一样都是超出国界的文学研究，但它不涉及影响关系研究的放送、流传、媒介等问题。平行研究强调不同国家的作家、作品、文学现象的类同比较，比较结果是总结出于文学作品的美学价值及文学发展具有规律性的东西。其比较必须具有可比性，这个可比性就是类同性。研究文学中类同的：风格、结构、内容、形式、流派、情节、技巧、手法、情调、形象、主题、文类、文学思潮、文学理论、文学规律。例如钱钟书《通感》认为，中国诗文有一种描写手法，古代批评家和修辞学家似乎都没有拈出。宋祁《玉楼春》词有句名句："红杏枝头春意闹。"这与西方的通感描写手法可以比较。

比较文学的又一次危机：比较文学的死亡

九十年代，欧美学者提出，比较文学作为一门学科已经死亡！最早是英国学者苏珊·巴斯奈特1993年她在《比较文学》一书中提出了比较文学的死亡论，认为比较文学作为一门学科，在某种意义上已经死亡。尔后，美国学者斯皮瓦克写了一部比较文学专著，书名就叫《一个学科的死亡》。为什么比较文学会死亡，斯皮瓦克的书中并没有明确回答！为什么西方学者会提出比较文学死亡论？全世界比较文学界都十分困惑。我们认为，20世纪90年代以来，欧美比较文学继"理论热"之后，又出现了大规模的"文化转向"。脱离了比较文学的基本立场。首先是不比较，即不讲比较文学的可比性问题。西方比较文学研究充斥大量的Culture Studies（文化研究），已经不考虑比较的合理性，不考虑比较文学的可比性问题。第二是不文学，即不关心文学问题。西方学者热衷于文化研究，关注的已经不是文学性，而是精神分析、政治、性别、阶级、结构等等。最根本的原因，是比较文学学科长期囿于西方中心论，有意无意地回避东西方不同文明文学的比较问题，基本上忽略了学科理论的新生长点，比较文学学科理论缺乏创新，严重忽略了比较文学的差异性和变异性。

要克服比较文学的又一次危机，就必须打破西方中心论，克服比较文学学科理论一味求同的比较文学学科理论模式，提出适应当今全球化比较文学研究的新话语。中国学派，正是在此次危机中，提出了比较文学变异学研究，总结出了新的学科理论话语和一套新的方法论。

中国大陆第一部比较文学概论性著作是卢康华、孙景尧所著《比较文学导论》，该书指出："什么是比较文学？现在我们可以借用我国学者季羡林先生的解释来回答了：‘顾名思义，比较文学就是把不同国家的文学拿出来比较，这可以说是狭义的比较文学。广义的比较文学是把文学同其他学科来比较，包括人文科学和社会科学’。”[1]这个定义可以说是美国雷马克定义的翻版。不过，该书又接着指出:“我们认为最精炼易记的还是我国学者钱钟书先生的说法:‘比较文学作为一门专门学科，则专指跨越国界和语言界限的文学比较’。更具体地说，就是把不同国家不同语言的文学现象放在一起进行比较，研究他们在文艺理论、文学思潮，具体作家、作品之间的互相影响。”[2]这个定义似乎更接近法国学派的定义，没有强调平行比较与跨学科比较。紧接该书之后的教材是陈挺的《比较文学简编》，该书仍旧以“广义”与“狭义”来解释比较文学的定义，指出：“我们认为，通常说的比较文学是狭义的，即指超越国家、民族和语言界限的文学研究……广义的比较文学还可以包括文学与其他艺术（音乐、绘画等）与其他意识形态（历史、哲学、政治、宗教等）之间的相互关系的研究。”[3]中国比较文学早期对于比较文学的定义中凸显了很强的不确定性。

由乐黛云主编，高等教育出版社 1988 年的《中西比较文学教程》，则对比较文学定义有了较为深入的认识，该书在详细考查了中外不同的定义之后，该书指出：“比较文学不应受到语言、民族、国家、学科等限制，而要走向一种开放性，力图寻求世界文学发展的共同规律。”[4]“世界文学”概念的纳入极大拓宽了比较文学的内涵，为“跨文化”定义特征的提出做好了铺垫。

随着时间的推移，学界的认识逐步深化。1997 年，陈惇、孙景尧、谢天振主编的《比较文学》提出了自己的定义：“把比较文学看作跨民族、跨语言、跨文化、跨学科的文学研究，更符合比较文学的实质，更能反映现阶段人们对于比较文学的认识。”[5]2000 年北京师范大学出版社出版了《比较文学概论》修订本，提出：“什么是比较文学呢？比较文学是一种开放式的文学研究，它具有宏观的视野和国际的角度，以跨民族、跨语言、跨文化、跨学科界限的各种文学关系为研究对象，在理论和方法上，具有比较的自觉意识和兼容并包的特色。”[6]这是我们目前所看到的国内较有特色的一个定义。

---

1 卢康华、孙景尧著《比较文学导论》，黑龙江人民出版社 1984，第 15 页。
2 卢康华、孙景尧著《比较文学导论》，黑龙江人民出版社 1984 年版。
3 陈挺《比较文学简编》，华东师范大学出版社 1986 年版。
4 乐黛云主编《中西比较文学教程》，高等教育出版社 1988 年版。
5 陈惇、孙景尧、谢天振主编《比较文学》，高等教育出版社 1997 年版。
6 陈惇、刘象愚《比较文学概论》，北京师范大学出版社 2000 年版。

具有代表性的比较文学定义是2002年出版的杨乃乔主编的《比较文学概论》一书，该书的定义如下：“比较文学是以跨民族、跨语言、跨文化与跨学科为比较视域而展开的研究，在学科的成立上以研究主体的比较视域为安身立命的本体，因此强调研究主体的定位，同时比较文学把学科的研究客体定位于民族文学之间与文学及其他学科之间的三种关系：材料事实关系、美学价值关系与学科交叉关系，并在开放与多元的文学研究中追寻体系化的汇通。”[7]方汉文则认为：“比较文学作为文学研究的一个分支学科，它以理解不同文化体系和不同学科间的同一性和差异性的辩证思维为主导，对那些跨越了民族、语言、文化体系和学科界限的文学现象进行比较研究，以寻求人类文学发生和发展的相似性和规律性。”[8]由此而引申出的“跨文化”成为中国比较文学学者对于比较文学定义所做出的历史性贡献。

我在《比较文学教程》中对比较文学定义表述如下：“比较文学是以世界性眼光和胸怀来从事不同国家、不同文明和不同学科之间的跨越式文学比较研究。它主要研究各种跨越中文学的同源性、变异性、类同性、异质性和互补性，以影响研究、变异研究、平行研究、跨学科研究、总体文学研究为基本方法论，其目的在于以世界性眼光来总结文学规律和文学特性，加强世界文学的相互了解与整合，推动世界文学的发展。”[9]在这一定义中，我再次重申“跨国”“跨学科”“跨文明”三大特征，以“变异性”“异质性”突破东西文明之间的“第三堵墙”。

“首在审己，亦必知人”。中国比较文学学者在前人定义的不断论争中反观自身，立足中国经验、学术传统，以中国学者之言为比较文学的危机处境贡献学科转机之道。

三、两岸共建比较文学话语——比较文学中国学派

中国学者对于比较文学定义的不断明确也促成了“比较文学中国学派”的生发。得益于两岸几代学者的垦拓耕耘，这一议题成为近五十年来中国比较文学发展中竖起的最鲜明、最具争议性的一杆大旗，同时也是中国比较文学学科理论研究最有创新性，最亮丽的一道风景线。

7 杨乃乔主编《比较文学概论》，北京大学出版社2002年版。
8 方汉文《比较文学基本原理》，苏州大学出版社2002年版。
9 曹顺庆《比较文学教程》，高等教育出版社2006年版。

比较文学“中国学派”这一概念所蕴含的理论的自觉意识最早出现的时间大约是 20 世纪 70 年代。当时的台湾由于派出学生留洋学习，接触到大量的比较文学学术动态，率先掀起了中外文学比较的热潮。1971 年 7 月在台湾淡江大学召开的第一届“国际比较文学会议”上，朱立元、颜元叔、叶维廉、胡辉恒等学者在会议期间提出了比较文学的“中国学派”这一学术构想。同时，李达三、陈鹏翔（陈慧桦）、古添洪等致力于比较文学中国学派早期的理论催生。如 1976 年，古添洪、陈慧桦出版了台湾比较文学论文集《比较文学的垦拓在台湾》。编者在该书的序言中明确提出：“我们不妨大胆宣言说，这援用西方文学理论与方法并加以考验、调整以用之于中国文学的研究，是比较文学中的中国派”[10]。这是关于比较文学中国学派较早的说明性文字，尽管其中提到的研究方法过于强调西方理论的普世性，而遭到美国和中国大陆比较文学学者的批评和否定；但这毕竟是第一次从定义和研究方法上对中国学派的本质进行了系统论述，具有开拓和启明的作用。后来，陈鹏翔又在台湾《中外文学》杂志上连续发表相关文章，对自己提出的观点作了进一步的阐释和补充。

在“中国学派”刚刚起步之际，美国学者李达三起到了启蒙、催生的作用。李达三于 60 年代来华在台湾任教，为中国比较文学培养了一批朝气蓬勃的生力军。1977 年 10 月，李达三在《中外文学》6 卷 5 期上发表了一篇宣言式的文章《比较文学中国学派》，宣告了比较文学的中国学派的建立，并认为比较文学中国学派旨在“与比较文学中早已定于一尊的西方思想模式分庭抗礼。由于这些观念是源自对中国文学及比较文学有兴趣的学者，我们就将含有这些观念的学者统称为比较文学的‘中国’学派。”并指出中国学派的三个目标：1、在自己本国的文学中，无论是理论方面或实践方面，找出特具“民族性”的东西，加以发扬光大，以充实世界文学；2、推展非西方国家“地区性”的文学运动，同时认为西方文学仅是众多文学表达方式之一而已；3、做一个非西方国家的发言人，同时并不自诩能代表所有其他非西方的国家。李达三后来又撰文对比较文学研究状况进行了分析研究，积极推动中国学派的理论建设。[11]

继中国台湾学者垦拓之功，在 20 世纪 70 年代末复苏的大陆比较文学研

10 古添洪、陈慧桦《比较文学的垦拓在台湾》，台湾东大图书公司 1976 年版。
11 李达三《比较文学研究之新方向》，台湾联经事业出版公司 1978 年版。

究亦积极参与了“比较文学中国学派”的理论建设和学科建设。

季羡林先生 1982 年在《比较文学译文集》的序言中指出：“以我们东方文学基础之雄厚，历史之悠久，我们中国文学在其中更占有独特的地位，只要我们肯努力学习，认真钻研，比较文学中国学派必然能建立起来，而且日益发扬光大”[12]。1983 年 6 月，在天津召开的新中国第一次比较文学学术会议上，朱维之先生作了题为《比较文学中国学派的回顾与展望》的报告，在报告中他旗帜鲜明地说：“比较文学中国学派的形成（不是建立）已经有了长远的源流，前人已经做出了很多成绩，颇具特色，而且兼有法、美、苏学派的特点。因此，中国学派绝不是欧美学派的尾巴或补充”[13]。1984 年，卢康华、孙景尧在《比较文学导论》中对如何建立比较文学中国学派提出了自己的看法，认为应当以马克思主义作为自己的理论基础，以我国的优秀传统与民族特色为立足点与出发点，汲取古今中外一切有用的营养，去努力发展中国的比较文学研究。同年在《中国比较文学》创刊号上，朱维之、方重、唐弢、杨周翰等人认为中国的比较文学研究应该保持不同于西方的民族特点和独立风貌。1985 年，黄宝生发表《建立比较文学的中国学派：读〈中国比较文学〉创刊号》，认为《中国比较文学》创刊号上多篇讨论比较文学中国学派的论文标志着大陆对比较文学中国学派的探讨进入了实际操作阶段。[14]1988 年，远浩一提出“比较文学是跨文化的文学研究”（载《中国比较文学》1988 年第 3 期)。这是对比较文学中国学派在理论特征和方法论体系上的一次前瞻。同年，杨周翰先生发表题为“比较文学：界定‘中国学派’，危机与前提”（载《中国比较文学通讯》1988 年第 2 期），认为东方文学之间的比较研究应当成为“中国学派”的特色。这不仅打破比较文学中的欧洲中心论，而且也是东方比较学者责无旁贷的任务。此外，国内少数民族文学的比较研究，也应该成为“中国学派”的一个组成部分。所以，杨先生认为比较文学中的大量问题和学派问题并不矛盾，相反有助于理论的讨论。1990 年，远浩一发表“关于‘中国学派’”（载《中国比较文学》1990 年第 1 期），进一步推进了“中国学派”的研究。此后直到 20 世纪 90 年代末，中国学者就比较文学中国学派的建立、理论与方法以及相应的学科理论等诸多问题进行了积极而富有成效的探讨。

12 张隆溪《比较文学译文集》，北京大学出版社 1984 年版。
13 朱维之《比较文学论文集》，南开大学出版社 1984 年版。
14 参见《世界文学》1985 年第 5 期。

刘介民、远浩一、孙景尧、谢天振、陈淳、刘象愚、杜卫等人都对这些问题付出过不少努力。《暨南学报》1991 年第 3 期发表了一组笔谈，大家就这个问题提出了意见，认为必须打破比较文学研究中长期存在的法美研究模式，建立比较文学中国学派的任务已经迫在眉睫。王富仁在《学术月刊》1991 年第 4 期上发表“论比较文学的中国学派问题”，论述中国学派兴起的必然性。而后，以谢天振等学者为代表的比较文学研究界展开了对“X+Y”模式的批判。比较文学在大陆复兴之后，一些研究者采取了“X+Y”式的比附研究的模式，在发现了“惊人的相似”之后便万事大吉，而不注意中西巨大的文化差异性，成为了浅度的比附性研究。这种情况的出现，不仅是中国学者对比较文学的理解上出了问题，也是由于法美学派研究理论中长期存在的研究模式的影响，一些学者并没有深思中国与西方文学背后巨大的文明差异性，因而形成“X+Y”的研究模式，这更促使一些学者思考比较文学中国学派的问题。

经过学者们的共同努力，比较文学中国学派一些初步的特征和方法论体系逐渐凸显出来。1995 年，我在《中国比较文学》第 1 期上发表《比较文学中国学派基本理论特征及其方法论体系初探》一文，对比较文学在中国复兴十余年来的发展成果作了总结，并在此基础上总结出中国学派的理论特征和方法论体系，对比较文学中国学派作了全方位的阐述。继该文之后，我又发表了《跨越第三堵‘墙’创建比较文学中国学派理论体系》等系列论文，论述了以跨文化研究为核心的“中国学派”的基本理论特征及其方法论体系。这些学术论文发表之后在国内外比较文学界引起了较大的反响。台湾著名比较文学学者古添洪认为该文“体大思精，可谓已综合了台湾与大陆两地比较文学中国学派的策略与指归，实可作为‘中国学派’在大陆再出发与实践的蓝图”[15]。

在我撰文提出比较文学中国学派的基本特征及方法论体系之后，关于中国学派的论争热潮日益高涨。反对者如前国际比较文学学会会长佛克马（Douwe Fokkema）1987 年在中国比较文学学会第二届学术讨论会上就从所谓的国际观点出发对比较文学中国学派的合法性提出了质疑，并坚定地反对建立比较文学中国学派。来自国际的观点并没有让中国学者失去建立比较文学中国学派的热忱。很快中国学者智量先生就在《文艺理论研究》1988 年第

15 古添洪《中国学派与台湾比较文学界的当前走向》，参见黄维梁编《中国比较文学理论的垦拓》167 页，北京大学出版社 1998 年版。

1 期上发表题为《比较文学在中国》一文，文中援引中国比较文学研究取得的成就，为中国学派辩护，认为中国比较文学研究成绩和特色显著，尤其在研究方法上足以与比较文学研究历史上的其他学派相提并论，建立中国学派只会是一个有益的举动。1991 年，孙景尧先生在《文学评论》第 2 期上发表《为“中国学派”一辩》，孙先生认为佛克马所谓的国际主义观点实质上是“欧洲中心主义”的观点，而“中国学派”的提出，正是为了清除东西方文学与比较文学学科史中形成的“欧洲中心主义”。在 1993 年美国印第安纳大学举行的全美比较文学会议上，李达三仍然坚定地认为建立中国学派是有益的。二十年之后，佛克马教授修正了自己的看法，在 2007 年 4 月的“跨文明对话——国际学术研讨会（成都）”上，佛克马教授公开表示欣赏建立比较文学中国学派的想法[16]。即使学派争议一派繁荣景象，但最终仍旧需要落点于学术创见与成果之上。

比较文学变异学便是中国学派的一个重要理论创获。2005 年，我正式在《比较文学学》[17]中提出比较文学变异学，提出比较文学研究应该从“求同”思维中走出来，从“变异”的角度出发，拓宽比较文学的研究。通过前述的法、美学派学科理论的梳理，我们也可以发现前期比较文学学科是缺乏“变异性”研究的。我便从建构中国比较文学学科理论话语体系入手，立足《周易》的“变异”思想，建构起“比较文学变异学”新话语，力图以中国学者的视角为全世界比较文学学科理论提供一个新视角、新方法和新理论。

比较文学变异学的提出根植于中国哲学的深层内涵，如《周易》之“易之三名”所构建的“变易、简易、不易”三位一体的思辨意蕴与意义生成系统。具体而言，“变易”乃四时更替、五行运转、气象畅通、生生不息；“不易”乃天上地下、君南臣北、纲举目张、尊卑有位；“简易”则是乾以易知、坤以简能、易则易知、简则易从。显然，在这个意义结构系统中，变易强调“变”，不易强调“不变”，简易强调变与不变之间的基本关联。万物有所变，有所不变，且变与不变之间存在简单易从之规律，这是一种思辨式的变异模式，这种变异思维的理论特征就是：天人合一、物我不分、对立转化、整体关联。这是中国古代哲学最重要的认识论，也是与西方哲学所不同的“变异”思想。

16 见《比较文学报》2007 年 5 月 30 日，总第 43 期。
17 曹顺庆《比较文学学》，四川大学出版社 2005 年版。

由哲学思想衍生于学科理论，比较文学变异学是“指对不同国家、不同文明的文学现象在影响交流中呈现出的变异状态的研究，以及对不同国家、不同文明的文学相互阐发中出现的变异状态的研究。通过研究文学现象在影响交流以及相互阐发中呈现的变异，探究比较文学变异的规律。”[18]变异学理论的重点在求“异”的可比性，研究范围包含跨国变异研究、跨语际变异研究、跨文化变异研究、跨文明变异研究、文学的他国化研究等方面。比较文学变异学所发现的文化创新规律、文学创新路径是基于中国所特有的术语、概念和言说体系之上探索出的“中国话语”，作为比较文学第三阶段中国学派的代表性理论已经受到了国际学界的广泛关注与高度评价，中国学术话语产生了世界性影响。

四、国际视野中的中国比较文学

文明之墙让中国比较文学学者所提出的标识性概念获得国际视野的接纳、理解、认同以及运用，经历了跨语言、跨文化、跨文明的多重关卡，国际视野下的中国比较文学书写亦经历了一个从“遍寻无迹”“只言片语”而“专篇专论”，从最初的“话语乌托邦”至“阶段性贡献”的过程。

二十世纪六十年代以来港台学者致力于从课程教学、学术平台、人才培养，国内外学术合作等方面巩固比较文学这一新兴学科的建立基石，如淡江文理学院英文系开设的“比较文学”（1966），香港大学开设的“中西文学关系”（1966）等课程；台湾大学外文系主编出版之《中外文学》月刊、淡江大学出版之《淡江评论》季刊等比较文学研究专刊；后又有台湾比较文学学会（1973 年）、香港比较文学学会（1978）的成立。在这一系列的学术环境构建下，学者前贤以“中国学派”为中国比较文学话语核心在国际比较文学学科理论、方法论中持续探讨，率先启声。例如李达三在 1980 年香港举办的东西方比较文学学术研讨会成果中选取了七篇代表性文章，以 *Chinese-Western Comparative Literature: Theory and Strategy* 为题集结出版，[19]并在其结语中附上那篇“中国学派”宣言文章以申明中国比较文学建立之必要。

学科开山之际，艰难险阻之巨难以想象，但从国际学者相关言论中可见西方对于中国比较文学学科的发展抱有的希望渺小。厄尔·迈纳（Earl Miner）

18 曹顺庆主编《比较文学概论》，高等教育出版社 2015 年版。

19 ***Chinese-Western Comparative Literature***：*Theory & Strategy*, Chinese Univ Pr.1980-6

在 1987 年发表的 *Some Theoretical and Methodological Topics for Comparative Literature* 一文中谈到当时西方的比较文学鲜有学者试图将非西方材料纳入西方的比较文学研究中。（until recently there has been little effort to incorporate non-Western evidence into Western com- parative study.）1992 年，斯坦福大学教授 David Palumbo-Liu 直接以《话语的乌托邦：论中国比较文学的不可能性》为题（*The Utopias of Discourse: On the Impossibility of Chinese Comparative Literature*）直言中国比较文学本质上是一项“乌托邦”工程。（My main goal will be to show how and why the task of Chinese comparative literature, particularly of pre-modern literature, is essentially a *utopian* project.）这些对于中国比较文学的诘难与质疑，今美国加州大学圣地亚哥分校文学系主任张英进教授在其 1998 编著的 *China in a polycentric world: essays in Chinese comparative literature* 前言中也不得不承认中国比较文学研究在国际学术界中仍然处于边缘地位（The fact is, however, that Chinese comparative literature remained marginal in academia, even though it has developed closely with the rest of literary studies in the United Stated and even though China has gained increasing importance in the geopolitical world order over the past decades.）。[20]但张英进教授也展望了下一个千年中国比较文学研究的蓝景。

新的千年新的气象，“世界文学”“全球化”等概念的冲击下，让西方学者开始注意到东方，注意到中国。如普渡大学教授斯蒂文·托托西（Tötösy de Zepetnek, Steven）1999 年发长文 *From Comparative Literature Today Toward Comparative Cultural Studies* 阐明比较文学研究更应该注重文化的全球性、多元性、平等性而杜绝等级划分的参与。托托西教授注意到了在法德美所谓传统的比较文学研究重镇之外，例如中国、日本、巴西、阿根廷、墨西哥、西班牙、葡萄牙、意大利、希腊等地区，比较文学学科得到了出乎意料的发展（emerging and developing strongly）。在这篇文章中，托托西教授列举了世界各地比较文学研究成果的著作，其中中国地区便是北京大学乐黛云先生出版的代表作品。托托西教授精通多国语言，研究视野也常具跨越性，新世纪以来也致力于以跨越性的视野关注世界各地比较文学研究的动向。[21]

20 Moran T . Yingjin Zhang, Ed. China in a Polycentric World: Essays in Chinese Comparative Literature[J].现代中文文学学报,2000,4(1):161-165.

21 Tötösy de Zepetnek, Steven. "From Comparative Literature Today Toward Comparative Cultural Studies." CLCWeb: Comparative Literature and Culture 1.3 (1999):

以上这些国际上不同学者的声音一则质疑中国比较文学建设的可能性，一则观望着这一学科在非西方国家的复兴样态。争议的声音不仅在国际学界，国内学界对于这一新兴学科的全局框架中涉及的理论、方法以及学科本身的立足点，例如前文所说的比较文学的定义，中国学派等等都处于持久论辩的漩涡。我们也通晓如果一直处于争议的漩涡中，便会被漩涡所吞噬，只有将论辩化为成果，才能转漩涡为涟漪，一圈一圈向外辐射，国际学人也在等待中国学者自己的声音。

上海交通大学王宁教授作为中国比较文学学者的国际发声者自 20 世纪末至今已撰文百余篇，他直言，全球化给西方学者带来了学科死亡论，但是中国比较文学必将在这全球化语境中更为兴盛，中国的比较文学学者一定会对国际文学研究做出更大的贡献。新世纪以来中国学者也不断地将自身的学科思考成果呈现在世界之前。2000 年，北京大学周小仪教授发文（*Comparative Literature in China*）[22]率先从学科史角度构建了中国比较文学在两个时期（20 世纪 20 年代至 50 年代，70 年代至 90 年代）的发展概貌，此文关于中国比较文学的复兴崛起是源自中国文学现代性的产生这一观点对美国芝加哥大学教授苏源熙（Haun Saussy）影响较深。苏源熙在 2006 年的专著 *Comparative Literature in an Age of Globalization* 中对于中国比较文学的讨论篇幅极少，其中心便是重申比较文学与中国文学现代性的联系。这篇文章也被哈佛大学教授大卫·达姆罗什（David Damrosch）收录于《普林斯顿比较文学资料手册》（*The Princeton Sourcebook in Comparative Literature*，2009[23]）。类似的学科史介绍在英语世界与法语世界都接续出现，以上大致反映了中国学者对于中国比较文学研究的大概描述在西学界的接受情况。学科史的构架对于国际学术对中国比较文学发展脉络的把握很有必要，但是在此基础上的学科理论实践才是关系于中国比较文学学科国际性发展的根本方向。

我在 20 世纪 80 年代以来 40 余年间便一直思考比较文学研究的理论构建问题，从以西方理论阐释中国文学而造成的中国文艺理论“失语症”思考

22 Zhou, Xiaoyi and Q.S. Tong, “Comparative Literature in China”, Comparative Literature and Comparative Cultural Studies, ed., Totosy de Zepetnek, West Lafayette, Indiana: Purdue University Press, 2003, 268-283.

23 Damrosch, David (EDT)***The Princeton Sourcebook in Comparative Literature***: Princeton University Press

属于中国比较文学自身的学科方法论，从跨异质文化中产生的“文学误读”“文化过滤”“文学他国化”提出“比较文学变异学”理论。历经 10 年的不断思考，2013 年，我的英文著作：*The Variation Theory of Comparative Literature*（《比较文学变异学》），由全球著名的出版社之一斯普林格（Springer）出版社出版，并在美国纽约、英国伦敦、德国海德堡出版同时发行。*The Variation Theory of Comparative Literature*（《比较文学变异学》）系统地梳理了比较文学法国学派与美国学派研究范式的特点及局限，首次以全球通用的英语语言提出了中国比较文学学科理论新话语：“比较文学变异学”。这一新概念、新范畴和新表述，引导国际学术界展开了对变异学的专刊研究（如普渡大学创办刊物《比较文学与文化》2017 年 19 期）和讨论。

欧洲科学院院士、西班牙圣地亚哥联合大学让·莫内讲席教授、比较文学系教授塞萨尔·多明戈斯教授（Cesar Dominguez），及美国科学院院士、芝加哥大学比较文学教授苏源熙（Haun Saussy）等学者合著的比较文学专著（Introducing Comparative literature: New Trends and Applications[24]）高度评价了比较文学变异学。苏源熙引用了《比较文学变异学》（英文版）中的部分内容，阐明比较文学变异学是十分重要的成果。与比较文学法国学派和美国学派形成对比，曹顺庆教授倡导第三阶段理论，即，新奇的、科学的中国学派的模式，以及具有中国学派本身的研究方法的理论创新与中国学派”（《比较文学变异学》（英文版）第 43 页）。通过对“中西文化异质性的“跨文明研究”，曹顺庆教授的看法会更进一步的发展与进步（《比较文学变异学》（英文版）第 43 页），这对于中国文学理论的转化和西方文学理论的意义具有十分重要的价值。（“Another important contribution in the direction of an imparative comparative literature-at least as procedure-is Cao Shunqing’s 2013 *The Variation Theory of Comparative Literature*. In contrast to the“French School”and“American School”of comparative Literature, Cao advocates a “third-phrase theory”, namely, “a novel and scientific mode of the Chinese school,” a “theoretical innovation and systematization of the Chinese school by relying on our *own* methods” (*Variation Theory* 43; emphasis added). From this etic beginning, his proposal moves forward emically by developing a “cross-civilizaional study on the heterogeneity between

24 Cesar Dominguez,Haun Saussy,Dario Villanueva Introducing Comparative literature: New Trends and Applications, Routledge,2015

Chinese and Western culture" (43), which results in both the foreignization of Chinese literary theories and the Signification of Western literary theories.)

法国索邦大学（Sorbonne University）比较文学系主任伯纳德·弗朗科（Bernard Franco）教授在他出版的专著（《比较文学：历史、范畴与方法》）*La littératurecomparée: Histoire, domaines, méthodes* 中以专节引述变异学理论，他认为曹顺庆教授提出了区别于影响研究与平行研究的“第三条路”，即“变异理论”，这对应于观点的转变，从“跨文化研究”到“跨文明研究”。变异理论基于不同文明的文学体系相互碰撞为形式的交流过程中以产生新的文学元素，曹顺庆将其定义为“研究不同国家的文学现象所经历的变化”。因此曹顺庆教授提出的变异学理论概述了一个新的方向，并展示了比较文学在不同语言和文化领域之间建立多种可能的桥梁。（Il évoque l'hypothèse d'une troisième voie, la « théorie de la variation », qui correspond à un déplacement du point de vue, de celui des « études interculturelles » vers celui des « études transcivilisationnelles . » Cao Shunqing la définit comme « l'étude des variations subies par des phénomènes littéraires issus de différents pays, avec ou sans contact factuel, en même temps que l'étude comparative de l'hétérogénéité et de la variabilité de différentes expressions littéraires dans le même domaine ».Cette hypothèse esquisse une nouvelle orientation et montre la multiplicité des passerelles possibles que la littérature comparée établit entre domaines linguistiques et culturels différents.）[25]。

美国哈佛大学（Harvard University）厄内斯特·伯恩鲍姆讲席教授、比较文学教授大卫·达姆罗什（David Damrosch）对该专著尤为关注。他认为《比较文学变异学》（英文版）以中国视角呈现了比较文学学科话语的全球传播的有益尝试。曹顺庆教授对变异的关注提供了较为适用的视角，一方面超越了亨廷顿式简单的文化冲突模式，另一方面也跨越了同质性的普遍化。[26]国际学界对于变异学理论的关注已经逐渐从其创新性价值探讨延伸至文学研究，例如斯蒂文·托托西近日在 *Cultura* 发表的（Peripheralities: "Minor" Literatures, Women's Literature, and Adrienne Orosz de Csicser's Novels）一文中便成功地将变异学理论运用于阿德里安·奥罗兹的小说研究中。

25 Bernard Franco La litt é raturecompar é e: Histoire, domaines, m é thodes，Armand Colin 2016.

26 David Damrosch Comparing the Literatures,Literary Studies in a Global Age,Princeton University Press,2020.

国际学界对于比较文学变异学的认可也证实了变异学作为一种普遍性理论提出的初衷，其合法性与适用性将在不同文化的学者实践中巩固、拓展与深化。它不仅仅是跨文明研究的方法，而是一种具有超越影响研究和平行研究，超越西方视角或东方视角的宏大视野、一种建立在文化异质性和变异性基础之上的融汇创生、一种追求世界文学和总体问题最终理想的哲学关怀。

以如此篇幅展现中国比较文学之况，是因为中国比较文学研究本就是在各种危机论、唱衰论的压力下，各种质疑论、概念论中艰难前行，不探源溯流难以体察今日中国比较文学研究成果之不易。文明的多样性发展离不开文明之间的交流互鉴。最具“跨文明”特征的比较文学学科更需要文明之间成果的共享、共识、共析与共赏，这是我们致力于比较文学研究领域的学术理想。

千里之行，不积跬步无以至，江海之阔，不积细流无以成！如此宏大的一套比较文学研究丛书得承花木兰总编辑杜洁祥先生之宏志，以及该公司同仁之辛劳，中国比较文学学者之鼎力相助，才可顺利集结出版，在此我要衷心向诸君表达感谢！中国比较文学研究仍有一条长远之途需跋涉，期以系列丛书一展全貌，愿读者诸君敬赐高见！

曹顺庆

二零二一年十月二十三日于成都锦丽园

目次

上　册

下　册

前　言

诗话，中国先贤创造的谈诗论诗的体式，是东方文艺理论批评最为独特的范畴、范畴群之一，其话语体系与方法论之具东方特色，远远区别于以亚里士多德为代表的西方诗学。

我的学术人生，与诗话结下不解之缘。早在大学读书时代，曾抄录周振甫先生的《诗词例话》；文化革命时期，劳动改造之余，挑灯夜读，在整理大学读书笔记时，确定“中国诗话研究”课题，着手搜罗诗话研究资料。20世纪80年代在中国社会科学院进修期间，有幸得到钱钟书、陈贻焮、周振甫等先生指导，有幸在原北京图书馆柏林寺分馆查抄历代诗话资料，1988年5月出版中国第一部《中国诗话史》，1990年10月出版《诗话学》，1995年出版《石竹山房诗话论稿》，2006年出版《比较诗话学》。

感恩湖南师范大学原中文系主任彭丙成教授与原校长张楚廷教授的知遇之恩，为我的诗话研究提供优越的平台。早在1991年桂林诗话会议之前，我与广西师大的张葆全、周满江教授及《文学评论》胡明等先生，开始筹备中国诗话研究会。尽管有钱钟书、钱仲联、周振甫、陈贻焮等大家支持，却限于经费不足与繁琐的呈批手续，未能如愿；直到1993年我与韩国忠南大学诗话研究专家赵钟业教授联手，得到中韩日三国及港台地区同行专家支持，终于1996年5月在韩国大田市创建“国际东方诗话学会”，韩国注册。而后我的东方诗话研究，以国际东方诗话学会为依托，以学会会刊《诗话学》为旗帜，逐渐由零散的个人行为变成国际性学会的集体意志，使诗话研究于世纪之交，形成一种风靡东亚乃至世界的学术风气，俊才云蒸，硕果累累，使崛起于东亚的“东方诗话学”能够与人们膜拜的“西方诗学”取得平起平坐的学术地位。

自新世纪之初香港举办的“东方诗话学国际学术发表大会”之后，我未参与诗话学会各种学术活动，因为唐宋诗词研究，而潜心进入中华茶文化研究领域，出版《茶祖神农》《茶美学》《中国品茶诗话》等，为打造安化黑茶品牌与中华茶业复兴而努力。时隔15年，东方诗话研究，如绵绵瓜瓞，薪火相传，依然显出无穷的学术生命力。这十五年来，因湖南师大文学院博士点建设之需，领导听取北师大钱中文、童庆炳两位专家的建议，世纪之初的2003年，将我从古代文学学科调至文艺学，顺利获得文艺学博士点和一级学科博士授予权后，我依然笔耕不辍，从事诗话研究，先后撰写和整理的一系列诗话研究著作，有《比较诗话学》《中国文学批评史》《中国品茶诗话》《中国品酒诗话》《中国音乐诗话》《中国美食诗话》《中国美女诗话》《中国战争诗话》以及《中国诗话珍本丛书》（精装22册）、《域外诗话珍本丛书》（精装20册）。特别是蔡钟翔、张少康、罗宗强、张葆全、周满江、任范松、周维德、蒋凡、陈伯海、邝健行、詹杭伦、刘德重、曹顺庆、莫砺锋、曹旭、詹福瑞、陈尚君、张健、陈良运、张寅彭、张海明、李壮鹰、蒋述卓、张伯伟、蒋寅、王学松、袁济喜、吴承学、彭玉平、朱易安、周秦、孙立、王英志、吴宏一、沈秋雄、李立信、连文萍、徐志啸、祁晓明、赵季、蔡美花等的诗话研究与文献整理，还有王晓林、李清良、张红、饶毅、吴果中、蔡静平、欧海龙、谭雯、秦秋咀、涂谢全、陈敏、刘畅、杨丽、陈军、宋超、吴玉蓉、熊英、陈文凭、李学阳等全国高校硕士博士研究生们的诗话研究，中国乃至朝韩、日本、东南亚以及港台地区学者们之诗话研究与整理的累累硕果，使东方诗话研究一时蔚为风尚，终于能够使一面“国际东方诗话学会”的学术旗帜在世界的东方高高飘扬，给新世纪的东方诗话学研究留下一笔浓墨重彩。我们是徐英、罗根泽、郭绍虞、钱钟书、钱仲联、周振甫、徐中玉等前辈学者从事诗话研究事业的薪火相传者，发扬光大者，开东方诗话研究之一代风气者。这才是绚丽多姿的东方诗话之光。

古往今来，人杰地灵的岳麓山湖南师大，一直是中国诗话乃至东方诗话研究的重镇。2018年11月，国际东方诗话学会第11次学术大会在湖南师范大学召开，我作为“学会主要创始人”之一，应邀出席大会并致辞，来自马来西亚的现任会长詹杭伦教授，代表理事会正式为中国蔡镇楚、韩国赵钟业、李炳汉等颁发“创会元老奖”证书。

此书系四川大学曹顺庆教授主持、蔡镇楚等参与的国家社会科学基金重大项目《东方文艺理论重要范畴、话语体系研究与资料整理》（19ZDA289）成果之一，是根据2010年夏天“北京超星”为之拍摄的《学术名家视频》讲稿改写增补而成，前后十多年之积淀，凡18章，40余万字，内容之丰富，东方诗话学的各个领域、现象、范畴、内涵、名著、名家、流派、诗话群、比较诗话学、中日韩诗话历史演变、文化视野与话语体系，基本涵盖在其中，囊括了我等半个世纪从事中国诗话乃至东方诗话研究的一系列成果。其中许多论题具有开创性；穷一生之学术，亦乃沧海之一粟耳。唯其学海之无涯，而学术生命之有限也。吾欲以此拙作与《中国诗话书目要解》，作为一生从事诗话研究之总结，奉献给学界同仁参考。特别感谢四川大学曹顺庆教授团队的策划与奉献，感谢台湾花木兰文化事业有限公司领导与编辑们的辛勤努力。草创之言，筚路之旅，褴褛之文，引玉之砖；虽有许多不足，或成一家之言。一孔之见，是耶，非耶？谨请学界同仁批评指正，不亦幸矣！不亦足矣！

石竹山人蔡镇楚识于岳麓山石竹山房

2019年12月21日初稿

2021年5月18日修改

2021年8月6日再修改

第一章　诗　话

中国诗话，以钟嵘《诗品》为“历代诗话之祖”，自欧阳修《六一诗话》以降，而至于近现代，作者云蒸，著作如林。据初步统计，至今尚存其书目的中国历代诗话，尚多达 **1500** 多部[1]，加之朝韩诗话、日本诗话与东南亚诗话，东方诗话的知见书目估计在 **1800** 部左右。这批巨大无比的东方诗学文化遗产，是东方诗学文化的一大奇观。

“五四”新文化运动以后，当人们津津乐道于“西方诗学”的新名词术语，去构建所谓“中国诗学”的理论大厦之时，而徐英、郭绍虞、罗根泽、钱钟书、钱仲联等老一辈著名学者，却以满腔热情从事中国诗话的整理、研究与创作，成为中国诗话整理与研究的一面面光辉的旗帜。

然而，诗话为何物？面对着汗牛充栋的中国诗话、朝韩诗话、日本诗话、东南亚诗话等一大宗东方诗话的优秀文化遗产，至今一般中文专业的大学生们都知之甚微，遑论其他国内外学者？

一、何谓诗话

诗话者何也？诗话是一种论诗的随笔之体。

诗话的内涵有广义与狭义之分：狭义者，乃诗歌之话也。“话”者何也？

1　参见蔡镇楚等《中国诗话总目要解》，天津教育出版社 2021 年 7 月精装本。又据蒋寅《清诗话考》所述，上编为“清诗话目录”，汇集见存者与待访者凡 1469 种之富；下编为“清诗话经眼录”，为之内容提要者凡 464 种。这就是说，中国历代诗话书目应该不止我本人所述这个数目，若加之朝韩诗话、日本诗话、越南诗话，东方诗话存目也不止这个总数，许多遗珠者还留存于个个图书馆与私人藏书之中，尚待后人访遗辑佚。

故事也，与宋代话本小说之“话”同义，即千口之言者曰“话”，就是故事。依其内容而言之，诗话则诗歌故事；依其体裁而言，诗话则论诗随笔。这是诗话之本义。故欧阳修谓诗话之作，乃“以资闲谈”而已。此类诗话者，盖以“论诗及事”为本，凡诗歌本事、诗人轶事、诗坛趣闻、名篇佳句之述，以记事为主，寓诗论之见于诗本事之中。

无独有偶，我们惊奇地发现：阿拉伯诗学中也有一个“诗话”的术语。法拉比（al-Fārābī, 870-950），是阿拉伯著名哲学家、音乐理论家与诗学批评家，是亚里斯多德《诗学》等著作的第一位阿拉伯文诠释者，属于亚里斯多德学派，著有《论理智》《论灵魂》《知识全书》《音乐全书》与《诗书》等，被誉之为“首席教师”亚里多斯德后的“第二教师”。法拉比的《诗书》，属于重要的阿拉伯诗学论文。他承袭亚里斯多德《诗学》的摹仿说体系，将涉及于诗歌的学科分为韵律学、诗歌动因学、诗句尾学、诗语言学等几大类，把音韵作为诗歌组成的要素，认为“如果诗歌缺乏了韵律就不是诗，只能称之为‘诗话’”[2]。这个“诗话”是与其富有韵律之美的诗歌相对的概念，而与中国的“诗话”在概念内涵上有惊人的相似之处，皆为诗歌的故事。

诗话之狭义者，为北宋欧阳修所首创，以记述诗歌本事为主要内容，“论诗及事”，如同诗之随笔，以欧阳修《六一诗话》为代表，是中国诗话之体的正宗，渊源于“轶事小说”与晚唐孟棨《本事诗》，故我们称之为“欧派诗话”。

诗话之广义者，乃是中国诗歌评论的著作形式，以“论诗及辞”为宗，以严羽的《沧浪诗话》为代表，凡诗论、诗评、诗品、诗史、诗证、诗格、诗式、诗法、诗律之述，均为诗话之属。此种诗话，渊源于先秦诗论，以钟嵘《诗品》为“百代诗话之祖”，故我们谓之曰“钟派诗话”。

清人林昌彝《射鹰楼诗话》云：“凡涉论诗，即诗话体也。”林氏认为一切论诗之作皆可视之为“诗话”。其实，此乃广义之诗话也。

北宋以降，诗话论诗内容各有侧重，钟派诗话与欧派诗话并行不悖，时分时合，彼此融合，难解难分，出现两派合流的发展趋势。

二、为诗话正名

北宋欧阳修首创“诗话”，晚年撰《诗话》一卷。何为“诗话”，欧阳修未作解说，仅言“居士退居汝阴而集，以资闲谈也”。集诗话而以资闲谈，其写

2　参见《东方文论选》，曹顺庆主编，四川人民出版社 1996 年成都本第 498 页。

作宗旨在于“闲谈”。之后，司马光的《续诗话》序云：“诗话尚有遗者。欧阳公文章名声不可及，然记事一也，故敢续书之。”认为诗话之体的功能与特色，在于一个“记事”。

初期诗话在于“闲谈”“记事”。而后，北宋许顗的《彦周诗话》云：“诗话者，辨句法，备古今，纪盛德，录异事，正讹误也。若含讥讽，著过恶，诮纰缪，皆所不取。”许氏是第一个为诗话正名者。所谓“辨句法”，是指言诗学方法；所谓“备古今”，是指言诗学源流；所谓“录异事”，是指言诗坛奇闻逸事；所谓“正讹误”，是指订正诗歌谴词造句之利病；所谓“纪盛德”，是指其社会价值与教化功能而言，表现其诗学观念。“盛德”者，美盛之德也。语出《易·系辞上》：“日新之谓盛德。”诗话创作以“纪盛德”为社会功能，足见其以儒学论诗的功利性。出于这种功利目的，许氏认为，凡“含讥讽，著过恶，诮纰缪”者，诗话之作皆不足取之。这种诗学观念，出之于中国宗法文化，虽有悖于欧阳修“以资闲谈”的诗话创作之旨，于当时却颇具儒家诗学的权威性。

然而，诗话之名称内涵的流变，是随着时代的变迁而变化发展的。从宋代蔡宽夫到清人王士祯、吴功溥，许多诗话关注到其历史文化价值，认为诗话谈诗，可补史家之阙如也。

清人郑方坤为王士祯《五代诗话》作例言云：“诗话者何谓？所话者，诗也。离乎诗而泛及焉，则类书耳，野史耳，杂事群碎录耳，有何算焉？”实际上此指诗话论诗的对象而言，诗话与类书的区别，在于话“诗”，以诗为论述中心。

清人吴功溥称诗话为“小道”，却从诗话创作之内容与诗话著者、诗话读者之审美情趣等方面，来论述诗话的性质与文化价值。他在邬启祚《耕云别墅诗话》序云：“诗话，小道也。然公卿大夫勋业彪炳于史册者，其遗文逸事恒赖是以传；文人墨客名声表著于当世者，其精言妙论亦赖是以传；而田夫野老、才子佳人勋业不彪炳于史册、名声未表著于当世者，其遗文逸事、精言妙论尤赖是以传；即金石之琐闻，诗歌之要诀，亦无不赖是以传。故夫著者不小之而不著，读者亦不小之而不读，而诗话之传者乃日益多。”

《蔡宽夫诗话》云：“古今沿革不同，事之琐末者，皆史氏所不记，唯时时于名辈诗话见之。”

王士祯《五代诗话》丘仰文序云：“史记事，诗言志。诗话当如说部之类，特有韵语；事之互见，则亦补史之阙。”而其中郑天锦之序又云：“天锦以为史不妨略，而诗话不可不详。盖史记大纲大法，取明劝戒、辨兴亡而已。非是，虽有美谈盛事，概削不书。故今人之所收者，未必其非古人之所弃，谓谨严之体固如是也。诗话以本事证本诗，其源出于序传笺疏，文不备则事不彰，事不彰则作者之意旨不显。即以《三百篇》论，惟《鸱鸮》《北山》《硕人》《清人》《黄鸟》诸诗，见于《尚书》《孟子》《左传》者，人无异议，其他率一彼一此，聚讼纷然。诗话之为功于诗也，尚矣。”

三、诗话与诗格

罗根泽《中国文学批评史》指出：“诗话是对于诗格的革命。”

何谓诗格？“格”者，标准也，法式也。所谓“诗格”，就是作诗之准则与法式。在诗话崛起之前，由于诗歌创作之需，唐代诗坛曾涌现出一批注重于诗歌格律的诗学入门书，时人称之为“诗格”。

据文献记载，唐人诗格、诗式、诗例、诗句图之类诗学入门书，主要代表作：旧题王昌龄《诗格》《诗中密旨》，王维《诗格》，白居易《金针诗格》《文苑诗格》，释皎然《诗式》，李商隐《源词人丽句》，贾岛《二南密旨》，姚合《诗例》，李嗣真《诗品》，张为《诗人主客图》，徐寅《雅道机要》，释齐己《风雅旨格》，徐衍《风骚要式》，旧题司空图《二十四诗品》等等，凡四五十种之多。其中或为伪托之作，或早已失传，然而唐人诗格皆具有两大基本特点：一是重格律，强调诗歌格律之严密性；二是重法式，讲究作诗方法之规范化。

罗根泽先生所言“革命”之意，在于辨别“诗话”与“诗格”之异，说明“诗话”从论诗内容到形式，完全摆脱了“诗格”论诗单一化的倾向，超越了“诗格”偏重于诗歌格律法式的樊篱，走向了中国诗歌批评的广阔天地。

然而，我们研究诗话与诗格的关系，还有两点必须注意：

一则诗格是齐梁声律成熟与唐代律诗繁荣发展的产物，对于诗歌格律之普及与提高所起的积极作用不可否认，以至到元明时代，唐人诗格在特定的社会环境与文化背景中又得以复兴，成为“无师自通”的诗学入门之书，如范梈《诗格》《诗学禁脔》《木天禁语》，杨载《诗法家数》《诗学正源》、揭傒斯《诗法正宗》《诗宗正法眼藏》等；明代亦然还有一大批诗学权舆之作，如黄溥《诗学权舆》、周鸣《诗学梯航》、浦南金《诗学正宗》，等。

二则宋以后的诗话创作，并未完全脱离唐人诗格的论诗模式，其中偏重于诗格者比比皆是，如许印芳《诗谱评说》、吴绍灿《声调谱说》、赵执信《声调谱》等，充分说明唐人诗格与诗话亦存有某种渊源关系。

四、诗话与神话批评

中国诗话与神话的关系，来源于中国诗歌，特别是唐诗对中国神话的承载与再现。中国诗话在品评诗歌与记述诗人诗事时，就有关诗歌所涉及到的中国神话传说，自然而然地予以记述与评议。这就有了中国诗话与中国神话的研究命题，即“神话批评”。

“神话批评”，以历代诗歌中的神话故事传说为批评对象，表现出来的是诗话作者的神话观念与诗学观念。

总体而言，中国诗话之于中国神话的所谓“神话批评”，具有以下四个基本的审美倾向性：

其一，诗话之于中国神话，多将神话传说与历史人物、鬼神故事混合为一，表现出一种广义的神话观念。清人劳孝舆的《春秋诗话》五卷，卷一为赋诗，卷二为解诗，卷三为引诗，卷四为拾诗，卷五为评诗，皆叙述春秋时期之诗作、诗人、诗事、逸诗者，所述多涉于春秋时代的历史故事与远古神话传说，以记事为主，间有评说。这种文化现象，是时代所致。春秋时期，是中华五千年文明史书面记载之始，各种历史人物、历史事件、故事传说，与远古神话交织在一起，难解难分，使后人难以辨别。中国诗歌与诗话之作对中国神话的记述与评说，往往因此而将它们混为一谈。例如屈原的《离骚》《九歌》、汉代的《古诗十九首》之“迢迢牵牛星”、陶渊明的《读山海经》、李白的《蜀道难》、卢仝的《月蚀诗》、李贺的《李凭箜篌引》等，凡涉于中国神话的诗篇多系神、鬼、人三位一体，神话传说与历史故事混一。历代诗话评述卢仝的1677字的长篇《月蚀诗》，就是一个典型案例。从宋代的《苕溪渔隐丛话》《庚溪诗话》到明代的《艺苑卮言》《诗薮》，再到清代的《野鸿诗的》《龙性堂诗话》《石洲诗话》《石园诗话》《养一斋诗话》等，几乎都对其中所涉及的神话传说与现实人事针砭予以评述，神话耶？传说耶？历史耶？现实耶？故事耶？人事耶？交融混一。

其二，诗话之论及中国神话，多因诗评而发，依附于诗歌创作中的神话传说，只言片语，不成体系。明人游潜的《梦蕉诗话》，据《明诗纪事》所引

《梦蕉诗话》，称游潜自谓故居钟山之麓，小桥流水，结茅数椽云："室之最后为小亭，窗户静朴，环植芭蕉如幄，朝夕偃仰，视天下得失之故，洒如也。署曰'梦蕉亭记'。"书名虽然直接来源于"梦蕉亭"，但以其"视天下得失之故，洒如也"而论，则暗喻着"梦蕉鹿"的故事传说。典出《列子·周穆王》，相传郑国一个砍柴者得一鹿，怕人见之，把鹿藏起来。后忘却了鹿藏之处，遂以为梦，顺途而咏之。傍人闻之，用其言而取鹿。回家告诉妻子曰："向薪者梦得鹿而不知其处，吾今得之，彼直真梦者矣。"妻曰："若将是梦见薪者之得鹿邪？讵有薪者邪？今真得鹿，是若之梦真邪？"夫曰："吾据得鹿，何用知我梦彼梦邪？"以此比喻世事纷纭，真假难辨，得失难断。故其诗话第十二则论梦，曾作结云："噫嘻！遇于丰城，失于延平，神物之在人世，固不可以久也，特其得之失之，予皆以一梦其于蕉鹿之说，何如哉？"游潜《梦蕉诗话》一个突出的论诗特征，就是品评诗歌时大量引述古代神话传说故事，以说明诗歌艺术的真实性问题。如其第一则诗话评论孟郊《泛黄河》诗"谁开昆仑源，洗出混沌河"，则历数昆仑神话中的黄河源流传说；第二则评论李商隐《嫦娥》"嫦娥应悔偷灵药，碧海青天夜夜心"，则引述嫦娥奔月的神话故事；第二十二则评述诗人引"牛女七夕"、"范蠡西施"之说多出"一时之兴遇，难尽有根据"；其他如评论有关《神仙传》、何仙姑、商山四皓等诗作，皆意在批评诗人用典之失真，以维护艺术真实也。

其三，诗话之论及中国神话，批评家们出于对诗歌艺术真实性的追求，像王充《论衡》出于批判汉代谶纬之学而反神话那样，多有一种理性化的反神话意识，理性有余而艺术性不足，批评性有余而诗性不足，缺乏诗歌艺术创作中的想象与形象化，更缺乏一种艺术创作中的神话意识。诗就是诗，诗需要借助神话的翅膀。因为神话产生于远古时代，是远古人类认识世界、通过幻想征服自然力的产物，是人类处于童年时代的一种思维、记忆和情感的载体。任何神话，"都是用想象和借助想象以征服自然力，支配自然力，把自然力加以形象化"[3]。中国神话，是中国先民的一种生存观念、自然观念和宇宙观念，是天人合一的一种文化理念、想象意识和民族文化性格的表现，是人类童年时代的文化心理与思想智慧的结晶，是被认知的自然客体在万物有灵的人类主体心理上的最初投影。人类产生发展的历史，本身就是一部伟大的神话，这部神话

3 《马克思恩格斯选集》第二卷《政治经济学批判导言》，人民出版社 1972 年第二卷上册第 113 页。

属于文化人类学的研究范畴；每一个民族在自己繁衍发展的历史进程中，都有本民族的神话传说，用以阐释自己民族产生发展的伟大历史，这部历史就是文化民族学的研究范畴。虽然，中华民族没有一部统一的流传久远的民族史诗，惟有《诗三百 · 大雅》中的《生民》《公刘》《緜》《皇矣》《大明》等五篇，可以谓之周民族史诗。然而，丰富多彩的中国神话，却是中华民族繁衍发展的一部伟大史诗。中国神话，形成于中国绵邈久远的原始时代，是原始中国人的生存、生活、幻想与憧憬的生动记录，是中国原始文化的一种集体无意识，是中国文学艺术乃至中华民族传统文化的生命之源。

其四，诗话之论及中国神话，表现出批评家们诗学观念的保守性。比较西方神话，中国神话具有鲜明的民族文化特点：

（1）原始神话以女性为主体，如女娲造人、女娲补天、精卫填海、羲和生日、嫦娥奔月等，都以女神崇拜为中心，充分反映了中国原始母系氏族社会的文化心理、价值取向和审美特征。

（2）原始神话的英雄崇拜，与西方神话有某些共通之处，如夸父逐日、羿射十日、鲧禹治水、共工怒触不周山、炎黄大战中原等，以男性英雄神和神性英雄为中心，反映了中国社会形态由女权主义向男权主义过渡的转变。

（3）中国神话，是中国农业文化的产物，关注自然，关注农业，关注人的生存环境和生活环境。如女娲补天、羿射十日、鲧禹治水、以及日神、月神、雷神、雨师、风神、谷神、河伯神、土地神、五方神等神话传说。李唐王朝被列入郊庙祭祀大典者，有天神之祭，日神之祭，月神之祭，风神之祭，雨神之祭，谷神之祭，河神之祭，土地神之祭，五方神之祭（分别祭祀黄帝、青帝、赤帝、白帝、黑帝）。这种神灵崇拜，都着力于自然与自然力的神化，反映中国古代社会以农为本的农业文化特色，与西方神话注重于疆土开拓和民族纷争者的战神和爱神有所不同。

（4）中国神话是广义的神话学体系，将神话原型与历史传说融为一炉，强调神与人合一。所谓“神话”，是神的人化。人物变形的神话多，即使是神的形象也大多塑造成半人半兽形态，如雷神为“龙头人身”，水神共工为“人面、蛇身、朱发”（《山海经》）。而某些自然神竟在神话中被历史传说中的人物所替代，如洛神、宓妃为伏羲之女，湘君、湘夫人为虞舜之女，取代了洛水女神与湘水女神。而西方神话是狭义的神话学范畴，多注重神话原型，所谓“神话”，乃是神化。因而，中国神话更贴近于文化人类学之本体与科学体系。

中国神话，虽然散见于先秦文化古籍，如《山海经》《穆天子传》《楚辞》《淮南子》等，未成系统著作，但其基本体系还是很完备的。一般人认为，中国神话主要分为三大系统：昆仑系统，中原系统，蓬莱系统，构成自然神、英雄神、神仙三大类型。如此独特的中国神话，必然要反映到中国诗歌创作题材中来，而诗歌创作的典型化、艺术化，则要求其超越历史真实与时代真实。中国诗话的神话批评，是相当薄弱的；诗话家们要捍卫艺术真实，自然会在诗歌用典的神话传说中挑刺，反映出批评家们对神话与诗歌创作关系上的艺术偏见与片面性。何孟春的《余冬诗话》卷上评述孟姜女哭倒长城的故事传说，而引述晚唐诗僧贯休《杞梁妻》诗云："秦之无道兮四海枯，筑长城兮遮北胡。筑人筑土一万里，杞梁贞妇啼呜呜。上无父兮中无夫，下无子兮孤复孤。一号城崩塞色苦，再号杞梁骨出土。疲魂饥魄相逐归，陌上少年莫相非。"贯休却认为"史子诸录并无妇哭城崩之事"，则批评唐诗所谓"哭长城"者与《列女传》所记载者乃"风马牛不相及也"。他富有代表性地指斥道："赋范蠡五湖而附以载西子事，赋秦长城而附以妇哭城崩事，赋汉四皓于商山而言围棋之事，皆无本源出处，特见唐人诗句中，而好事者又从而实之耳。张骞无乘槎事，乘槎是海上客；毛宝无放龟事，放龟乃武昌军毛宝所统之人。而今例以张骞乘槎、毛宝放龟为言。噫！事类此失实者多矣！"如此囿于历史事实而批评唐诗与中国神话者，历代诗话不计其数。至于《楚辞》之写神话、唐人李白《蜀道难》《上云乐》、李贺《李凭箜篌引》、卢仝《月蚀》等诗歌之写神话，后世诗话仅论述其艺术格调、风格与表现方法，很少关注其中深厚的神话意识。

五、诗话与文学批评

诗话，是一种文学批评样式，是对诗人、诗歌、诗风、诗派等所作的诗学文化批评。所以近人陈一冰《诗话研究》指出："诗话，文学批评之一种也。"

中国古代文论样式，历来有先秦诸子论诗的只言片语，有《毛诗序》之类题序跋记，有曹丕《典论·论文》式单篇论文，有刘勰《文心雕龙》那种"体大虑周"的专著，诗话作为中国古代诗歌批评的一种主要形式，是中国古代文学理论批评专门化的必然结果。

诗话的文学批评功能，滥觞于钟嵘《诗品》，而成就于南北宋。张戒《岁寒堂诗话》批评苏黄诗风，认为"苏黄用事押韵之工，至矣尽矣！然究其实，乃诗人中一害”，标志着诗话已经摆脱了欧阳修诗话“以资闲谈”的创作宗旨与以“记事”为主的创作模式，从此走上了文学批评之路。

正因为这样，诗话创作的社会功利性亦随之增强，由诗学批评样式变成了一种工具、一种武器、一面旗帜、一声号角。

自南北宋之交而至于清代中国，诗话论诗一般围绕文坛出现的各种政治事件、文学思潮、文学流派、文学集团之间文艺思想、美学观念、审美价值、批评标准之异而展开论争。而将诗话用之于政治斗争、民族斗争、阶级斗争者，主要起于 1840 年中英鸦片战争前后的近代。乾坤之变、时势之变、文风之变，导致了诗话创作中家国意识、民族意识、社会意识、政治意识、生命意识的强化。如林昌彝《射鹰楼诗话》之针对英帝国主义发动侵略中国主权的鸦片战争而发，梁启超《饮冰室诗话》之为总结“诗界革命”而发，李伯元《庄谐诗话》之针对中国封建末世光怪陆离的社会丑恶现实而发，狄葆贤《平等阁诗话》之为张扬资产阶级所向往“自由、平等、博爱”的社会政治理想而发。

这是一个标志，是中国诗话的审美理想、价值观念、批评标准与创作倾向由传统诗话向现代诗话转型的一个重要标志；这是一种诗学理想，是中国文人运用诗话这种文学评论样式主动投身社会政治斗争与民族斗争的一种理想境界，是中国社会文化转型时期中国诗话创作所出现的一种必然性的进步趋势。所以，从国家民族的整体利益来看，从时代发展的迫切需要来看，此时诗话对纯文学、纯诗学、纯美学倾向的背离，是完全可以理解的，是符合情理的，后人没有必要全盘加以否定，正如没有必要全盘否定毛泽东《在延安文艺座谈会上的讲话》所提出的“文艺批评的两个标准”一样，因为它是历史的产物，是那个时代的产物。

六、诗话与文化思潮

文化思潮，是一个时代赋予文学艺术等学术文化领域特定的思想潮流，一种必然的发展趋势。一定的文化思潮，是一定的社会风貌与时代精神的集中体现，是一定的经济基础与上层建筑相互作用的必然结果，同时也是一种带有普遍意义的文化观念、美学思想与审美情趣相结合的产物。

中国诗话，以钟嵘《诗品》为“百代诗话之祖”，自欧阳修创体之后，其创作与当时的文化思潮关系十分密切，许多诗话可以说是一定文化思潮的产物。

首先，诗话之崛起于宋，其本身就是宋人言诗论诗之风的必然结果。中国先贤的理论思辨，大致出现了三个辉煌的历史阶段：即先秦诸子学、魏晋玄学与宋明理学，相对而言，汉唐清几个时期的理论思辨是比较薄弱的。两汉经学、隋唐佛学、清代朴学，皆注重于经典的阐释注疏，很少作理论的辨析与理论体系的构建。古文经学与清代朴学，则注重于考据诠释之学；而诸子学、玄学与理学，则注重的是思想理念与理性思辨，是理论体系与方法论体系的构建。宋代文化，其基本特征就是尚理。以萧华荣《中国诗学史》所见，宋代处于中国诗学的“情理冲突”之中。初期的诗话创作虽然主要是以诗本事为主，但其写作的文化氛围却是一个注重历史反思与理性思辨的时代。可以说，中国诗话就诞生在注重理性思辨的宋代，繁荣发展在以程朱理学为主流的文化思潮之中。

其次，中国诗话的创作实践，与当时的学术文化思潮的关系相当密切。诸如宋代诗话与程朱理学、与佛学禅学而形成的“诗禅论”，元代诗话中的宗唐倾向，明代诗话创作中的派别之争与陆王心学对诗学观念中的“泛情论”之影响，清代诗话与清代朴学的密切关系，近代诗话受西方“自由、平等、博爱”民主主义思潮影响而出现的近代诗学转换与诗话创作的政治化倾向，等等，都足以说明每个时期的诗话创作总是与其时代的学术文化思潮休戚相关的。有些诗话尽管打出一个“复古”旗号，但是其基本宗旨仍然没有超脱当时学术文化主流的窠臼。比较富有代表性的诗话之作，如张戒《岁寒堂诗话》之反苏黄诗风，严羽《沧浪诗话》之以禅喻诗，王世贞《艺苑卮言》之为明七子复古主义文学思潮张目，王夫之《姜斋诗话》之主情尚实，王士祯《渔洋诗话》之主“神韵说”，沈德潜《说诗晬语》之尚“格调说”，袁枚《随园诗话》之重“性灵说”，翁方纲《石洲诗话》之明“肌理说”，晚清时期的“桐城派”诗话、同光体诗话，都是一定社会学术文化思潮在诗学领域的反映。

第三，诗话演变而为诗派、学派与文学集团派别之争甚至攻讦不休的武器。北宋时期，朝廷与政界的党派之争特别厉害，这就是“元祐党争”。受其影响，北宋诗话中的部分著作，也沾染了某些习气，如《四库提要》则谓魏泰的《临汉隐居诗话》是“党熙宁而抑元祐”、“坚执门户之私”。其实，这种评价未必正确。魏泰在政治上虽然属于熙宁一派，但一部《临汉隐居诗话》，论诗条目总共 71 则，论及山谷者仅仅一则诗话，只是批评山谷“拾羽失鹏”而已。诗坛上咄咄逼人的派别之争，历代皆有，惟有明代诗话与日本诗话最烈[4]。

第四，诗话创作衍化为政治斗争、民族斗争与阶级斗争的工具。鸦片战争与辛亥革命至今，中国诗话创作始终被社会政治斗争的思想文化潮流所左右，成为一种武器、一面旗帜、一张喉舌、一个工具。林昌彝《射鹰楼诗话》之反映中英“鸦片战争”，梁启超《饮冰室诗话》之张扬“诗界革命”，狄葆贤《平等阁诗话》之崇尚“民主”意识，李调元《庄谐诗话》之讥讽封建末世，南社诗话之张扬柳亚子创办的“南社”与宣传民主革命，王蘧常《国耻诗话》之写鸦片战争与抗日战争，梁乙真《民族英雄诗话》之历数南宋寇准至辛亥革命之秋瑾凡100位民族英雄，以及“文化大革命”后期周晓波《法家诗话》之顺应所谓“评法批儒”“批林批孔”运动而作，等等。可以断言之说，中国诗话乃是一定社会文化思潮的产物。

七、诗话的分类

千年诗话，卷帙浩繁，如何分类，历来有多种不同的标准和方法。我们综合言之，大凡有以下几种：

1. 按论诗内容而分，章学诚与郭绍虞把它分为“论诗及事”与“论诗及辞”两大类：前者以“记事”为主，如欧阳修《六一诗话》之类，我们称之为“欧派诗话”；后者以“论辞”为主，以钟嵘《诗品》为宗，如姜夔《白石道人诗说》之类，我们称之为“钟派诗话”。而清人查懋德又将诗话按内容分为论诗法与论诗人两种类型，其在查为仁《莲坡诗话·跋》中云：“诗话有两种：一是论作诗之法，引经据典，求是去非，开后学之法门，如《一瓢诗话》是也；一是述作诗之人，彼短此长，花红玉白，为近来之谈薮，如《莲坡诗话》是也。”

2. 按诗话语言体式而分，郭绍虞把它分为“韵散二途”（《诗话丛话》），即有散文体与韵文体之分。散文体为其多数，如欧阳修《六一诗话》、严羽《沧浪诗话》之列；韵文体如论诗诗、论诗绝句之列，始创于杜甫《戏为六绝句》，而后有宋代戴复古的《论诗十绝》、金代元好问的《论诗三十首》、王若虚的《论诗诗》八首、清代王士祯的《戏仿元遗山论诗绝句》十二首、谢启昆的《读全宋诗仿元遗山论诗绝句二百首》、姚莹的《论诗绝句六十首》等。

3. 按编撰者而分，今人吴奔星先生把诗话分为“自撰诗话”与“他辑诗

4　参见蔡镇楚《石竹山房诗话论稿·论明代诗话》，湖南文艺出版社1995年本。

话”两种（《鲁迅诗话·后记》）。前者为诗话作者自撰而成，如欧阳修《六一诗话》、严羽《沧浪诗话》；后者本无诗话之作而由后人辑录作者论诗之语而成，冠之以“某某诗话”云云，如旧题苏轼《东坡诗话》与《山谷诗话》之列，其他如今之《鲁迅诗话》《沫若诗话》《艾青诗话》等，一般署名为某人撰著，其后再署名为某人辑录者，以示区分。

4. 按时代而分，可以分为宋代诗话、金元诗话、明代诗话、清代诗话、现代诗话。还可以细分之，有一朝一代之诗话。而以整个时代命名诗话著作或诗话丛书者，如劳孝舆《春秋诗话》，萧华荣《魏晋南北朝诗话》，旧题尤袤《全唐诗话》，王士祯、郑方坤《五代诗话》，孙涛《全宋诗话》，周春《全辽诗话》，苏之琨《明诗话初编》，周维德《全明诗话》，丁福保《清诗话》，郭绍虞《清诗话续编》，等。

5. 按国别而分，有以现代国家名称命名诗话者，如中国诗话、朝鲜——韩国诗话、日本诗话、越南诗话等。

6. 按性别而分，又有所谓“名媛闺秀诗话”，是女性文化的产物。如明人江盈科《闺秀诗评》，清人梁章钜《闽川闺秀诗话》，沈善宝《名媛诗话》，苏慕亚《妇人诗话》，杨芸《古今闺阁诗话》，雷瑨《青楼诗话》等。

7. 按地域而分，有所谓“地域诗话”者，是地域文化的产物。如郑方坤的《全闽诗话》，陶元藻的《全浙诗话》，郭子章的《豫章诗话》，梁章钜的《南浦诗话》《三管诗话》《雁荡诗话》《闽川诗话》，吕光锡《桃花源诗话》等。

8. 按民族而分，就诗话作者的民族身份而言，中国诗话有汉族与其他少数民族诗话之别。如清代有蒙古族作者法式善的《梧门诗话》《八旗诗话》，满族作者恒仁的《月山诗话》与杨钟羲的《雪桥诗话》；古代朝韩诗话的作者多为鲜族，日本诗话的作者多为大和民族，越南诗话的作者多为黎族、壮族等民族。就论诗内容而言，其中有的诗话则以本民族诗人诗作为论述对象，打上了民族文化的烙印。如朝鲜——韩国诗话中就有朝鲜族作家撰写的《东人诗话》《海东诸家诗话》《海东诗话》《东国诗话》《东诗话》《东国诗话汇成》《朝鲜古今诗话》《小华诗评》；越南诗话如白毫子的《仓山诗话》之列。

9. 按诗话的语言形式而分，又有汉文诗话、朝文诗话、日文诗话之别。中国诗话又有用文言文写的所谓“文言文诗话”，用白话文写的所谓“白话文诗话”以及用现代汉语即普通话书写的“现代诗话”之别。受中国汉文化之影响，朝韩诗话、日本诗话、越南诗话多以汉文出之的“汉文诗话”，亦有部分诗话以朝鲜文字写的“谚文诗话”与日本文字写成的“日文诗话”。如韩人申采浩有《天喜堂诗话》一卷，则以朝鲜谚文书写而成，作者认为：“诗者，国民言语之精华”；“东国诗何？东国语、东国文、东国音，为东国诗。”朝韩诗话所具有的强烈的民族意识，由此亦可见一斑矣。

10. 按诗话著作所论诗人而分，还有所谓“专家体诗话”，专门论述一个诗人或两个相关诗人诗作。北宋末方深道辑录诸家论杜之语而成《集诸家老杜诗评》五卷，开专家体诗话之先河。而后遂夥，至清代而盛。据方世举《兰丛诗话序》云：“余少学朱竹垞先生家，见《草堂诗话》之专言杜者，凡五十家。”专家体诗话之兴，是古代作家作品研究的产物，是诗话创作专门化的必然结果。历代诗话之专论杜甫者，如王士祯《渔洋杜诗话》、陈廷敬《杜律诗话》、刘凤诰《杜工部诗话》等；专论李杜者，如潘德舆有《养一斋李杜诗话》；专论李商隐者，如纪昀的《李义山诗话》之列。

11. 按诗歌流派而分，几乎每一个重要的诗派都有自己的诗话著作。如所谓江西派诗话，有陈师道《后山诗话》、范温《潜溪诗眼》、许顗《彦周诗话》、周紫芝《竹坡诗话》、吕本中《紫薇诗话》、吴可《藏海诗话》、曾季貍《艇斋诗话》、葛立方《韵语阳秋》等；江湖派诗话，有敖陶孙《敖器之诗话》、姜夔《白石道人诗说》、刘克庄《后村诗话》；明七子诗话，有徐祯卿《谈艺录》、王世贞《艺苑卮言》、谢榛《四溟诗话》、胡应麟《诗薮》；神韵派诗话，有王士祯《渔洋诗话》；格调派诗话，有沈德潜《说诗晬语》、薛雪《一瓢诗话》；性灵派诗话，有袁枚《随园诗话》、赵翼《瓯北诗话》；还有桐城派诗话、同光体诗话、汉魏六朝派诗话、中晚唐派诗话、戊戌变法派诗话、南社诗话。此等诗话论诗的最大特征，是其诗学批评的派别性与针对性，诗学宗尚为其文学派别或文学集团张目，最后在特定的历史文化环境中衍化而为文艺斗争、政治斗争、民族斗争的一种工具。

第二章　诗话学

一、徐英为诗话学立名

为“诗话”立名者，北宋欧阳修也。其晚年创作的《诗话》（后改为《六一诗话》）一卷，是为诗话立名、立体之始；历代诗话之繁荣发展，一门以诗话为研究对象的诗话之学则随之应运而生。

这是文体发展之必然，学术发展之必然，也是欧阳修的历史功绩。

为诗话立学，亦非个人行为，而是一种历史之必然。这种必然性，不会因人而异，不会因时而异，不会因地域而异。我在《中国诗话史》里称颂郭绍虞先生是“中国诗话整理与研究的一面旗帜”，是因为他对中国诗话的整理与研究，以出色的学术成果为我们替诗话立学打下了坚实的基础。古往今来，所有为诗话研究与立学作出一定贡献的人们，我们都应该记住他们的历史功绩。

为“诗话学”立名者，首先是民国时代安徽大学著名教授徐英先生。1936年4月，徐英先生的《诗话学发凡》一文发表于《安徽大学季刊》第一卷第二期。这是石破天惊！从此，“诗话学”三个大字，赫赫然载入中国诗话研究与学术文化的彪炳史册之中。

这篇重要文章被历史的尘垢掩盖着，很少有人知晓。1989年春夏之交，外面是学生上街游行的滚滚潮流，广播里传送着天安门广场的最新动态，而我却躲在湖南师范大学老图书馆的故纸堆里，为撰写《诗话学》而夜以继日地查阅文史资料，汗牛充栋，一天天，一册册书籍，一本本旧杂志，一一从我手中翻过，册册从我眼前扫视而过，如同大海捞针，“诗话”二字，恰似书海中浮现的一颗珍珠，不可能逃过我的双眼。老天不负苦心人呀！我翻阅到了

1936 年 4 月《安徽大学季刊》第一卷第二期，眼睛一亮，发现了救命稻草一样，里面有徐英先生的《诗话学发凡》一文。我如饥似渴地翻阅着，为我替诗话立学找到了历史依据。我当时兴奋不已，立即复印之，附录于湖南教育出版社 1990 年 5 月出版的拙著《诗话学》之尾，从而流播于四海。

诗话学发凡（徐英）

诗话之学，厥源远矣。披叶寻根，则肇始虞夏；沿澜观海，亦极乎明、清。原始要终，可得言焉。人禀七情，应物斯感。诗以言志，志有所之，持志而言，发言为诗。析义原理，明浅如话。《虞书》所陈，九序为歌，其诗话之首基哉！

宣圣有作，《雅》《颂》益明。子夏监绚素之章，子贡悟琢磨之句；商、赐二子，可与言诗。而六义环深，四始彪炳，“无邪”之旨，正变之谊。仲尼之所传，子夏之所述，毛公、卫宏之所记，《大序》《小序》之所称，皆“诗学”之要。而诗话之祖，或谓始于宋氏，忘其朔矣。

今言诗话，析派有三：述学最先，评体为次，铨列本事，又其末焉。总兹三派，皆源于经。《大序》所述，首重“诗学”，而忧在进贤，不淫其色；乐而不淫，哀而不伤，则评论尚矣；《小序》所陈，兼及故实，则后世言本事者所从出也。

汉儒言《诗》，详于训诂。《韩婴外传》之流，又旁征古事，肤合经旨，既非“诗学”，尤远于理。逮夫魏晋群才，五言流矣。事极江左，韵律益工。曹丕、陆机，时有议论；沈约、刘勰，继昌厥绪。而述学评体，二派争流。钟嵘《诗品》，则斠论优拙；皎然《诗式》，则备陈法律。并擅奇嫩，竞爽当时。诗话之学，始成一家。而仲伟品题，尤绝千古。其辨章源流，论列高下，能言之士，或莫得而逾焉。其后司空表圣《二十四品》之作，不论人物，别诠体式，冯虚引喻，妙揭玄理，信能“超乎象外，得乎环中”；然诗学之尚空论，盖自此始。吴兢《乐府题解》，自类目录；张为《诗人主客》，或近游戏，皆诗话之旁支，要无关于宏旨。孟棨之书，专言本事，则上继《小序》而下开《纪事》。诗话至此，极三派之大观焉。

北宋以来，作者益众。六一创名，杂言掌故；中山继起，间作品题，而体兼说部，不尽言诗。三派至此，或莫能分立，然泾渭异脉，亦未尝滥也。尤袤《全唐诗话》，犹见故实之繁；计氏《唐诗纪事》，遂启诗徵之列；则本事一派，进而与史乘争鞭矣。

自兹厥后，迄于明清，人握随珠，家怀荆玉，杼柚齐发，议论尤多。宋人则务求深解，时有穿凿之词；明人则喜肆高谈，或成虚憍之弊；清人所为，托体益卑：《渔洋》之连篇颂己，《随园》之累牍酬人，事已拙焉，韵之厚矣。或标榜门户，或倾排异己，或寓戈矛以噀血，或饰粉黛以行媚，皆贻诮于通方，亦弗入于大雅；而诗话之学，有不足论者矣。

然而末流之弊，无掩于前修。后进之才，或轶于曩哲；清深汲古，肆采玉于昆冈；志存披沙，亦析妙于往代。槽魄既汰，菁华毕陈；考旧闻以发新义，验璀瑜以资别裁。断简残篇，实有裨于藻采；杂言碎籍，非无益于辞章。则兹篇之作，亦翰苑之一助乎！

游夏之徒，文学斯张。六义四始，独传卜商。长江万里，其源滥觞。**述原始**。

学有深浅，品亦参差。品流既异，学脉益歧。较异知同，即同识谊。**述体派**。

文学之域，诗为大邦。徵理辨学，论难千万。折中群疑，剖析毫芒。**述诗学**。

作者既众，工拙斯繁。品第甲乙，盛于建安。彦和仲伟，厥论弗刊。**述诗品**。

迹往名留，故事堪传。贾岛吟佛，李白诗仙。霸桥风雪，韵矣昔贤。**述本事**。

欧刘有作，为体不纯。或穷其事，或称其人。继之作者，稗官是邻。**述说部**。

或解题目，或分主宾。一事不遗，众妙悉陈。隽闻逸绪，玑珠骈臻。**述杂体**。

位尊减才，势窘益价。扬杜抑李，倾颜起谢。下流所趋，遂成酬酢。**述标榜**。

“发凡”者，在于揭示全书之通例也。西晋杜预（222-284）《春秋左氏传序》云：“其发凡以言例，皆经国之常制，周公之垂法，史书之旧章。”徐英先生的《诗话学发凡》，乃是为《诗话学》述其通例。由此观之，徐英是否有《诗话学》之著？至少可以说徐英本有撰著《诗话学》之意；否则何以称之为“诗话学发凡”？徐氏全文仅一千二百余字，以文言体式纵论中国诗话的源流、派别、体制、演变、流弊等。论其渊源所自，徐先生认为诗话“肇始虞夏”而“极乎明、清”；论其流派，他把诗话分为“述学”、“评体”、“铨列本事”三种类别；论其流弊，他指出宋人诗话时有“穿凿之词”，明人诗话“喜肆高谈，或成虚憍之弊”，清人诗话“或标榜门户，或倾排异己，或寓戈矛以喋血，或饰粉黛以行媚”。然而他说：“末流之弊，无掩于前修。”所以文章末尾他又仿照旧题司空图《二十四诗品》之论诗体式，而论述诗话学之内容与学术价值，在于“述原始”、“述体派”、“述诗学”、“述诗品”、“述本事”、“述说部”、“述杂体”、“述标榜”的八个方面，以此而构建了徐英先生所标举的“诗话学”的诗学文化体系。

我以为，徐文的最大功绩与最高的学术价值，在于旗帜鲜明地标举“诗话学”，第一次高扬起了“诗话学”这面崭新的学科旗帜，不啻成为了中国诗话史研究乃至“东方诗话学”的一座新的里程碑。

二、《诗话学》的诞生

“诗话学”之名，是1936年安徽大学徐英先生的《诗话学发凡》率先倡言与创立的。但是并未标志着“诗话学”的诞生。徐英之文《诗话学发凡》公开发表半个世纪之后，时为1990年5月，蔡镇楚在《中国诗话史》研究之学术基础上，进而为诗话立学，由湖南教育出版社正式出版了第一部署名《诗话学》的专著，使前辈学者对“诗话学”的热切呼唤与殷切期待，终于变成了学术现实。

拙著《诗话学》撰写于1989年学潮之中。前有作者自序，开宗明义地说明本书的宗旨在于“替诗话立学”。写作之始，我冒昧地将书名定为《诗话学》，只是抱着为诗话立学的写作动机，并未知道徐英先生半个世纪以前已发表的《诗话学发凡》一文。所以“诗话学”是否能够成立，是否能够为学术界所认同与接受，我心中总还有些惶恐不安。是年六四前夕，我花费一个月的时间，躲在湖南师大图书馆的故纸堆里，潜心查阅诗话文献资料。偶然之间，我在1936年4月出版的《安徽大学季刊》1卷2期里，发现徐英先生发表的《诗话学发凡》一篇短文，如同石破天惊，让我兴奋不已。因为查阅到徐英先生题为《诗话学发凡》一文，底气十足了，终于为“诗话学”立名与撰著《诗话学》专著找到历史文献依据了。此时此刻，我欣喜异常，信心十足地完成了《诗话学》的撰写，全书共计十章，36 万多字。其基本特点是：

一是从纵横交错的学术坐标上定位诗话学的学科体系，其中关于诗话理论体系的论述，分为八个系列：即诗歌本质论、诗歌创作论、诗歌风格论、诗歌鉴赏论、诗歌批评论、作家论、诗体论、诗史论，涵盖了东方诗话论诗的基本内容，篇幅占据全书的三分之一，突出了诗话学的理论体系研究特色。

二是从历史文献学的考察中加强对诗话本体的研究，既注重诗话考名与诗话界说，辨别诗话与笔记、诗格、语录、诗条等相关概念的联系与区别，注重诗话渊源流变、诗话形态分析、诗话分类研究，又特别注重诗话的历史文献学研究，对诗话文献的类别、目录、版本、校勘、注释等一一做了精细的考察与论述。

三是在中国学术界首次从比较文学的角度，提出并尝试性地论述了"比较诗话学"的学术命题，开创性地将中国诗话与古代朝韩诗话、日本诗话、印度梵语诗学、西方诗学进行比较研究，既注重它们之间的影响研究，又注重其平行研究，使中国诗话研究第一次登上了世界比较诗学研究的学术台阶，大大开拓了中国诗话研究的学术视野，扩大了诗话研究的学术价值与学术地位。

尽管这部名为《诗话学》的著作，未能尽如人意，但它的问世，却宣告自从徐英先生为诗话立学的半个多世纪以来，中国终于有了第一部《诗话学》著作，使徐英、郭绍虞、钱仲联、钱钟书等著名学者为中国诗话研究所付出的种种辛劳，而今终于结出了一个鲜艳的果实。"诗话学"的研究与国际东方诗话学会的创建，乃是二十世纪九十年代东方学术界的一件彪炳史册的大事，形成了一股浩浩荡荡的学术文化潮流，诗话学的学科建设具有一种锐不可挡之势。

三、国际东方诗话学会

东方诗话学会，是一个以东方诗话为研究对象的国际性学术团体。

1991 年广西师大召开的中国古典文学史学术研讨会期间，我联系钱仲联、张葆全、胡明等先生，率先发起成立"中国诗话研究会"的构想，并且在《中国文学研究》杂志上发表《筹建"中国诗话研究会"的倡议书》，著名学者钱仲联先生还特地给中国社会科学院与国家民政部发函，阐释筹建的缘起、意义之所在。但是几年后，没有任何批复。我因此奔赴桂林与北京进行协调，还是没有音信。1993 年十月，韩国大田国际博览会期间，我应邀参加赵钟业教授举办的“宋子学国际学术发表大会”，特地与李炳汉、赵钟业等教授商议，筹备“国际东方诗话学会”，得到李炳汉、赵钟业等教授的认可。1994 年我与赵钟业等在北京大学开会、1995 年我与李炳汉等教授参加“中韩两国长江文学艺术考察团”活动，多次就筹备工作进行商议。经过三年紧张筹备，1996 年 5 月 26 日，中、韩、日三国诗话研究专家在举办了两次“东方诗话学国际学术发表大会”之基础上，以韩国赵钟业、李炳汉、柳晟俊、金周汉、李钟振等、中国蔡镇楚、任范松、李岩、刘德重、张寅彭、张伯伟、日本船津富彦、丰福健二、中国台湾汪中、沈秋雄、中国香港邝健行、詹杭伦、黄坤尧等著名专家教授为骨干，在韩国大田市的忠南大学校，联合发起成立“国际东方诗话学会”。成立大会顺利通过了蔡镇楚、赵钟业、任范松三人起草的《国际东方诗话学会章程》，选举了国际理事、会长、秘书长，批准首批近 100 名国际会员，并在韩国注册登记，创办会刊，确定以汉语、韩语、日语、英语等为官方学术语言，出席学术大会者不需交会务费，会议一切经费由学会与财团资助，这是中外学术团体最为少见的，开创了一代学术新风气。

无独有偶，“国际东方诗话学会”的首任会长——韩国赵钟业教授将其会刊定名为《诗话学》，之后分别在韩国大田、香港、台湾、上海、首尔召开了以“东方诗话学”为题旨的国际学术发表大会，一再为“诗话学”正名，为“东方诗话学”张目。从徐英《诗话学发凡》到蔡镇楚《诗话学》，再到“国际东方诗话学会”会刊《诗话学》的创刊发行，三者遥相呼应，构成了东方诗话学一串整体的学术文化链条，记录着一段为期半个多世纪以来千年诗话研究最辉煌的学术历程。而国际东方诗话学会会刊《诗话学》的出版发行，其意义之不可低估就在于它的刊物名称《诗话学》与中国近现代学者为诗话立学的学术意志的完全一致性，在于中国学者半个多世纪以来的“诗话学”研究成果终于得到了国际学术界同行专家的认可与公开接受，使中国学者为诗话立学的个人行为转变而为一个国际性学术团体的国际化、集团化行为，说明“诗话学”的概念、名称、内涵和学术体系，不仅具有学术的科学性和严谨性，而且具有国际性和前瞻性。

这是中国诗话乃至东方诗话研究历史进程中的又一块巍峨的丰碑，丰碑上赫赫然镌刻着三个大字：“诗话学”！

“诗话学”，从此不仅仅是一部学术论著，是一门古老而又崭新的学科，而且是一面鲜艳的学术旗帜。这面旗帜高高地飘扬在中国、在韩国、在朝鲜、在日本、在东南亚，在世界的东方，随着余的另一部专著《比较诗话学》2006年在国家图书馆出版社问世，中外学者所张扬的“诗话学”，已经走向世界，在国际汉学界，在世界比较文学界，也同样产生巨大而深远的学术影响。

四、为何要创立“诗话学”

从“诗话”到“诗话学”的创立，这是古今学术史研究之必然，是千年诗话研究趋于专门化、系统化的主要标志。

学术界对诗话能否立学出现某些不同意见，本来是正常的现象，我们并不在意。可以去问问徐英先生，据徐中玉先生说徐英是他的老师，也可以去请教钱仲联、钱钟书、陈贻焮、徐中玉、邓绍基等前辈学者，就不会意气用事。假如我们认真读一读客观存在的千年诗话，全面研究数以千计的东方诗话，诸多疑惑就可迎刃而解。

值得指出的，“诗话学”是以历代诗话为研究对象的专门之学，而不是以诗学为其研究对象，诗学只是其中内容之一。这是我们为诗话立学的前提。如果你把“诗话”等同于“诗学”(其指诗学理论)，诗话学之名当然没有存在之必要。然而，就千年诗话而言，就东方诗话著作的实际内容而言，诗话并不等于诗学。

在东方诗话研究中，我们之所以要为徐英先生所标举的“诗话学”张目，主张替诗话立学，而不主张沿用文艺学界常说的“诗学”之名，主要是出于以下更深层的理性思考：

其一，“诗学”的概念缺乏明确的自身规定性。

“诗学”之名源于西方，自亚里斯多德《诗学》问世以来，“诗学”一词则成为西方文艺理论之通称。此中之“诗”，是广义的诗，即文学，内容包括文艺学与修辞学。我们所说的“西方诗学”，就是指西方文艺理论。然而，西方文艺理论又主要是以戏剧学与叙事学为其中心者，属于一种广义的“诗学”范畴。其概念内涵，与中国人自己所理解和称说的狭义的“诗学”颇不相同。中国人所说的“诗”，是指抒情诗而言，是狭义的；中国人所说的“诗学”，是研究诗歌创作艺术规律的一门学问，也是狭义的。硬要尾随“西方诗学”的屁股后面，削足适履，亦步亦趋，生搬硬套地去建立一门与“西方诗学”完全不同的狭义的“中国诗学”，既不符合中国的历史实际，更会在概念的内涵与外延上造成不必要的混乱。

其二，中国现代“诗学”观念的模糊性。

本来，中国古代早有“诗学”之名，然其概念之内涵大凡有二：一是“《诗》学”，即“《诗经》之学”，以《诗三百》及其诠释之作为研究对象，是研究《诗经》一切之学的一门学问，属于经学的范畴。二是诗格之类诗学入门著作，如唐人诗格、诗式、诗例、诗句图之例，元人诗格则迳以“诗学”名书者，有如范梈《诗学禁脔》《木天禁语》，杨载《诗学正源》、揭傒斯《诗法正宗》《诗宗正法眼藏》等；明代亦然还有一大批诗学权舆之作，如黄溥《诗学权舆》、周鸣《诗学梯航》、浦南金《诗学正宗》，等。这是“无师自通”的诗学入门之书，是特定意义上的“诗学”。

而现代意义上的“诗学”概念则更加宽泛，因而更加模糊不清，诸如人们所说的“心理诗学”、“诗学语言学”、“诗学美学”、“诗学形态学”、“诗性哲学”，还有“梵语诗学”、“比较诗学”、“神话诗学”、“艺术诗学”、“女性诗学”、“文化诗学”、“李杜诗学”、“形象诗学”等等。如此繁复的“诗学”概念，与今人所倡导的“中国诗学”，风马牛不相及。所谓“中国诗学”，其学术规定性，也许更不明确，是《诗经》之“诗学”耶？诗格之“诗学”耶？是西方之“诗学”耶？抑或现代意义之“诗学”耶？

其三，“诗学”不同于“诗话学”。

狭义的“中国诗学”，以中国诗歌为研究对象（包括诗话中的“诗论”而无法包括诗话论诗的其他绝大部分内容）；而“诗话学”则以诗话为研究对象，其研究范围虽然亦关于诗，但主要是诗话之论诗谈诗者，是东方诗话，包括中国诗话、朝韩诗话、日本诗话、越南诗话，并与印度梵语诗学、阿拉伯诗学乃至西方诗学、文化诗学等进行比较研究。

比较而言，“诗话学”之名较之于“诗学”，其概念之内涵与外延的规定性，更符合中国人谈诗论诗的文化性格与审美风格。一般认为，所谓现代中国诗学，是指研究诗歌艺术原理的专门学问。二十世纪之初出现的一批以“诗学”命名的著作，如杨鸿烈的《中国诗学大纲》（1929）、谢无量的《诗学指南》（1930）、范况的《中国诗学通论》（1935）等，都是西风东渐的产物，是西方诗学的衍生之物，或者说是借用西方诗学的名词术语去研究中国诗歌艺术的一门学问。此类“诗学”著作，虽然研究资料与“诗话学”的研究有所重叠交叉，但它只注重于“论”，如同诗话中的部分“诗论”一样。然而诗话作为中国人茶余饭后的谈诗论诗之体，也有关于诗的论辩，却并不限于诗歌理论，还有诗情、诗趣、诗事、诗诵、诗录、诗证、诗句评点、诗人生活方式、诗外社会人生等等，是诗的生活化，也是生活的诗化，是中国诗文化的艺术升华。

中国人这种谈诗论诗的著作形式，虽然其中有诗论，但并不是“诗学”，而是“诗话”。诗话是中国、朝鲜、日本、东南亚等国家与地区古代盛行不衰的谈诗论诗体式，是“论诗”而非“诗论”，是中国诗文化的产物，而非“西方诗学”的宁馨儿。“诗学”之旨，以“诗论”为旨归，其内容的单一性与纯理性化倾向，与诗话所呈现出的丰富多彩的诗学文化色彩，大异其趣。诗话研究若以“诗学”取之，只重“诗论”，势必拾羽失鹏，沧海遗珠。当今有些学者把诗话与“诗论”等量齐观，甚至说什么“诗学”大于“诗话学”，或曰“诗话学”小于“诗学”，概念不同，而在二者之间权衡概念之大小，竟然把“诗话学”简单地纳入其所谓“中国诗学”的志彀之中，实在是一大误会。

其四，诗话的学术文化价值所致。

当今之诗话研究者，大多出自文艺学，因而多从诗论入手，拈出历代诗话著作中的诗论之语，注重发掘其诗学美学理论体系，是为一种研究方法，当然无可非议。但千年诗话的学术文化价值是多方面的，其中论诗之语涉及到的文化内涵极其丰赡，不可拘于“诗学”一隅。其历史文化价值，则可补史书之阙如，亦可“作史家之外传焉”。**诗话是“论诗”之体，而不是“诗论”之体；诗论只是诗话论诗的一个内容而已，而非诗话论诗对象的全部。**虽然当今的诗话研究者比较注重于诗话中的“诗论”的阐释，当今已经问世的诗话研究著作比较侧重于对其中诗学观念与诗学理论的梳理，但是这并不意味着“诗话”就等同于“诗论”。

我们以为，诗话不仅仅是历代诗人诗学观念的主要载体，诗话所表现者更是中国人的文化意识、史学意识、审美意识、语言意识、宗教意识、时空意识、自然意识、生命意识、社会人生意识、民族意识、政治意识、国家意识等等[1]。

基于这种认识上的深化，1999 年我在《中国诗话史》的修订本中重新对诗话的学术文化价值作出了新的理性分析和系统阐释，增加了“文化价值”与“比较文学价值”两个命题，力图弥补自己撰著是书之初在诗话观念上的缺陷与行文运笔偏重于“诗论”所存在的不足之处。

1　参见轻言主编、谭邦和副主编的《历代诗话小品》，湖北辞书出版社 1994 年本。

综观全部东方诗话史，我们深深感到，诗话的创作，是作者理性的自觉，而更多的是感性的体悟，是历代文人的文化性格、文化心态、生活方式、审美情趣的真实记录与诗外人生的生动体现。

中国文人士大夫以“余事作诗人”的态度作诗，又以“以资闲谈”的宗旨创作诗话，无论是写诗还是谈诗论诗作诗话，都始终植根于本民族赖以生存的文化土壤，始终体现了自己所崇尚的文化观念和价值观念。诗话所开创的这种论诗传统，深深打上了民族文化性格与审美情趣的烙印，成为中华民族传统文化的历史积淀。形形色色的文化色彩，给中国历代诗话涂饰了一层层亮丽的智慧光泽。

天地人合一，儒道释互补，真善美和谐统一，深邃的人生哲理，闪光的诗思感悟，优美的风流雅韵，真切的生命体验，复杂的文人心态，多彩的生活情调，无尽的闺思低吟，诗化的烟楼红尘，浓郁的民俗风情，奇谲的道风仙骨，清妙的禅月诗魂，生动的语言艺术，文人之兴会，名士之风雅，诗家之逸趣，仁者之沉思，智者之顿悟，隐者之真谛，行者之心序，乃至历史沿革，典章名物，神话传说，奇闻轶事，鬼怪谶纬，饮食起居，书画棋弈，金石古董，音律声韵，茶道酒令，舞马斗鸡，园林雕塑，花木虫鱼，凡社会生活中的方方面面、点点滴滴，在历代诗话中都得到淋漓尽致的表述。诗话的字里行间，散发着非常浓郁的文化气息，充满着历代文人士大夫的诗外人生之思。

从儒家文化、道家文化、佛教文化到地域文化、民俗文化，从女性文化、青楼文化到音乐文化、饮食文化，从城市商业文化到田园农业文化，从帝王宗庙文化到士大夫迁谪文化，乃至文化传播，一切社会文化现象凡涉于诗者，历代诗话都有生动的反映。许多诗话之作注重文化的阐释和诗人对社会人生的感悟体验，因而今天的读者仍然能够跨越历史时空的界限，与古代先贤圣哲心灵相通，以心会心，相知相缘，从中获得无穷的审美享受，把握诗外人生真谛。

中国诗话中连结古人与今人的情感纽带，正是博大精深的中国传统文化。也正是这种文化基因，才使中国诗话相续相禅，生生不息，历久不衰；亦使历代诗话的文化品味始终不失其民族面目与民族风格。我们之所以反对把“诗话”与“诗论”、把“诗话学”与“诗学”等而视之，之所以反对用“西方诗学”或现代“诗学”观念去匡正“诗话”与“诗话学”，主张诗话研究的角度与方法应该呈现多元化的格局，不要只重诗学的研究，还要特别提倡对诗话进行文化学的研究，注重诗话的文化阐释，这是以诗话本身的诗学文化价值体系为基本依据的，不是一种主观随意性的推断与不负责任的“标新立异”。

其五，不宜以“文体”为立“学”之本。

有人认为，“从文体上说，诗话几乎没有自己的文体”，而“缺乏内在结构与外部形式规则的东西不能成为学，诗话正是如此”。

所谓“文体”，是指文章的体裁、体制或风格。明人徐师曾《文体明辨》谓：“夫文章之有文体，犹宫室之有制度、器皿之有法式也。”文各有体，此种“体”，是其内在结构与外部形式规则之统一体。应该说，诗话之为“文”，则必有其“体”，即论诗随笔之体；因其体制由一条一条内容互不相关的论诗条目连缀而成，故又如语录体。然而，诗话作为一种论诗著作形式，又不同于一般的文章或文学作品，也不同于一般的笔记或杂志。“笔记”“语录”以随笔杂录为特色，而诗话始终围绕“论诗”这个中心而随笔书写。从整体而言，诗话是文学批评样式之一，本来就不存在“文体”问题。一般文学批评著作，都只有章学诚、郭绍虞先生所说的“论诗及事”、“论诗及辞”二类与“韵散二途”而已。斥诗话没有文体者，完全混淆了文学作品与文学批评两种不同体制形态的区别，犯了一个常识性的错误。

“诗话学”作为一门以诗话为研究对象的专门之学，与历代文人所标举的“诗经学”、“楚辞学”、“文选学”、“杜诗学”、“敦煌学”、“红学”等一样，其成立之唯一基础本不在于“文体”，而在于其研究对象本身的学术价值。即使如所谓“诗学”、“词学”、“赋学”、“曲学”、“戏剧学”之类以文体命名的专门之学，亦非以其“文体”为唯一标准，何能以“文体”来驳难诗话之立学呢？我以为，以文体为依据，“文选学”与“敦煌学”等就会被扼杀；请问“文选学”与显赫一时的“敦煌学”以何种文体为立学之本？以文体为唯一标准，把“诗话学”等同于狭义的“诗学”，实际上是不理解诗话为何物而又苛求于诗话之体，且容易忽略诗话的文化意义、美学内涵与比较文学价值。

众所周知，中国古代以至近代没有一部完全符合“西方诗学”标准的中国诗学著作。以正统诗文为研究对象的文章学专著——刘勰《文心雕龙》出现之后，由于中国文学批评走上了专门化之路，批评家们则把自己的主要目光投向了诗歌，文学批评变成了以诗歌为主体的诗学批评；而所谓“诗歌批评”，又多以诗品、诗格、诗话这种论诗著作形式出之。基于中国文学批评的这种历史事实，所谓“中国诗学”的理论体系，亦必须通过中国诗话研究这一条必经之路才能建立。其他文本、选本、评点、笔记、序跋之类的论诗之语及其诗学观点，有如散落的珍珠，吉光片羽，比诗话之作更缺乏系统性，更为散乱无序，只能作为辅助资料加以使用，若以它们为基点是根本不可能建立什么“中国诗学体系”的。因此，否定诗话，无异于否定“中国诗学”。

何谓“诗话学”或曰“东方诗话学”？顾名思义，“诗话学”就是诗话之学，它以中国诗话乃至东方诗话为研究对象、以中华文化为学术文化坐标、以儒家文化圈与佛教文化圈为时空范围、以印度梵语诗学、阿拉伯诗学、西方诗学为参照系，进行多角度、多层次、多方面的比较研究，是从诗话之体的“内部”与“外部”对东方诗话进行学术文化研究的一门跨国性的专门之学。

故而言之，诗话学的创建，其主要依据与基本立足点有三：

一是以中国诗话、朝韩诗话、日本诗话、越南诗话等为代表的东方诗话的客观存在，自有一种跨越国界的专门化的研究对象（并不排斥诗论、文论、赋论、曲论、画论、书论、小说论等，但其主体研究还是诗话）。众所周知，研究对象，决定了学科的性质；研究对象不同，学科的性质与名称自然有别。既然“诗话学”以东方诗话为研究对象，其学科名称本应为“诗话学”；如果名为“诗学”，就将其研究对象局限于诗话著作中的“诗论”，而忽略了诗话著作中的大部分的文化内涵。读过诗话的人都知道，诗论只是诗话论诗内容的一个小部分，而大部分内容即是诗本事，是诗文化，是诗化的社会人生等。如果将“诗话”等同于“诗学”，势必会“拾羽失鹏”。其思想根源，则是以西方诗学来匡正东方诗话。观念的错误，造成了方法论的错位。这就是把“诗话”等同于“诗学”的症结之所在。

二是“诗话学”之名早在1936年4月就由徐英先生在《诗话学发凡》一文中率先提出；半个世纪后，我在撰著《中国诗话史》与《诗话学》时，正式倡言建立独具特色的“东方诗话学”之说。“东方诗话学”是对“诗话学”之说的继承与发展。因为徐英之标举“诗话学”，其基点仅仅在于中国诗话，学术视野仅限于中国；我之倡言建立“东方诗话学”，其学术视野则立足于东方诗话圈，着眼于中国诗话、朝韩诗话、日本诗话、印度梵语诗学、阿拉伯诗学与西方诗学，试图通过“东方诗话学”的全方位研究，能在国际学术讲台上取得与“西方诗学”平等对话的学术地位。注意！是“平等对话”，而不能从属于“西方诗学”，亦没有必要去排斥“西方诗学”。这种学术意愿，应该是无可非议的。尽管任何人都有权使用“中国诗学”这个名词术语，甚至可以按西方诗学的模式去构建自己的“中国诗学”理论体系。但比较而言，“诗话学”或“东方诗话学”则更加切合中国乃至整个东方国家和地区诗学理论批评的历史实际，更加符合东方人的思维方法、学术风格与民族文化性格。

三是“国际东方诗话学会”这一国际性的学术研究团体的建立及其“东方诗话学国际学术发表大会”的召开。1996 年 5 月，韩国赵钟业教授退任之际，我们在韩国大田举办过一次以“东方诗话学”命名的学术会议，并成立了“国际东方诗话学会”[2]。1999 年 7 月，“东方诗话学会”在韩国大田召开学术年会，题名为“第一次东方诗话学国际学术发表大会”。学会章程规定，每两年在某个国家或地区举办一次学术年会，如 2001 年在香港召开的“第二次东方诗话学国际学术发表大会”。尽管会议名称后来改为“东方诗话学会第二届国际学术发表大会”，但是当此期的会刊《诗话学》第三、四合辑出版之时，会议名称又被韩国籍会长赵钟业先生改为“第二次东方诗话学国际学术发表大会”，这也是事实。其实“东方诗话学会”并不等同于“东方诗学学会”，这是尽人皆知的常识。有人非常忌讳“诗话学”或“东方诗话学”这个专门术语，所以今后也许还会有人这样随意改来改去，或许尚有所谓“非诗话”与“非诗话学”者出；即便如此，“诗话学”或“东方诗话学”仍然是一个客观的历史存在，仍然也不可能不成为“国际东方诗话学会”的基本宗旨及其从事各种学术活动的一面旗帜。

五、文化名人与诗话

现代学人中，有人瞧不起诗话，以为诗话只是“一堆无聊的文字”。孰不知，自诗话诞生以后，中国历代文化名人无一不与诗话结下不解之缘。在中国文学史发展的历史长河之中，屈指一数，大凡历代学术大家、文坛巨匠，都曾是优秀的诗话作者与研究者。

宋代欧阳修有《六一诗话》，司马光有《温公续诗话》，刘攽有《中山诗话》，文莹有《玉壶诗话》，陈师道有《后山诗话》，叶梦得有《石林诗话》，吕本中有《紫薇诗话》，张戒有《岁寒堂诗话》，杨万里有《诚斋诗话》，周必大有《二老堂诗话》，尤袤有旧题《全唐诗话》，刘克庄有《后村诗话》，姜夔有

2　1996 年当初命名为国际性的“东方诗话学会”，总部迁出韩国后，学会公章改为“国际东方诗话学会”，2018 年 11 月，在第 11 届东方诗话学会展开的国际会议上，现任会长詹杭伦教授对我说：“本来就是国际东方诗话学会，我们都喜欢这个名称。”我表示欣然同意。

《白石道人诗说》，严羽有《沧浪诗话》；金代王若虚有《滹南诗话》；元代方回有《名僧诗话》《虚谷诗话》《瀛奎律髓》；明代瞿佑有《归田诗话》，李东阳有《怀麓堂诗话》，都穆有《南濠诗话》，徐祯卿有《谈艺录》，谢榛有《四溟诗话》，杨慎有《升庵诗话》，江盈科有《雪涛斋诗话》；清代王夫之有《姜斋诗话》，吴伟业有《梅村诗话》，叶燮有《原诗》，王士祯有《渔洋诗话》，沈德潜有《说诗晬语》，袁枚有《随园诗话》，赵翼有《瓯北诗话》，吴乔有《围炉诗话》《逃禅诗话》，翁方纲有《石洲诗话》，纪昀有《纪河间诗话》《李义山诗话》，朱彝尊有《静志居诗话》，毛奇龄有《西河诗话》，杭世骏有《榕城诗话》《桂堂诗话》，舒位有《瓶水斋诗话》，法式善有《梧门诗话》《八旗诗话》，潘德舆有《养一斋诗话》《李杜诗话》，洪亮吉有《北江诗话》，黄培芳有《香石诗话》，梁章钜有《南浦诗话》《三管诗话》《雁荡诗话》《闽川诗话》《闽川闺秀诗话》《东南峤外诗话》，陈衍有《石遗室诗话》，林昌彝有《射鹰楼诗话》，梁启超有《饮冰室诗话》，狄葆贤有《平等阁诗话》，李伯元有《庄谐诗话》，张维屏有《听松庐诗话》，王闿运有《湘绮楼诗话》，邓显鹤有《南村草堂诗话》；现代赵元礼有《藏斋诗话》，梁乙真有《民族英雄诗话》，沈其光有《瓶粟斋诗话》，胡怀琛有《海天诗话》，高旭有《愿无尽庐诗话》，胡朴安有《南社诗话》，周实有《无尽庵诗话》，潘飞声有《在山泉诗话》，蒋伯超有《通斋诗话》，林学衡有《丽白楼诗话》，王蘧常有《国耻诗话》，钱钟书有《谈艺录》，冼玉清有《琅玕馆诗话》，蒋瑞藻有《续杜工部诗话》，刘永济有《旧诗话》，邵祖平有《七绝诗话》《无尽藏斋诗话》，钱仲联有《梦苕盦诗话》，施蛰存有《唐诗百话》《宋元词话》，陈声聪有《兼于阁诗话》，流沙河有《流沙河诗话》。

从事诗话整理与研究者，清代有章学诚的《文史通义·诗话篇》，何文焕的《历代诗话》；民国有丁福保的《历代诗话续编》《清诗话》，徐英的《诗话学发凡》；现代有郭绍虞的《宋诗话考》《宋诗话辑佚》《诗话丛话》《沧浪诗话校释》《清诗话续编》，台静农《百种诗话类编》。

这种独特的历史文化现象，我们不应该熟视无睹。历代学者对诗话的钟爱及其创作的谈诗论诗之作，代表着他们的诗学文化观念与审美情趣，是中国历代文人的艺术心灵之所寄，是中华民族的民族文化性格与诗歌美学精神的一种艺术升华。怎么能说诗话是“一堆无聊的文字”呢？

六、钱钟书与诗话

诗话之体自北宋诞生以来，中国历代文化名人无一不与诗话结下不解之缘。屈指一数，大凡历代学术文史大家、文坛巨匠，都曾是优秀的诗话作者与研究者。

钱钟书（1910-1998），字默存，号槐聚，江苏无锡人。现代著名学者，著有《谈艺录》《管锥编》《七缀集》《宋诗选注》和小说《围城》等，被学术界誉为“文化昆仑”。

钱钟书一生的学术事业，与诗话结下了不解之缘。

其一，钱先生的学术事业，以诗话为起点。1939 年 11 月至 1941 年 8 月，钱先生在当时设立于湘西宝庆蓝田镇的“国立师范学院”任教，于教学之余撰著《谈艺录》一书，纵论古代诗人诗作，1948 年 6 月，此书在上海开明书店出版。被美国华裔学者夏至清称誉为“中国诗话的里程碑”之作。其后，钱先生的学术著作《管锥编》依然采用诗话体式论文、论诗、论史，《宋诗选注》亦为诗话之别体，除《七缀集》为学术论文之外，诗话成为了“钱学”的基本体式。

其二，钱先生为诗话正名。在中国学术史上，钱先生是继郭绍虞先生之后为中国诗话正名的著名学者之一，而且又是第一位将诗话研究列入《中国文学史》进行总体研究的学者。20 世纪六十年代，钱老主持中国社会科学院《中国文学史》之唐宋文学史的编写工作，亲自撰写了《宋代的诗话》一章。这是一篇相当精彩的宋代诗话专论，其学术价值之一就在于为千年诗话正名。具体而言有以下三点：

（1）文学批评常常采取各色各样的形式，并不限于像刘勰《文心雕龙》那样系统周密的专著。钱先生认为，“在各种体裁的文评里，最饶有趣味、最有影响的是诗话，是以‘轶事类小说’体出现的文评”。并且肯定诗话产生于北宋之后，“渐渐发达成为中国文评传统里的主要形式”。

（2）诗话是诗的随笔，风格生动活泼。钱先生认为，“它不是严肃正经的崇论宏议，而是随便轻松的漫谈杂话，语气轻松，文笔平易，顺手拈来，信口说去，随意收住，给读者以一种不拘形迹，优游自在的印象”。他说，宋代诗话往往“写得娓娓动人，读着津津有味，仿佛在读魏晋以来的‘轶事类小说’”一样。

（3）钱先生严肃批评了元初以来非难、贬斥中国诗话的理论倾向，分析了出现这种倾向的原因，说："后人瞧不起宋代的诗歌，因而把宋代的诗话也牵连坐罪。元初就有人慨叹说：'诗话盛而诗愈不如古'；明人更常发'唐人不言诗法，诗法多出宋'那一类议论。这种话办能表示那些对唐人讲诗法的书无所知晓，至少也是视而不见。"字里行间，体现出钱种书先生对那些贬斥诗话之论的愤慨与鄙视。几乎与此文写作同时，钱氏又在《读拉奥孔》一文中指出，崇拜名牌的理论著作，"眼里只有长篇大论，瞧不起片言只语"，也是轻视诗话一类随笔的一个原因。他说：

> 一般"名为"文艺评论史而"实则"是《历代文艺界名人发言记要》，人物个个有名气言谈常常无实质。倒是诗、词、随笔里，小说、戏曲里，乃至谣谚和训诂里，往往无意中三言两语，说出了精辟的见解，益人神智；把它们演绎出来，对文艺理论很有贡献。也许有人说，这些鸡零狗碎的东西不成气候，值不得搜采和表彰，充其量是孤立的、自发的偶见，够不上系统的、自觉的理论。不过，正因为零星琐悄的东西易被忽视和遗忘，就愈需要收拾和爱惜；自发的孤单见解是自觉的周密理论的根苗。再说，我们孜孜阅读的诗话、文论之类，未必都说得上有什么理论系统。更不妨回顾一下思想史罢。许多严密周全的思想和哲学系统经不起时间的推排销蚀，在整体上都垮塌了，但是它们的一些个别见解还为后世所采取而未失去时效。……眼里只有长篇大论，瞧不起片言只语，甚至陶醉于数量，重视废话一吨，轻视微言一克，那是浅薄庸俗的看法——假使不是懒惰粗浮的借口。(《七缀集》)

"重视废话一吨，轻视微言一克"，这是对那种只重视名牌理论著作而轻视中国诗话的浅薄庸俗之见的莫大讽刺。"五四"以降，中国文论界受"欧洲文化中心论"之影响，推崇西方诗学而漠视中国诗话，卷帙浩繁的中国诗话，长期被人们斥之为"鸡零狗碎"而备受冷落。徐英、郭绍虞、钱钟书等前辈学者独具慧眼，为诗话之正名而据理力争，其学术功德是可感天地日月的。

其三，关于宋代诗话的评价问题。钱先生认为，"诗话在宋代是有发展的"：一则"比起唐人专讲诗法的书来，宋代的诗话显然进了一步"，因为唐人诗格"使作诗者束手缚脚，也使读者头昏眼花，对于赏析和了解作家和作品的帮助，远比不上宋代的诗话"；二则宋代诗话的"'轶事类小说'成分逐渐减少，而文学批评的成分相应地加多。它由杂记漫谈慢慢地变为较有纲领的理论阐释”，特别是南宋诗话之作颇能摆脱常规，不注重甚至完全不作掌故的记述、用事造语的考释和寻章摘句的批评，而发挥了比较全面和根本的理论见解，如张戒的《岁寒堂诗话》、姜夔的《白石道人诗说》和严羽的《沧浪诗话》。钱先生把《岁寒堂诗话》《白石道人诗说》和《沧浪诗话》视为宋代诗话的鼎足之作，明确指出：“只要把《六一诗话》跟《沧浪诗话》一比，就知道宋代诗话有多少发展！严羽表面上还是用随笔的风格，用亲切平易的语气，还像坐在软椅里聊天，不像站在讲台上说教，而实际上已经不是‘闲谈’，而是在深谈，不是拉杂讲些趣事佳句，而是阐明有系统、有纲领的文学见解了。”

诗话作为一种人尽可为的论诗之体，其只言片语，有如一砖一瓦，却建筑而成千古长城，其中历代诗话著作中的某些诗学观点与思维方法也可能有某些缺陷，但是总体而言是不错的，有些著述甚至可谓“不朽”。如钱钟书先生的《谈艺录》与其读书笔记式的《管锥编》，就成就了一个“文化昆仑”。

在现代中国，钱钟书先生是继徐英、郭绍虞先生之后，又一个高扬起中国诗话这面辉煌旗帜、开创中国诗话研究一代风尚的伟大学者，是从事诗话整理和研究的一面光辉旗帜。

七、新世纪的诗话研究

当人类跨入21世纪的大门，中国人眼前的景象是一片新的辉煌。中国大陆与港台地区的东方诗话研究也是一样。

新世纪之初，在东方诗话研究领域，中国学术界取得了空前辉煌的成就，出现了一批标志性的学术成果，充分说明中国学术界的诗话研究已经上升到了一个崭新的学术台阶。

第一，《比较诗话学》的诞生。诗话的比较文学研究，是韩国著名诗话研究专家赵钟业教授开创的，其《中韩日诗话比较研究》是世界第一部诗话的比较文学研究著作，1977年由台湾学海出版社正式出版。而后的1990年蔡镇楚在《诗话学》一书中列有“比较诗话学”一章，北京大学著名美学家叶朗教授因此建议我撰写《比较诗话学》一书，后被中国教育部列为“10·5人文社会科学重点项目”。经过十多年的努力，这部著作于2006年正式由国家图书馆出版社出版。传统的比较文学研究，仅仅停留在作家作品的文学层面上，而《比较诗话学》即从比较诗学与文化的高度予以总体的比较研究，不仅提升了东方诗话研究的理论层次，而且将世界比较文学研究上升到了比较诗学的最高境界，在当今世界比较文学研究领域也是绝无仅有的，引起世界比较文学研究界的广泛关注。

第二，一批研究生在东方诗话研究领域崭露头角，成果斐然。

谭雯撰《日本诗话研究》，中国社会科学出版社 2008 年出版，改名为《日本诗话的中国情结》，属于中国学人研究日本诗话的开拓之作。

祁晓明撰《江户时期的日本诗话》，上下两编，中国社会科学出版社 2009 年本。前有大阪大学深泽一幸教授序言，上编论其历史和特征，下编论其理论体系。

蔡静平撰《明清之际汾湖叶氏文学世家研究》，凡四章，岳麓书社 2009 年本。是书是其博士论文，系清诗话大家叶燮家族文化研究的优秀之作。前有蒋凡前言，后附《汾湖叶氏世系简表》。

孙立著《日本诗话中的中国古代诗学研究》，北京大学出版社 2012 年本。所论侧重于日本诗话中的中国古代诗学研究，其真正价值不在于中国诗学，而在于其进入吴承学、彭玉平主持的国家课题“中国古代文体学研究”，注重日本诗话之文体研究，开创了诗话研究领域注重文化学研究的文化内涵。

张红撰《江户前期理学诗学研究》，凡十一章，岳麓书社 2019 年本，精装一册。是书系国家社科基金项目“日本杜诗学研究”的阶段性研究成果，系统论述江户前期中国理学诗学在日本大行其道的基本情况与主要特征，是江户前期日本学人接受中国传统文化及其理学诗学的集大成之作。

第三，诗话文献的整理出版。新世纪以来，中国大陆注重诗话文献的整理与出版，认为这是诗话研究的系统工程是惠泽千秋的学术功业。除中华书局、人民文学出版社、上海古籍出版社等继续出版前贤编辑的历代诗话之外，中国大陆与港台地区又连续出版了几套大型诗话丛书与书目提要著作，乃是金针度人之举:

张伯伟《全唐五代诗格校考》，陕西人民教育出版社 1996 年本。

张健撰《元代诗法校考》（1 册），北京大学出版社 2001 年本。

张健编《珍本明诗话五种》，北京大学出版社 2008 年本，是书收集明代诗话珍本雷燮《南谷诗话》、季汝虞《古今诗话》、夷白斋主人《诗话》、朱奠培《松石轩诗话》以及谢肇淛《小草斋诗话》。

张国庆编《云南古代诗文论著辑要》（1 册），中华书局 2001 年本。

张伯伟编《稀见本宋人诗话四种》（1 册），江苏古籍出版社 2002 年本。

吴宏一编《清代诗话知见录》(1 册),台北中央研究院中国文哲研究所 2002 年本。

张寅彭编《新订清人诗学书目》(1 册),上海古籍出版社 2003 年本。

蔡镇楚编《中国诗话珍本丛书》(精装 22 册),国家图书馆出版社 2004 年影印本。

蔡镇楚编《域外诗话珍本丛书》(精装 20 册),国家图书馆出版社 2006 年影印本。

周维德编《全明诗话》(精装 6 册),齐鲁书社 2005 年本。

张寅彭编《民国诗话》(精装 5 册),上海中国书店 2005 年本。

蒋寅撰《清诗话考》(1 册),北京中华书局 2005 年本。

周满江、张葆全编《宋代诗话选释》,广西师范大学出版社 2007 年本。

钟仕伦《南北朝诗话校释》(1 册),中华书局 2008 年本。

曹旭《诗品集注》(增订本),精装一册,上海古籍出版社 2011 年本。

蔡美花、赵季主编《韩国诗话全编校注》,人民文学出版社 2012 年本,精装 12 册。该书以赵钟业影印版《韩国诗话丛编》与蔡镇楚编《域外诗话珍本丛书》为基础,查阅、分析并研究朝鲜韩国古文献全集,补充了四十余种散佚汉诗话,收录自高丽时期李仁老《破闲集》至现代李家源《玉溜山庄诗话》,共计诗话作品一百三十六部,总计近八百万字,是国内外一部全面展现朝鲜韩国诗话全貌的文献资料数据集大成者。

王培军、庄际虹《校辑近代诗话九种》,上海古籍出版社 2013 年本,简装一册。是书校辑近代中国诗话九种,有陈诗《江介隽谈录》、姚大荣《惜道味斋说诗》、何震彝《鞮芬室诗话》、易顺鼎《琴志楼摘句诗话》、邵祖平《无尽藏斋诗话》、陈廖士《单云阁诗话》等。

《诗话学》,国际东方诗话学会会刊,以中、日、韩三国文字出版,1998 年创刊号,收录第一次东方诗话学国际学术发表大会论文,前有赵钟业刊行辞和车柱环祝辞,主要论文有蔡镇楚《诗话与诗话学》,刘德重《诗话范畴与诗话学》、赵钟业《诗话的广义性》,张寅彭《诗话发展正义》。

《诗话学》,国际东方诗话学会会刊,1999 年第二辑,前有第一次东方诗话学国际学术发表大会彩照,记录第二次东方诗话学国际学术发表大会论文,重要论文有赵钟业《诗话与比较文学》,蔡镇楚《崛起中的东方诗话学》。

《诗话学》,国际东方诗话学会会刊,2001 年第 3、4 合辑,前有第二次东方诗话学国际大会彩照，收录第三次东方诗话学国际学术发表大会论文，主要有蔡镇楚的《论诗话的比较文学研究》。

《诗话学》，国际东方诗话学会会刊，2004年第5、6合辑，前有大会长李炳汉的刊行辞，收录第四次东方诗话学国际学术发表大会论文，主要有蔡镇楚的《千秋诗话，功罪几何——日本古贺煜<侗庵非诗话>的文化阐释》，王小盾、何仟年《越南古代诗学的硕果：<仓山诗话>》。

以上这些标志性成果，具有三大学术特色：一是注重弥足珍贵的历代诗话文献版本；二是注重断代诗话书目的考证与提要；三是学术风格，气势宏大，具有集大成性。

第四，在国际东方诗话学会的推动下，东方诗话研究的总体学术水平不断提高。比较而言，新世纪之初的诗话研究，比20世纪的学术水平提高了许多：一是学术界对诗话的认识提高了，人们不再认为诗话只是“一堆无聊的文字”，而是诗学、美学、文学、民俗学、文化学、语言学、文学批评、比较文学研究的重要资料，人民文学出版社的中国社会科学院《中国文学史》，上海古籍出版社的复旦大学《中国文学批评史》系列，北京中华书局2006年出版的蔡镇楚《中国文学批评史》，都以专门章节来论述中国诗话，诗话在文学批评史上的学术地位得到了充分肯定。二是学术视野开阔了，既注重中国历代诗话的整理与研究，又注重朝鲜——韩国诗话、日本诗话与东南亚诗话，还注意印度梵语诗学、阿拉伯诗学、穆斯林诗学、西方诗学以及新近崛起的文化诗学等等，诗话研究已经触及到中国乃至世界人文社会科学的各个领域。如蔡镇楚的《比较诗话学》又将诗话研究的学术水平推上一个崭新的高度。这是改革开放的成果，是国际学术文化交流的丰硕之果，说明学术研究也是“与时俱进”的，不可能停留在一个水平线上，必然是后来居上。三是诗话研究方法更趋于科学化，中国学者历来注重考据，又注重理性思辨。新世纪中国大陆出版的诗话研究著作，如蒋寅的《清诗话考》与张寅彭的《新订清人诗学书目》，可以说是诗话目录学、考据学方面的代表之作。张伯伟的《中国古代文学批评方法研究》(2002年中华书局)，将中国古代文学批评（含诗话）研究的方法论上升到理性思辨的高度。

第五，中国诗话的繁荣发展。诗话研究依赖于诗话创作，正如文学批评依赖于文学创作一样。中国学者依托于传统诗话的体制形式，在学术研究之余，努力撰写新诗话，出现一批新的诗话著作，例如：

《民国诗话》二卷，陈浩望撰，广西民族出版社1996年本

《吴宓诗话》不分卷，吴宓撰，吴学昭整理，商务印书馆2005年

《莫砺锋诗话》不分卷，莫砺锋撰，北京大学出版社2006年本

《中国品茶诗话》六卷，蔡镇楚撰，湖南师范大学出版社2004年本

《中国品酒诗话》六卷，蔡镇楚撰，湖南师范大学出版社2005年本

《中国音乐诗话》五卷，蔡镇楚撰，湖南师范大学出版社2006年本

《中国美食诗话》六卷，蔡镇楚撰，湖南师范大学出版社2007年本

《中国美女诗话》十卷，蔡镇楚撰，湖南师范大学出版社2008年本

《中国战争诗话》八卷，蔡镇楚、蔡静平撰，湖南师范大学出版社2009年本

《富厚堂诗话》不分卷，佘国武撰，湖南文艺出版社2016年本

新世纪诗话创作的繁荣发展，充分说明诗话这种传统著作形式，为学人所喜闻乐见，富有强大的艺术生命力，在中国，在东方，永远不会消亡。

第六，国际东方诗话学会，乃是国际东方诗话研究的一个独具特色的学术团体。自从1996年5月在韩国大田市的国立忠南大学宣告成立以来，已经在各国或地区，连续举办过11次国际学术大会，成为凝聚东方各国与地区从事东方诗话与诗学研究者的一面旗帜，成为弘扬东方诗话学术文化的一个实实在在的国际性学术团体。他们不忘初心，牢记使命，2018年11月在湖南师大召开的第11届理事会上，来自马来西亚的现任会长詹杭伦教授，正式为赵钟业、蔡镇楚、李炳汉、任范松等几位主要创始人，颁发“创会元老奖”证书，以表达学会传人对前辈学者的诗话学术功业的肯定与承继，充分显示“国际东方诗话学会”以其学风之严、会风之正，成果之丰，开创了一代东方诗话研究之风，而具有强大的学术生命力。

第三章　比较诗话学

比较诗话学，这是一个全新的名词术语，在世界学术文化史上尚无先例。

比较诗话学，这是一个令人神往的学科，在东方诗话与世界比较文学（特别是比较诗学）研究领域里犹如东方升起的一轮朝阳。

一、比较诗话学研究缘起

1984 年，韩国赵钟业教授以其《中韩日诗话比较研究》一书，开创了将中韩日三国诗话拉入比较文学研究领域的历史。1990 年，蔡镇楚的《诗话学》问世，北京大学叶朗教授建议我利用中国诗话丰富的古典诗学与审美语言学文献资料撰写两部著作：一是《审美语言学》，二是《比较诗话学》，以填补中国学术文化研究的一大空白。

“比较诗话学”之名，是我在 1990 年率先提出来的。1988 年 5 月第一部《中国诗话史》正式问世，我在其序言中提出创建“东方诗话学”的学术主张；1990 年 10 月拙著《诗话学》出版，我在其中特列有“比较诗话学”一章，将比较研究的范围由中、韩、日三国诗话扩展到印度梵语诗学与西方诗学，诗话的比较文学研究及其方法，亦随之而由影响研究扩展到平行研究。而后，我在《文学评论》《中国社会科学》（英文版）等国内外重要刊物上连续发表了《中国诗话与日本诗话》《中国诗话与朝鲜诗话》《中国诗话与印度梵语诗学》《诗话研究之回顾与展望》《诗话与诗话学》等有关诗话与诗话比较研究的系列论文，在中国学术界率先将诗话研究纳入比较文学研究领域之中。1996 年 5 月，在为韩国赵钟业先生退休而举办的“东方诗话学国际学术发表大会”上，我发表了《东方诗话比较研究之展望》的主题报告，2001 年元月在香港举办的“东方诗话学会第二届国际学术发表大会”上，我又发表了《论诗话的比较文学研究》的专题论文，认为把东方诗话的比较研究作为一个重大的研究课题，具有无限宽广的学术前景。至此，比较诗话学的诗学文化体系与方法论体系已基本初现端倪。

2001 年秋，本人的《比较诗话学》研究，被国家教育部列为 10·5 人文社会科学重点规划课题项目，我终于重新翻出这十几年不断积累起来的东方诗话文献资料进行梳理，以尽快完成这一课题的研究工作。经过三年努力，这一前无古人的研究课题如期完成。2006 年 8 月，一部名为《比较诗话学》的学术专著，在国家图书馆出版社正式问世。这是凝聚着古今中外诗话研究专家优秀成果的一部力作，是东方诗话学研究的一件丰硕成果，是矗立在世界比较文学研究领域里的一块丰碑。

二、比较诗话学的立名

比较诗话学，是诗话学的一个分支，是运用比较文学研究方法对东方诗话进行文化分析与阐释的一门新的分支学科，是诗话学与比较文学特别是“比较诗学”互相整合的一种新的交叉学科，是当今世界崛起的“文化诗学”在东方诗话学与西方诗学比较研究中的具体研究成果之一。

比较诗话学的基本定位系统，应该包含三个方面：一是诗话，二是诗学，三是文化学。比较诗话学研究，乃是诗话、诗学与文化学研究的三位一体。

其于诗话者，定位于古已有之的中国诗话、朝鲜——韩国诗话、日本诗话以及越南文论等，将中国诗话、朝鲜——韩国诗话、日本诗话以及越南诗话与文论的比较研究，特别是中国诗话对朝鲜——韩国诗话、日本诗话以及越南文论的影响研究，纳入东方诗话学的研究领域之中，深入探讨东方各国古代诗话之学术文化渊源、创作背景、论诗内容、风格特征、文献资料、历史演变轨迹等，为比较诗话学研究奠定诗话文献学与民族文化学的基础。

其于诗学者，以中国诗话、朝鲜——韩国诗话、日本诗话以及越南诗话与文论等为诗学批评对象，着眼于古典诗学，从广义与狭义两个角度去梳理东方诗话的概念、范畴、范畴群、系列等，研究其诗学宗尚、诗学本质、审美特征、艺术风格、诗学文化体系与民族文化性格，为东方诗话学与印度梵语诗学、阿拉伯诗学、西方诗学的比较研究奠定文化诗学的基础。

其于文化学者，是把诗话之崛起与繁荣发展乃至长盛不衰当作一种历史存在的诗学文化现象来考察，一般而论，中国诗话是中国儒家文化、道教文化、印度佛教文化、伊斯兰教文化与中国诗文化相结合的产物，其他如朝鲜——韩国诗话、日本诗话等亦是中国儒家文化、印度佛教文化、伊斯兰文化的传播与其本土文化相互作用的产物。东方诗话本身所蕴涵的文化精神与民族文化性格，是中华民族及其周边各民族文化打在东方文学批评特别是诗学批评身上的文化印记，因而区别于印度梵语诗学、阿拉伯诗学与西方诗学。

比较诗话学的研究定位于文化学者，一则在于发掘东方诗话本身的文化价值，比仅仅注重其诗学理论价值者的学术视野更加开阔，二则有利于将比较诗话学研究纳入世界比较文学特别是比较诗学研究的领域之中，既有益于东方诗话研究空间的开拓，又充实了世界比较文化与比较文学特别是比较诗学研究的实际内容，使其中国学派的“跨文化研究”有了新的家族与新的理论依据。毋庸讳言，当今中国的比较文学研究，沿袭西方比较文学研究模式，大多局限于作家作品的比较研究，诸如“关汉卿与莎士比亚之比较”者，属于表面层次的比较，而较少上升到诗学文化比较的理论层次，以至出现所谓“失语症”之类争辩。“比较诗话学”的创立，不仅开拓了比较文学研究的新视野、新境界，而且有效提升了比较文学特别是比较诗学研究的总体层次与学术文化水准。

三、比较诗话学的学术价值

千年诗话，其论诗方法在继承钟嵘《诗品》之基础上，亦多采用简单比较之法评论诗人诗作及其艺术风格等，但始终没有谁把诗话研究纳入比较文学特别是比较诗学研究领域之中。

比较诗学，是世界比较文学研究的最高境界。在世界比较诗学研究史上，最早将其比较文学研究上升到比较诗学高度者，是公元十世纪时的阿拉伯人。一千多年以前，埃米迪（？-987）所著的《艾布·台玛木与布赫图里之比较》与“法官吉尔加尼”（？-1001）著述的《在穆台纳比及其对手之间调停》二书，是世界上第一批比较诗学著作。

这是伟大的创举！然而，这种比较，只是个别诗家之间的比较，只是表层面上的单一化比较，还没有达到真正意义的“比较诗学”所要求的诗学文化层面，因而只能说是比较诗学的最初尝试。而比较诗话学，乃是真正意义上的“比较诗学”，是世界比较文学研究的一种最高层次。

至于这种比较诗话学研究，只有在世界比较文学研究成为一门新的学科之后，才真正得以实现；也只有当诗话研究成为中、韩、日、新加坡、朝鲜——韩国、越南及香港、台湾等地区的东方学者自觉的学术行为且获得一批优秀的诗话研究成果之后，才有可能得以实现。然而，时至当今，人们对于诗话的比较文学研究尚缺乏足够的理性思考，对于诗话的比较文学研究的学术价值与深刻意义尚缺乏全面的认识。我以为，比较诗话学研究，其学术文化价值与深刻意义主要在于以下几个方面：

（1）充分发掘东方诗话这笔无比巨大而丰富的文化遗产，更有效地建立具有独特文化性格的东方诗话学的诗学文化体系。

学术研究应该有明确的日的性。我们的前辈学者，鉴丁时代与地域的局限，其诗话研究仅仅限于中国诗话，直至二十世纪八十年代，随着国际学术文化交流的加强，我们才把诗话研究的学术视野由中国而指向朝鲜——韩国、日本与东南亚等周边国家与地区。我们惊奇地发现：除中国诗话之外，还有兴盛一时的朝鲜——韩国诗话、日本诗话、越南诗话等，而且日本与韩国学者的诗话研究已经取得了令人瞩目的学术成果。面对这一批巨大而丰富的东方诗话的传世之作，我们肩负着发掘、整理与研究的历史重任。要发掘诗话就要整理，整理诗话的目的在于研究，而研究诗话的目的在于建立一门新的学问或学科。这门新的学问或学科的名称，因为以东方诗话为研究对象，当然就以“东方诗话学”命名。这是我在继承半个世纪以前徐英先生标举“诗话学”的基础上倡言“东方诗话学”最简单的逻辑思考。

回顾二十世纪海内外学者的诗话整理与研究，虽然成绩斐然，但可惜缺乏一个明确的学术目标。而“东方诗话学”的创建，正好解决了东方诗话研究必须解决的研究方向、研究目的与学术目标这一重大问题。诗话的比较文学研究，是充分利用东方诗话的历史文献资料从文化学与方法论的角度，为建立与完善“东方诗话学”的诗学文化体系服务。

（2）进一步拓展诗话研究的学术视野，运用现代比较先进的学术研究方法，使东方诗话研究再上一个崭新的学术台阶，为东方诗话学走向世界铺路架桥。

学术研究，即使是以古老的研究对象为内容的学术研究，也要尽量吸取当今中外比较先进的研究方法，才有可能获得新的突破。我们从事诗话研究，可以多角度、多样化，诸如个案研究、整体研究，派别研究、国别研究，或考证，或注释，或史学研究，或诗学研究，或美学研究，或文化学研究，或民俗学研究，或宗教学研究，或伦理学研究，或生命哲学研究，或文人心态研究，或审美语言学研究，或比较文学研究，等等。

文献要积累，基础要扎实，但应该站在学术前沿，学术视野要开阔，不宜拘于一隅。学术视野开阔，首先要着眼于东方诗话，即中、韩、日等国诗话，其次要着眼于印度梵语诗学、阿拉伯诗学与西方诗学，还要着眼于诗学文化，特别要立足于文化学的研究。

诗话的比较文学研究，是运用比较文学研究方法去从事东方诗话研究。

一般而言，这种研究可以对中、韩、日等国的诗话进行国别诗话的比较研究，可以对东方诗话与印度梵语诗学、阿拉伯诗学进行比较研究，也可以对东方诗话学与西方诗学进行大宏观的比较研究。这种种比较研究，既是比较文学中的“影响研究”，又是其中的“平行研究”，还有所谓“话语研究”，特别是异质文化的比较研究，是综合性的跨文化的比较研究。通过这种比较研究，我们可以将东方诗话研究推上一个崭新的台阶。

（3）彻底改变“五四”新文化运动以来西方诗学独霸天下的学术文化格局，实现东方诗话与西方诗学的平等对话。

西方诗学，源于古希腊。而西方诗学之显赫风行，则盛于欧洲文艺复兴时期。中国人对西方诗学的推崇，得益于“五四”新文化运动。

一个世纪多以来，西方诗学在中国的传播，对中国现代学术文化思潮及其文学创作的影响，其积极意义是应该加以肯定的。然而，其负面影响也是不可低估的。至少有三点值得反思：

一是西方诗学的传播，出现的“欧洲文化中心论”，表现出对其他地域文化的排斥，而中国现代文学则正是“西风东渐”的产物；

二是文艺理论的全盘西化，“五四”运动出现的“打倒孔家店”与文化大革命时期出现的“批孔”“反儒”的口号，以及对中国传统文化的批判，在某种程度上伤害了民族自尊心，不利于对中华民族优秀传统文化的继承与发扬；

三是以西衡中，以洋衡古，难以创建具有中国特色的诗学文化体系与方法论体系，其结果只能是削足适履，如邯郸学步一样可笑可悲。

文化是维系一个民族的命脉；特别是优秀的中华民族文化，乃是一个中华民族相续相禅、生生不息的精神支柱。不能将文化实用化、政治化、功利化。社会制度可以变，政治体制可以变，经济体制可以变，生活方式可以变，审美情趣可以变，惟独民族文化难以变更，难以丢弃，难以割舍。丢弃民族文化传统的民族，是愚昧的民族，是悲哀的民族，是没有希望的民族。诸子百家学说，儒家思想，中国传统文化，也许有许多缺陷，我们可以扬弃，可以去其糟粕；但已经融人民族文化血脉中的儒家文化不可掉。孔子早就被列为世界文化名人，是东西方崇尚的一代宗师。而中国自己却要“批孔”“反儒”，要“打倒孔家店”。希腊与西方世界，思想解放程度远远走在中国前列，学术文化思潮一浪高过一浪，他们却并不要“打倒”亚里士多德。日本搞过“明治维新”，政治、经济与社会制度发生了质变，然而其文化传统始终没有抛弃，而且还在不断地从中国传统文化经典中吸收文化营养，不断提高本民族的文化素质，培养本民族的文明意识与人文精神，白尊、白立、自强。争强好胜，冷漠无情，扩张掳掠，使大和民族背离其“大和”之宗，被统治者利用其而演化为“武士道精神”，膨胀而为“日本军国主义”，这又是日本民族的历史悲哀。

汉民族有“三长两短”，其三个长处：一是文化功底深厚，历史悠久而义蕴深邃的汉字成为维系整个民族的文化纽带；二是注重“天地人和”，提倡以“和”为贵，主张民族平等与大小国家“和平共处”；三是善于取人之长补己之短，文化视野比较开阔，从来不刻意排斥其他民族文化。汉民族也有自身的短处：一是没有统一的宗教与民族服饰；二是出汉奸，多内耗。当然，任何一个优秀的民族，也并非十全十美，总有其自身的长处与短处。汉族是如此，大和民族，德意志民族，法兰西民族、犹太民族等等，也是如此，这就需要扬长避短，就需要“海纳百川”。

本来，东西方的生活方式、文化传统、文化性格、审美情趣与价值观念就有所不同，因而不可以在中国乃至整个东方亦步亦趋地跟在“西方诗学”的后面去重建所谓“中国诗学”或“东方诗学”之类。任何一个地域、一个民族的学术文化，应该都是平等的，具有同等价值。西方诗学植根于希伯莱——基督教文化，是以古希腊罗马为主体的欧洲文化的产物，我们没有必要排斥西方诗学，但惟有立足于实际，建立独具特色的“东方诗话学”，并在平等对话的前提下与西方诗学等进行全方位的比较研究，更好地建立“东方诗话学”的诗学文化体系与方法论体系，让西方学术界了解与认同“东方诗话学”，才是我们的学术目标与必由之路。

（4）比较诗话学将以崭新的学术姿态跻身于世界比较文学研究之林，从而进一步完善世界比较文学研究的理论体系与方法论体系，使世界比较文学研究走出误区，上升到一个新的理论高度，以利于建立世界比较文学研究中的“中国学派”。当今的世界比较文学研究，已经取得了巨大的成绩，形成了一门国际性的新兴学科。

但也应该看到，其研究内容与研究方法，还没有走出一个人为的误区：

一、是其研究队伍仅仅局限于从事外国文学与文艺学教学与研究者，很少去关注其他相关学科；

二、是其研究内容多局限于中外作家作品风格流派的比较研究，较少着眼于中外学术文化思潮与诗学文化比较的总体研究，以至文化视野不够宽阔，理论思维不够深刻，学术成果不够大气；

三、是其研究方法跳不出西方模式，大多套用西方的名词术语，争论于某些概念、范畴之中，写一些连自己也莫名其妙的西式文章。这样的研究，势必出现曹顺庆所指斥的中国学者“失语症”，看似时髦而热闹，实则似空中楼阁，成就不了大气候、大学问。

比较诗话学研究，也有狭义与广义之分。狭义的是中、韩、日、越南等国诗话的比较研究，旨在创建“东方诗话学”；广义的是以东方诗话学为立足点，以西方诗学与印度梵语诗学、阿拉伯诗学为参照系，旨在探讨东西方异质文化背景下不同民族的人文精神、文化性格、审美情趣与价值取向，力求使以东方诗话为代表的东方诗学文化能够取得与西方诗学平等对话、平起平坐的学术文化地位。

四、比较诗话学的研究对象

诗话的比较文学研究，有自己专门化的研究对象，即以中国诗话为代表的东方诗话以及印度梵语诗学、阿拉伯诗学与西方诗学。

东方诗话，包括中国诗话、朝韩诗话、日本诗话、越南诗话等。以诗话文献资料而言，除诗话选本、类编、词典而外，中国已有何文焕的《历代诗话》、丁福保的《历代诗话续编》《清诗话》、郭绍虞等的《清诗话续编》《宋诗话辑佚》、台湾广文书局的《古今诗话丛编》《古今诗话续编》、杜松柏的《清诗话访佚初编》、吴文治的《宋诗话全编》《明诗话全编》、周维德的《全明诗话》、程毅中等的《宋人诗话外编》，蔡镇楚的《中国诗话珍本丛书》[1]与《域

---

1 蔡镇楚编《中国诗话珍本丛书》，全精装22册，北京图书馆出版社2004年12月本。

外诗话珍本丛书》，张寅彭的《民国诗话》。诗话之裔的词话有唐圭璋的《词话丛编》、施蛰存等的《宋元词话》。韩国已有赵钟业的《韩国诗话丛编》《日本诗话丛编》。日本在诗话文献整理出版方面比较落后，仅于大政八年(1919)池田胤编辑有《日本诗话丛书》，所收日本诗话不全，散佚甚多。越南诗话，至今尚未整理出版，据说还封存在法国巴黎博物馆里；仅天津王晓平收集了部分越南文论资料，王小盾等整理介绍过越南阮朝皇子绵审的《仓山诗话》。

这些卷帙浩繁的东方诗话文献资料，尚未包括其全部，在世界文学发展的长廊中，除文学作品以外，有哪一种文学理论批评的著作形式留下了东方诗话如此众多的历史文献？有如此繁富的东方诗话文献，我们对诗话进行比较文学研究就有了坚实的基础。从中、韩、日诗话的比较研究中，我们曾经指出，如果把中国诗话分为以“论诗及事”为主的“欧派”与以“论诗及辞”为尚的“钟派”，受其影响，朝鲜——韩国诗话与越南诗话基本上属于“欧派”，日本诗话基本上属于“钟派”。

中国诗话——欧派诗话：“论诗及事”——朝韩诗话、越南诗话
中国诗话——钟派诗话：“论诗及辞”——日本诗话

诗话的比较文学研究，其基本内容是多样化的。历史的研究，已经有《中国诗话史》之列；语言学的研究，有《审美语言学》之类；诗学的研究，有《中西比较诗学》之撰；等等。但并不完全局限于所谓“诗学”的比较研究，我们提倡的而是文化学的研究，即着眼于东西方异质文化的比较研究。这是因为其研究对象已经基本上涵盖了古往今来世界上四大诗学文化体系：东方诗话所代表的儒家文化体系，印度梵语诗学所代表的佛教文化体系，阿拉伯诗学所代表的伊斯兰教文化体系，西方诗学所代表的基督教文化体系。

不论儒家文化、道家文化，还是佛教文化、伊斯兰教文化、基督教文化，其基本的价值取向与追求的理想境界是一致的，这就是“真善美”。

从某种意义上来说，东方文化中占主导地位的还是儒家文化，其次才是道家文化与佛教文化。东方诗话与儒家文化，是诗话研究的一个重大课题。至今为止，专门性的研究还只有我的一篇《儒学东渐与域外诗话》论文。我们完全可以将中、韩、日、越南等东方诗话纳入儒家大文化背景之中进行总体研究，作出大学问来。

佛教文化源于印度。它对中国文化与东方诗话的深远影响之大，非一文一著可以总括。特别是印度梵语诗学，以其独特的文化性格与审美情趣与艺术风格，影响着中国诗话乃至东方诗话的思维方式与诗学观念。我虽然有《中国诗话与印度梵语诗学》一文，但所论甚浅，所需资料多出自金克木、黄宝生先生的有关译文与著作，从未涉足于印度那块神奇的佛教圣地，学术视野是相当有限的。我们希望有人能像大唐三藏西天取经一样，对印度佛教文化及其梵语诗学进行认真的考察研究。

阿拉伯诗学，是一个神秘而富有浓厚宗教色彩的研究领域，中国学者涉猎此等诗学领域者本来就寥若晨星，而将其与以中国诗话为代表的东方诗学予以比较研究者，几乎还是一个“零”。本书意欲涉猎此学术领域，却略显功底不足，作为一种开荒式的尝试，也只能是抛砖引玉而已。

西方诗学的魅力，谁也没有否认。我们提倡的是东西方的平等对话，是东西方学术文化研究的双向交流。诚如韩国黄元九教授所指出的那样，在古代东方，强劲的中国风，曾通过四条途径将东方的物质文明与精神文明传播于西方，这就是（1）草原之路，（2）丝绸之路，（3）大食之路，（4）香料之路。我以为大食之路与丝绸之路重叠，应该改为“茶马古道”，即自唐宋肇始的西南茶马交易之路，而大食之路实际上就是丝绸之路。

否定东方文化对西方文化的影响，是乏历史观念的。尽管“五四”新文化运动以来，中国学者在西方诗学的传播、普及与运用方面，已经作个许多有益的工作，成绩斐然，但是由于语言形态、文化传统、民族文化性格、文人心态、价值观念、审美情趣等多方面的差异，我们对西方诗学乃至西方学术文化的理解与把握，还是有差距的，曲解附会、为我所用者比比皆是。即使对于西方哲学、马克思主义的经典著作的翻译与理解，至今仍然还有不少失误。

我们对西方诗学经典著作的翻译与理解，依然由于语言与专业的不同，而出现不少误解，正如西方学者对汉学的误解一样。更何况当今的许多研究者，大多借助于他人的翻译成果，这就难免不走样。正如西方学者面对着卷帙浩繁的中国古代学术著作一样，很难以把握其中真谛。我们从事的东西方比较诗学研究，不能光凭借一部《西方文论选》《东方文论选》或《中国历代诗话选》了之。对于比较的双方，都要加以全面的了解与研究，才能得出比较正确的结论。

所以，我们从事诗话的比较文学研究，最难以把握的是东方诗话学与西方诗学的比较研究。其难度主要在于：论学问功底，要贯通中西，要精通东方诗话与西方诗学及其东西方文化；论气度才力，要集古今中外诗学文化研究成果之大成，所谓“究天人之际，通古今之变，成一家之言”；论研究方法，要求微观与宏观相统一，史家之笔、诗家之笔与诗化哲学之笔相结合，以大手笔，做大学问，写大文章。

五、比较诗话学的研究方法

古往今来，文艺学的研究方法有多种多样，特别是西方诗学的传播，激发了中国人对各个不同学科研究方法的探讨。西方的比较文学研究学者，总希望中国学者能应用西方盛行的诗学研究方法从事中国的比较文学研究。然而，中国学者一般力图另辟蹊径，探讨出一条适合中国的研究之路。

就诗话的比较文学研究而言，其基本方法虽然还是采用世界比较文学研究所惯用的方法，但既不是所谓“法国学派”的“影响研究”，又不是所谓“美国学派”的“平行研究”，而是影响研究与平行研究的二合为一，即中、韩、日等国诗话的比较研究以及东方诗话与印度梵语诗学的比较研究所采用的是“影响研究”，而东方诗话学与西方诗学的比较研究所采用的乃是“平行研究”。二者之间又是相互渗透、互为交叉的，不可截然分开。

西方诗学，以长于逻辑思辨、构建理论体系为基本特色。其中有许多东西是值得我们认真吸取的。中国古代文论乃至东方诗话，不是拙于理论思辨，而是有意创造出不同于理论思辨的语录随笔体式，以诗化的体式论诗，是“是不为也，非不能也”；不是没有理论思辨，而是没有认真梳理，如李清良的博士论文《中国文论思辨思维研究》就是此种研究与梳理的有益尝试。

试问，中国诸子百家为代表的古代先哲们在卷帙浩繁的著述中所表现出的理论思辨精神，摆在西方诗学面前有哪一点使我们后人感到自惭形秽？没有！倒是与西方的叙事文化相比，我们的诗文化体系所体现的中国文学理论批评的诗化倾向，却是西方诗学难以媲美的。

无论是影响研究，还是平行研究，或者今之中国学者所倡言的“话语研究”，都立足于以中华文明为主体的东方文化，放在一个广阔的文化视野之中进行研究，即曹顺庆所倡导的“跨文化研究”。这个文化视野，就是儒家文化、佛教文化、伊斯兰教文化与基督教文化。而在诗学文化领域中，中国的儒家文化的传播，在世界的东方形成了一个巨大的儒家文化圈，而后印度佛教文化的传播，又在世界的东方形成了一个与儒家文化圈相照应的佛教文化圈。中国诗话的传播，依附于儒家文化圈与佛教文化圈，又在世界的东方形成了一个“东方诗话圈”。这三大文化圈相互辉映，唇齿相依，才成就了辉煌的东方文化。

东方诗话就是儒家文化、道教文化与佛教文化的产物，东方诗话圈就是儒、道、佛三教合一的衍生之物。

所谓东方文化，其内涵复杂纷繁，但这三个文化圈交相辉映，却是世界文化史的一道奇观异彩。长于抒情言志与感悟的东方诗文化，孕育出了中国诗话与东方诗话圈。这种典型的东方诗文化，与西方叙事文化大相径庭。而所谓西方文化，实质上就是一种宗教文化，即基督教文化。本来，基督教与佛教、伊斯兰教并称为世界三大宗教。基督教在欧洲、美洲与大洋洲的传播，其流动飘逸与崇尚玄想的文化精神日益明显化。以亚里斯多德的《诗学》为代表的西方诗学，长于叙事与思辨，是希伯莱文化与基督教文化的产物，是欧洲文坛繁荣发展的叙事文学特别是小说戏剧学的创作总结与理论升华。

六、比较诗话学研究前景

比较诗学，是国际比较文学研究的最高层次。而比较诗话学，又是比较诗学研究中的朝阳学科，是中国诗话乃至东方诗话研究中的一个新的学术领域，是比较诗学与比较文化研究中一个不可或阙的分支学科。

中国固有的文学样式与文学研究著作，也早已走出国门，如《诗经》《楚辞》《文选》《文心雕龙》、钟嵘《诗品》《红楼梦》等，而且海内外的研究者为之立学，有所谓“诗经学”、“楚辞学”、“文选学”、“龙学”、“红学”等之类桂冠；但没有哪一种能够像“诗话”那样，出国以后还生儿育女，传宗接代，孕育出了几种域外诗话。好比本是中国人的箕子入朝衍生出白衣民族，徐福东渡衍生出大和民族，于汉族而言，于中国而言，却是另外一个民族与国家了。“文选学”、“龙学”、“红学”，是国际性的学问，而《文选》《文心雕龙》、钟嵘《诗品》《红楼梦》之类著作却属于中国的专利，其他国家再没有第二部《文选》《文心雕龙》《红楼梦》。诗话原本属于中国，却并非是中国的专利，诗话走出国门后，又衍生出朝韩诗话与日本诗话等。严格地说，朝韩诗话、日本诗话、越南诗话，则属于古代的朝鲜、韩国、日本、越南，而并不为中国所有。这就是说，诗话本身就带有国际性，而诗话研究则更隶属于国际了。所以我说，诗话学是一门国际性的学问，比较诗话学也是一种国际性的学问。

为此，比较诗话学研究，必须放眼于全世界，必须寄希望于诗话研究人才的培养与力量的汇聚整合。关于这一点，我在《诗话研究之回顾与展望》以及《诗话与诗话学》等文中多次加以阐释。1996 年 5 月，我与中韩日三国学者共同创建国际“东方诗话学会”，韩国学者赵钟业教授定名的东方诗话学会会刊《诗话学》已经创刊发行，诗话研究的基本队伍已经形成，诗话研究的成果亦不断涌现，“东方诗话学”这面学术旗帜已经飘扬在世界的东方。

这一切都表明:“东方诗话学”的崛起，为比较诗话学研究奠定了坚实的基础，而其未来的发展前景与历史命运，全在于诗话研究人才的培养。欧阳修认为文学事业与其他事业一样，“众而久之”者必胜。诗话研究、比较诗话学研究，莫不如是。

学问者，乃天下之公器也。学术文化，是人类共同的财产；学术研究，可以表现为学者个人的行为和研究成果，但绝对不是某个学者的个人专利，它可以发展而为一种集体性的、集团性的或派别性的、地域性的乃至国际性的整体行为。如果某种学问能够蔚为时尚，由个人行为发展而为一种集体性的、集团性的、国际性的整体行为，那么这种学问就是具有生命力的，其学术价值与历史地位就足以昭著于天下了。

我们的诗话研究已经历了千年之久的风雨进程，我们的中国文学批评史研究、中国比较文化与比较文学研究，也已经走过了一个世纪，今天发展到如此规模，北京大学、四川大学、湖南师大等大学已经集结了一批学有专攻、事业有成的老中青三结合的专家学者，这是其旺盛的学术生命力之所在，是千百年来前辈学者共同奋斗的丰硕成果。

第四章　诗话与中国诗文化

中国，是诗歌王国；中国诗话，是诗歌王国的骄子，是中国古代诗歌高度繁荣发展的必然产物。

一、诗为何物

诗为何物？中国的先哲们早就有“诗言志”与“诗缘情”之说。

何谓“志”？闻一多先生《歌与诗》从中国诗歌的发展进程来分析，认为“志有三个意义：一记忆，二记录，三怀抱”。而抒情言志者皆“人”也，人是“天地之心”，是抒情言志的主体，故明人钟惺《诗论》谓“诗为活物”，即诗是诗人情感的流露，是诗人心灵的展示，是具有生命力的，是充满活力的。

白居易《与元九书》云：“诗者，根情、苗言、华声、实义。”诗以情为根，以言为苗，以声为花，以义为果实；诗的生命力缘于情；诗的艺术活力源于人与自然紧密结合的社会生活。

张戒《岁寒堂诗话》说“世间一切皆诗”，“一切物，一切事，一切意，无非诗者”。因而，诗是诗人情感的诗化，是社会生活中万事万物的诗化。

诗，就是自然，就是世间万物，就是社会人生。唐宋人对“诗”的认识与理解而做的文化阐释，诚如唐僧贯休的《诗》一诗所云：

经天纬地物，动必是天才。
几处觅不得，有时还自来。
真风含素发，秋色入灵台。
吟向霜蟾下，终须神鬼哀。

唐代大诗人白居易的《一字至七字诗》亦云：

诗。

绮美，瑰奇。

明月夜，落花时。

能助欢笑，亦伤别离。

调清金石怨，吟苦鬼神悲。

天下只应我爱，世间惟有君知。

自从都尉别苏句，便到司空送白辞。

南宋时期江湖派诗人戴复古的《沁园春》词云：

一曲狂歌，有百余言，说尽人生。费十年灯火，读书读史，四方奔走，求利求名。蹭蹬归来，闭门独坐，赢得穷吟诗句清。夫诗者，皆吾侬平日、愁叹之声。

空余豪气峥嵘，安得良田二顷耕？向临邛涤器，可怜司马；成都卖卜，谁识君平？分则宜然，吾何敢怨？蝼蚁遥戴粒行。开怀抱，有青梅荐酒，绿树啼莺。

此词的上半阕，以自身的生活经历，写诗人自己对诗歌创作的真切感受，认为“夫诗者，皆吾侬平日、愁叹之声”。

明清之交，湘籍诗人黄周星即从“天人合一”的哲学高度论诗，云：“天以风雷惊人，人以文章惊天。风雷者，天之文章；文章者，人之风雷也。”（《题天籁集》）又说：“若夫诗也者，天地人三才之灵籁也。”（《唐诗快序》）

这就是中国人的诗学观念与审美情趣。

在中国人的心目中，“诗”是经天纬地之物，是足以惊天地泣鬼神之物，是人世间、心灵中的绮美瑰奇之物，是人们日常生活中的“愁叹之声”，是“天地人三才之灵籁”。

综合前人之论，站在新世纪的学术视点之上来考察中国诗歌，我们似乎可以得出如下一个结论：

诗是云霞晨曦，花木虫鱼，风雨雷电，河岳海峤；诗是秦淮烟雨，平湖秋月，南国红豆，洞房花烛；诗是边塞折柳，古角吹寒，阳关醉酒，长亭送别；诗是时代风云，社会风貌，民俗风情，历史回音；诗是人生足迹，生活遭际，情感纠葛，悲欢离合；诗是社会现实生活的诗化，是治国经济策论的诗化，是历史风云与政治时事的诗化，是民族文化心灵、气质、性格与美学精神的诗化；诗是中国人艺术生命中的常青之树，是人类共同追求的“真善美”

的理想境界的净化和升华。

在中国人的心目中，诗是万能的，无孔不入的，具有非常惊人的渗透力量。诗入宫廷，诗入台阁，诗入闺闱，诗入寺庙，诗入道观，诗入青楼，诗入梨园，诗入酒肆，诗入茶馆，诗入亭榭，诗入山林，诗入田园，诗入边塞，诗入星天，诗入月宫，诗入军旅，诗入血与火生死搏斗的战场，诗入人们心灵深处最隐秘的世界。不仅如此，诗也进入到了小说、戏剧、哲学、数学、医学、天文学等自然科学的各个领域，因而极大地增强了诗的自然意识、社会意识、生活意识、生命意识与宇宙意识。这就是闻一多先生在评述唐代诗人孟浩然时所说的“诗化的生活”与“诗的生活化”。

诗对于自然美、生活美与意境美如痴如醉的审美追求，使诗不但成了中国传统文化的主要载体之一，成了中华民族的民族心灵、价值观念、审美情趣、思想情感、文化性格与生活方式的艺术再现，而且是中国人调理人际关系的艺术手段与排遣感情纠葛的特效剂，因而从心灵深处使中国人的思想情感得以净化，也使中国人的语言文字得以净化。

诗化的社会，诗化的生活，诗化的历史，诗化的心灵，诗化的情趣，诗化的文学，诗化的艺术，诗化的文化，这就是中华民族。从这种意义上来说，中华民族是一个诗化的民族，是以诗歌为艺术生命的民族。

所谓“诗文化”，正是这个诗化的中华民族所创造的，是民族心灵与文化性格的展示，也是民族繁衍发展光辉历程的真实记录。它的文化义蕴是相当深厚而博大的，包涵着中华民族传统文化的各个方面，诸如儒家文化、道教文化、佛教文化以至于形形色色的地域文化、饮食文化、服饰文化、学术文化、数文化、梦文化、民俗文化、军事文化、宗法文化、外交文化、商业文化、女性文化、园林文化、戏剧文化、音乐文化以及书法、绘画、语言、文字、棋艺、医药、建筑、装饰、楹联、雕塑、碑刻、墓葬、生属、占卜、天文历法与文化传播等。

诗话，是中国诗文化的宁馨儿。

诗，是诗话的母体；诗话之体孕育与降生的温床与基本前提是诗歌。

日本斋藤馨《诗山堂诗话·序》云：“有诗而后有诗话。故所谓‘诗话’者，诗之自话也，非人之话诗也。”

郭绍虞先生《诗话丛话》言之曰：“以诗之多，于是有诗话。”

这就是说，诗话这种说诗论诗之体，非天降，非地生，非人为，而是诗歌繁荣发展的必然产物。没有诗，就没有中国诗话。

古代朝鲜——韩国诗话、日本诗话，乃是其汉诗创作繁荣发展的结果。没有诗，没有汉诗，也就没有朝鲜——韩国诗话和日本诗话。

清人王士祯《五代诗话》郑方坤例言云：“诗话者何？所话者，诗也。离乎诗，则类书耳，野史耳，杂事群碎录耳，又何算焉？”

诗话，以诗为论述与批评对象，没有诗何有诗话？故余以为，诗话是中国古代诗歌繁荣发展的必然产物。中国是诗歌的国度，中国古代诗歌的繁荣发展，特别是唐诗艺术高峰之崛起，迫切需要一种谈诗、论诗、评诗、话诗之体为之张目，诗话因此应运而生。

二、中国诗文化

诗话的起源，诗话的崛起，诗话的繁荣发展，究其原因可以从多种角度、各个层面去考察，但我认为其中最根本的原因在于中国诗文化。

中国诗话，是诗歌王国的宁馨儿，是中国诗文化的必然结果。

所谓“诗文化”，乃是以诗歌为主体的一种文化形态，一种文化精神。

众所周知，中国是诗歌王国，是诗歌的国度。诗歌，是中国文学的主体，也是中国文化的发展基因。闻一多先生早在《文学的历史动向》一文中指出：

> 《三百篇》的时代，确乎是一个伟大的时代，我们的文化，大体上是从这一刚开端的时期就定型了。文化定型了，文学也定型了。从此以后二千年间，诗——抒情诗，始终是我国文学的正统的类型，甚至除散文外，它是唯一的类型。

文化这个概念的界定，当然是多角度的。从闻一多先生所说的角度而言，中国文化定型于诗，定型于《诗三百》。也就是说，是中国第一部诗歌总集《诗三百》，奠定了中国文化的坚实基础。因此，是否可以说，中国文化就是一种诗文化。诗文化乃是中国文化的主要载体，乃是构成中国传统文化的基本表现形式；诗文化精神，就是中国文化的灵魂，是中华文明的文化基因，是中华民族文化性格的展示。

中国文化，是诗化的文化，或者说是文化的诗化。中国文化的这种诗性特质，决定了诗——特别是抒情诗，在中国人的社会生活与人生旅程，在中国文化中的特殊地位。闻一多先生在《文学的历史动向》中又说：

> 诗似乎也没有在第二个国度里，像它在这里发挥过那样大的社

> 会功能。在我们这里，一出世，它就是宗教，是政治，是教育，是社交，它是全面的生活。维系封建精神的是礼乐，阐发礼乐意义的是诗，所以诗支持了那整个封建时代的文化。此后，在不变的主流中，文化随着时代的进行，在细节上曾多少发生过一些不同的花样。诗，它一面对主流尽着传统的呵护的职责，一方面仍给那些新花样忠心的服务。最显著的例是唐朝。那是一个诗最发达的时期，也是诗与生活拉拢得最紧的一个时期。

以闻一多之见，诗，就是一切，就是社会生活方式，就是文人生活方式，诗渗透到了中国人社会生活与家庭生活的每一个角落。特别是唐诗，唐朝是诗的王国，唐人是诗化的社会人生。

孟郊自称为“诗孟”，在《答卢仝》诗中说：“楚屈入水死，诗孟踏雪僵。”“诗孟”者，诗之孟郊也。闻一多说还有“诗的孟浩然”。诗化的和尚，诗化的孟郊，诗化的孟浩然，一句话，诗化的唐才子，与楚骚化的屈原相对应，充分展示了诗在他们生命中的位置。

唐人以诗为生命符号，谱写出了人生最优美动人的乐章，成为诗歌王国广袤星空中最璀璨夺目的诗星，是中国诗文化的宠儿。他们无论穷达，无论升迁，无论褒贬，无论朝野，无论今昔，皆以诗抒情，以诗言志，以诗记事，以诗咏史，以诗陈时事，以诗干政治，以诗发议论，以诗觅知音……这诗，是情感的流露，是心灵的展示，是生命历程的记录，是颂扬还是讽喻，是欢乐还是悲歌，是幸福还是血泪凝成的忧伤，诗与生命相系，诗与社会人生相伴。在中国文化史的发展历程中，一代唐诗的崛起，对中国文化的诗化即文化诗性特质与文化境界的升华所起的作用，是不可低估的。

从《诗经》《楚辞》到汉赋、汉乐府，从五言诗到骈文，从《全唐诗》《全宋诗》《全宋词》到元曲、小说戏剧……与其说“诗”是诗人之心，不如说是全体中国人之心，是中国人的面目与灵魂。而就其数量之丰而言，《全唐诗》有五万首，《全宋诗》有二十万首，《全明诗》《全清诗》也更丰富了，一个乾隆皇帝就有五万首诗歌，简直是诗化的帝王，诗歌的渊薮。清人张潮《幽梦影》论及“美人”者，特别强调“诗词”对于美人的重要性是“以诗词为心”，指出：“所谓美人者：以花为貌，以鸟为声，以月为神，以柳为态，以玉为骨，以冰雪为肤，以秋水为姿，以诗词为心。吾无间然矣。”

在古代中国，诗就是一切，就是社会生活，就是文人生活方式；诗文化精神渗透到了中国人社会生活与家庭生活的每一个角落。特别是唐诗，唐朝是诗的王国，唐人是诗化的社会人生。在中国文化史的发展历程中，一代唐诗的崛起，对中国文化的诗化即文化诗性特质与文化境界的升华所起的作用，是不可低估的。

古往今来，中国人以诗抒情言志，以诗写时事、言哲理、论经济之策、表社会人生、写家国之思，诗成了中国传统文化的主要载体，成了中国人的民族心灵、价值观念、审美情趣、思想情感、文化性格的艺术展现。从某种意义来说，中华民族是一个诗化的民族，是以诗歌为艺术生命的伟大民族。

人们常说，中国诗长于抒情，西方文学则长于叙事。也许这是历史事实，但不必以长短论之，因为中国人并不以叙事为短，而是有意以诗抒情而已，并且形成了一种绵延数千年的中国诗文化传统，一种历史积淀，一种集体无意识。受其影响，在中国文学史的发展演变过程中，诗词曲赋文楹联而外，作为叙事文学的小说戏剧，其诗性文化特色也是十分鲜明的。可以说，诗是中国古典小说与戏剧得以诞生与繁荣发展的温床与母体。

以小说而论，中国古代章回体小说在某种意义上属于诗化的小说与小说的诗化，也是中国诗文化的产物，是中国诗文化的小说艺术化。主要表现在于：

一是小说结构形式的诗化。中国古代章回体小说的章节回目设置，基本上脱胎于诗，回目从单数到双数的演变过程，正是小说分回标目的诗化过程。

二是小说语言形式的诗化。如卷之首尾则有所谓开场诗与散场诗，人物出场又有上场诗，叙述中大量引用或创作诗词曲联语，如《三国演义》有 198 首、《水浒传》有 576 首、《西游记》有 714 首、《金瓶梅》有 800 首、《红楼梦》有 268 首以上[1]。

三是小说题材内容的诗化。张戒《岁寒堂诗话》云："世间一切皆诗。"《三国演义》是乱世英雄的史诗，《水浒传》是农民战争的悲壮史诗，《西游记》是中国人幻想中的人、神、魔三位一体的神话诗，《金瓶梅》是再现社会家庭生活的诗篇，而《红楼梦》是青年男女的爱情诗，是一首虚幻与现实交融的纪梦诗。

四是小说创作手法的诗化。受古典美学阳刚之美与阴柔之美两大美学范畴的影响，中国小说中的历史演义与英雄传奇，多采用"英雄十美人"的创作手法，使英雄业绩与儿女情长融为一体；受《诗经》与《楚辞》两大文学传统

1 参见李万钧《诗在中国古典长篇小说中的功能》，《文史哲》1996 年第 3 期。

的影响，中国小说多采用幻想与写实相结合的手法，以梦幻入小说；在人物形象塑造方面，多采用类型化、绝对化与个性化、典型化相交叉的创作手法。

至于古典戏剧，如关汉卿的《窦娥冤》、王实甫的《西厢记》、洪升的《长生殿》、汤显祖的《牡丹亭》、孔尚任的《桃花扇》等等，本身就是诗、乐、舞三位一体的舞台艺术。其歌词的诗化，道白的诗化，剧情的诗化，人物的理想化，舞蹈的程序化，布景的意象化，戏剧境界的诗化，都与中国诗文化一脉相承，是中国诗文化的戏剧化、舞台化。

文化的内涵，本来是丰富多彩的，渗透到中国诗文化肌体中的文化基因，也是多种多样的。就中华民族传统文化而言，以其诗成为了各种文化的主要载体之一，所以注入到中国诗文化血液中的有儒家文化、道家文化、佛教文化、伊斯兰文化，有地域文化、民俗文化、饮食文化、服饰文化，有女性文化，军旅文化，音乐文化，汉字文化，园林文化，等等。如此丰富多样的文化充实着中国诗文化，使它成为无所不包的文化载体与传播工具。所以，不要以为我们强调了中国诗文化，就忽略了中国儒家、道家、释家三大主流文化的历史地位与思想价值。恰恰相反，我们倡言中国诗文化，正是从诗歌王国的实际入手，从诗歌的角度寻找中国传统文化的重要载体与演变规律，突出中华民族文化的诗化特征。

一言以蔽之，诗是中国文学的一面旗帜，也是中国文化传统与民族文化性格的集中代表。处在这样一种文化背景与文学艺术氛围之中的中国诗话，其学术文化渊源就只能在于中国诗文化。因此，我们说中国诗话是中国诗文化的产物，似乎一点也不过分；我们说诗话研究的目的在建立与完善东方诗话学的诗学文化体系与方法论体系，也不是信口开河。

本来，中国的文学理论批评早就有刘勰《文心雕龙》这样“体大虑周”式的著作，然而这种体式却未能延续久远，直到“五四”新文化运动，其间的1400年悠悠历史空间，中国古代文学理论批评的专门化趋势，竟使一部体系完备的《文心雕龙》成为中国文学批评史上独一无二的孤音绝响。从总体而言，古代的贤哲文士，现代学者中的郭绍虞、钱钟书、钱仲联等等前辈学者，论其才识胆力，并不亚于一个刘勰，然而他们却钟情于诗话与中国诗话研究，而没有斤斤于一部《文心雕龙》式的“名牌的理论著作”。

任何一种文学艺术，总是深深植根于本民族赖以生存发展的文化土壤之中，打上本民族文化性格的烙印，各有长短。人们常说，中国诗长于抒情，西方文学则长于叙事。也许中西文学与文学理论批评的差异性，是一种客观存在，它是中西异质文化造成的，但不必以优劣长短论之。因为中国并不以叙事为短，也并不拙于逻辑思辨，而是中国人有意为之，有意识地以诗抒情、以诗话论诗而已，并且逐渐形成了一种文化传统，一种历史积淀，一种集体无意识。受中国诗文化的影响，严密的逻辑推理与长篇大论，往往破坏中国诗歌乃至中国文化中的诗心结构，违背中国人固有的审美情趣。就文学及其理论批评而论，中国古代诗歌理论与诗歌美学中的每一个著名的学说，如“诗言志”、“诗缘情”、“风骨”、“气韵”、“诗思”、“诗格”、“诗味”、“诗趣”、“诗眼”、“诗道”、“诗禅说”、“茶禅说”、“童心说”、“神韵说”、“格调说”、“性灵说”、“肌理说”、“养气说”、“意境说”、“诗品出于人品”说等，都是中华民族被诗化的民族心灵、文化性格、价值观念、审美情趣在诗歌理论批评与诗歌美学领域里的文化观照，是中国诗文化的产物。所以，我们可以说，中国文学的诗性特质，中国文学理论批评的诗化倾向，是中国文化的诗性特质所决定的。

中国诗文化孕育了中国诗话，中国诗话在中国诗文化的皇天后土中应运而生，又与中国诗歌等文学艺术样式一道成为中国诗文化的主要载体和传播媒介。这样，中国诗话以至于东方诗话研究，应该着眼于中国诗文化的这一广阔的文化环境与历史背景。

三、《文心雕龙》之空前绝后

1990 年 8 月，我首次出访韩国，在梨花女子大学与延世大学讲学时，有人问我：“中国文学理论批评，刘勰之后为何再没有出现《文心雕龙》之类体大虑周的理论批评专著？”

众所周知，刘勰的《文心雕龙》，体大虑周，是周秦汉杂文学批评的产物，也是魏晋时代玄学思潮的必然结果。何以空前绝后？之后的文学理论批评再也没有出现此类专著？我的解答是这样的：

第一，这是中国古代文学理论批评专门化之必然。中国文学理论批评，滥觞于夏商周三代的古典文论，从《虞书》之“诗言志”到陆机《文赋》之“诗缘情”，从孔孟论《诗》之片语只言到《诗大序》与钟嵘《诗品》之类诗歌专论，中国文学批评的注意力始终集中在“诗”身上，显示出专门化的一种趋势。汉魏以降，五言腾涌，永明体兴，律诗崛起，随着唐诗艺术高峰突兀而起，中国古代文学理论批评趋于专门化，倾向于诗歌批评与诗歌理论，已成必然之势。这样，《文心雕龙》之类包罗总杂、体大虑周的文学理论批评专著就没有再生的必要性。

第二，这是中国古典诗歌特别是唐诗高度繁荣发展的产物。中国古代文学批评一个最大特点，就是批评与创作结合，理论批评与实际批评结合，强调创作经验的理论升华与批评的针对性，而远离创作实际的批评，不管怎样富于思辨性、逻辑性，不论作何种长篇大论，都犹如无的放矢，毫无实际价值。唐代，是诗的唐朝，诗的世界，故闻一多先生称之为“诗唐”。巍然屹立诗歌国度群峰之巅的一代唐诗，乃是诗歌王国的冠冕，而唐人律诗更是这皇冠上的一颗璀璨夺目的明珠。《诗三百》《楚辞》以降，中国古典诗歌发展演变到唐代所出现的这种新情势、新风貌、新成就、新精神，迫切要求文学理论批评样式的更新与创新，以适应当时律诗创作与举子应试诗赋的实际需要，总结诗歌创作的新鲜经验和成败得失，指导诗歌创作实践。于是承袭钟嵘《诗品》的诗歌批评一门，一大批唐人诗格、诗品、诗式、诗句图之类诗学入门书应运而生，使诗歌理论批评逐渐从刘勰《文心雕龙》式的文学理论批评体系中分离出来，而成为独立的一支。这样以来，中国文学理论批评的专门化，由一种趋势变成为一种现实，有了实际的可能性。

第三，诗话之崛起，改变了中国古代文学理论批评体式的原初格局。在丰富多彩的中国古代文学理论批评样式之中，诗话确实是一种独具特色的品种。我在《中国诗话史》中说过：“诗话的个性，是闲谈式的，随笔式的；诗话的风格，是轻松的，自由活泼的；诗话的体制，是由一条一条内容互不相关的论诗条目连缀而成的，是富有弹性的。”特别是“以资闲谈”的随笔体式，使作者能“挟人尽可能之笔，著惟意所欲之言”，因而赢得了广大的作者群；语言的通俗化，又“使人心开目明，玩味不能去手”，因而又赢得了广大的读者群。有了这两个广大的群体，诗话之作焉能不汗牛充栋？从语言风格而论，刘勰《文心雕龙》之类文学批评专著，语言之骈俪，文字之艰深，字里行间充满着学院之气、书卷之气，可以称属于“贵族”式的文学批评；而诗话之体，以其通俗浅近的语言阐释深奥的诗学观点和美学思想，摒弃了《文心雕龙》为代表的古代文学批评著述中书面语言之骈俪、艰深，注重行文运笔之自然流畅，平易生动，雅俗共赏，则是属于“平民”式的文学批评。因此，欧公之后，效者云集，乐此不倦，至今不衰，成为中国古代诗歌批评的主要形式。可以说，这是历史的选择！诗话之后，随之而起的又有“词话”、“曲话”、“赋话”、“剧话”、“文话”、“四六话”、“小说话”，等等，几乎每一种文学样式都有自己的“话”，从而打破了中国古代文学理论批评“包罗总杂”的大一统格局，取而代之的是专门化、多极化的文学批评的新格局。

这三点解说，无疑是正确的，但归结到一点，乃是中国诗文化影响中国文学批评的结果。而刘勰《文心雕龙》的空前绝后，也许有人会感到一种历史的遗憾，甚至油然而生一种历史虚无主义与“一代不如一代”式的退化论思想。其实大可不必。中西方文学理论批评的差异性是一种客观存在。钱钟书先生论及中西文学批评时说：“眼里只有长篇大论，瞧不起片言只语，甚至陶醉于数量，重视废话一吨，轻视微言一克，那是浅薄庸俗的看法--假使不是懒惰粗浮的借口。”（《七缀集 · 读拉奥孔》第 30 页）任何一门艺术，总是深深植根于本民族赖以生存发展的土壤之中，打上民族文化性格的烙印，各有其长，亦各有其短。因此，各民族的文学艺术及其理论批评，本应广为交流，取长补短，而不应妄自尊大或妄自菲薄。中国文学及其文学理论批评，是中国传统文化的历史积淀，体现了中华民族的文化性格和美学精神，是世界文学理论宝库中一颗璀璨耀眼的明珠，闪烁着独特的灵光异彩。我们有如此绚丽多彩的文学艺术之花，又有如此丰硕的文学理论批评之果，中华民族理应为之骄傲和自豪，用不着在西方文学批评乃至西方诗学面前感到自惭形秽！

四、诗话与行业

所谓“行业”，是指社会职业的类别。

何谓“诗话”？古代朝鲜人一般以为是“诗之随笔”，而南羲采却以诗话为“行业”，认为诗话是话诗之行业，是“业于诗者”，即以“话诗”为职业者。他在《龟磵诗话 · 自序》云：

> 大凡人必以所业者话：业于酒者，弹冠杏炉，相逢以酒话；业于农者，索绹松灯，相对以农话；业于剑技者，猎缨屠门，相与轩眉以剑话。莫不以己所业者，各话其话。业于诗者亦然，水楼朋罇、山寺僧榻、景物晴妍、更鼓迟迟、相与挥麈、尾碎壶口，屑于眉睫、动于口吻、霏霏如玉屑者，无一话非诗也。

各行各业，都有自己的行业语言，如“酒话”、“农话”、“剑话”等。古人曰“三句话不离本行”，是说行业语具有鲜明的行业化、专业化、专门化特征。

酒家以酒肆为话柄，农民以桑麻为话柄，所谓"把酒话桑麻"是也；诗人以诗歌创作为话柄，诗话作家以诗学批评为话柄。南氏从"行业"话语的角度来解释"诗话"，发中国人之所未发者，认为"诗话"就是"业于诗者"之话，即"诗人之话"；其所谓"水楼朋罇、山寺僧榻、景物晴妍、更鼓迟迟、相与挥麈、尾碎壶口，屑于眉睫、动于口吻、霏霏如玉屑者，无一话非诗也"。南氏此种诗话之辨，自然突出了"诗话"作为行业的"本体论"与创作主体性原则。

韩国人这种诗话行业观，在日本诗话中也曾流露过。如日本菊池桐孙有《五山堂诗话》六卷，其好友（佚名）为之作序云：

> 话桑麻者，农夫乐事也；话利市者，商贾乐事也；话诗赋者，诗人乐事也。话也者，非论、非议、非辨、非弹也，平常说话也。有是话而人闻之、喜之、快之、笑之、记之、忘之，一任旁人所取，是话者之心也；有是话而人闻之、恶之、忌之、厌之、嗛（xián）之、咈之，只触旁人所怀，非话者之心也。农商之话皆此心也，况于温厚诗人之心乎？当开口说话之时，暂有是话，及闭口说完之后，曾无是话。话之为话，如是而已。今话而笔之，此果何心哉？农商不识文字，故其话止于口头，终于一场，仅及对面数人；诗人则识文字，故把口头之话化作笔端之话，把一场之话化作千万场之话，把对面数人化作不对面千万人，惟恐闻之、喜之、快之、笑之、记之、忘之者之不多，是诗人之心，而诗人之神通力也。诗人之心既如是，诗话之作岂苟且也哉？

这段论述，将诗话之"话"解说得非常透彻淋漓，道尽了诗话追求"平民化"的语言艺术的个中真谛，认为"话也者，非论、非议、非辨、非弹也，平常说话也"，指出诗人之"话"与农商之"话"同一旨归，就是通俗平易，让千万读者"闻之、喜之、快之、笑之、记之、忘之"而已。

但是把诗话当作一个"行业"，一门谋生的职业，却是与诗话创作的历史事实不相符的。自古以来，中国的诗话创作，并没有作为一种职业，多数人恪守韩愈"余事作诗人"的古训，"余事作诗话"，"偶出绪余撰诗话"，政务之余、学问之余，余事而涉于诗学批评，像欧阳修一样，作诗话"以资闲谈"。这才是欧阳修撰著《诗话》的宗旨。其后也有恪守"以资闲谈"而为诗话者，但多数以诗话为诗歌批评的一种工具，以张扬自己的诗学观念与批评原则。

诗话创作尽管并没有完全像西方文学批评家那样职业化，但只有懂得诗的人才能与之论诗，作为诗学批评样式之一的“诗话”，其论诗宗旨、论诗语言、论诗方法，则早已职业化了。而当诗话创作与诗歌创作一样，成为一种社会职业之时，诗话作家走向了职业化之路，诗歌评论乃至文学批评也就走上了专门化的发展道路。这种职业化，是否算得上“行业”化？东方诗话史上又有几个以“诗话”创作为“行业”者？我们难以例举几个。

行业，是社会分工的产物。西方的文学创作与文学批评，从古希腊开始，就是一种独立的职业，同时转化为一种可以谋生的商品生产。诗人、剧作家、批评家都是职业家，吟游诗人就好像中国瓦舍、勾栏中的说书艺人，以讲唱神话、史诗、英雄传说为生，剧作家以给剧场撰写演唱剧本而获得稿酬。同时，有一班人专门以“文学裁判”为职业，自己不从事文学创作，只凭着一些自定的文学公式与理论说教，专门挑剔别人的文学作品，并以此申发自己的文学观念与文艺批评标准，成就自己的诗学理论体系。因而，西方的文学创作与文学批评，从来就是职业化的[2]。

中国几千年的封建社会，以农业为立国之本。中国传统文化中的农业文化，始终占据主导地位，重农而轻商，商品意识比较淡薄，商业经济与商业文化不甚发达。受这种社会文化观念的影响，诗歌创作、诗学评论乃至文学批评，都只是文人士大夫们抱着“余事作诗人”（韩愈诗语）的创作态度的“绪余”之作而已，不可能进入市场；因而文学创作与文艺批评队伍不可能专门化、职业化；其创作与批评之目的，也只是仕宦之外聊以娱人娱己的风雅韵事而已，文学创作与文艺批评不需要专门化、职业化。文学的商品化，文学创作与文艺批评的专门化和职业化，直至近代西方资本主义进入中国以后才得以出现。

然而，在中国，在古代东方，南羲采所说的这种诗话创作的行业化，几乎是不可能实现的。

诗话创作，亦非职业化的。在中国诗话史上，诗话创作之最富者，当首推清人梁章钜。梁氏（1775-1849），字闳中，号退庵，福建福州人。嘉庆七年进士，入翰林，授礼部主事，后历任广西、江苏巡抚。他在仕宦之余，先后撰写了《长乐诗话》六卷、《南浦诗话》八卷、《东南峤外诗话》十卷、《三管诗话》三卷、《雁荡诗话》二卷、《闽川诗话》一卷、《闽川闺秀诗话》四卷、《退

2 参见罗根泽《中国文学批评史》第一册，上海古籍出版社 1984 年新 1 版。

庵诗话》二卷、《试律丛话》八卷、《浪迹丛谈 · 诗话》一卷、《乾嘉全闽诗传》十二卷、《读渔洋诗随笔》二卷，凡十二种诗话之多，为中国历代诗话之最。

诚然如此，梁章钜亦非职业诗话作家，亦非以诗话创作为“行业”，只是“绪余”之作而已。中国文人士大夫以“仕宦”为读书之本，故韩愈说自己是“余事作诗人”。以诗与诗话为“绪余”之作，这是中国诗人与诗话作家的社会地位与价值观念所决定的。

南羲采以诗话为“行业”之论，是他个人生活时代的一种诗学观念，是古代朝鲜社会文化日趋近代化的反映，与古代诗话创作无甚关联。

五、诗话与清谈

日本小畑行简论诗话有所谓“清谈”之说。其《诗山堂诗话 · 自序》云：“诗话者，诗中之清谈也。盖读此，则足以察作者性情，又足审其实迹矣。”

所谓“诗中之清谈”者，亦强调诗话创作的主体性。

清谈，亦称“清言”或“玄言”。魏晋时期，盛行一种新的哲学形态与社会文化思潮，因其发言玄远、崇尚清谈，以虚无为特征，以《老子》《庄子》《周易》为“三玄”，具有极强的理性思辨，是人文语境的玄言化，故中国学术文化史上称之为“清谈之学”或“思辨之学”，20 世纪三十年代以后而统称为“魏晋玄学”。其代表人物是何晏与王弼、嵇康与阮籍、向秀与郭象、裴頠与欧阳建等，基本观点是“以无为本”与“言意之辨”，以此确立其玄学思想体系。

魏晋玄学关于有无关系、本末关系、形神关系、言意关系之辨，具有强烈的理性思辨力，因而为崛起的魏晋六朝文学理论批评奠定了坚实的理论基础。汤用彤先生在《魏晋玄学》中断言曰：魏晋六朝文学批评“根源于玄学”。

清谈之学以玄妙之思论道，诗话之作以生花妙笔谈诗，二者共通之处在于“清谈”。故小畑行简称诗话为“诗中之清谈”者。作者认为，诗话之作体现着创作主体；人们读诗话，从中可以体察“作者性情”，可以审视作者的人生态度与人生足迹。这是日本人对诗话所作出的最为深刻的学术文化阐释。

六、诗话与诗选

清人章学诚《文史通义 · 文集》以晋代挚虞《文章流别集》为文集之始。而诗歌选集亦出自于西晋荀勖（? -289）的《晋歌诗》和《晋燕乐歌辞》。而后，随着唐诗、宋诗的崛起，诗选也就层出不穷了。那么，诗选与诗话的关系如何？在中国诗话史上，诗选往往通于诗话。正如清人吴琇在《龙性堂诗话·序》中论及诗话之源时指出：

> “晚节渐于诗律细”。“细”之为义，诗话所从来也。予夺可否，次第高下，诗于是乎有选；平章风雅，推敲字句，诗于是乎有话。话者，诗选之功臣也。

“晚节渐于诗律细”，出自杜甫《遣闷戏呈路十九曹长》一诗。诗律之“细”，成就了一代代辉煌的中国律诗。吴琇从诗律方面去探讨诗话之源，认为诗话出于诗律之“细”。

论及诗话与诗律的关系，我以为主要从两个方面考察：一是诗律的研究与永明声律运动，使中国诗歌走上了一条律化之路，诗歌艺术臻于完美。中国诗歌的繁荣发展，为诗话之崛起奠定了深厚的基础。二是诗律之美，作为诗歌的第一要素，也成为诗学批评的主要标准之一，诗话中的格律批评始终是诗话著作的重要内容，一些诗话亦更侧重于诗歌格律的评论，如明人李东阳的《怀麓堂诗话》、清人沈德潜的《说诗晬语》等。

吴琇认为，诗之选，需要鉴别优劣，出分高下，所谓“予夺可否，次第高下”，本身就是一种批评。选诗标准不同，鉴赏水平不一，审美情趣各异，所取舍的诗歌也就不同。因而诗话之“话”，所谓“诗选之功臣”者，就是“平章风雅，推敲字句”之谓。这种诗话之“话”，已经不再是诗歌的“故事”，而是包含风雅之“平章”与字句之“推敲”，属于文学批评的性质了。

元人方回论诗以律体为尚，称“诗之精者为律”。其《瀛奎律髓》49 卷，精选唐宋律诗，以类选、圈点、批注、评论出之，合诗选与诗话于一体。并在其《自序》中云：“所选，诗格也；所注，诗话也。”诗选与诗歌评论，其审美标准本来就有某些相通之处，诗话也因此而通于诗选。清人沈德潜所编选的《别裁集》，有唐诗、国朝诗等，一一附以“诗话”，而各书称引时，则往往直接称之为《别裁集诗话》，则是诗选通于诗话之明证。

七、诗话与语录

中国“语录”非常发达，从先秦到近现代，从儒家到释家，无所不有《语录》者。语录始于《论语》，这是一般性的文学常识。文学史家马积高先生说是“路边的资料”而已。但是“诗话”与“语录”的关系若何，倒是诗话研究者必须正视的一个学术命题。

徐中玉《诗话之起源与发达》一文认为：“诗话之笔记化，溯厥渊源，乃近受语录之影响，远受佛教翻译文学之影响。”所谓“语录”，乃是一种文体，用以记录某人的言记行事之类。中国最早的儒家经典《论语》与《孟子》，都是一种语录体。《辞源》等记载，“语录”之名，于《旧唐书 · 经籍志》才出现，其中“杂史类”，著录有唐人孔尚思《宋齐语录》十卷。众所周知，“语录”之源大凡有二：一是儒家经籍，先秦《论语》,《孟子》是其语录体之始；二是佛家坛经，六朝惠能于大梵寺讲经弘法，门人记录其言论行事，目为《坛经》，或曰《法宝坛经》，此种释子语录，原为佛门弟子之用，以识其师门真谛，至于宋明理学，语录广为用于教坛，则有所谓儒家语录之称[3]。

唐宋时代，语录体大行其道。禅宗语录，理学语录，层出不穷。学者钱大昕《十驾斋养新录》卷十八“语录”条云：“释子之语录始于唐，儒家之语录始于宋，儒其行而释其言。”其实，自《论语》肇始，语录之体历久不衰，无论是释子语录还是儒家语录，其体制都采用语录条目式，由一条一条的言论行事等语录条目组合而成。因此，语录体，属于随笔体式，有的还采用对话，问答，讨论形式。文体活泼，平易浅近，与佛教经典体式大致相同，且多有注释解说，如同“经注”也。

受语录体之影响，诗话之体亦为随笔体式，由一条一条内容互不相关的论诗条目连缀而成。随言长短，应变作制，灵活自由，富有弹性，而且，语录又通于诗话，起于宋人唐庚述、强行父记录的《唐子西文录》。郭绍虞《宋诗话考》云：“此书为强行父记录唐庚论诗文之语。王若虚《滹南诗话》卷二评论是书，犹称为《唐子西语录》，是为语录通于诗话之始。”此外，何汶《竹庄诗话》及王恕辑《南溪笔录群贤诗话》称引时均作《唐子西语录》，而《季沧苇书目》著录有宋版诗话四种，即《唐庚语录》《竹坡诗话》《许彦周诗话》《吕紫微诗话》，则又将《唐子西文录》改称为《唐庚语录》；清初《千顷堂书目》卷十五又称司马泰《古今汇说》卷二十五有《唐庚文录》，而卷四十七又有《唐子西诗话》，说明明人已将是书论诗论文别为两种。又宋人胡舜陟《三山老人语录》与佚名《漫斋语录》等，《竹庄诗话》与《南溪笔录群贤诗话》

3　参见《辞源》“语录”条目：《旧唐 · 经籍志上 · 杂史类》有孔尚思《宋齐语录》十卷，为“语录”二字之始。自唐以来，僧徒记录师语，以所用多口语，故沿称“语录”。释道原采诸方语录，集成《景德传灯录》三十卷，后来宋儒师门传授，亦常用此体。

称引时亦有《三山老人诗话》与《漫斋诗话》之名；诗话本承“语录”随笔之体，虽不以“语录”之名，却以“语录体”出之，如姜夔《白石道人诗说》之类历代诗话，不可胜数矣[4]。甚而直接以“语录”出之，如宋人胡仔《苕溪渔隐丛话》引用的《龟山语录》等。诗话因承语录而为问答体式者，更是不胜枚举，如《清诗话》所收之《师友诗传录》，郎廷槐问，王士桢、张笃庆、张实居答；《师友诗传续录》，刘大勤问，渔洋老人王士桢答。又如清人吴乔《答万季野诗问补遗》，徐熊飞《修竹庐读诗问答》，陈仅《竹林答问》等，明显地打上了语录体的印记；就连后人的诸多著述，如清人张潮的《幽梦影》，刘熙载的《艺概》等谈诗论文，也都采用语录体，或者说“诗话体”。

鉴于语录体对诗话的名称与体制方面的影响，徐中玉先生《诗话之起源及其发达》曾归纳为一个简明的图示：

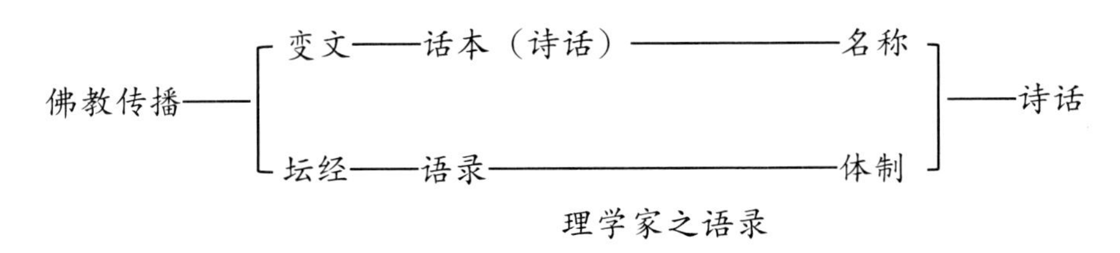

徐先生所图示者，于语录如何影响于诗话，已经标示得很清晰，但其渊源所示，却只强调了佛教的传播，而儒家语录却未图示于其中，故应该在“佛教传播”之前增列“儒学传播”特别是“儒家语录”。

4 参见张宝全、周满江主编、蔡镇楚、胡大雷参编《宋代诗话选释》，广西师大出版社 2007 年本。

第五章　东方诗话与儒家文化

儒学东渐，在儒家文化的熏陶之下，古代朝鲜——韩国与日本国的汉诗创作日益繁荣发展起来，为古代朝韩诗话与日本诗话之崛起奠定了诗歌艺术基础。

所谓“汉诗”，是指古代外国人运用汉语、汉字和中国古体诗的格律而创作的一种诗歌艺术形式。而古代朝鲜、日本与东南亚，乃是世界汉诗创作的主要基地。他们的汉诗创作的整体水平与艺术成就，仅仅次于中国本土。

东方诗话圈是儒家文化传播的必然产物。

儒家文化的传播，为中国诗话的外传提供了飞翔的双翼，也为东方诗话圈的形成奠定了儒家学术文化基础。

一、诗话与名教

“名教”者，儒家提倡的礼教是也。以其旨在正名分、定法度，维护封建礼教规范，故历代文人士大夫皆“欲以天下名教是非为己任”(《世说新语·德行》)。

顾炎武《日知录》卷十三“名教”云：“汉人以名为治，故人材盛；今人以法为治，故人材率。”并引宋范文正《上晏元献书》曰：“夫名教不崇，则为人君者谓尧舜不足法，桀、纣不足畏；为人臣者谓八元不足尚，四凶不足耻。天下岂复有善人乎？人不爱名，则圣人之权去矣。”

诗话有补于名教者，出于宋人黄永存。其于黄彻《䂬溪诗话跋》云：“诗话杂说，行于世者多矣。往往徒资答谈之乐，鲜有益于后学。若《䂬溪诗话》，议论去取，一出于正，真所谓有补于名教者。”

黄氏以“有益于后学”、“有补于名教”为诗话创作之旨，主要是强调诗话创作的教化功能，属于社会伦理学范畴。

宋人要求诗话创作亦因“有补于名教”而“有益于后学”，此种诗话观念，以功名为目的，具有明显的伦理化倾向，于欧阳修诗话“以资闲谈”之旨，乃是一种悖论，是对欧阳修诗话“以资闲谈”之旨的一种反拨。同时也是一种发展，打上了宋代理学的印记，是理学思想对宋代诗话创作的一种浸透。然而，黄永存为黄彻其孙，故其所论盖出于其先祖黄彻也。黄彻（生卒年未详），字常明，福建莆田人。宣和甲辰（1124）进士，历官辰州（今属湖南）辰溪县令、沅州军事判官、麻阳、嘉鱼、平江县令。后因犯权贵，弃官而归，寓居兴化碧溪，著书五年，写成《碧溪诗话》十卷。是书论诗，秉承儒家恪守的风教之旨，以“近讽谏”、“辅名教”、“论当否”为宗，扬杜甫而抑李白，文学批评的儒家风味极浓。

二、古代朝鲜儒学

在东方各国，最早进入儒家文化圈的是古代朝鲜。

古代朝鲜，有“檀君开国”的历史记录。如高丽时代僧一然的《三国遗事》与李氏朝鲜徐居正的《东国通鉴》等，都以檀君为开国之君，称檀君王俭“以唐高即位五十年庚寅都平壤城，始称‘朝鲜’”。

然而真正开化朝鲜者，是史书所记载的“箕子王朝”。箕子，商代贵族，商纣王诸父，官太师。因赐封于箕（今山西太谷东北），被称为“箕子”。商纣王无道，箕子力谏不听，反被囚禁。周武王灭商以后，被武王释放之。箕子不食周粟，因有走朝鲜之说[1]。

《尚书大传》云：“武王释箕子之囚，箕子不忍为周之释，走之朝鲜。武王闻之，因以朝鲜封之。”司马迁《史记》卷 38《宋微子世家》，班固《汉书·地理志》，与《东国史略》均作如是说。而《高丽史·地理志》称檀君都平壤者为“前朝鲜”，而箕子朝鲜为“后朝鲜”。今韩国保存的出土文物“孤竹罍”与“箕侯方鼎”，即是其历史见证。而箕子入朝，其开化朝鲜之功，早已载入古代朝鲜的史册。如《东国通鉴》云：

> 箕子率中国五千人入朝鲜，其诗、书、礼、乐、医、巫、阴阳、卜筮之流，百工技艺，皆从而往焉。既至朝鲜，言语不通，译而知

1 陈蒲清：《箕子评传》，岳麓书社 2003 年本。

> 之。教以《诗》《书》，使其知中国礼乐之制、父子君臣之道、五常之礼。

箕子入朝，教以《诗》《书》等儒学经典，是儒学东渐、儒家文化东传的一大历史文化事件，为儒家文化圈之形成奠定了坚实的基础。

唐永徽元年（650），新罗大破百济之众。新罗女王金真德织锦作五言《太平诗》一首，特派遣其弟之子法敏敬献给刚登基的唐高宗，诗云：

> 大唐开鸿业，巍巍皇猷昌。
> 止戈戎衣定，修文继百王。
> 统天崇雨施，理物体含章。
> 深仁谐日月，抚运迈时康。
> 幡旗既赫赫，钲鼓何锽锽。
> 外夷违命者，翦覆被大殃。
> 和风凝宇宙，遐迩竞呈祥。
> 四时调玉烛，七曜巡万方。
> 维岳降宰辅，维帝用忠良。
> 三五咸一德，昭我皇家唐。

这是李唐王朝的一曲赞歌，一曲域外新罗国王对唐朝赫赫国威的赞歌。

李唐王朝时代，是中韩两国进行全方位交流的历史时期。

1. 文字。自箕子入朝，方块汉字定为朝鲜人的日常用语，在朝鲜半岛风靡一千三百多年，直到李氏朝鲜世宗颁布“训民正音”，命朝臣创制朝鲜“谚文”，汉字与韩文依然并行不悖。

2. 姓氏。据日本《那珂通世遗书》考证，高句丽从四世纪起，则渐用汉式姓名，并改用汉姓。又李重焕《八域志》：“新罗未通中国，始制姓氏，然仅士官与士族略有之，民庶则皆无。至高丽混一三韩，始仿中国，颁姓于八路，人皆有姓。”

3. 服饰。朝鲜民族从殷商人尚白，被誉为“白衣民族”。据《三国史记》卷二十三载，新罗“至真德王在位二年（公元 648），金春秋入唐，请袭唐仪。玄宗皇帝诏可之，兼赐衣带……自此已后，衣冠同于中国。”

4. 科举。新罗统一三国，凡官制、郡邑均尊唐制，推行学制改革。神文王二年（682），仿唐而立国学；元圣王四年（788），“始定读书三品以出身”，科目以儒家经书史传为准，“读《春秋左氏传》，若《礼记》、若《文选》而能通其义、兼明《论语》《孝经》者为上；读《曲礼》《论语》《孝经》者为中；读《曲礼》《孝经》者为下；若博通五经、三史、诸子百家者，超擢用之”(《三国史记》)。

5. 尊孔。据《三国史记 · 新罗本记》：“圣德王十六年（717）秋九月，入唐大监守忠回，献文宣王（即孔子）、十哲（即配享文庙者）、七十二弟子图，即置于太学。”因尊孔而奉儒，韩国有以“儒”名地者，大田市有“儒城”之名。

6. 出使。唐朝与新罗互派使臣出访，交流相当频繁。唐初武德七年(624)，刑部尚书沈叔安出使高丽。顾况有《送从兄使新罗》诗一首，以赞扬之辞写其从兄出使新罗将“封侯万里外，不肯后班超”的志向。钱起有《送陆珽侍御使新罗》诗，孟郊有《送新罗使》诗。

7. 留学。据《唐会要》卷三十六载，开成二年三月，新罗入唐留学生共计 216 人；五年（840)，新罗留学生与其他人员，一次归国者就多达 105 人之众。《东文选》卷八十四载：“进士取人，本盛于唐。长庆初有金云卿者，始以新罗宾贡，题名杜师礼榜。由此以至天祐终，凡登宾贡者五十有八人。”(《送奉使李仲父还朝序》）张乔有《送人及第归海东》，杜荀鹤有《送宾客登第后归海东》，张蠙有《送友人及第归新罗》，许浑有《送友人罢举归新罗》，许彬有《送新罗客归》，贯休有《送新罗人及第归》《送新罗生归本国》，等。他们以诗会友，以诗会心，以诗唱和，以诗相许，以诗相赠。诗是他们思想情感交流的桥梁，他们自然成为了唐诗的传播媒介。

8. 求佛法。新罗人西行求法者，以慧超为最。弱冠入唐，后泛舶南海，西行南亚中东求法，于开元十五年返回安西。建中元年（780）卒于中国。著有《往五天竺国传》三卷。新罗僧入唐，与中国文人僧侣交往甚密，唱和赋诗，《全唐诗》收录此类诗者比比皆是。

9. 医药。新罗接受中医中药甚早，于“国学”中开设医药课程，有《本草经》《甲乙经》《素问经》《针经》《明堂经》《难经》等。新罗与高句丽医药书籍如《新罗法师方》《老师方》亦传入隋唐，其人参、牛黄、茯苓等名贵药材即大量输入中国。

10. 历法。唐高宗麟德年间，李淳风创制《麟德历》。674 年，新罗入唐专攻天文历学者福德，回国后立即采用《麟德历》。新罗国学，亦开设唐代中国天文历法科目，培养天文历法人才。后 728 年唐王朝采用僧一行等编制的更为精密的《大衍历》，新罗亦随之而改之。

11. 佛雕。新罗以佛教立国，注重佛像雕塑。古都庆州之郊的吐含山，佛像、寺塔林立。其佛国寺的佛雕，多为唐代工匠所雕塑。唐代宗朝，新罗景德王曾命工匠以沉檀木雕“万佛山”，以赠送唐代宗。

12. 移民。古代朝鲜人移民中国唐代者，日本高僧圆仁《入唐求法巡礼行记》早有记载，称唐代的扬州、楚州（淮安）、海州（连云港）、登州（蓬莱）等地皆有“新罗坊”，为新罗侨民聚居区。其中登州之新罗馆尤为重要，此乃唐朝与高丽之交通要道，被唐贞元间宰相、地理学家贾耽《皇华四达记》称为“登州入高丽道”。

13. 汉诗。三韩最早接受汉诗，丽玉之《箜篌引》与琉璃王之《黄鸟歌》，是为朝鲜汉诗之“最古者”。百代朝鲜汉文学史，造就了声名显赫的“四大诗人”：新罗的崔致远，高丽的李奎报、李齐贤，李氏朝鲜的申纬。以其酷爱唐诗，故有“白傅名重鸡林”美谈传世；以其汉诗发达，故受中国诗话之影响而有朝韩诗话，今人赵钟业教授编辑有《韩国诗话丛编》十七卷行世，使中、韩、日三国诗话形成鼎足之势。

三、日本儒学

儒学东传日本，以百济为桥梁。晋武帝太康六年（285），百济华裔学者王仁携带《论语》10 卷、《千字文》1 卷赴日本讲学。在此之前，已有百济学者辰孙王、阿直岐留日。王仁精于儒学，应留日学者阿直岐之邀而赴日本，封为太子太师，并向应神天皇奉献儒家经典《论语》，以《论语》《孝经》教授皇太子菟道雅郎子。

王仁献书授儒，是史载中国儒学东传日本之端绪。此后，随着中韩日三国政治、经济、文化交流的不断发展，儒学在日本得以迅速发展。百济留日学者辰孙王、阿直岐、王仁，被尊为日本“国初三儒”；公元 604 年，圣德太子以儒学五常“仁义礼智信”和“德”字命名，制订了“冠位十二阶”授予日本贵族，次年又根据儒家学说颁布《十七条宪法》纲要，以儒学治国，认为“无忠于君，无仁于民，是大乱之本”，强调“以和为贵”、“以礼为本”。

隋代大业三年（609），日本天皇指派小野妹子入隋进贡，拉开了中日两国正式直接交往的历史序幕。

据历史记载，李唐王朝是中日两国交往最亲善的时期。从 630 年至 834

年，日本遣唐使凡19次，其中有四次未到达，有三次为接送唐使而行，正式的遣唐使为12次。以663年8月唐日在新罗发生的“白江口之战”为界，前期日本遣唐使四次，以朝鲜半岛的势力瓜分为政治目的；后期遣唐使八次，以政治文化交流为目的。

据《日本高僧传》载：“天平胜宝四年，藤原清河为遣唐大使，至长安见元宗（按：元同“玄”）。元宗曰：‘闻彼国有贤君，今观使者趋揖有异。’乃号日本为‘礼仪君子国’。命晁衡导清河等视府库及三教殿，又图清河貌，纳于蕃藏中。及归，赐诗。”唐玄宗此题为《送日本使》的诗曰：“因惊彼君子，王化远昭昭。”在外国使者中，新罗与日本使者最为精通汉学。因而与唐代诗人的关系更为密切。孟郊有《送新罗使》诗一首，徐凝有《送日本使》诗一首，等等。

朝衡（698-770），即晁衡，日本奈良人。唐玄宗开元五年（717）随遣唐使入唐，历官左补阙、左散骑常侍等。与王维、李白等诗人交游甚深。天宝十二年（753）与藤原清河等同船回日本国，王维、赵晔（一作骅）、包佶等作诗送行。回国途中于海上遇风险，李白以为晁衡早已遇难，悲痛不已，故作《哭晁卿衡》诗以吊唁之，诗云：

日本晁卿辞帝都，征帆一片绕蓬壶。

明月不归沉碧海，白云愁色满苍梧。

然而，晁衡命大，落海后，在海上漂流着，漂到中南半岛，后辗转折回长安。先后在唐朝京都生活了半个多世纪，大历五年（770）卒于长安。

日本留学于唐代中国的留学生与留学僧，为数甚多，一次竟多达五百余人（《续日本纪》卷二十一）。最著名的是遍照金刚即空海（774-835）大师。唐贞观二十年（804）入唐学密教，遍收中国诗格、诗评、诗式之类文献典籍，回国后编辑《文镜秘府论》六册，被日本学者尊奉为“日本诗话之祖”。

四、东洋汉诗

儒学东渐，使汉诗创作成为古代朝鲜与日本两国诗坛文苑共同追求的一种时尚。于是，汉诗最先风靡于东洋。

汉诗创作，以古代朝鲜为最早。崔豹《古今注》称四言诗《箜篌引》为“朝鲜津卒霍里子高妻丽玉所作”，其卷中云：

《箜篌引》，朝鲜津卒霍里子高妻丽玉所作也。子高晨起，刺船而棹。有一白首狂夫，被发提壶，乱流而渡。其妻随呼，止而不及，遂坠河水死。于是援箜篌而鼓之，作《公无渡河》之歌，声甚凄怆。曲终，自投河而死。霍里子高还，以其声语妻丽玉。丽玉伤之，乃引箜篌而写其声，闻者莫不坠泪饮泣。丽玉以其曲传邻女丽容，名曰《箜篌引》。曰："公无渡河，公竟渡河。坠河而死，当奈公何？"

故此曲亦称之为《公无渡河》，其歌词如泣如诉，如歌如怨。韩国学者多以此为朝鲜汉诗传世之作中的"最古者"。

《黄鸟歌》也是古代朝鲜最早的汉诗之一。《三国史记》卷十三《高句丽本纪·琉璃王》记载着这样一个动人的故事：高句丽琉璃王为东明王之子多类利，于汉成帝鸿嘉三年（公元前 17 年）即位。娶有禾姬（鹘川人之女）与雉姬（汉人之女）。二女争宠，禾姬责骂雉姬曰："汝汉家婢妾，何无礼之甚乎！"雉姬惭恨而走。王闻之，策马而追；雉姬怒而不归。王憩于树下，见黄鸟飞集，乃感而歌曰：

翩翩黄鸟，雌雄相依。
念我之独，谁其与归？

诗以黄鸟为喻，抒写自己孤独寂寞而寻求"雌雄相依"的爱恋之思。词调依然哀怨，凄楚动人。

朝鲜进入高句丽、百济、新罗三国时期，先后依照中国教育体制设立太学，以《周易》《尚书》《毛诗》《礼记》《春秋》《左传》为业，汉字、汉诗广为传播。唐太宗置弘文馆，三国特别是新罗人唐留学者甚众。《东文选》卷八十四《送奉使李仲父还朝序》云："进士取人，本盛于唐。长庆初，有金云卿者，始以新罗宾贡，题名杜师礼榜。由此以至天祐终，凡登宾贡者五十有八人。"朝鲜汉文学史上声名显赫的"四大汉诗人"，都受过儒学的教育培养。其中新罗人崔致远（857-？），12 岁入唐留学，18 岁中进士，授溧水县尉。后入高骈幕府，作《讨黄巢檄文》。著有《桂苑笔耕集》20 卷。末卷为汉文诗，凡收 30 首。29 岁归国，立志改革，失意后隐居伽耶山。被誉为"东方文学之祖"（《小华诗评》），诗与李齐贤、李奎报并称为"东国三大诗人"。高句丽的李奎报被誉为"朝鲜李太白"（《东人诗话》），李齐贤被誉为朝鲜的"汉诗宗"，李氏朝鲜的申纬被誉为朝鲜的"诗佛"而与唐代王维同列。

朝鲜——韩国汉诗源于中国。众多的朝鲜汉诗作家不仅到中国留学，而且诗事中国诗人、学者，耳濡目染，情谊深厚，成为儒学与汉诗传播的文化使者。章孝标有《金可纪归新罗》诗云：

登唐科第语唐音，望日初生忆故林。
鲛室夜眠阴火冷，蜃楼朝泊晓霞深。
风高一叶飞鱼背，潮净三山出海心。
想把文章合夷乐，蟠桃花里醉人参。

“登科第”、“语唐音”、“合夷乐”，这就是当时新罗学人入唐留学的真正动机与目的，也反映出唐人与外国学人交往的思想文化基础。

兴盛一代的朝鲜——韩国诗话，就诞生在古代朝鲜——韩国汉诗为主体的汉文学创作的文化思潮之中。

与古代朝鲜一样，诗也成为中华民族与日本民族思想情感沟通的一条七彩纽带，汉诗成为了中日两国政治、经济、文化交流的一座跨海桥梁。

日本的汉诗创作，始于天智天皇时代（668-671），也许更早一些。如前所述，则可否溯源到徐福东渡立国之际？随着中日两国政治、经济、文化交流的不断发展，大批日本留唐学生、学僧将汉诗移植于日本。公元 731 年，日本第一部汉诗集《怀风藻》问世，收录了六十四位日本汉诗人的一百二十首汉诗（《日本汉文学史》）。

平安时代之初，日本汉诗创作已经蔚为风尚。据史载，嵯峨天皇崇尚唐朝文化，酷爱中国文学艺术，在位期间（809-823），先后编辑出版了被誉为“三大汉诗集”的《凌云集》《文华秀丽集》《经国集》，还有《本朝丽藻》等。千年汉诗，作家云蒸，卷帙浩繁。根据 1980 年东京出版的《汉诗文图书目录》统计，从奈良时代（710-794）到明治时期（1868-1912）的一千二百余年，日本出版的汉诗总集与别集，共计 **769** 种凡 **2339** 卷。

汉诗创作，是古代日本人排遣情感纠葛的特效剂，也是衡量一个日本人有无高尚教养与身份的重要标志。从宫延到民间，从天皇大臣到藩士僧尼，举国上下，以能否作汉诗为一个人有没有高尚教养的重要标志。在日本文学史上，汉诗虽然几经曲折，但始终不断，这是与日本人对中国文化的崇拜分不开的。出于对中国诗歌艺术与中国优秀传统文化的崇拜，樱美林大学教授石川忠久先生在《汉诗的世界》中指出：“汉诗是高级的语言艺术，无疑是世界上最灿烂、最富内涵的诗歌。”这是对日本汉诗的赞叹，也是对汉语和中华文化的高度颂扬。

如此发达的朝鲜汉诗、日本汉诗，是古代朝韩诗话与日本诗话赖以诞生与兴盛的主要根基。如果没有朝鲜人和日本人对汉诗和中华文化的钟爱，朝韩诗话与日本诗话也就没有存在的实际必要。古代朝韩诗话与日本诗话，是兴盛一时的朝鲜汉诗与日本汉诗的必然产物。这就是我的结论。

五、儒家文化圈与域外诗话

受儒家文化的影响，古代朝韩诗话与日本诗话、越南诗话为代表的域外诗话，同中国诗话一样，都深深地打上了儒家文化的烙印。

越南诗话不多，却列入东方诗话圈，是因为在儒家文化圈之内。黎阮二朝，推行崇儒政策，设立国子监，尊孔子为至圣先师，置五经博士，读四书五经，儒家经学和汉文学发达。黎朝圣宗自称“骚坛元帅”，与文臣申仁忠、杜润等 28 人以汉诗唱和，史称“骚坛二十八宿”，有汉诗《琼苑九歌》。

阮思僩（生卒未详），字洵叔，号石农，越南北宁东岸榆林人。进士出身，任吏部尚书，官至宁太总督，著有《石农全集》12 卷。清朝同治七年（1868）出使清朝，撰《辨夷说》云：“我粤非他，古中国圣人炎帝神农氏之后也。”这种对中华民族人文始祖的公开认同，表明越南人的文化之根在中国。

越南诗话，以“诗话”命名者，首推阮锦审的《仓山诗话》手抄本[2]。阮锦审（1819-1870），字钟渊，号仓山、白毫子。阮朝明命帝第十子，封从善王。著述颇丰，撰有《仓山诗集》和《仓山诗话》。是书附于其抄录的《世说新语》之后，题下标明白毫子著，广西巡抚劳崇光为之作序，行书 20 页，61 个论诗条目，遵循《六一诗话》的以资闲谈之旨。

《闽行诗话》，越南李文馥撰。李文馥（1785-1849），字邻芝，号客斋，越南河内永顺人，明乡人后裔，祖籍福建，明清革鼎之际迁居河内，以科举入仕，被誉为“周游列国的越南名儒”。撰有《西行见闻纪略》，《闽行杂咏》《粤行吟草》等。其《闽行杂咏》，又名《闽行诗话》《闽行诗话集》，是其 1831 年奉命前往闽粤遣返在中国遭遇海难的越南渔民途中见闻而创作的汉诗文集。

在儒家文化圈里，东方域外诗话的论诗宗旨和审美价值取向，是以尚儒尊孔为基调的，具有鲜明的儒学化倾向。

其一，诗言志。

孔子曰：“诗三百，一言以蔽之曰：思无邪。”古代朝鲜、日本、越南学人的诗学观念，承袭了中国儒家诗学的“诗以言志”之说，几乎是众口一词，

---

2 此复印本，系湖南师大文学院越南留学生陈日怀清博士 2020 年初提供，特致谢忱。

“诗言志”成了朝韩诗话与日本诗话、越南诗话等东方域外诗话的一面旗帜。

朝鲜姜孟希为《东人诗话》作序认为：“惟此一言足以尽《三百篇》之意欤！诗人所未能畅达，而夫子发之，此诗话之所以权舆也。”

朝鲜崔国华《东人诗话后序》云：“《诗三百篇》古也，皆经圣人删定，宜若无事于议论矣。而门弟子之贤，如卜商者，从而序之，故能发明圣人之微旨，而诗道昌矣。后世之诗，众体并兴，其变无穷，既不见圣人之删，又无贤者之序，无怪乎六义之不复也。”

朝鲜柳梦寅《於于野谈》云：“诗者言志。虽词语造其二，而苟失其义所归，则知诗者不取也。”

日本第一部以诗话名书的藤原师练《济北诗话》亦恪守“诗言志”的论诗宗旨，云：“夫诗者，志之所之也，性情也，雅正也。”

日本贝原笃信的《初学诗法》基本抄录中国诗人诗话之言，其中引宋人蔡沈之语云：“心之所之者，乃谓之‘志’，心之所之，必形于言，故曰‘诗言志’。”

日本赤泽一的《诗律》云：“诗者，志也。志之所发，讽以咏之也。”

其二，重“诗教”。

“诗教”说出自于《礼记·经解》：“温柔敦厚，诗教也。”朝鲜、日本诗话一直秉承着儒家“诗教”传统，以《诗三百》为本，立风雅教化之旨，强调诗歌的“美刺”功能。“兴观群怨”之说，是孔子对诗歌的社会功能和艺术价值的高度概括。所谓“兴”，何晏《集解》引孔安国之语是“引譬取类”，朱熹《集注》谓为“感发志意”。二注可以相互补充，皆指诗之启迪、鼓舞、感染读者之艺术魅力而言。所谓“观”，郑玄注为“观风俗之盛衰”，朱熹注为“考见得失”，皆指诗歌反映现实、认识社会之功用。但综观《论语》中“观”字的用法，实多指欣赏观摩某种思想观念与行为方式，并不是考察风俗盛衰与政治得失。因此“诗可以观”乃指诗能呈现一个完整的人文世界，读之可以“见贤思齐焉，见不贤而内自省也”（《卫灵公》），是在“兴”的基础之上加以理性的判断与抉择。所谓“群”，孔安国注为“群居相切磋”，朱熹注为“和而不流”，其实主要是指诗具有能够团结教育组织群众的社会功能，以引导群体和睦相处、和谐发展、共同进步。所谓“怨”，孔安国注为“刺上政也”，朱熹注为“怨而不怒”。显然朱注不确切。孔子之“怨”，一指对反仁义者之怨，二指讽刺不良政治之怨，三指君子无端遭受诽谤打击而爆发出的个人怨愤之情。

“兴观群怨”四者，“兴”与“怨”侧重于个体心灵感发的抒情功能，“观”与“群”侧重于群体审美时诗歌所表现出的社会教化功能。

崔滋《补闲集》论诗以儒家“诗教”为宗。其自序云：“文者蹈道之门，不涉不经之语，然欲鼓气肆言，耸动时听，或涉于险怪；况诗之作本于比兴讽喻，故必寓托奇诡，然后其气壮、其意深、其辞显，足以感悟人心、发扬微旨、终归于正。若剽窃刻画、夸耀青红，儒者固不为也。”卷中引他人之语云：“《诗三百篇》，非必出于圣贤之口，而仲尼皆录为万世之德者，岂非以美刺之言，发其心情之真，而感动之切，入人骨髓之深耶！”

朝鲜第一部以“诗话”名书的《东人诗话》，论诗主儒家“诗教”，姜孟希《东人诗话序》称是篇“上不乖夫子之意，下以仿诸家之范，能以己志近取作者之意，有所发明而不咈也”。

朝鲜洪万宗《小华诗评》引人之语云：“由今日而上溯罗季，几一千载，其间识风教、形美刺、开合抑扬、深得性情之正者，可以颉颃于唐宋，模范于后世。”又云：“诗可以达事情、通讽喻也。若言不关于世教、义不存于比兴，亦徒劳而已。”

日本藤原师练《济北诗话》以孔子为诗人，指出：“《三百篇》，为万代诗法，是知仲尼为诗人也。”

日本诗话更以《三百篇》为“诗之祖”，认为“作诗以《风》《雅》为本”。例如贝原笃信《初学诗法》认为“《三百篇》，诗之祖也”，诗学“大要不越《三百篇》之旨”，而风雅颂、赋比兴乃是“诗学之正源，作者之准则”。

日本龙公美为三浦晋《诗辙》题序云：“盖今之诗，犹古之诗也。周家《三百篇》之异李唐近体，厥制裁虽异乎，厥温柔敦厚之旨，则同揆而无二致也。”

广濑淡窗的《淡窗诗话》则以“温柔敦厚”四字“诗教”来概括一个“情”字，与中国王夫之《姜斋诗话》以“情”来解释“兴观群怨”者如出一辙。

越南诗话的第一作者阮锦审《随园诗话补遗·序》，针对清人王阮亭崇尚禅语之谬，指出：“诗始于虞舜，编于孔子。吾儒不奉两圣人之教，而远引佛老，何耶？阮亭好引禅语，此诗人奉为至论。余驳之曰：毛诗三百篇，岂非绝调？不知尔时禅在何处，佛在何方？”

其三，重人品，强调“知人论世”。

中国诗话追求诗歌人格之美，强调“诗品出于人品”。古代朝鲜、日本诗话，特别注重“诗以意为主”而意“以气为主”（《白云小说》）。李晬光《芝峰类说》卷九认为“诗者，原于德性，发于才情”；日本广濑淡窗《淡窗诗话》亦谓“作诗如其人”，故须注重其“人品”。徐居正《东人诗话》卷下云：“诗者，心之发，气之充。古人以谓‘读其诗，可以知其人’，信哉！”又说：“诗当先气节，而后文藻。”认为诗歌所追求的先是人的气节，然后才是诗歌的语言艺术之美。崔滋《补闲集》卷下论诗以“气骨”、“意格”、“词语”、“声律”为标准，认为“夫评诗者，先以气骨意格，次以词语声律”。基于这种诗学观与审美观，古代朝鲜、日本诗话特别推崇杜甫，崔滋《补闲集》称“言诗不及杜，如言儒不及孔子”；徐居正《东人诗话》视杜甫为“诗圣”；李睟光《芝峰杂说》尊崇杜诗为“诗史”；李植《学诗准的》则以杜诗为学诗“准的”；古贺侗庵《侗庵非诗话》卷九称“诗至老杜，是谓集大成之孔子”。杜甫“诗圣”、“诗史”、“诗宗”、“诗经”、“诗神”、“诗典”、“诗博”之誉，风靡整个古代朝鲜和日本诗坛。

其四，注重声律格调。

声律与格调，是域外诗人学习汉诗的基本功，因此古代朝鲜与日本的汉诗作家与诗话作者大都注重声律格调。

日本诗话家皆川淇原认为，诗有“体裁”、“格调”、“精神”三大要素，缺一不可。其《淇园诗话》开篇则云：“夫诗有体裁，有格调，有精神，而精神为三物之总要。精神不缺，而后格调可得高，体裁可得佳。”这个著名的诗学观念，一直沿引到近世日本学术界，如著名文学批评家青木正儿的《清代文学评论史》在论述“神韵”、“格调”、“性灵”三大学说的关系时有一段精彩的语言，认为“性灵、格调、神韵可谓诗的三大要素”，实际上是因陈或发挥了皆川淇原的论调。

日本诗话侧重于声律格调者，有石川丈山的《诗法正义》一卷，梅室云洞的《诗律初学抄》一卷，贝原笃信的《初学诗法》一卷，祇园南海《诗诀》，比较出名的有三浦晋的《诗辙》六卷，卷一为“大意”、“诗义”，卷二为“体制”，卷三为“变法”、“异体”，卷四为“篇法”、“韵法”，卷五为“句法”、“字法”，卷六为“杂记”，则是诗歌格调声律之述的集大成者，与唐人、元人“诗格”、“诗式”、“诗例”、“诗句图”之类诗学入门著作如出一辙，对汉诗声律格调在日本汉学界的传播与普及是有重要意义的。

第六章　东方诗话与佛教文化

佛教，是世界上三大宗教之一，源于古代印度与锡兰（今斯里兰卡）[1]。印度佛教的佛光神韵，从西汉后期逐渐照耀到中国大地。现代荷兰汉学家许里和的一部《佛教征服中国》，将一部佛教初期征服中国的漫长历史进程描写得淋漓尽致。而佛教文化之传播于古代朝鲜、日本与东南亚，形成一个与儒家文化圈互相映照的佛教文化圈，完全是凭借着中国儒家文化的翅膀。

一、佛教文化的传播

中国与印度，是地域比邻的两大文明古国。中印两国的文化交流，是从佛教的传播开始的，也就是说，佛教成为了两大文明古国友好交往的神奇纽带。

印度佛教之传播于中国，最初流于西域，而后传入中原，历史上演绎出许多优美的故事传说，其中之一谓以沙门释利防（šramana）为首的印度僧侣，携带大批佛教经书，不远千里来到秦始皇的都城。秦始皇不准接纳佛教，立即将这批印度僧侣打入监狱。但到了晚上，一个身高十六尺的金人把监狱打开，救出了释利防一行。金人的神迹感召了秦始皇，秦始皇便向金人叩头请罪，终于赦免了印度僧侣[2]。

印度佛教传入中国之新疆（即西域），在公元前一世纪的于田王时代；佛教传入中国之中原地区，是东汉明帝永平年间。然而我们关注的是怎样传入

1　今人在网络传播，认为佛教始祖释迦牟尼是中国西藏人，借此存疑。

2　〔隋〕费长房《历代三宝记》卷一载；转引〔荷兰〕许里和《佛教征服中国》，江苏人民出版社 1998 年版。

中国又何以迅速传播而蓬勃发展起来?

第一，印度僧侣来中国传教。

“丝绸之路”最初是印度—西域—中原的佛教文化传播之路。永平七年（64），东汉明帝夜梦金人飞行殿庭，明晨问群臣。太史傅毅答曰：西方有神，其名曰佛；陛下所梦恐怕就是他。汉明帝随即派遣蔡愔、秦景、王遵等十八人前往天竺寻访佛法；三年后的永平十年（67），蔡愔等归国时，既邀请中天竺僧人摄摩腾、竺法兰及其所得佛像和《四十二章经》，以白马驭来洛阳，修建白马寺以居，并请天竺僧人翻译出中国第一部印度佛经《四十二章经》[3]。中国佛学界以为，这是中国正式有佛教、有寺院、有佛像、有译经之始。此后，西域佛教学者来中国传教者日众，如安世高、安玄从安息来，支娄迦谶、支曜从月氏来，竺佛朔、竺大力从天竺来，康孟详从康居来。所谓“丝绸之路”，实际上起初乃是一条中国与印度僧侣走出来的佛教文化传播之路。

西域，今属于中国新疆，是古代中西文化的荟萃之地与友好交流的桥梁。印度佛教传入古代中国，最初以西域为中转站。由于地理方面印度克什米尔比邻，西域三十六国是印度佛教最早的传播之地与扩散之地。公元 1 世纪，这里佛教早已繁盛，而以于田和龟兹为最。印度僧侣来华，主要路线是西域。帕米尔高原的皑皑白雪，塔里木盆地的茫茫戈壁沙漠，都深深留下印度僧侣的足迹。他们“忘形殉道，委命弘法”（《高僧传》卷十四）的坚强意志和自我牺牲精神，成就了初期佛教征服中国的宏伟大业。

第二，印度佛教经典的传入。印度僧人来华，多数随身带来印度梵文

佛经，在华经过翻译而为汉文佛经。隋唐以前的佛经翻译与传播，我们从上表述已经可见一斑。据不完全统计，仅仅南北朝时期的佛经翻译，成绩斐然。其中，有中外翻译师 58 人，共计翻译的印度佛经论传赞 678 部 1452 卷。如表：

	宋代	齐代	梁代	陈代	北魏	北齐	北周	合计
中外译师人数	22	7	8	3	12	2	4	58 人
佛经翻译数目	465	12	46	40	83	8	14	678 部
	717	33	201	133	270	52	29	1452 卷

3 参见〔荷兰〕许里和《佛教征服中国》，江苏人民出版社 1998 年版。

据历史记载，中国人最早接受佛教者，是西域三十六国中的于田王。公元前 1 世纪，毗卢折那（《大唐西域记》卷十二和《洛阳伽蓝记》卷五作“毗卢旃”）、阿罗汉，由伽什弥罗来到西域弘法，于田王表示热烈欢迎，并为之修建赞摩大寺，此乃西域于田为佛之始。

佛教文化传播于中国之后，中国内地文人士大夫对佛教的认可与虔诚，并不亚于西域。

一是出家为僧者日众。据《僧史略》卷上，汉明帝曾允许阳城侯刘峻一家和洛阳女子阿潘出家，是为中国有僧尼之始。而汉人第一个出家为沙门者，是最早登坛受戒的朱士行。他认为竺佛朔传来的梵文《道行经》不完备，便于甘露五年（260）前往于田求得《大品般若经》梵本 90 章，嘱咐弟子带回洛阳，请出生于中国的印度僧人竺叔蓝与于田沙门无罗叉共同翻译出，名之曰《放光般若经》30 卷。

二是学习梵文佛画者甚众。为佛经翻译，中国文人学者出现研习梵语梵文热。据《高僧传 · 齐释惠忍传》，陈思王曹植传习了四十二个梵音字母，并曾依照梵僧歌咏声调，运用佛经题材以汉文创制“梵呗”。佛门支谦亦依《无量寿经》与《中本起经》制作连句梵呗三契，康僧会即依据《双卷泥洹》制作泥洹梵呗一契。是为中国佛教音乐文学之始，从此佛教通于音乐，又通于绘画。据说康僧会传教于吴，随身所带的印度佛教画本，引起画家曹不兴的兴趣，因摹绘佛像而名家，与顾恺之、卫协，被称之为中国最早的“佛画三大家”，其中顾恺之有《净名居士图》《八国分舍利图》《康僧会像》等。

三是广建寺院。中国佛教寺院之兴，始于公元前 1 世纪，于田王为印度僧人毗卢折那[4]、阿罗汉修建赞摩大寺，而后东汉明帝为天竺僧人摄摩腾、竺法兰在洛阳修建白马寺。据僧法琳《辩正论》卷三记载，西晋时代东西两京（洛阳与长安）就有寺院 180 所，僧尼 3700 余众。南朝各代寺院僧尼甚众，其中寺院共计 8006 所，僧尼人数合计 183200 多人。如表：

	宋　代	齐　代	梁　代	陈　代	合　计
寺院数	1913	2015	2846	1232	8006
僧尼数	36000	32500	82700	32000	183200

四是大造佛像与开凿石窟之风。苻秦沙门乐僔于建元二年（366）在敦煌

4 《大唐西域记》卷十二和《洛阳伽蓝记》卷五作“毗卢旃”。

东南鸣沙山麓开凿石窟，建造佛像，是为著名莫高窟凿窟造像之嚆矢。之后，大修佛寺，大造佛像，大译佛经，成为统治者、僧侣与文人共同的人生境界追求。

五是厚遇佛教高僧。中国历代帝王优遇佛教高僧者，比比皆是。其中南朝宋孝武帝尝造药王、新安二寺，亲自赴新安寺听讲。并且信任高僧慧琳，让其听政，人称“黑衣宰相”。唐代高僧与朝廷关系密切。朝廷政事，往往有法师“指点迷津”。玄奘与唐太宗、唐高宗、武则天关系相当密切。回长安后，他就赴洛阳拜见太宗。武则天难产，他几次上表问安与贺喜，《贺皇子为佛光王表》称自己“愿皇帝皇后，百福凝华，齐辉北极，万春表寿，等固南山”。许多高僧借以干预朝廷政事与科举考试等。

六是帝王崇佛。中国封建帝王之崇佛者，以汉明帝肇其端，桓帝于宫禁铸造黄金浮屠，魏明帝大起浮屠，陈思王曹植创制梵呗，孙权拜僧支谦为博士以辅导东宫。两晋南北朝各国君主多信奉或尊奉佛教，而以南朝梁武帝为最。梁武帝即位第三年（504）4 月 8 日，率僧俗 2 万人于重云殿重阁，制文发愿，弃道归佛，建寺院，造佛像，办斋会，收家僧，四次舍身同泰寺为寺奴，由群臣以一亿万钱奉赎回宫。梁武帝的佛学著作有《大涅槃经》《大品经》《大集经》《净名经》与《疏记》及《问答》等数百卷。其子昭明太子萧统、三子简文帝、七子元帝等笃好佛教。南朝佛教因此进入鼎盛期。

七是佛教文化的传播，引起了汉语音韵学的一场革命。佛教经典的翻译，促使中国文人与僧侣对梵文的学习与研究，在梵汉语言转译过程中，学者们寻找到了汉语声调与音韵方面的基本规律，于是汉语切韵学、等韵学、音韵学等有了长足的发展，沈约的《四声谱》、周颙的《四声切韵》等著作问世，引发出了规模空前的永明声律运动，以“平上去入”为中心的汉语音韵学从此走上了繁荣发展的道路，促使了唐宋律诗的发展。

八是佛教与道教争胜。佛教传入中土，作为本土宗教的道教，为了与佛教争夺生存发展空间，常常发生二教争胜事件。影响较大的有二次：一是汉明帝时代。印度佛教的传播，曾演化为第一批佛教传教者与道教大师斗法的传说，称公元 69 年，在东汉孝明帝支持下，两个宗教派别在汉宫斗法，结果佛教斗赢，皇帝皈依佛门，几百名中国人出家为僧，并在洛阳城内外修建寺院 10 座（《汉法本内传》)。《全唐诗》记载有无名氏的一首《题焚经台》诗，亦言东汉明帝时代佛教与道教争胜的故事。其诗云：

门径萧萧长绿苔，一回登此一徘徊。

青牛谩说函关去，白马亲从印上来。

确实是非凭烈烟，要分真伪筑高台。

春风也解嫌狼籍，吹尽当年道教灰。

作者明显地站在维护佛教而反对道教的立场上来观察焚经台的。焚经台，在洛阳白马寺附近。据此诗题下注称，《译经图纪》云："汉明帝世，佛法初入中国，于永平十四年正月十五日，大集白马寺南门，会道士斋灵宝诸经，与佛经、像、舍利置两坛，举火焚烧。佛舍利放光，道经独毁烬无存。后人因其处称'焚经台'也。"此诗载《翻译名义集》，云唐太宗作。实属后人妄托之作。二是唐初的"玄武门之变"。这是一场激烈的宫廷皇位之争，也是道教与佛教的生死较量。高祖次子李世民为争夺王位，在道教上清派首领王远知率徒支持下，于武德 9 年 6 月 4 日（626 年 7 月 2 日）率尉迟恭等伏兵玄武门，对佛教僧侣法琳等支持的太子李建成和齐王李元吉所在的东宫发动突然袭击。李世民射死太子，尉迟恭杀死齐王李元吉，击败东宫与齐王府卫队，杀死李建成与李元吉诸子，僧法琳被降为庶民。而后逼迫高祖另立李世民为太子，两个月以后正式传位于李世民，李渊即自称为"太上皇"。道教则被李唐王朝尊奉为"国教"，在李唐中央政权拥有绝对权威。

然而，佛教的渗透力是无孔不入的，即使当道教成为唐朝国教之际，佛教的发展之势亦然锐不可挡。据史载，唐代第一个主持译经者是中印度的波罗颇迦罗密多罗，武德九年（626）入京住长安兴善寺，译经 3 部 35 卷；开元年间，有善无畏、金刚智、不空为"开元三大士"，以传播瑜伽密教为业，译出《大日经》等。

隋唐佛学的辉煌成就，使儒学、道学深感生存危机。韩愈有《赠译经僧》一首诗云：

万里休言道路赊，有谁教汝度流沙。

只今中国方多事，不用无端更乱华。

韩愈排佛，非难佛教文化的广泛传播，以《谏迎佛骨表》抵制唐朝皇帝倾全国之力而迎奉佛骨，是为了维护儒学的正统地位。诗中明显地表现出韩愈的排佛倾向和国家忧患意识，但也说明唐代佛教与译经风气之盛。

众所周知，唐代的佛教，没有道教那样幸运，不是时代的宠儿，有其历史的悲壮，也有其历史的辉煌，好像唐僧西天取经一样，在艰难曲折中获得了空前的成功，佛教文化得到了前所未有的繁荣发展。高僧干预朝廷政事，玄奘西天取经，唐朝皇帝七次迎奉佛骨的大型崇佛活动，一大批诗僧崛起于唐代诗坛，使儒道释由三足鼎立发展到“三教合一”，最终形成的佛教禅宗，表明印度佛教已经中国化，佛教征服了唐代中国。这就是中国学术史上出现的所谓“隋唐佛学”。

第三，是中国僧徒去印度求佛取经。中国人前往天竺求法者，始于东汉明帝派遣蔡愔、秦景、王遵等十八人前往天竺寻访佛法之事；而中国沙门西行求法热潮，则在东晋时代，其中法显是中国第一个前往天竺求法而又成就最著的沙门。法显有感于佛教律藏残缺，于隆安三年（399）与同学慧景、智严、宝云等四人，从长安出发，去天竺寻求戒律，历时 11 年历经 30 余国，又在狮子国（今斯里兰卡）2 年，先后获得梵文《摩珂僧祇律》《方等般泥洹经》《弥沙塞律》《长阿含》《杂阿含》《杂藏》等。后经南海回国，与僧侣合译《大般泥洹经》六卷，自撰《佛游天竺记》一卷，是中国最早记录天竺风物文化的著作。

唐代高僧西天取经，最具影响者是玄奘大师。贞观十九年（645）正月，玄奘一行从天竺归回长安，唐太宗因亲驾东征，委托尚书左仆射房玄龄等组织入城欢迎仪式。阳历 3 月 1 日，整个长安街头与寺庙张灯结彩，当玄奘大师满载佛经、佛像的 20 辆马车出现在长安时，五十里大街，欢声雷动，香雾缭绕，诵经之声此起彼伏，京都沸腾。玄奘大师入主终南山麓的弘福寺，从此成了国人朝拜的佛教圣地。

杜牧称“南朝四百八十寺，多少楼台烟雨中”。比较唐代而言，南朝的寺院真是小巫见大巫了。唐玄宗时整顿寺院，沙汰僧尼，全国仍有寺院 5358 个，僧尼 13 万之众。杜牧时代，仅长安就有寺院一百多座，佛像数以万计。而佛经翻译之风之盛，仅玄奘一人就译出 1335 卷。《瑜伽师地论》翻译完后，他又请唐太宗御赐《大唐三藏圣教序》、唐高宗御撰《大唐三藏圣教序记》。

1. 迎奉佛骨。唐朝规定，皇帝每三十年迎奉佛骨一次。佛骨，一称“舍利”，是佛祖遗物。一般置于塔下，名为“舍利塔”。《法苑珠林》载有舍利塔 17 座。所谓迎奉佛骨，就是取塔中舍利以示世人。从唐太宗贞观五年（631）至唐懿宗咸通十四年（873），上下 242 年里，唐朝皇帝共迎奉佛骨 7 次。韩愈因向唐宪宗进《谏迎佛骨表》，反对迎奉佛骨而贬于潮州。韩愈至蓝关而路遇韩湘，作《左迁至蓝关示侄孙湘》诗，抒“一封朝奏九重天，夕贬潮州路八千”的悲苦遭遇。

2. 佛教宗派林立。隋唐佛教宗派主要有：智顗开创的天台宗，以《法华经》为宗，故一称“法华宗”；玄奘的法相宗，以《成唯识论》为宗，故一称“唯识宗”；法藏的华严宗，以《华严经》为宗；慧能的禅宗，还有净土宗等。其中禅宗于晚唐五代，又衍生出了五大支派：沩仰宗、临济宗、曹洞宗、云门宗、法眼宗。

3. 会昌法难。佛教的高度繁盛，佛教僧侣权势的泛滥，导致了一场空前的佛教劫难。会昌五年（846），唐武宗下诏灭佛，全国被捣毁的寺院有 4600 所，招提与兰若 40000 余所，没收寺院经管的土地数千顷，被勒令还俗的僧尼 26 万，放为寺院奴婢 15 万人。这就是震惊佛界的“会昌法难”，无异于一场没顶之灾。

然而，唐懿宗咸通十四年（873），又有第七次规模空前的迎奉佛骨活动，真可谓是“野火烧不尽，春风吹又生”。佛教的中国化已成不可逆转之势，禅宗的繁荣发展及其唐释道世编纂的《法苑珠林》120 卷与南唐释静、释筠编撰的《祖堂集》20 卷等佛教文化典籍，就足以为之证明。

古代朝鲜半岛的佛教，是由中国传入的。一般学者认为，中国与古代朝鲜的佛教关系，始于三韩（高句丽、新罗、百济）时代。据《三国史记 · 高句丽本纪》记载，中国南北朝时期，前秦建元八年（372），苻坚派遣使臣与僧顺道护送佛像、佛教经论去高句丽，高句丽王曾遣使来前秦答谢之；后秦僧阿道又去该国传播佛法。高句丽特为二僧分别兴建肖门寺与伊弗兰寺。佛教界以此为古代朝鲜非民间佛教之始[5]。

刘宋末年与齐初，高丽僧道朗来到中国敦煌，从昙庆受学佛教三论之学，后游化于江南，曾居钟山，登摄山，嗣法于黄龙（今属吉林），弘护罗什三论之学而非难《成实》之学，对南朝佛教影响颇大。据《高僧传 · 法度传》，名士周颙曾受学于他；梁武帝曾派遣僧正智寂等十师前往摄山从其咨受三论大义，并且舍《成实论》而依大乘教义撰作章疏。

新罗王朝位于今之韩国庆州地区。早在中国南北朝即有僧侣来华学法。梁武帝于太清三年（549）遣使随同新罗僧人觉德奉送舍利至新罗国，新罗真兴王率百官奉迎于兴轮寺。又据《三国史记 · 新罗本纪》，陈文帝于天嘉六年

5　民间佛教传入高句丽，比此要早得多。《高僧传》卷四记载东晋名僧支遁与高丽道人书中述剡县仰山和尚竺潜之事，说明中朝民间佛教交流要早于官方佛教传播。

（565）派遣使臣与僧人明观等赠送汉文佛教经论1700余卷于新罗国。

百济，位于今之韩国西南部与济州岛。据《三国史记》卷十八《百济本纪》记载，百济枕流王元年（384），东晋胡僧摩罗难陀渡海来到百济国，于国都汉山创立佛寺，度僧10人。是为百济佛教之始。梁武帝大同七年（541），百济遣使来梁朝求《涅槃》等佛教经论与造佛工匠（《梁书》卷五十四），佛教已盛极一时。

至唐代，朝鲜半岛三国来华留学僧日增，传播于朝鲜半岛的佛教宗派有三论宗、慈恩宗、华严宗、律宗、禅宗、密教等。唐代诗人与新罗留学僧的交谊甚笃，《全唐诗》里涉及朝鲜半岛各国者有79次，如表所示：

国　名	高　丽	新　罗	百　济	合　计
次　数	22	56	1	79

一部《全唐诗》留下了多少送别新罗等国诗僧的诗歌佳作，许浑《送友人罢举归东海》诗云：

沧波天堑外，何岛是新罗。
舶主辞番远，棋僧入汉多。
海风吹白鹤，沙日晒红螺。
此去知投笔，须求利剑磨。

其中孙逖有《送新罗法师还国》，张籍有《赠海东僧》，姚鹄有《送僧归新罗》，皮日休《送弘惠诗》序云："庚辰岁十一月，新罗弘惠上人与本国同书请日休为灵鹫山周禅师碑，将还，以诗送之。"陆龟蒙有《和袭美为新罗弘惠上人撰灵鹫山周禅师碑送归诗》，张乔有《送新罗僧》《送僧雅觉归海东》，释法照有《送无者禅师归新罗诗》，释贯休有《送新罗僧归本国》《送新罗衲僧》，等。

时至今日，每当佛祖释迦牟尼圣诞之日（旧历四月八日），韩国各大名山寺院，都要举行盛大的佛教庆典。特别是汉城北汉山的僧伽寺、青州俗离山的法住寺与庆州吐含山的佛国寺，佛教庆典更是空前。

中国与日本的佛教文化交流，首先是随着儒家文化的传播而发展的，其主要交流途径有两个：一是中国东南沿海—百济—日本，二是中国南方—日本。据有史可考者始于南朝梁武帝普通三年（522）汉人司马达渡日在日本大和坂田原设立草堂崇奉佛教、使其子女出家为僧尼之时。隋唐时代是中日佛教文化传播交流最为繁盛的时期，其传播方式是双向的，一则是日本崇尚佛教与儒学，不断派遣使臣、留学僧与留学生来华；二则是中国使者、僧侣东渡日本从事外交、经济文化交流。

受中国佛教文化之影响，日本国佛教宗派林立，其创立者多系中国或留华僧侣。由于中日僧侣来往人数众多，无法一一列举，这里挂一漏万，仅以其主要开创者，据佛教史籍记载如下：

佛教宗派	创立者	时　间	地　点	主要贡献
三论宗	隋僧吉藏弟子高丽僧慧灌及其大弟子福亮父子	公元625年	日本飞鸟元兴寺	弘讲三论，创立三论宗
法相宗	唐僧玄奘弟子日僧道昭、道严学成归国，尚有第二、三、四传	隋永徽四年（653）	同上	盛弘慈恩学说
华严宗	唐僧道璿应日本学僧荣睿、普照至唐邀请赴日；新罗审祥渡日讲经	开元二十四年（736）	日本大安寺	携《华严》章疏，弘阐华严，并传戒律
律宗	唐僧鉴真携《大藏经》5048卷东渡，前后六回，历时十年方成功	天宝元年至十二年（742-753）	日本奈良昭提寺	登坛受戒，前后受戒者四万人以上，开戒律一宗
真言宗	日僧空海来长安从惠果受两部大法及诸尊瑜伽等，学成归国	贞元二十年（804）至元和元年（806）	日本高野山创建根本道场	盛弘密教，开真言一宗，撰《辩显密二教论》《文镜秘府论》等
天台宗	日僧最澄与弟子义真入唐天台山，学天台教义，归国	贞元二十年（804）至二十一年（805）	日本比叡山	开创日本天台一宗，兼传密教与大乘戒法
临济宗	日僧荣西（1141-1215）两度入宋，参学于天台、庐山、育王、天童山等	南宋乾道四年（1168）与淳熙十四年（1187）	日本建仁寺开山	创立日本临济宗新派，撰《兴禅护国论》等七部9卷

中日佛教文化交流史上最值得书写的重大事件有三：一是唐代僧侣赴日本传道者以扬州鉴真和尚为最。天宝十二年（753），鉴真与僧人女尼17人等乘遣唐使返日船渡海，历时十载，轰动日本朝野，带去佛经34种，以汉语讲经，创立了日本律宗。二是汉文大藏经于奈良时代由中国传入日本。开元二十三年（735），唐开元藏编定后，日本留学僧玄昉携汉文经论5000多卷回国；后鉴真和尚于公元758年在日本率众开写汉文《大藏经》5048卷。三是“人

唐八家”，即天台宗的最澄、及其法裔圆仁、圆珍三家与真言宗的空海及其法裔常晓、圆行、慧运、宗睿五家。此“入唐八家”在中国求得大量经书文物等归国，并各自编辑有一部《请来目录》，对中日佛教文化的交流与发展做出了重大贡献。

《全唐诗》里提及到“日本”者有33次，收录中国李白等诗人与日僧之间的诗交情谊，如刘禹锡有《赠日本僧》，方干有《送僧归日本》《送人游日本国》，无可有《送朴山人归日本》，等。日本僧人圆载上人挟儒书洎释典归日本国，皮日休有《送圆载上人归日本国》与《重送》诗二首，陆龟蒙亦作《闻圆载上人挟儒书洎释典归日本国更作一绝以送》诗云：

九流三藏一时倾，万轴光凌渤澥声。

从此遗编东去后，却应荒外有诸生。

“九流”，指中国古代的学术文化流派儒、道、阴阳、法、名、墨、纵横、杂、农九家。“三藏”，指佛教的经、律、论。“渤澥”，即渤海。“荒外”，八荒之外，此指日本国。此诗记载的是中日儒学交流史，也是中日佛教交流史。

二、诗国涅槃

凤凰浴火，诗国涅槃。这是佛教文化传播于中国以后出现的一种奇异的文化现象。

中国之誉为“诗歌国度”或“诗歌王国”者，肇始于《诗经》《楚辞》，而完成于唐诗宋词。可以说，佛教文化的传播，几乎是与诗歌王国的崛起相同步的。特别是隋唐佛学的繁盛，对一代唐诗宋词乃至小说戏曲创作所产生的影响，是非常巨大而深厚的。

其一，**佛教文化广泛传播，导致中国人思想观念与艺术思维方式之变。**

中国的文人士大夫，尊孔读经，历来深受儒家思想的熏陶，积极入世，又浸染于道家哲学的清静无为，消极出世，隐逸求仙，追求长生不老。入世与出世的矛盾，始终贯穿于人的生命历程。佛教的传入，佛教的世界观与人生哲学，为中国士大夫们增加了一个在现实世界之外追求彼岸幸福世界的理想层面。

儒道佛“三教”之说，始见于六朝。《北史·周高祖纪》就有记录：周武帝建德二年，“十二月癸巳，集群官及沙门道士等，帝升高座，辨释三教先后。以儒教为先，道教次之，佛教为后”。其实，三者的生死观念就很不相同。佛教以有生为空幻，主张“无生”；道教以吾身为真实，主张“无死”；儒家以天地人为“三才”，注重现实人生，认为生命的价值在于“三不朽”（即立德、立功、立言）。但是在哲学上的“天人合一”与审美境界上的“真善美”等这些重大的原则问题上，三者又互为表里、相互渗透的。

唐宋时代的学术文化思潮，迎来了儒、道、佛三教合流的新时代。

李唐王朝从开国之日起，就注重儒、道、佛三教论议，特别是天子诞节，在宫中举办道佛二教论议，遂成一种国风，目的在于调解佛道二家矛盾分歧，直接聆听高僧讲经论道，深悟佛理。据《入唐求法巡礼行记》云：“国风：每年至皇帝降诞日，请两街供奉讲论大德（僧）及道士，于内里设斋行香，请僧谈经，对释教道教对论义。”

武后时代，唐王朝设立了“三教殿”，作为儒、道、佛三教从事学术文化交流的活动场所。据《日本高僧传》载，“天平胜宝四年，藤原清河为遣唐大使，至长安见玄宗”，玄宗曾命晁衡引导清河等去参观府库及三教殿。

据《全唐诗》载，圣历中，武则天诏张昌宗撰《三教珠英》，引文学之士李峤、张说、宋之问、崔湜、沈佺期、徐彦伯、富嘉谟、李适、王无兢、薛曜、宋务光、徐坚、员半千等 26 人，分门撰集。书成，武则天加张昌宗司仆卿，改春官侍郎。崔融又编《珠英学士集》五卷（今存二残卷），收录武后时编修《三教珠英》学士李峤、张说等 47 家的 276 首诗（今存 49 首）。

唐代文人，一般兼通佛老之学，亦儒，亦道，亦佛。儒者，重儒，而又与道教、佛教保持着千丝万缕的联系。而唐诗中的精品，除极少量辟佛者而外，其艺术境界也是亦儒、亦道、亦佛。儒道佛三教合流，才成就了一代唐诗高妙的艺术境界。所以，我说，唐诗的历史辉煌，是儒、道、佛三教合流的结果，是中国主流文化的产物。

晚唐的陈陶，少学长安，工诗，兼通释老，后隐居洪州西山，自称“三教布衣”。《全唐诗》存诗二卷，凡 174 首。其《游子吟》《怀仙吟》《避世翁》《将进酒》《题僧院紫竹》《圣帝击壤歌四十声》《续古二十九首》等，几乎每一首诗的字里行间，都浸透着、儒、道佛三教合流的文化基因。此外，大文学家王维、孟浩然、李白、柳宗元、刘禹锡以及释皎然等唐代诗僧的诗歌亦然。释贯休《寿春进祝圣七首》中有《大兴三教》，诗云：

　　瞳瞳悬佛日，天倍动云韶。
　　缝掖诸生集，麟洲羽客朝。

非烟生玉砌，御柳吐金条。

击壤翁知否，吾皇即帝尧。

儒道佛三教，为李唐王朝所推崇，我们从贯休颂扬蜀主“大兴三教”的溢美之辞中亦可见一斑。

儒道佛三教合流，构建了中国文人士大夫所追求的理想王国中的三重境界：入世—出世—永生，而把涅槃世界作为人生的归宿。唐人正是从这种理念出发，而从事诗歌创作的。

一般来说，儒家之诗，即“士人之诗”，主“善”，尚质实，重人品，以“人”为审美主体，崇尚一种以芸芸众生的喜怒哀乐为基本主题的现实境界；道家之诗，即“仙人之诗”，主“真”，尚奇异，重飘逸，以“仙”为审美主体，崇尚一种清静无为、超越有限生命而追求无限的神仙境界；释家之诗，即“释子之诗”，主“美”，尚清空，重来世，以“佛”为审美主体，崇尚一种超越现实、普渡众生的涅槃境界。

其二，禅宗的创立，使佛教中国化。

禅宗，是佛教的一个派别。相传印度高僧达摩东来，住在嵩山少林寺传授佛法，是为中国禅宗初祖。而后又以慧可为二祖、僧璨为三祖、道信为四祖、弘忍为五祖、惠能为六祖，皆奉行达摩大师“我法以心传心，不立文字”的基本教旨。是为“无字禅”。其后中国禅宗发展为众多流派，即沩仰宗、临济宗、法眼宗、云门宗、曹洞宗，所谓“一花五叶”。禅宗的创立，使佛教中国化，极大地影响中华民族文化的基本内涵与文化心理结构。

全唐诗对禅宗思想的接受，早在初唐就开始了，而盛于中晚唐。据初步统计，《全唐诗》有关佛教禅宗的关注有如下表：

词条	僧（僧侣）	上人	禅	禅宗	寺院	兰若	禅院	师院	公院
次数	2477	1017	1219	2	3358	95	27	18	33

《全唐诗》涉及僧人者共有5494次，涉及禅宗寺院者有3531次，涉及禅宗者有1221次[6]。尤其值得一提的是明确在诗中提及“禅宗”一词。这就是晚唐诗人杜荀鹤的《送僧赴黄山沐汤泉兼参禅宗长老》一诗。其诗云：

闻有汤泉独去寻，一瓶一钵一无金。

不愁乱世兵相害，却喜寒山路入深。

6 此数据是当初手工计算的，如今有电子本，也许有某些出入，仅供参考。

野老祷神鸦噪庙，猎人冲雪鹿惊林。

患身是幻逢禅主，水洗皮肤语洗心。

此诗因送僧赴黄山沐汤泉兼参禅宗长老而作，题中直接用上“禅宗”一词。在佛教禅宗史上，“禅宗”一词也许出现得更早，但唐诗引用“禅宗”一词者，当以此为第一次，是唐诗首次为“禅宗”张目。此后的诗僧齐己也一样，是第二位在诗中正式引用“禅宗”者，其《戒小师》诗云：

不肯吟诗不听经，禅宗异岳懒游行。

他年白首当人问，将底言谈对后生。

此诗是针对懒和尚不吟诗、不听经书、不愿游学其他佛教名山名师的现象而发的劝戒之词。其中“禅宗异岳”，是指其他佛教禅宗名山。将底，是拿什么。以上二诗，一个是诗人，一个是诗僧，所引用的“禅宗”一词，石破天惊似的出现在唐诗之中，应该是唐诗对禅宗的认同、接纳与张扬，是佛教禅宗史上一个值得铭刻的碑记。

其三，诗入佛门，导致诗词与小说戏曲创作题材、艺术境界的涅槃化。

佛教文化对唐诗宋词的渗透，还表现在奇谲诡秘的佛教人物故事、丰富多彩的佛教名词术语、佛教所追求的超越现实的涅槃世界、“不着一字，尽得风流”而又擅长“博喻”的佛教思维方法等，一一进入唐诗的艺术创作天地，极大地丰富了唐诗创作的题材内容，提高了唐诗的语言表现能力与诗歌艺术境界。

唐宋社会，寺院林立，僧侣成群。达官贵人与文人墨客，都与佛教寺院结下不解之缘。他们入寺拜佛，与僧侣交往过密，品茶赋诗，谈诗论道，诗成了他们交游会心、沟通尘世与涅槃世界的艺术桥梁。著名寺院多设有僧社。“僧社”，是佛教寺院诗僧与文人士大夫交友聚会赋诗之所，亦称“法社”、“净社”、“香火社”。张祜《题苏州思意寺》云：“会当来结社，长日为僧吟。”

在佛教文化的滋育下，王维作为一代“诗佛”而崛起于盛唐，其他诗人的诗歌创作也或多或少地留下了佛门的印记。进士苑咸，成都人，为李林甫书记，开元末迁中书舍人。王维尝称赞他“能书梵字，兼达梵音，曲尽其妙”。王维曾赋诗赠苑咸，诗云《苑舍人能书梵字，兼达梵音，皆曲尽其妙。戏为之赠》：

名儒待诏满公车，才子为郎典石渠。

莲花法藏心悬悟，贝叶经文手自书。

楚辞共许胜扬马，梵字何人辨鲁鱼。

故旧相望在三事，愿君莫厌承明庐。

佛教的教法含藏多义，因称为“法藏”。“莲花”比喻法藏的洁净美丽。“莲花法藏心悬悟，贝叶经文手自书”，既是王维对佛教教义的赞美，也是对苑咸能书梵字兼达梵音的称许。苑咸回赠王维一首《酬王维》的诗，序云：“王员外兄以予尝学天竺书，有戏题见赠。然王兄当代诗匠，又精禅理，枉采知音，形于雅作。辄走笔酬焉。”其诗云：

莲花梵字本从天，华省仙郎早悟禅。

三点成伊犹有想，一观如幻自忘筌。

为文已变当时体，入用还推间气贤。

应同罗汉无名欲，故作冯唐老岁年。

诗末注云：“佛书‘伊’字，如草书‘∴’（下）字。《涅槃经》何等名，为秘密藏，如∴字三点，别则不成。”“伊”字是梵文 47 个字母之一。《涅槃经》卷二云：“何等名为秘密之藏？犹如‘伊’字三点，若并则不成‘伊’，纵亦不成，如摩醯首罗面上三目，乃得成‘伊’。”

王维被誉为“诗佛”，与“诗仙”李白、“诗圣”杜甫，在中国诗史上形成三足鼎立之势。他如白居易自称“香山居士”，有题寺赠僧之诗 96 首；杜甫有 20 首；孟浩然有 19 首；李绅有 16 首；张祜有 40 首。全唐诗中的佛光神韵，正是佛教文化在中国诗歌创作中的艺术结晶。唐代的儒、道、佛，三教合流，为“诗圣”、“诗仙”、“诗佛”的三足鼎立奠定了学术文化基础。一代唐诗，繁荣发展于儒道佛三教合流的文化氛围之中，因而深深地打上了这种学术文化的烙印。相对而言，大诗人李白、杜甫、王维，就是其中的典型代表：

李白，重“道”，主“真”，号“诗仙”，为“天才”；

杜甫，重“儒”，主“善”，号“诗圣”，为“地才”；

王维，重“佛”，主“美”，号“诗佛”，为“人才”。

这就是中国文学史上人们所尊崇的天、地、人“三才”与“真、善、美”三种境界。李白之号“诗仙”、杜甫之号“诗圣”、王维之号“诗佛”，就是儒道佛三教合流的重要标志之一。虽然唐代诗人的诗学宗尚与审美情趣各有侧重，但往往是你中有我，我中有你，儒耶？道耶？佛耶？难解难分。

古代朝鲜诗坛，亦称誉高丽诗人申纬为“诗佛”。

其四，宋僧词

宋僧词为数不多，但独具僧风禅味，内容多宣扬佛戒教旨，力主西方净土、彼岸之乐，极言社会人生之若，表现出一种与凡夫俗子不同的轻名利、甘淡泊的生活情趣。

一代宋词，洋洋数万首，而今存的宋僧人词大约 110 余首，其中填词居多者，是与苏轼交往过密的仲殊，《全宋词》收录 46 首，次如惠洪、宝月、法常、碧虚、禅峰、净圆等，不到 20 人。

仲殊，俗姓张名挥，湖北安陆人。后居钱塘，少为士人。行为放荡不羁，其妻投毒于羹中，几死。以蜜解之，医谓勿食肉，否则毒发不可疗。遂弃家为浮屠，所食豆腐、面觔，皆以蜜渍，世称之为“蜜殊”。人多不能下箸，唯苏轼知杭州，亦嗜蜜，能与之共饱。二人交往过密。苏轼作《破琴诗并叙》，称“仲殊本书生，弃家学佛，通脱无著，皆奇士也”。仲殊喜欢作艳词，慧聚寺诗僧孚草堂曾作诗戒之，谓“惜哉大手笔，胡为幽柔词”。崇宁中，仲殊自缢而死。唐圭璋《全宋词》收 46 首，残句 6。

宋僧词的总体特征是：首先，宋僧词多以清淡疏爽为尚，不像一般文人词艳丽秾重，也没有道教真人词之拘谨凝痴于教义，而以淡雅、疏宕为美。如宝月《蓦山溪》词云：

> 清江平淡，疏雨和烟染。春在广寒宫，付江梅、先开素艳。年年第一，相见越溪东，云体态，雪精神，不把年华占。　　山亭水榭，别恨多销黯。又是主人来，更不幸、香心一点。题诗才思，清似玉壶冰，轻回顾，落尊前，桃杏声华减。

此词咏梅花，上片景，描写梅花之色、之态；下片抒情，抒写梅花之心、之恨，表现梅花的高洁淡本色：“年年第一，相见越溪东，云体态，雪精神，不把年华占”，这是高洁人格的象征；“题诗才思，清似玉壶冰”，这是高尚情操的写照。

其次，道教真人词多直露，而宋僧词宣扬佛戒，以词论道，以词训戒，多不发露无遗，寓情于景，寄佛理教规于事物情辞之中。法常有《渔父词》：

> 此事愣严常露布，梅华雪月交光处。一笑廖廖空万古。风瓯语，迥然银汉横天宇。　　蝶梦南华方栩栩，斑斑谁夸丰干虎。而今忘却来时路。江山暮，天涯目送鸿飞去。

“楞严”指佛教经典《楞严经》，凡 10 卷。此词用庄周化蝶来表现人生梦幻的思想境界，以宣扬佛教经典《楞严经》的教义精神，但根本不像道教真人词宣传道教真义那样直露，以议论出之，而是寄义于文，寓情于景，蕴藉含著，境界开阔。佛教用形象以教人，重在“象喻”，《涅槃经》所谓“象喻佛性，盲喻一切无明众生”是也。因此，宋僧词论佛传道之喻，注重语言的含蓄婉曲之美，实际上是佛教“象喻”的美学传统所致。

再次，宋僧词亦多组诗形式，若干首词同一词牌出之，排比有序，构成一个较为完备的佛教禅宗思想体系。其代表之作，如北山法师可旻《渔家傲·赞净土》20首，采用调笑格式，以诗配词，先诗后词，排列组合而成。净土，是中国佛教的宗派之一，亦称“莲宗”，以专念“阿弥陀佛”、向往无五浊（劫浊见浊、烦恼浊、众生浊、命浊）垢染的西方“净土”（所谓“极乐世界”）而得名。北山法师赞净土，以渔父为喻，旨在“钓汨没之人生，归涅槃之篮笼”。白云法师净圆有《望江南》二组12首，分别以“娑婆苦”与“西方好”开篇。“娑婆”为梵文语Saā的音译，意为“堪忍”，指须忍受众苦的世界。佛教以“娑婆世界”为释迦牟尼教化的范围。“西方”是佛教净土宗所崇尚的极乐世界，或曰“西天”。《望江南》词，前后呼应，互为因果，宣扬“娑婆苦”是为了说明“西方好”，以引导芸芸众生脱离苦海，到达西方极乐世界的光辉彼岸。

其五，居士词

居士者，乃居家学佛之士也。居士，是中国历史上的一种特殊的文化现象，是儒、道、佛三教合流的产物。以其为儒生，故自命清高者可以称“居士”；以其受道家、道教思想熏陶，多生隐逸避世之志，“居士”又犹“处士”；以其居家信佛、学佛、求佛，故所谓“居士”又多与佛教禅宗有不解之缘。宋代的士大夫一班文人，处在儒道佛三教合流的时代环境与文化氛围之中，思想都极为复杂，许多人往往兼儒、道、佛于一身。一般人年轻时代满怀济时用世之志，致君尧舜，报国爱民，所谓“居庙堂之高则忧其民，处江湖之远则忧其君”者，比比皆是，而一到晚年，或仕途失意，或怀才不遇之际，则往往信佛修道，隐居山林，避身寺观，从中寻求精神寄托，重新编织自己的理想世界的人生网络。这种亦进亦退、亦官亦隐的人生模式，从古到今，概莫能外。宋人居士之称，正是在这种文化背景下与人生哲学的影响下蔚为风尚的。

（1）明儒反佛而自称“居士”者。宋初，孙复、石介、李昉、欧阳修等继续韩愈复兴儒学之业，以明儒反佛为旨归。但欧阳修自称“六一居士”，既不居家，亦不学佛，全是一种儒雅风范之表现。“六一居士”命名之义，最早见之于《六一居士传》。客有问曰：“‘六一’何谓也？”居士曰：“吾家藏书一万卷，集录三代以来金石遗文一千卷，有琴一张，有棋一局，而尝置酒一壶。”

客曰："是为'五一'耳，奈何？"居士曰："以吾一翁，老于此五物之间，是岂不为'六一'乎？"客笑曰："子欲逃名乎？而屡易其号。此庄生所谓'畏影而走乎日中'者也。余将见子疾走，大喘，渴死，而君不得逃也。"居士曰："吾因知名之不可逃，然亦知夫不必逃也。吾为此名，聊以志吾之乐耳。"原来"六一居士"之称，在于寄托欧公的一种生活情趣而已，与佛教禅宗并无多大关系。

（2）信佛而居家学佛者。这种类型为数甚多，对宋词的影响亦最大，如苏轼之称"东坡居士"，郭祥正之号"净空居士"，叶梦得之称"石林居士"，向子諲之号"芗林居士"，刘克庄之名"后村居士"，秦观之号"淮海居士"，等等。究其"东坡居士"之名，缘由盖有二说：一是《居士传》所称"及至黄，筑室东坡，自号东坡居士"；二是《容斋笔记》所谓"专慕白乐天而然"。我以为二者兼有之，非主一说之囿。苏轼思想基本上属于儒家体系，又濡染佛老，博采儒、道、佛三家之长，奉儒而迂执，好道而不厌世，参禅而不佞佛。他一生的坎坷人生之路及由此而生发出来的生命意识、人生哲学和文化性格、千百年来为后人倾慕。

（3）仕途失意而以"居士"自命者。如赵鼎之号"得全居士"，王之道之称"相山居士"，辛弃疾之名"稼轩居士"，吴克已之号"铠庵居士"等，人数甚众，影响一代宋词亦甚著。

（4）隐逸不仕的布衣之士。如江莘自号"方壶居士"。词有《方壶诗余》二卷，内容多山林隐逸之趣与东篱风月之思。壶豉自号万菊居士，又号壶山居士，著有《渔樵笛谱》。又有柴元彪，字柄中，浙江江山人，自号泽居士。宋亡隐居不仕，与兄弟柴望、元亨、随亨并称为"柴氏四隐"。词见于《柴氏四隐集》。此等居士，多为前朝遗民与志趣高远之士。

（5）才女自称居士者。这种女子多为大家闺秀，文化素质甚高，矜才傲世，欲压侄须眉。如李清照之号易安居士，有《漱玉词》与《词论》名世，直逼柳、苏、秦、周，为宋词一代大家。还有一种自伤身世之叹者，如朱淑真之号幽栖居士，有《断肠词》行世；孙道绚之号冲虚居士，有《冲虚词》行世。

（6）未以"居士"为号而实为居士者。被彭绍升列入《居士传》者甚多，如黄庭坚，字鲁直，自号山谷道人。晁补之，字无咎，苏门四君子之一。年20余，即归向正法，与圆通、觉海诸禅师游。李纲（1083-1140），字伯纯，《居士传》称其通《易》《华严》二经，认为二经同别在于"《易》立象以尽意，《华严》托事以表法”，词中充溢着一种禅风道骨之念。

宋代居士及其居士禅学对宋词影响极大，不论信佛参禅者，还是自命清高者，大都以其创作为宋词的繁荣发展作出过重要贡献。

其一，佛教的传入，禅宗哲学思想的渗透，影响最著者是宋词作家世界观、人生观、是非观与生死观的变化。中国的土丈夫阶层，历来深受儒家思想的熏陶，积极入世，同时又深受道家、道教人生哲学的影响，消极遁世，长生不老；佛教的传入，佛教的世界观、人生哲学，又为中国士大夫增加了一个追求彼岸幸福生活的理想层面。儒、道、佛三教合注构建了中国士大夫理想的三国的三重境界：儒家的入世哲学，建造了士大夫理想境界的第一个层面，积极进取，建功立业，治国齐家天平下，追求的日标是立德、立功、立方“三不朽”——这个层面主要在青年时代：一到中晚年、或功成名就，或壮未酬，或饱经风雨，一种“晚年唯好静，万事不关心”的思想情绪油然而生，遂与道家的“无为论”与出世哲学一拍即合，从而产生了士大夫理想境界的第二个层面；道教追求长生不老，修炼成仙，然而人不可能回避一个“死”字，所以佛教宣传超生；主张普度众生，脱离苦海，追求死而再生，到西方极乐世界去寻求现实世界难以获得的幸福与自由，从而构成了士大夫理想王国的第三个层面，即最后的人生归宿——涅世界。可以说，佛教哲学思想的广泛传播与深入人心，才使中国古代士大夫的理想境界得以完善的升华。因为儒、道、佛的旨归，恰好全面反映了一个人由生—死—再生的人和历程，既体现了古人对人生理想与人生价值的普遍追求，又寄托于古人企慕生命的永恒，向往来世再生、进入理想王国的美好的愿望。

宋人对人生的选择，深深地打上了佛教禅宗思想的烙印。他们出入儒、道、佛释之间，大多数文人像唐代韩愈等人那样务在儒、释之间的自设畛域，而把自己对佛释之道的理解和接纳，融和于自己的世界观与人生观之中，并且能运用于诗词创作。一代宋词，正是在儒、道、佛三教合流的复杂的文化背景和人生哲学的指导下成就为一代文学的光辉旗帜的。

宋代文人对佛释的兼收并蓄，比唐人更为宽泛得多。其中五安石、苏轼、张镃三人可视之为宋代文人接受佛教义学的三种类型与典型代表人物。

王安石是中国历史上最著名的政治改革家，是叱咤风云的英雄人物。其政治思想可用司马光所总结的“三不足”，即“天变不足畏”、“祖宗不足法”、“人言不足恤”。然而就是这样一位敢于变法的政治改革家，在人生的出处进退上仍然存在着深刻的矛盾，具有一般封建士大夫所共同的思想境界和人生追求，晚年沉溺于佛释。世界观、人生观、是非观念与变法时期迥然不同，浸染于词，词中充满着佛光禅韵。所著《临川先生歌曲》一卷，补遗一卷，存词29首，涉于佛释者就有12首之多，以《望江南》四首为最，题为“归依三宝赞”。佛教以佛、法、僧为“三宝”，梵文 Triratna 的意译。佛，指创始人释迦牟尼，亦泛指一切佛；法，即佛教教义；僧，指继承和弘扬佛教教义的僧众。词云：

一

归依众，梵行四威仪。独我遍游诸佛土，十分贤圣不相离。永灭世间痴。

二

归依法，法法不思议。愿我六根常寂静，心如宝月映琉璃。了法更无疑。

三

归依佛，弹指越三祇。愿我速登无上觉，还如佛坐道场时。能智又能悲。

四

三界里，有取总灾危。普愿众生同我愿，能于空有善思惟。三宝共住持。

此四首词，咏赞归依三宝，其一赞僧众，其二赞法，其三赞佛，其四作结，总述归依三宝应该超越“三界”（即“欲界”、“色界”、“无色界”），寄托“普愿众生同我愿，能于空有善思惟”的美好意愿。一般人认为，宋代文人喜谈佛释，大约从王安石这一代人开始。可以说，宋人以词论佛释之义，王安石《临川先生歌曲》起了首开风气的作用。

苏轼习佛，自幼年始。《居士传》载，其“母程氏方娠，梦僧至门，遂生子瞻。年七八岁，常梦身为僧”。入仕之后，仕途坎坷，“乌台诗案”是对苏轼的一场政治迫害，也是苏轼在人生道路上的转折点。佛教的世界观、人生观、苦乐观，使苏轼能随遇而安，旷达豁度，超然物外。即使身处逆境，备遭打击，也从不放弃自己对生命价值的追求和民族文化性格的自我完善，并以诗词创作来实现了从苦难的现实人生向完美的艺术人生的转化，并将二者完美地统一在以真、善、美为人格追求的民族文化性格之中。

张镃是另一种类型，他是南宋名将张浚之孙，一生享尽荣华富贵，穷奢极欲，荒淫无度。《居士传》卷三一谓其“颇极游观之乐”，后舍宅建寺，谓之“慧云”。著有《南湖诗余》一卷，内容多南湖风月游观之作，表现名士风流与士大夫的闲情逸趣；同时亦有少量感叹时事、寄情中原、指望恢复的慷慨悲歌之作，与辛弃疾等主战派将帅的唱和次韵，很能说明张镃并未完全沉迷于酒色风月，尚有乃祖之风。

其二，佛教禅宗对宋词的影响，还表现在佛教经典文献和禅家语录传记中的名词、术语、典故等等之大量进入宋词创作领域，使宋词的语言屏幕更加绚丽多彩。如十方、三身、三际、三宝、三昧、三界、三摩地、三千大千世界、万劫、无生、不二法门、六度、六根、四智、衣钵相传、极乐世界、劫灰、法轮、面壁、浮生、曼陀雨、境界、公案、现量、意念、解脱、三生、涅槃、神韵、熏染、空灵、性、空、真、味本色、当行、宝筏、顶礼、顿悟、悟入、妙悟、只眼、真谛、辟支、禅心、参禅、机锋、菩提、居士、轮回、沉浮、天竺、筌蹄、摩尼、情缘、天女散花、香象渡河、泥牛入海、诵帚忘笤、井中捞月、拈花微笑，万城烟水、千手千眼、不生不灭、功德无量、因果报应、返朴归淳，等等，不胜枚举。语言是思想观念的载体。佛教的语言词汇如此广泛地融汇于一代宋词之中，充分说明宋人在接受佛教禅宗方面是非常自觉主动的。

其三，“境界”说对诗学与词学的影响是最为深刻的。王国维《人间词话》指出：“词以境界为上。”境界，乃是词的创作、鉴赏、评论的最高标准与美学尺度。而境界说的创立，究其学术渊源而论，一是佛教，二是中国古典诗论，是佛教的“境界”与中国古典诗论的“境界”之说相结合的产物。

三、东方诗话涅槃

当今世界的三大宗教，佛教是广袤山林中的晨曦与明月，是大雄宝殿上木鱼与香烛，是僧侣身披的袈裟与佛珠，是人生旅途中的静谧与超度。

诗国涅槃，佛光离合，导致了以诗歌为批评对象的诗话“涅槃”。涅槃，是印度梵文 Nirvāna 的音译，其意译为“灭度”。或者称为“般涅槃”（梵文 pariivirivāna），意译为“入灭”、“圆寂”。佛经认为，凡是信仰佛教的人，必须经过长期的“修道”，才能达到“寂灭”一切烦恼和圆满一切“清净功德”的境界。这种境界，名为“涅槃”。“涅槃”者，“入灭”、“圆寂”也，是佛教所崇尚的“最高境界”，也是佛教所追求的一种至高无上的宗教意识和文化精神。

欧阳修《六一诗话》诞生以后，以中国诗话、朝韩诗话、日本诗话为代表的东方诗话，从诗话名称、创作体制、论诗内容、诗学主旨到语言艺术形式，无不打上佛学禅宗与佛教文化的烙印。

其一，从东方诗话的历史兴盛看，东方诗话圈之所以形成，除了儒家文化的传播之外，基点之一乃是佛教由印度东传而在亚洲形成的佛教文化圈。本来，印度不属于儒家文化领域，但其佛教文化对中国文化与中国诗话的影响太大、太深远。东方诗话圈的成立，不仅受到儒家文化圈的影响，同时亦受到佛教文化圈的影响。这个“东方诗话圈”，与儒家文化圈与佛教文化圈相互映照，在世界的东方形成一个巨大的文化奇观，是中国儒家文化与印度佛教文化长期传播与相互融合的产物，是东方文学批评史乃至世界文化史上一种不可忽视的跨越地区性、民族性与宗教性的历史文化现象。

其二，从诗话的创作体制看，诗话深受“语录体”之影响。

中国“语录”非常发达，从先秦到近现代，从儒家到释家，无所不有《语录》者。而语录始于《论语》，这是一般性的文学常识。但是“诗话”与“语录”的关系若何，倒是诗话研究者必须正视的一个学术命题。

徐中玉《诗话之起源与发达》一文认为：“诗话之笔记化，溯厥渊源，乃近受语录之影响，远受佛教翻译文学之影响。”所谓“语录”，乃是一种文体，用以记录某人的言记行事之类。中国最早的儒家经典《论语》与《孟子》，就是一种语录体。而“语录”之名，据《辞源》条目，于《旧唐书·经籍志》才出现，其中“杂史类”，著录有唐人孔尚思《宋齐语录》十卷。学界都认为，“语录”之源大凡有二：一是儒家经籍，先秦《论语》，《孟子》是其语录体之始；二是佛家坛经，六祖惠能于大梵寺讲经弘法，门人记录其言论行事，目为《坛经》，或曰《法宝坛经》，此种释子语录，原为佛门弟子之用，以识其师门真谛，至于宋明理学，语录广为用于教坛，则有所谓儒家语录之称。

唐宋时代，语录体盛行于世。禅宗语录，理学语录，层出不穷。钱大昕《十驾斋养新录》卷十八“语录”条云：“释子之语录始于唐，儒家之语录始于宋，儒其行而释其言。”其实，自《论语》肇始，语录之体历久不衰，无论是释子语录还是儒家语录，其体制都采用语录条目式，由一条一条的言论行事等语录条目组合而成。因此，语录体，属于随笔体式，有的还采用对话，问答，讨论形式。文体活泼，平易浅近，与佛教经典体式大致相同，且多有注释解说，如同“经注”一样。

受语录体之影响，诗话之体亦为随笔体式，由一条一条内容互不相关的论诗条目连缀而成。随言长短，应变作制，灵活自由，富有弹性，而且，语录又通于诗话，起于宋人唐庚述、强行父记录的《唐子西文录》。郭绍虞《宋诗话考》云：“此书为强行父记录唐庚论诗文之语。王若虚《滹南诗话》卷二评论是书，犹称为《唐子西语录》，是为语录通于诗话之始。”此外，何汶《竹庄诗话》及王恕辑《南溪笔录群贤诗话》称引时均作《唐子西语录》，而《季沧苇书目》著录有宋版诗话四种，即《唐庚语录》《竹坡诗话》《许彦周诗话》《吕紫微诗话》，则又将《唐子西文录》改称为《唐庚语录》；清初《千顷堂书目》卷十五又称司马泰《古今汇说》卷二十五有《唐庚文录》，而卷四十七又有《唐子西诗话》，说明明人已将是书论诗论文别为两种。又宋人胡舜陟《三山老人语录》与佚名《漫斋语录》等，《竹庄诗话》与《南溪笔录群贤诗话》称引时亦有《三山老人诗话》与《漫斋诗话》之名。

诗话因承语录而为问答体式者，更是不胜枚举，如《清诗话》所收之《师友诗传录》，郎廷槐问，王士桢、张笃庆、张实居答；《师友诗传续录》，刘大勤问，渔洋老人王士桢答。又如清人吴乔《答万季野诗问补遗》，徐熊飞《修竹庐读诗问答》，陈仅《竹林答问》等，都明显地打上了语录体的印记。

其三，从诗话注重声律批评看，声律批评之源有二：一是汉语古典声韵，二是印度梵语诗学。

佛教文化的传播，印度声明论的输入中土，促进了中国汉语音韵学的创立。声明论，是古印度五大学术门类之一，属于语言文字学。中国自身的音韵之学，至汉魏时代才兴起。印度梵音随同佛教传入中国以后，李登根据汉字单音节的特点，研究声调之高下而作《声类》，以宫商角徵羽分韵，首以“五声”配字音，但尚无“平上去入”四声之论。随着佛经翻译的发展需要，中国学者在学习梵语声学与佛经转读的过程中，逐渐把握了梵语拼音与汉语声调之间的相通点，于是将传统的汉语反切之学与梵文拼音结合起来，永明声律运动由此而生起。这是汉语音韵学的一场大革命。永明声律运动的成果主要有：一是汉字四声的确立，出现了南齐周颙的《四声切韵》与沈约的《四声谱》两部具有划时代意义的汉语音韵学著作，开始将汉字的声调确定为“平上去入”四声；二是“永明体”的崛起，这是南齐武帝永明年间出现的一种新诗体，以“四声八病”作为诗歌格律的基本规范。《南齐书·陆厥传》云：“永明末盛为文章，吴兴沈约、陈郡谢朓、琅琊王融，以气类相推毂；汝南周颙，善识声韵。（沈）约等文皆用宫商，以平上去入为四声。以此制韵，不可增减，世呼为'永明体'。"永明体，注重四声八病，讲究声韵格律，是唐代近体诗的先声。从此，中国诗歌走上了一条"律化"之路，推动了唐宋律诗的繁荣发展，成就了一个伟大的诗歌王国。

声律批评，是诗话从事诗学批评的主要内容之一。有了格律诗的繁荣，才有中国诗话乃至东方诗话的格律批评。杜甫诗有"晚节渐于诗律细"句，故清人吴琇《龙性堂诗话序》在探讨诗话之源时，提出诗话出于诗律之"细"说，云："'细'之为义，诗话所从来也。予夺可否，次第高下，诗于是乎有选；平章风雅，推敲字句，诗于是乎有话。话者，选诗之功臣也。"事实也是如此，不懂诗歌格律，何以为律诗？所以，中国诗话、朝韩诗话、日本诗话，都比较注重诗歌格律批评。此类著作，数不胜数。中国有许印芳《诗谱评说》、吴绍灿《声调谱说》、赵执信《声调谱》；日本诗话有石川丈山《诗法正义》、梅室云洞《诗初学钞》、贝原笃信的《初学诗法》、林义卿《诸体诗则》、源孝衡《诗学还丹》、三浦梅园《诗辙》、滕太冲《太冲诗规》、中井竹山《诗律兆》、赤泽一《诗律》、长山荛园《诗格集成》、奥采崖《采崖诗则》等；朝韩诗话有申景濬《平仄韵互举》《订正日本韵》《东音解》、李学逵《声韵说》、西溟散人《韵学本源》、尹春年《诗法源流体意声三字注解》等。追根溯源，印度梵文"声明论"，乃是东方诗话格律批评之外祖。

其四，从诗话的创作主体看，诗话的作者群体庞大而复杂多样，有一般文人，也有诗僧与居士。

"诗僧"者，僧中诗人，即身披袈裟的诗人。他们兼僧侣与诗人于一身，是诗人中最特殊的一个群体。唐宋时代诗僧的崛起，是佛教文化与诗歌艺术创作实践融汇为一的产物。一般认为，诗僧源于六朝，以支遁、慧远为第一代诗僧。但"诗僧"之名，自唐代才出现。旧题尤袤《全唐诗话》与计有功《唐诗纪事》皆引有刘禹锡关于"诗僧多出江右"之说。据统计，《全唐诗》中的"诗僧"一词前后出现过 19 次，多在中晚唐时代。诗僧的诗歌创作，以其独特的审美情趣与艺术风格，为唐诗的繁荣发展作出了特殊的贡献。《全唐诗》共收录唐代诗僧 115 人的 2800 余首僧诗，其中释皎然存诗七卷凡 480 余首，释寒山存诗一卷凡 310 余首，释贯休存诗十二卷约 720 余首，释齐己存诗十卷 720 余首。他们四人是唐代诗僧的优秀代表。诗僧与中国文学理论批评的崛起，关系极其密切，是文学批评与佛教文化结下的不解之缘。早在六朝时期，大批评家刘勰入住定林寺长达二十年，撰著而成《文心雕龙》。这是中国第一部体系完整的文学理论批评巨著，其思想理论体系本来是属于儒家、道家与释家的融合为一。而后的唐人诗格、诗式、诗例、诗句图之类诗学入门之作，许多优秀者亦出于诗僧之手。

僧人撰著诗话之类论诗之作，肇始于唐人诗格。其代表作有皎然《诗式》、齐己《风骚旨格》、保暹《处囊诀》，等。

皎然《诗式》一卷，论诗重在法式，着眼于诗歌创作的艺术规律的探讨，有所谓“诗有四不”、“诗有四深”、“诗有四要”、“诗有二废”、“诗有四离”、“诗有六迷”、“诗有六至”、“诗有七德”、“诗有五格”等，将诗格之论发展到极至，认为诗乃是“众妙之华实，六经之精英”，以“天地秋色”为“诗之量”，以“庆云从风，舒卷万状”为“诗之变”，而文章即是“天下之公器”。此等妙语，正是出于其所标榜的“取境”之说。

齐己，湖南益阳人，晚唐著名诗僧。其《风骚旨格》一卷，以风骚为圭臬，以字法句法论风骚旨格，分“六诗”、“六义”、“十体”、“十势”、“二十式”、“四十门”、“六断”、“三格”等八部分，是《诗经》学的一部重要理论著作，对此后的历代诗话影响颇大。

保暹，浙江金华人，唐代普惠院诗僧。其《处囊诀》一卷，以禅论诗，在中国诗学史上首创“诗眼”之说。其中“诗有眼”一则认为贾生《逢僧》“天上中秋月，人间半世灯”之“灯”字、“鸟宿池边树，僧敲月下门”之“敲”字、“过桥分野色，移石动云根”之“分”字……“乃是眼也”。所谓“诗眼”，乃是诗中最为传神的关键字眼。保暹所论未必完全正确，如“灯”字未必就是“诗眼”，但首创“诗眼”之说，就具有开创之功。

宋代诗话中的僧侣之作，有旧题释文莹的《玉壶诗话》一卷，力尊杜甫，称誉杜诗为“一时之史”，开宋代诗话以杜诗为“诗史”之先声。释惠洪的《石门洪觉范天厨禁脔》三卷，提出诗有“三趣”（即奇趣、天趣、胜趣）之说，谓“奇趣”即“脱去翰墨痕迹，读之令人想见其处”；“胜趣”者，指“吐词气宛在事物之外”；“天趣者，自然之趣耳”，“如水流花开，不假功力”。其《冷斋诗话》论诗力主含蓄天然，指出诗有“句含蓄”、“意含蓄”、“句意俱含蓄”，要求诗歌“得于天趣”，“其妙意不可以言传”，如唐僧“比物以意”式的“象外句”然，“其气韵无一点尘埃”。释普闻的《诗论》一卷（残）现存仅二则诗话，论诗宗杜，认为“老杜之诗，备于众体，是为诗史”，且推崇东坡、鲁直、荆公。普闻又注重炼句，提出意句、境句之分，谓“天下之诗莫出于二句：一曰意句，二曰境句。境句则易琢，意句难制。”此所谓“境句”，则写景状之句；所谓“意句”，则寓意深远，境界全出之句。作者强调“意句之妙”，在于“意从境中宣出”。此后僧人诗话即比较少见，清人仅有释惟虚的《桑门诗话》（佚）。

日本释空海大和尚，于唐贞元二十年（804）来中国留学学密宗，回国后在京都创立真言宗，即“东密”。又根据中国文献资料编辑而成的《文镜秘府论》六卷，被日本人尊奉为“日本诗话之宗”。其后，有释虎关师炼的《济北诗话》一卷，凡 29 则诗话，而论诗内容涉于佛教禅宗寺僧者，就有 10 则诗话，占三分之一。

释慈周《葛原诗话》四卷，《葛原诗话后编》四卷。慈周（1737-1801），字六如，号无著庵，住持京都惠恩禅院。以其所居东山真葛原，故名为《葛原诗话》。是编系其平日读书，“涉猎诸家语，聚其类而演绎之，疏解之”者，以宋诗为典范，考明字义，探究典故，博览而究之，旁引而例之，如同字义之书。故菊池桐孙《五山堂诗话》批评他说：“诗用生字者，六如之癖也。盖渠一生读诗，如阅灯市、觅奇物，故其所著《诗话》，只算一部骨董簿，殊失诗话之体也。”而后，批评《葛原诗话》者，有猪饲彦博的《葛原诗话标记》一卷，津阪孝绰的《葛原诗话纠谬》四卷，其他日本诗话还有时而指斥者，如津阪东阳的《夜航诗话》等。

释清潭《下谷小诗话》一卷。清潭，生平不详。以其诗话所知其以枕山为先师。诗话之名取自“下谷诗社”，故其论诗多“下谷诗社”诗友之诗。论诗条目仅 9 则，以其先师诗歌行事为基本线索，多论及诗僧与僧诗，于六如禅师则云：“六如好声伎，故其诗言酒、妇人不一而足，殊失衲子本色，与俗同科。钱虞山论僧慧秀诗云：‘昔人言僧诗忌蔬笋气，如秀道人者，惜其无蔬笋气耳。’是僧诗要训也。侯景数梁太子吐言止于轻薄，赋咏不出桑中；况于沙门乎？江北海云：‘僧诗不可有香火气，又不可无香火气；无则害德，有则害诗。简在有意无意间。’真至论也。”

除诗僧之外，还有居士诗话之作。居士者，居家习佛之士也。居家而信仰佛教的文人士大夫们，以诗话而尚佛法者，连诗话之命名亦颇见禅意。如元人方回的《名僧诗话》六十卷（佚），无名氏的《诗家一指》一卷，揭傒斯的《诗宗正法眼藏》一卷；明人宋登春的《诗禅琐评》一卷，董其昌的《画禅室诗评》一卷；清人邱炜萲的《五百石洞天挥麈》十二卷，海纳川的《冷禅室诗话》一卷，吴乔的《逃禅诗话》一卷，黄生的《诗麈》二卷，刘子芬的《诗家正法眼藏》一卷。

其五，文人诗话中的佛光禅韵。文人诗话而涉于禅宗者更多，以欧阳修《六一诗话》为先，后世发扬光大者，数不胜数，如宋代就有范温的《潜溪诗眼》一卷，蔡絛的《西清诗话》三卷，叶梦得的《石林诗话》三卷，吕本中《童蒙诗训》一卷，吴可《藏海诗话》一卷，曾季貍《艇斋诗话》一卷，严羽《沧浪诗话》一卷等。还有古代朝韩诗话，涉及于佛教寺院、诗僧、僧诗者，也有不少。例如李仁老的《破闲集》三卷，凡 79 则诗话条目，涉及佛教者就有 22 则；而崔滋《补闲集》三卷，凡 142 则诗话，涉及于佛教者有 31 则论诗条目。尤为重要者，是崔滋开宗明义地论述了古代朝鲜民族信仰佛教的原因，云：

> 太祖当干戈草创之际，留意阴阳浮屠。参谋崔凝谏云："传曰：'当乱修文，以得人心。'王者虽当军旅之时，必修文德，未闻依浮屠阴阳，以得天下者。"太祖曰："斯言，朕岂不知之。然我国山水灵奇，介在荒僻，土性好佛神，欲资福利。方今兵革未息，安危未决，旦夕惶惶不知所措，惟思佛神阴助，山水灵应，倘有效于姑息耳。岂以此为理国得民之大经也？待定乱居安，正可以移风俗、美教化也。"（卷上）

传播佛教，崇奉佛教，目的在于安民心、移风俗、美教化。这就是统治者提倡佛教信仰的真谛之所在。

其六，从诗话所例举的审美鉴赏与诗学批评标准看，佛教文化之于诗话词话，最高的实际成果是"境界论"在诗学理论批评与审美鉴赏中的普遍运用。

出于佛教的"境界"说，对诗学（词学）艺术批评的影响是最为深刻的。王国维《人间词话》指出："词以境界为上。"境界，乃是中国诗学艺术创作、鉴赏、评论的最高标准与美学尺度。而境界说的创立，究其学术渊源之一乃是佛教文化，是佛教的"境界"之论与中国古典诗论的"境界"之说相结合的产物。

古往今来，人们以"境界"（"意境"）论词，认为词以"境界"为本，"境界”是衡量词格、词品、词风、词心的最高审美标准。而宋词佳作名篇，其高人之处亦在于自有其“境界”。所以王国维《人间词话》评论宋词时，始终坚持以“境界”为标准。如评宋祁、张先词，《人间词话》指出：“‘红杏枝头春意闹’，着一‘闹’字，而境界全出；‘云破月来花弄影’，着一‘弄’字，而境界全出矣。”“红杏枝头春意闹”出自宋祁《玉楼春》词，“云破月来花弄影”出自张先《天仙子》词，因以“闹”、“弄”为词眼，而成为千古名句，宋祁称张先为“‘云破月来花弄影’郎中”，张先亦谓宋祁为“‘红杏枝头春意闹’尚书”。王国维以境界论词，识见高矣。评辛弃疾词，他认为“幼安之佳处，在有性情，有境界”；又说稼轩《贺新郎》“送茂嘉十二弟”一词“语语有境界”。陈廷焯《白雨斋词话》评辛弃疾词，认为“气魄极雄大，意境却极沉郁”；评王沂孙词，陈氏曰：“王碧山词品最高，味最厚，意境最深，力量最沉。”近人樊志厚《人间词乙稿序》评二晏词，谓“《珠玉》所以逊《六一》，《小山》所以愧《淮海》者，意境异也”；评周邦彦词，称其“终然不失为北宋人之词者，有意境也”；评辛弃疾词，认为“南宋词人之有意境者，惟一稼轩”；至于欧阳公与秦观词，樊氏说：“夫古今人词之以意胜者，莫若欧阳公；以境胜者，莫若秦少游。”前人以境界（或“意境”）论词，几成时尚。然而，“词境极不易说。有身外之境，风雨、山川、花鸟之一切相皆是；有身内之境，为因乎风雨、山川、花鸟发于中而不自觉之一念”。人们认为：“身内身外，融合为一，即词境也”。这说明“境界”之生，大凡有两个基本要素，一是意象，二是情趣；情景交融，情景相生，才能构成词的境界。

第七章　阿拉伯诗学与伊斯兰教文化

一、伊斯兰教文化

从两河流域到阿拉伯半岛，阿拉伯是一个古老而神奇的世界，一个富有远古文明与宗教纷争的世界。真主福佑着这块人类文明的发源地，伊斯兰教文化精神滋润着穆斯林的虔诚子孙们。

伊斯兰教（Islamism），与佛教、基督教，是世界三大宗教。伊斯兰，是阿拉伯语 Islam 的音译，意思为“顺服”，即顺服于唯一神安拉的旨意。在中国，旧称“回教”或“回回教”、“清真教”、“天方教”等。公元 7 世纪，为阿拉伯半岛麦加人穆罕默德所创立的一个神教。其教徒被称之为“穆斯林”。

穆斯林文化，就是伊斯兰教文化。作为世界三大宗教之一，她与佛教、基督教文化有较大的差别，具有自身不同的特征：

其一，崇尚真主安拉。安拉（Allāh），是伊斯兰教信仰的唯一神，认为安拉是创造万物、大仁大慈、赏善罚恶、无所不在、无所不能、主宰宇宙的唯一神。中国通用汉语的穆斯林称之为“真主”，通用突厥语、波斯语、乌尔都语的穆斯林称之为“胡达”；而穆罕默德，即是安拉的使者。

其二，以《古兰经》为宗教信条。“古兰”，本是阿拉伯语 Qur´ān 的音译，意思是“诵读”或“读物”。《古兰经》，一作《可兰经》，中国亦称之为“天经”、“天方国经”或“宝命真经”。全书 114 章，6200 多节，分为三十等分，俗称三十卷。内容是记述穆罕默德传教过程及其教文教令，而以安拉“启示”录出现，故被伊斯兰教尊奉为最高的根本性的宗教经典，实际上是伊斯兰教文化的主要载体与传播媒介。

其三，注重穆斯林宗教习俗。伊斯兰教的宗教活动，以清真寺为中心，规定穆斯林必须以念清真言、礼拜、斋戒、纳天课、朝觐为基本“功课”；以“开斋节”与“古尔邦节”为主要节日。按照伊斯兰教教历，每年九月为斋月，斋戒第二十九日傍晚观看新月初显，如果看到则斋月为29日，次日即10月1日为开斋节；如果未能看到，则顺延一日，第三日为开斋节。开斋节是穆斯林最盛大的节日，沐浴盛装，会礼祝福，异常虔诚而热烈。“古尔邦”，是阿拉伯语 al-Qurbān 的音译，意思是“献祭”或“献牲”。古尔邦节，一名“宰牲节”。伊斯兰教以教历12月10日为古尔邦节。这个节日源于古代阿拉伯的一个宗教传说：“先知”伊卜拉欣（Ibrāhīm），夜梦安拉，安拉命其宰杀自己儿子伊斯玛仪（Ismā'īl）献祭，以考验伊卜拉欣对自己是否忠诚。伊卜拉欣遵命从事，安拉则命令他以羊替代之。从此，穆斯林朝觐者，每年教历12月10日均以杀牛宰羊献祭，以作纪念，遂成习俗。中国通用汉语的穆斯林称之为“小尔德”（即小节），亦称“忠诚节”。这两大传统节日，是宗教色彩相当浓厚的伊斯兰教会礼祝福活动，也是穆斯林弘扬教义、团结互助与承继伊斯兰教文化精神的彩色纽带。

二、伊斯兰教与中国文化

中华民族文化的博大精深，来源于它的“海纳百川”。伊斯兰教在中国的传播，伊斯兰教文化在中国文化中的融合，正是中华文化这种“有容乃大”的一个突出表现。伊斯兰教的“先知”者穆罕默德曾经说过：“知识，虽远在中国，亦当求之。”[1]伊斯兰教之传入中国，时间大约在唐高宗时期（公元7世纪中叶）。其传播途径大致有二条：一是大食之路，即陆路；二是香料之路，即海路。

大食，是古代中国人对阿拉伯哈里发帝国的称谓。据《旧唐书》卷四记载：“唐永徽二年（651）八月乙丑，大食国始遣使朝献。”学界多以此作为伊斯兰教传入中国的时段。从永徽至贞元十四年（798），其间一个半世纪，阿拉伯使臣入唐者，见诸记载的大食来使有近40次。唐朝在与白衣大食、黑衣大食的争斗与交往中，一则唐朝的战俘将中国的造纸术传入穆斯林世界，二则在安史之乱期间大食派兵入唐帮助李唐王朝收复长安与洛阳。阿拉伯商人与传教士，即在两国交往中，涉足来到中国。入唐的波斯人，出名的有阿罗

1 转引于丁明仁《伊斯兰文化在中国》，宗教文化出版社2003年本。

汉、李玹、李珣、石处温等，他们在华从政从军、为官为商、为文为诗，结婚生子，完全被汉化了。其中，李珣、李舜弦两兄妹入蜀，均有诗名，哥哥李珣是后蜀“花间词派”的主将之一，而妹妹李舜弦被蜀王衍纳为昭仪。大食人李彦升，于大中二年（848）进士。这种政治、军事、商业与文化的交流，促进了伊斯兰教在中国的传播。当时入唐的阿拉伯商人，多集中居住在长安、广州与扬州，修建清真寺。回教徒、犹太人、基督教徒、拜火教徒，在广州等商业城市聚集者达十万之众。

伊斯兰文化，是宗教文化，也是政治和商业文化。这种文化的传播，主要是依靠阿拉伯商人的经商活动与传教士而传播的。伊斯兰文化的传播，促进了中华民族固有宗教信仰与宗教文化结构的改变。中国有回族、维吾尔族、哈萨克族、保安族、东乡族等10个民族，信奉伊斯兰教。他们的宗教信仰、价值观念、人生哲学、生活方式、民俗风情、审美情趣、宗教语言学、医药科学与建筑美学，无不在中华民族大家庭中显示出异样绚丽的光彩。所以，伊斯兰教与伊斯兰文化，对中国传统文化的影响与渗透也是十分明显的，而伊斯兰教的中国化也成为了一种历史的必然。

中国回教形成以后，伊斯兰教在中国的传播与发展出现了一个空前繁荣的局面。元朝至元八年（1271），朝廷设立“回回司天监”，以掌管回回天文历法；至元二十六年（1289），又设立“回回国子学”，专门培养“亦思替非”文字（即波斯文）的翻译人才；延祐五年（1318），中国穆斯林手抄本《古兰经》，至今仍然保存在北京东四清真寺里，是穆斯林的珍贵文献。明朝的回教经师胡登洲（1522-1597）创办穆斯林经堂教育，以阿拉伯语与波斯语经文教育学生，相继出现以胡登洲为代表的“陕西学派”、以常志美为代表的“山东学派”、以马德新为代表的“云南学派”。同时，中国穆斯林着手汉译《古兰经》，出现了“以儒解回”的伊斯兰教回族学者王岱舆、马注、马智、马德新，被穆斯林尊称为“四大经师”。正是他们以中国儒学、道学、禅宗之学来解说以《古兰经》为宗的伊斯兰教教义、教规、教俗，认为“圣人之教，东西同，古今一”。从而使伊斯兰教不断中国化。而中国化的伊斯兰教，乃是中华民族传统文化的一个重要组成部分。

三、阿拉伯诗学批评

阿拉伯具有原创性的伊斯兰诗学，受亚里士多德《诗学》的影响很深，甚至可以说是亚里士多德《诗学》的产物。

据史载，约在伊斯兰 3 世纪，阿拉伯人就翻译出版了亚里士多德的《演讲录》和《诗学》的阿拉伯文，成为阿拉伯诗学与美学批评的学术楷模。如古达曼 · 本 · 佐法尔的《诗的批评》则以亚里士多德为榜样，按照古希腊分类法，把诗分为“英雄诗”与“讽刺诗”两大类，为诗与诗学批评立法，其论诗体制、内容、表现手法与亚里士多德《诗学》一脉相承，以致阿拉伯伊斯兰教哲学家称誉亚里士多德为“首席教师”[2]。

研究阿拉伯文学批评者，多谓阿拉伯人曾称誉阿拔斯王朝（750-1258）的诗学批评家贾希兹、伊本 · 萨拉姆、伊本 · 古泰白、伊本 · 穆阿泰兹、古达曼、伊本 · 塔巴塔巴、埃米迪、吉尔加尼为“阿拉伯诗学八大家”。

贾希兹（775-868），著有《修辞与阐释》，本来是一部文学选集，从语言学与阐释学的角度而为诗学批评，是阿拉伯修辞学与诗学中的古典主义代表作之一，至今仍作为阿拉伯各大学的必修教材。

伊本 · 萨拉姆（767-846），著有《名诗人的品级》，以品评诗，把蒙昧时期与伊斯兰时期的古代著名诗人分成 10 个等级，每一等列举 4 位诗人，总共 80 位诗人，而后又列出“悼亡诗人”、“乡村诗人”、“巴林诗人”、“犹太诗人”等门类，以人为目，因人存诗，如同一部诗学批评史著作。

伊本 · 古泰白（828-889），著有《诗与诗人们》，第一部分总论诗，论诗的旨趣、类别、辞藻、规则、批评等，第二部分论诗人，记述历代诗人传记，以诗人风格为序，将风格相近者排列在一起。

伊本 · 穆阿泰兹（861-906），著有《诗人的品级》，与萨拉姆《名诗人的品级》一样，虽皆以品评诗，但品评者却是当代诗人，以著名诗人巴夏尔 ·本 ·布尔德为首，而以女诗人法德鲁为尾，凡 127 位诗人，是研究伊斯兰诗学批评史的重要之作。

古达曼（888? -958? ），著有《诗的批评》。这是一部里程碑式的伊斯兰诗学批评著作，从逻辑、结构上建立起一个完整的诗学批评体系。其基本内容，首先是论诗，认为诗乃是“合辙押韵表示某种意义的话”，而以词汇、词义、韵律、韵脚为诗的四大要素。其次是诗的分类，将诗分为高超、中等、低劣三个等级。再次是论诗的标准，建立了“哲学逻辑型的批评”体系。

伊本 ·塔巴塔巴（? -934），著有《诗之标准》，认为诗是“被编排的语言”，

2 见曹顺庆主编《东方文论选》第二编《阿拉伯文论》。

诗的标准一是形式上的格律韵律，二是创作主体，指出诗人的天赋才能决定了诗的本质意义。因此，全书以大量篇幅谈论诗的创作过程与古今诗人的创作得失。

埃米迪（? -987），著有《艾布·台玛木与布赫图里之比较》，这是第一部运用比较方法评论诗人诗作的比较诗学著作。在阿拉伯诗学中，布赫图里与艾布·台玛木代表了两种不同的艺术倾向，他的比较研究，由个别到一般，因小见大，涉及到的是阿拉伯诗学批评中的许多原则问题，具有普遍的审美价值与批评意义。故《阿拉伯简明百科全书》称颂埃米迪是“诗歌的批评家和诗歌批评家的批评家”。

吉尔加尼（? -1001），生平事迹不详，人称为“法官吉尔加尼”，著有《在穆台纳比及其对手之间调停》。这也是一部阿拉伯比较诗学著作，是新旧两派诗人斗争的产物。吉尔加尼是调和论者，折中于新旧两派的诗学观念，在穆台纳比及其对手之间调停。他把诗与宗教相区别，把新诗与古典诗相区别，认为诗学批评应该坚持艺术标准，而排斥宗教标准；又把大诗人穆台纳比放在新派诗人之间予以比较，以论证自己的批评标准之公允。

其他，还有伊本·拉希格·盖勒万尼（995? -1054）的《诗艺与诗评之基础》，伊本·啊细尔（1163-1239）的《作家和诗人中的流行格言》，等。

阿拔斯王朝的五百余年，是阿拉伯诗学批评的黄金时代。之后，阿拉伯诗学批评已经衰微，优秀著作简直是寥若晨星。

从现有的诗学文献资料来看，阿拉伯诗学由发育而繁荣，由繁荣而衰微，经历了近两千年的历史演变进程。总体而言，我们认为阿拉伯诗学具有以下基本特征：

其一，宗教性，伊斯兰教的宗教色彩极为浓烈。按照一般文学史的说法，阿拉伯诗学孕育于伊斯兰教诞生前的“贾系利叶”时期，但其繁荣发展则在伊斯兰教兴起之后，以《古兰经》为标志的伊斯兰教义学，乃是阿拉伯诗学的圭臬与旗帜。伊斯兰教，实行政教合一，是宗教，也是政治、制度、法典，也是社会人生观、生活方式与审美情趣。所以，当伊斯兰教崛起于阿拉伯，其社会生活、行为方式、价值观念、审美情趣与文学创作、诗学批评等，都被《古兰经》所蕴涵着伊斯兰宗教文化精神所主宰，所统治。以《古兰经》为宗，以真主为尚，祈求安拉保佑——这种虔诚的宗教崇拜，就像一根有形的或无形的神线，贯穿在阿拉伯诗学所有著述的字里行间。所谓阿拉伯诗学，实际上就是宗教化了的诗学，是伊斯兰教诗学，是阿拉伯诗学的伊斯兰化。

其二，复合性，其诗学观念介于西方诗学与东方诗学之间。阿拉伯人的诗学观念，是复合型的。一则崇尚亚里士多德《诗学》，这个“诗”乃是广义的，是史诗，是文学，特别是叙事文学。但他们并不一味盲从于《诗学》，既赞成“摹仿”，认为“摹仿是具有影响力的，使用摹仿可对心灵产生吸引力，通过摹仿，诗歌产生的灵感，犹如人们倾听音乐时产生的快感一样”；又指出“摹仿不是永远具有影响力的”[3]。既尊重亚里士多德《诗学》，又认为《诗学》一书将诗歌分类为史诗、悲剧、喜剧的理解并不精确，其中的各种故事传说并不值得阿拉伯人过分重视，因为伊斯兰教徒憎恶偶像崇拜，特别不喜欢希腊神话中那些男女神祇。一则阿拉伯人钟爱于诗，是一个诗化的民族，一个“人人皆诗人的民族”，认同“诗”的抒情达意功能，认为“诗歌是一个民族的旗帜，没有其他作品比诗歌这门‘旗帜’更显著了”[4]；把诗歌分为情诗、激情诗、赞美诗、讽刺诗、贺诗与悼亡诗，而“诗人的特征是要有灵感、直觉及天赋”[5]；“一首成功的情诗，要写出爱人心中汹涌澎湃的感情”[6]。所以，阿拉伯世界的抒情诗与叙事诗一样发达。以诗抒情，这是中国与阿拉伯（特别是以色列）共同的独特之点。正如闻一多《文学的历史动向》指出：“印度、希腊，是在歌中讲着故事，他们那歌是比较近乎小说、戏剧性质的，而且篇幅都很长；而中国、以色列则都唱着以人生宗教为主题的较短的抒情诗。中国与以色列许是偶同，印度与希腊都是雅利安种人，说着同一系统的语言，他们唱着性质比较类似的歌，倒了不足怪。”[7]

其三，语言美，注重修辞。阿拉伯人与印度人呼唤“语言女神”一样崇尚语言，注重“贝蒂阿”[8]，讲究诗韵诗律之美。法拉比（870-950）被阿拉伯人称誉为亚里士多德后的“第二教师”，撰有诗学论文《诗书》等，认为涉及

3 哈兹姆《修辞学家的提纲、文学家的明灯》，引自曹顺庆主编《东方文论选》第557页。

4 伊本·萨拉姆《名诗人的品级》，引自《东方文论选》第465页。

5 伊本·拉希格《诗艺与诗评之基础》，引自《东方文论选》第524页。

6 佐法尔《诗的批评》，引自《东方文论选》第504页。

7 《闻一多全集》三联书店1982年本第1册第201、202页。

8 贝蒂阿，是阿拉伯修辞学的重要术语，实际上是修辞学中的辞采学。伊本·穆阿泰兹的《贝蒂阿》，把这门艺术分成喻借、同音异义、映衬、词尾归首、叙述流畅五个成分，而“贝蒂阿”属于广义修辞学，讲的是以语言表达内容后，如何使其语言更加精美，以提高语言的艺术表现力。

于诗歌的学科还有“诗的语言学”，把音韵作为诗歌组成的要素，认为“如果诗歌缺乏了韵律就不是诗，只能称之为‘诗话’”；古达曼《诗的批评》认为“诗歌是表现与此有关的某种内容的押韵合辙的话语”，特别取强调夸张、讽刺、比喻等修辞手段对诗歌成败的意义。在阿拉伯诗学著作中，比较集中论述诗歌语言尤其是修辞、韵律的代表作，有伊本·穆阿泰兹的《贝蒂阿》，贾希兹的《修辞与阐释》，阿卜杜·高希尔·杰尔加尼的《雄辩之例证》《修辞之秘诀》，伊本·西那奈的《标准流畅阿拉伯语之秘密》，伊本·艾西尔的《通论》，伊本·阿比·阿西贝阿的《古兰经中的贝蒂阿》《编辑与润色》，艾布·哈桑·哈兹姆的《修辞学家的提纲、文学家的明灯》，艾哈默德·艾西尔的《宝珠》，等等。注重修辞艺术，注重语言表达技巧，是阿拉伯诗学的一个亮点，几乎成为阿拉伯民族的一种集体无意识，较之于印度梵语修辞学，简直是有过之而无不及。据伊宏先生统计，伊本·穆阿泰兹的《贝蒂阿》列举 14 种修辞方法，伊本·拉西格增至 70 种，而后又有人增至 125 种，乃至 140 种之多，可谓集古今修辞格之大成者。正是如此，阿拉伯诗学批评体系中专设有“修辞型”批评一类。

其四，比较研究，最早将诗学批评纳入比较诗学研究领域之中。阿拉伯诗学，注重诗人诗歌之间的比较研究。埃米迪的《艾布·台玛木与布赫图里之比较》，是第一部运用比较方法评论诗人诗作的阿拉伯比较诗学著作。艾布·台玛木（788-846）与布赫图里（821-898），是阿拔斯时代的两位大诗人，各自代表着两种不同的诗歌艺术倾向。布赫图里代表阿拉伯古诗传统，诗歌结构严谨，描绘细腻，语言流畅，平易浅近，富于激情，辞采华美；而艾布·台玛木继承的是阿拉伯颂诗的诗学传统，多用哲理语言，堆砌辞藻，诗眼冷涩，雕琢修饰，隐喻深奥，追求一种奇瑰典丽的诗歌风格，与其宗尚的颂诗诗人穆斯里姆·本·瓦里德十分相似。这两位大诗人所代表的新旧两种艺术倾向和审美趣味，激化了阿拔斯时期阿拉伯诗学新旧两派的激烈论争。一个世纪以后，埃米迪站在新的诗学高度，通过两位大诗人内容相同的两首诗，结合时代诗学思潮与自己的诗学观念，对艾布·台玛木与布赫图里进行比较全面的比较研究。全书以上下两册共数十万字的煌煌规模，系统论述两大诗人诗歌创作中的“同”与“异”、优点与缺点，全面总结一个世纪以来阿拉伯诗学新旧两派论争的种种得失。从诗学倾向而言，埃米迪推崇布赫图里，赞扬他是“天才诗人”，而称艾布·台玛木是“矫揉做作的诗人”；但是他力图立场公正，褒贬公允，“并不声称一位优于另一位”，比较批评的态度，属于纯学术，没有派别之分。

“法官吉尔加尼”，与埃米迪同时代，他的《在穆台纳比及其对手之间调停》一书，也是一部阿拉伯比较诗学著作。与埃米迪的《艾布·台玛木与布赫图里之比较》一样，在阿拉伯诗学特别是比较诗学史上，享有崇高的学术地位。应该说，这两部煌煌巨著，其比较方法虽然比较简单，思想理论体系亦比较粗糙，却是比较诗学的最初尝试，是世界比较文学研究特别是比较诗学研究的开山之祖。一千多年以前的阿拉伯，就有这样两部比较诗学的奠基之作，阿拉伯诗学的历史辉煌则凸现在世人面前了。

四、中国穆斯林诗学

穆斯林，是阿拉伯语 Muslim 的音译，意思是指“顺从者”，即顺从唯一神安拉的伊斯兰教教徒。

穆斯林诗学，本来包含两个部分：一是古代阿拉伯与波斯伊斯兰诗学，二是中国穆斯林诗学。前者是伊斯兰教诗学的正宗，是中国穆斯林诗学的祖师；后者是伊斯兰教诗学的承袭者与补充者，是阿拉伯伊斯兰诗学的中国化。

中国穆斯林诗学，祖述于《古兰经》，尤其是中国信奉伊斯兰教的各个少数民族语言译文版的《古兰经》，包括汉译本。同时，在伊斯兰教的中国化进程中，也不断造就了独具中国特色的穆斯林诗学。

这种中国穆斯林诗学，其创作主体有二：一是汉族从事伊斯兰诗学研究的学者，二是回教徒中的伊斯兰诗学研究者。

中国穆斯林诗学的开山之作，是维吾尔族学者尤素甫·阿斯阿吉甫的长篇叙事诗《福乐智慧》与马赫木德·喀什噶里的《突厥语大词典》。

尤素甫·阿斯阿吉甫（？-1085？），出生于唐朝安西四镇之一的碎叶城，后迁居喀什噶尔（今新疆喀什市）。其长诗《福乐智慧》写于喀什，时在伊斯兰教历 462 年（1069-1070）。书稿完成后，则呈献给汗王，被赐封为“阿斯·阿吉甫”，成为“御前侍从官”。古稀之年逝世，安葬在喀什。这部长篇叙事诗，原名音译《库塔库·比里克》，汉语是“福乐智慧”之意。全诗有四个主人公，即日出国王、月圆大臣（宰相）、贤明大臣、隐士觉醒，采用主人公对话形式，总共 72 章，13290 行，原有传世抄本，以回鹘文与阿拉伯文抄成，分别保存在维也纳与开罗凯地图书馆等。诗人全面描述本民族信仰伊斯兰教后的治国安邦之策，涉及政治、经济、军事、宗教、语言、文学、社会伦理、人生哲学、审美观念、教育理念与民俗风情等，内容之丰富，语言之畅快，充分展示了 11 世纪时期维吾尔族的历史画卷。这部宏伟的维吾尔族的民族史诗，是伊斯兰文化、维吾尔族文化、佛教文化与儒家文化相互交流融合的结晶，是伊斯兰教中国化的产物。

马赫木德 · 喀什噶里（生卒年未详），是今之新疆喀什人。出身王室，祖父是喀喇汗王朝的布拉格汗穆罕默德，父亲是侯赛因。祖父的妃子为了让儿子登上王位，便毒死了许多王室成员，马赫木德 · 喀什噶里死里逃生，躲藏于民间十数年，走访几十个讲突厥语的部落，收集大量语言资料，最后来到巴格达学习波斯语和阿拉伯语。并以阿拉伯语解注突厥语，于 1076 年用阿拉伯语写成《迪万 · 陆阿特 · 土尔克》，汉语翻译为《突厥语大词典》。这是百科全书式的维吾尔族语言学著作，更是一部用磨难与生命写成的穆斯林诗学著作，如其“引言”所说：“我游历了突厥人的住地和原野，考察了突厥人、土库曼人、乌与古斯、处月人、样磨人、柯尔克孜人的语言和诗歌。”

近两个世纪之后，穆斯林盲人诗人阿赫迈德 · 尤格纳克，又创作了长诗《真理的献礼》（又名《真理的入门》）。凡 14 章，480 行，加按语中的 3 首诗，总共 512 行。这是一部富有哲理性的长诗，以劝戒为主，用阿拉伯诗学中的阿鲁孜韵律写成，风格比较典丽古涩，内容充满伊斯兰教哲学观念。其中“引言”多为颂诗，赞美真主、先知和圣门弟子，赞美喀喇汗王朝官吏；正文则以穆斯林的世界观与人生观来描写社会人生，讲述求学问、养美德、戒骄傲、多施舍、善宽恕等穆斯林的人生哲学，张扬伊斯兰教的教义学。

中国穆斯林诗学，还有许多被汉语化的学者之作。它们用汉语，研究汉文化诗学，卓然屹立于中国汉文化诗学之林，其代表就是元朝的大学者辛文房。

辛文房（生卒年未详），字良史，西域色目人。由其《唐才子传》自序文末题款“有元大德甲辰春引”，可知其为元朝大德年间人。元初诗人张雨《勾曲外史贞居先生诗集》卷四有《元日雪霁早朝大明宫和辛良史省郎二十二韵》一首，则知其曾任职于元朝亲贵官署，与张雨时有唱和。元人陆友仁《研北杂志》亦称辛文房在元初与诗人王执中、杨载齐名；而马祖常《石田集》又称誉辛文房的诗歌创作可与南朝诗人阴铿、何逊媲美。元朝贵族曾推行种族歧视政策，将其统治下的百姓，等分为蒙古人、色目人、汉人、南人四等。色目人来自西域与中国西北各个少数民族，包括哈喇鲁、钦察、唐兀、阿速、秃

八、康里、畏吾儿、回回、乃蛮、阿儿浑、撒耳柯思、斡罗思、汪古、甘木里、怯失迷儿等族，大多信奉伊斯兰教。虽然，辛文房是否系穆斯林，已无从考证。他撰写的《唐才子传》十卷，却是唐诗研究的重要著作，记载并评论 398 位唐才子的生平事迹与诗歌艺术风格，是色目人的汉语诗学，也是中国穆斯林诗学巨著，开创了中国纪传体诗话的先河。

李贽（1527-1602），字宏甫，号卓吾，又号温陵居士，回回族，泉州晋江（今属福建）人。是否信仰基督教，不得而知，但其家族与伊斯兰教关系相当密切，二世祖林驽“娶色目女”，是回教徒，三始祖林通衢之妻是伊斯兰教徒，其父林白斋以教书为业。李贽自己曾三次会见意大利传教士利马窦，并赋诗相赠[9]。他的著作有《焚书》《续焚书》《藏书》《续藏书》等，是明代以“左派王学”著称的大哲学家，也是中国穆斯林诗学的集大成者。他以“童心说”为核心，建立独具特色的诗学文化理论体系。所谓“童心”，本义为童稚之心。李贽呼唤人类的“童心”，呼唤“赤子之心”，鄙视“假人之渊薮”。他的《童心说》，是人学研究的重要论文，其中云：

> 夫童心者，真心也。若以童心为不可，是以真心为不可也。夫童心者，绝假纯真，最初一念之心也。若失却童心，便失却真心；失却真心，便失却真人。人而非真，全不复有初矣。童心者，人之初也；童心者，心之初也。

童心说，是李贽针对假道学的“假人”“假心”而提出的，强调一个“真”字，突出人类童年与生俱来而未被世俗教化污染的所谓“真心”，即“赤子之心”。他从反道统、追求个性自由的立场出发，来建立自己的穆斯林诗学体系。用之于论诗文，他认为“天下之至文，未有不出于童心焉者也”；用之于论戏剧，他崇尚天然本色之美，把戏剧的艺术境界划分为“化工”与“画工”两种类型，认为“《拜月》《西厢》，化工也；《琵琶》，画工也”（《杂说》）；用之于论小说，他一反历代统治者贬斥《水浒传》为“诲淫”“诲盗”之作的传统观念，而视《水浒传》以“忠义”为本，充分肯定《水浒传》是“发愤之所作”，并且大力运用“评点”形式，评点《西厢记》《琵琶记》《红拂记》《幽闺记》《玉合记》和《水浒传》，开创明清时代戏剧小说评点之风大盛的新局面，而李贽也因此成为中国古典小说戏剧评点令人仰慕的艺术大师。

人性，就是善心，就是赤子之心。一部儒家诗学，以“仁学”为宗，以真

---

9 参见张建业《李贽评传》，福建人民出版社 1992 年本。

与善为本，与穆斯林诗学是相通的。所以，李贽的《童心说》，今天读来，依然具有现实意义。

其他穆斯林学者与著名诗人，为人为诗为学，亦秉承伊斯兰教的根本宗旨，如元朝的萨都剌（回族）、沙剌班（维吾尔族）、贯云石（维吾尔族）、鲁明善（维吾尔族）、泰不华（哈萨克族）、康里子山（哈萨克族）、乃贤（哈萨克族），明朝的丁鹤年（回族）、郑和（回族）、马欢（回族）、海瑞（回族）胡登洲（回族）、马从谦（回族）、王岱舆（回族）；清朝的常志美（回族）、舍起灵（汉族）、刘智（回族）、马注（回族）、马德新（回族）、马联元（回族）、蒋湘南（回族），等等，皆为伊斯兰教的中国化而造就出来的优秀人才[10]。其人数之众，著述之丰，对穆斯林诗学与中国传统文化的贡献之大，是不可低估的。

10 参见丁明仁《伊斯兰文化在中国》。

第八章　东方诗话圈

德国学者格雷布内尔与奥地利的施密特，在二十世纪初期，提出一个“文化圈”的理论命题，认为世界文化可以划分为多个不同的“文化圈”。

我根据“汉字文化圈”、“儒家文化圈”与中国诗话之体传播于东亚各国的历史事实，有个与之相辉映的“东方诗话圈”。

东方诗话圈，像一道绚丽的彩虹，跨越东亚历史的时空，如云如霞，如梦如幻，令人仰慕，叹而观止。

诗话之体在中国宋朝繁荣发展之后，受儒家文化与佛教文化传播之影响，随即走出国门，走向世界，衍生出兴盛一时的古代朝韩诗话、日本诗话、越南诗话与文论等，从而在世界的东方，从印度—中国—朝鲜—韩国—日本—中国港澳台地区—东南亚地区，形成了一个以儒道释文化圈为依托的跨越时空的“东方诗话圈”。

本来，印度不属于儒家文化领域，但其佛教文化对中国文化与中国诗话的影响太大、太深远。东方诗话圈的成立，不仅受到儒家、道家文化圈的影响，同时亦受到佛教文化圈的影响。这个“东方诗话圈”，与儒家文化圈与佛教文化圈相互映照，在世界的东方形成一个巨大的文化奇观，是中国儒家文化与印度佛教文化长期传播与相互融合的产物，是东方文学批评史乃至世界文化史上一种不可忽视的跨越地区性与民族性的历史文化现象。

一、东方诗话的基本特征

东方诗话，是一个客观的历史存在。而所谓“西方诗学”，渊源于亚里斯多德之《诗学》。其“西方诗学”之名，则出之于中国学者之口，自“五四”

新文化运动以后方在中国广为传播。比较而言，我认为以中、韩、日三国诗话为代表的东方诗话，具有以下与“西方诗学”完全不同的审美个性与艺术特色：

其一，“诗话”名称的相对固定性。依名称而言，自欧阳修开创诗话之体以降，论诗著作多以“诗话”为名。诗话，自欧阳修以后，一直是中国诗话、朝鲜——韩国诗话、日本诗话和东南亚地区诗话的通称，如中国的《六一诗话》《中山诗话》《沧浪诗话》、韩国的《东人诗话》《清江诗话》《龟涧诗话》、日本的《济北诗话》《诗山堂诗话》《枕山楼诗话》，越南的阮锦审《仓山诗话》、李文馥《闽行诗话》、阮屿《金华诗话记》之类[1]。诗话之名，陈陈相因，衣钵相传，相续相禅，生生不息，是儒家宗法文化与中国人注重祖先崇拜的文化心理的一种反映。而西方诗学与阿拉伯诗学，自亚里斯多德《诗学》之后，很少有以沿袭“诗学”命名的诗学著作，诗学著作的命名，呈现出个性化以致多样化的特征。

其二，诗话论诗条目的连缀组合性。依论诗体制而言，东方诗话著作，如语录，如随笔，多由一条一条、一则一则内容互不相关的论诗条目连缀而成，长短随宜，有话则长，无话则短，应变作制，无须严密的结构布局，体制灵活多变，即使是叶燮《原诗》之类自成体系的诗学著作，也是语录条目的自我扩大，少则三则，多则三百多则，具有相当宽泛的随意性。正如清代著名文献学家章学诚《文史通义·诗话》所谓“挟人尽可能之笔，著惟意所欲之言”一样。而西方诗学论著，大多是系统严密的诗学理论著作，逻辑较为严密，结构体系比较完整。

其三，诗话论诗对象的诗化特性。依论诗内容而言，东方诗话以论诗为主，属于狭义的诗学；诗论只是其一，而更多是论“诗”，其中之“诗”，主要是抒情诗，兼及叙事诗与诗化之文；而论诗，既包括诗论，更多的是论诗之本事故实，论诗人生活方式与生活情趣，论诗歌创作所包含的文化义蕴。其内容大多分为“论诗及事”与“论诗及辞”两种类型。一般而论，朝韩诗话侧重于诗事，即诗歌故实；日本诗话侧重于诗格、诗式与诗法；越南诗话侧重于诗歌故事；而中国诗话兼以论诗及事与论诗及辞。而西方诗学则以小说、

---

1 越南诗话，存世者甚少，王小盾等曾著录其阮锦审《仓山诗话》，后湖南师大越南留学生陈日怀清特地为我从越南社科院图书馆复印此稿，署名白毫子，汉字手抄本，凡61个论诗话诗条目。特此说明，以示谢意。

戏剧、史诗之类叙事文学为主，名为“诗学”，实为文艺理论之通称。

其四，诗话论诗风格的随笔特性。依论诗风格而言，东方诗话多属于“以资闲谈”的谈诗论诗随笔之类，无拘无束，无迹无形，无章无序，如羚羊挂角，无迹可求，语言通俗浅近，风格平易自然，侃侃而谈，娓娓道来，饶有趣味，不象西方名牌的诗学著作那样严肃正经，也不象《文心雕龙》那样注重语言的骈俪化，读之令人生畏。其论诗方法多采用点悟、摘句、语录、意象式，要言不烦，点到为止，不做严密的结构布局与逻辑推理。这种写作方法，是中国先贤著述注重“语录”体式、中国经学注重考据训诂之学、印度佛教“象喻”与僧侣讲经传道注重“禅悟”的修行方式等，在诗话创作中的具体运用。

其五，东方诗话的诗学文化渊源，虽然有儒、道、释三宗，但起主导者仍然是儒家文化，是儒家文化、佛教文化与道教文化的三合为一。中国诗话论诗的哲学基础，是儒家哲学、道家哲学与佛教哲学，特别是儒道释“三教合一”而产生的中国禅宗，与诗话结下了不解之缘。其儒家文化圈与佛教文化圈，成就了跨越历史时空的东方诗话圈。依其论诗宗旨而言，东方诗话论诗多以《诗三百》为尚，高扬起“诗言志”与“诗缘情”两面旗帜，重教化，重情性，重人品，重比兴，重含蓄，重意象，重意境；而西方诗学大多注重作品的社会历史价值与艺术技巧，诗学宗旨因人而异，因时而异，各种学说之间往往前后否定、互相排斥，缺乏中国诗学文化体系中那种内在的逻辑联系与思想内容的包容性。

二、中韩日诗话之祖比较分析

“东方诗话圈”里，中国第一部以“诗话”命名的论诗著作，是北宋欧阳修的《六一诗话》29 则论诗条目，而以钟嵘《诗品》为“百代诗话之祖”；古代朝鲜第一部以“诗话”命名的论诗著作，是徐居正的《东人诗话》143 则论诗条目，朝鲜韩国学者则以李仁老的《破闲集》为“韩国诗话之冠”；日本第一部以“诗话”命名的论诗著作，是释虎关师炼的《济北诗话》29 则论诗条目，而日本学者多以释空海大师辑录的《文镜秘府论》为“日本诗话之宗”。

1993 年我在《文学评论》上著文《中国诗话与朝韩诗话》，基本论点是称“同日本诗话一样，朝韩诗话是中国诗话的衍生之物”。1996 年 5 月，我在韩国国立忠南大学讲学时依然持这种观点，而受到韩国一些学者的“质疑”。但是韩国著名诗话研究专家赵钟业教授当时就对我的观点表示认同，认为韩国诗话本来就是受中国诗话影响而产生的。

诗话之祖在哪里？“在中国！”中国是诗歌王国，是诗话之体的诞生地，中国是诗话的故乡，而朝韩诗话与日本诗话乃是中国诗话的衍生之物。因此，从诗话之渊源与逻辑学上来说，中国诗话之祖，也应该是古代朝鲜韩国诗话与日本诗话之祖。但是，事实上，在学术界，中、韩、日三国诗话，都从诗话研究的民族意识出发，各自在探求自身的诗话之祖：中国诗话以钟嵘《诗品》为“百代诗话之祖”，朝鲜韩国诗话则以李仁老的《破闲集》为“韩国诗话之冠”，日本诗话则以释空海大师辑录的《文镜秘府论》为“日本诗话之宗”。

中、朝韩、日“第一部”诗话之作，以时序而论之，日本第一部以“诗话”命名的《济北诗话》比欧阳修《六一诗话》晚出 270 余年；古代朝韩第一部以“诗话”命名的《东人诗话》，比《六一诗话》晚出 400 年之久，充分说明古代朝韩诗话比日本诗话出现得还要迟一个多世纪。

（1）钟嵘《诗品》：“百代诗话之祖”

钟嵘《诗品》被誉为“百代诗话之祖”，起始于明代毛晋汲古阁本《诗品》跋，称钟嵘《诗品》是“诗话之伐山也”；清人章学诚《文史通义 · 诗话篇》则认为《诗品》是“诗话之源”，说：“诗话之源，本于钟嵘《诗品》。”又说：“《诗品》之于论诗，视《文心雕龙》之于论文，皆专门名家、勒为成书之初祖也。”何文焕编辑《历代诗话》则列钟嵘《诗品》为历代诗话之首。

钟嵘（468? -518? ），字仲伟，南朝颍川长社（今河南省长葛县）人。自齐入梁后，先后任衡阳王萧元简与晋安王萧纲之记室，故世称“钟记室”。《梁书 · 文学传》与《南史 · 文学传》有其传略。《诗品》一书，是其传世孤篇。

钟嵘《诗品》，三卷，是中国文学批评史上第一部论诗专著，是诗化的文学批评。其基本特征及其对中国诗话所产生的深刻影响，主要表现在：

（一）论诗以五言诗为主。钟嵘《诗品》是汉魏六朝诗坛“五言腾踊”的产物。面对着汉魏六朝时期五言诗“彬彬之盛，大备于时”（《诗品序》）的繁荣局面，钟嵘论诗以五言诗为对象，第一次打破汉儒《诗》学的经学传统，公开替五言诗立言，认为五言诗具有“会于流俗”的艺术生命力，系统论述五言诗的历史发展轨迹，并以实际批评的方法，全面评论了汉魏六朝时代 120 多名诗人的五言诗作。

（二）以品论诗。钟嵘首次把汉魏以来分品论人的人物品藻之法用之于论诗，开创了中国以品论诗、评诗的先例。《诗品》分上中下三卷，所论凡汉魏晋宋齐梁时代 122 位诗人诗作，分为三品：上卷为上品，列入《古诗十九首》与李陵、曹植、谢灵运等 12 人；中卷为中品，列入曹丕、陶潜、谢朓等 39 人；下卷为下品，列入曹操、徐干等 72 人。

（三）以“味”论诗。钟嵘论诗重“味”，认为诗歌艺术的美感在于“味”，“有滋味”乃是“诗之至”。他在《诗品序》中指出：“文已尽而意有余，兴也；因物喻志，比也；直书其事，寓言写物，赋也。宏斯三义，酌而用之，干之以风力，润之以丹彩，使味之者无极，闻之者动心，是诗之至也。”称颂五言诗“居文词之要，是众作之有滋味者也”。他批评玄言诗“理过其辞”，缺乏艺术感染力，以至“淡乎寡味”。

（四）以“象喻”论诗。钟嵘《诗品》以比喻论诗，寓比较于比喻之中。他批评潘岳时将其与陆机比较说：“陆才如海，潘才如江。”又引用谢混之语云：“潘诗灿若舒锦，无处不佳；陆文如披沙简金，往往见宝。”论颜延之诗时引用汤惠休之喻云：“谢诗如芙蓉出水，颜如错彩镂金。”这种意象批评方法，或以景喻，或以物喻，或以事喻，寓比较于比喻之中，形象生动，妙语联珠，对比鲜明，义蕴深刻，开创了中国文学理论批评以象喻论诗评文的优秀传统。

（五）以六艺溯流别。钟嵘《诗品》论诗注重诗学渊源流别的考察，把所论的 36 位诗人诗作，纳入《国风》《小雅》与《楚辞》三大诗学源流之中，认为《古诗》与曹植之诗“其源出于《国风》”，递相师承者有刘桢、左思、谢灵运等；而源出于《小雅》者，仅阮籍一人；源出于《楚辞》者有李陵一人，递相师承者有班姬、曹丕、王粲等。这种批评方法，是祖宗崇拜的中国宗法文化的必然产物，对后世文学批评产生过深远的影响。

（2）遍照金刚《文镜秘府论》：“日本诗话之宗”

日本与韩国学者，都以遍照金刚编辑的《文镜秘府论》为“日本诗话之宗”。

遍照金刚（774-835），即空海，日本佛教真言宗的创始人。本姓佐伯，幼名真鱼，赞岐（今香川县）人。唐贞元二十年（804），渡海入唐留学，在长安从惠果和尚受两部大法及诸尊瑜伽，元和元年（806）学成归国时，把平日广泛收集到的中国文史资料（特别是诗学、声律学）一并带回日本。回国后，自号遍照金刚，在高野山金刚峰寺创建根本道场，以盛弘密教为业，开真言一宗，称为“东密”。撰著《辩显密二教论》《三教指归》《秘藏宝钥》、编辑《文镜秘府论》等。

《文镜秘府论》分为天、地、东、西、南、北六卷，今有东京版《日本诗话丛书》与汉城版《日本诗话丛编》影印本。空海论诗衡文，以儒家名教为宗，恪守孔子“兴观群怨”之旨。前有自序云：“夫大仙利物，名教为基；君子济时，文章是本也。故能空中尘中开本有之字，龟上龙上演自然之文。至如观时变于三曜，察化成于九州。金玉笙簧，烂其文而抚黔首；郁乎焕乎，灿其章以驭苍生。然则，一为名始，文则教源，以名教为宗，则文章为纪纲之要也。”又曰：“孔宣有言：‘小子何莫学夫诗？诗可以兴、可以观、可以群、可以怨。迩之事父，远之事君。’人而不为《周南》《召南》，其犹正墙面而立也。是知文章之义，大哉，远哉！”全书旨在翻刻中国中古时代保存下来的所有诗学、诗歌音韵学的文献资料。其中天卷为声律学，有《调四声谱》《调声》《诗章中用声法式》《七种韵》《四声论》；地卷为诗学体势要旨，有“十七势”、“十四例”、“十体”、“六义”、“八阶”、“六志”、“九章”等；东卷为声律论，有“论对”、“二十九种对”、“笔札七种言句例”；南卷为诗歌创作论，注重文意文体，有“论文意”、“论体”、“定位”、“集论”等；西卷为诗歌格律论，侧重于论诗病，有“论病”、“文二十八种病”、“文笔十病得失”等；北卷为语词学、语义学，有“论对属”、“帝德录”，多录祥瑞之文，属于中国宗法文化的范畴。

《文镜秘府论》是日本入唐留学僧空海大师第一部向日本人介绍中国诗学的著作，其所收录的中国诗学文献资料，许多资料在中国早已失传，而以是书赖以仅存。故于中国诗话与日本诗话，影响极为深广：

一是普及了中国语言学、声韵学、诗学的基本知识，许多日本人则凭借着这部著作学习汉语声韵学与诗学，从中汲取中国汉文化的营养，而成为汉学家与诗话家。

二是《文镜秘府论》以辑录中唐以前的中国历代诗学资料为主，重在诗论、诗格、诗式、诗品，因而奠定了日本诗话注重“论诗及辞”的学理传统。

三是《文镜秘府论》对中国格律诗知识与创作模式的广泛传播，有力促进了日本汉诗创作的繁荣发展，从而为日本诗话的兴起创造了良好的诗学文化环境。

（3）李仁老《破闲集》：“朝韩诗话之冠”

李仁老《破闲集》，被韩国学者誉为“韩国诗话之冠”。赵钟业《韩国诗话丛编》列为韩国诗话之首。今又有韩国学文献研究所编、汉城亚西亚文化社《破闲集 · 补闲集》1972 年合刊影印本。

李仁老（1152-1220），字眉叟，初名得玉，号双明斋。自幼聪慧，善属文，能草书、隶书。郑仲夫之乱时，曾祝发以避乱。李明宗十年，擢魁科，补桂阳管记，迁直史馆，出入史翰凡十四年。神宗朝，累迁礼部员外郎。高宗初，拜秘书监，左谏议大夫，宝文阁大学士，知制诰。《高丽史》卷 102 有列传。李仁老与当世名儒吴世材、林椿、赵通、皇甫沆、咸淳、李湛之，结为忘年之交，以诗酒相娱，世称“江左七贤”。著作有《双明斋集》,《破闲集》等。

是书题为《破闲集》者，据其庚申三月日其子阁门侯李世黄跋云：“我本朝境接蓬瀛，自古号为神仙之国。其钟灵毓秀，间生五百。现美于中国者，崔学士孤云唱之于前，朴参政寅亮和之于后，而名儒韵释，工于题咏，声驰异域者，代有之矣。如吾辈等苟不收录，传于后世，则湮没不传，决无疑矣。遂收拾中外题咏可为法者，编而次之为三卷，名之曰《破闲》。又谓侪辈曰：‘吾所谓‘闲’者，盖功成名遂、悬车绿野、心无外慕者，又遁迹山林、饥食困眠者，然后其‘闲’可得而全矣。然寓目于此，则‘闲’之全可得而破也。’”[2] 可见，“破闲”之名，既是李仁老晚年的一种文化心态，亦表明其创作旨归如欧阳修《六一诗话》一样是“以资闲谈”者。

李仁老是书，凡三卷，其中上卷 24 则，中卷 24 则，下卷 33 则，总共 81 则。内容驳杂，论诗，论文，兼及文房四宝、书法、音乐、人文地理、历史沿革、人物掌故、风物民情、民俗风情、科举制度、佛教禅宗等，广泛涉及到中国与古代朝鲜的诗人诗作。而于述事之中蕴含有自己的诗学见解，其论诗衡文者，主要有以下几点：

其一，论诗宗杜。卷中云：“自雅缺风亡，诗人皆推杜子美为独步。岂惟立语精硬、括天地菁华而已？虽在一饭，未尝忘君，毅然忠义之节，根于中而发于外，句句无非稷契口中流出，读之足以使懦夫有立志，玲珑其声其质玉乎盖是也。”

其二，重文。卷下云：“天下之事，不以贵贱贫富为之高下者，惟文章者。盖文章之作，如日月之丽天也，云烟聚散于大虚也。有目者无不得睹，不可以掩蔽。是以布葛之士，有足以垂光虹霓，而赵孟之贵，其势岂不足以富国丰家？至于文章，则蔑称焉。由是言之，文章自有一定之价，富不为之減。故

2 《破闲集跋》，见《破闲集 · 补闲集》合订本，汉城亚西亚文化社 1983 年。

欧阳永叔云：‘后世苟不公，至今无圣贤。’”又指出：“盖文章得于天性，而爵禄人之所有也。苟求之以道，则可谓易矣。然天地之于万物也，他不得专其美。故角者去齿，翼则两其足，名花无实，彩云易散。至于人亦然，畀之以奇才茂艺，则革功名而不与，理则然矣。是以自孔孟荀杨，以至韩柳李杜，虽文章德誉足以耸动千古，而位不登卿相矣。能以龙头之高选，得蹑台衡者，实古人所谓‘扬州驾鹤’也，岂可以多得哉？”

其三，称赏禅诗。卷中在记述智胜和尚还山，太白山人作诗送之云：“夫得道者之辞，优游闲淡，而理致深远，虽禅月之高逸，参廖之清婉，岂是过哉？此古人所谓‘如风吹水，自然成文’。”

三、中韩日三国第一部诗话比较分析

（1）中国欧阳修《六一诗话》

中国诗话，诞生在北宋欧阳修时代。欧阳修是北宋文坛领袖人物。他在中国文学史上的主要功绩有三：一是成功地领导了北宋诗文革新运动，成就了唐宋古文八大家中的六大家；二是主持贡院进士考试时期，不拘一格地选拔重用了三苏、王安石、曾巩等一大批优秀人才，使北宋文坛出现了群星璀璨的繁荣局面；三是创立了“诗话”与“题跋”两种新的文学批评样式。

宋仁宗熙宁四年（1071），欧阳修退居颖州汝阴，于整理旧文稿之余，收集整理先前的论诗条目，集结而成一书，于不经意之中，取名而为《诗话》，真可谓“偶出绪余撰诗话”也。如郭绍虞先生所说的那样：“诗话之体创自欧氏，故此后诗话多属随笔性质。”（《题宋诗话考效遗山体得绝句二十首》诗注）其编辑体制为论诗随笔，由一条一条内容互不相关的论诗条目连缀而成。其编撰宗旨如欧阳修自己所言，在于“以资闲谈”而已；因而其风格不像一般的诗学著作那样具有严谨缜密的逻辑性，而是长短随宜，松散随意、自由活泼，如郭绍虞先生《宋诗话辑佚·序》所说的：“在起轻松的笔调中间，不妨蕴藏着重要的理论；在严正的批评下，却多少带些诙谐的成分。”这就是诗话，这就是诗话的主体风格。之后，诗话创作蔚然成风，为避免书名之雷同，后人以欧阳修号“六一居士”之故，而将其《诗话》之名改为《六一诗话》。这部诗话的正宗版本，为日本国立图书馆珍藏的宋版《欧阳文忠公集》卷 128《诗话》一卷本，凡 29 则，与中国大陆《百川学海》与《萤雪轩丛书》本相同。而与《历代诗话》与人民文学出版社《六一诗话》校点本的28则[3]相异，正版应该为29则诗话。故我在《中国诗话史》（修订本）中对原本28则之误者，已经一一加以修正，以免以讹传讹，贻误后人。

欧阳修《六一诗话》一卷，虽以论诗及事为主，但从论诗内容、主旨到表现形式与风格特色，为中国诗话乃至东方诗话奠定了坚实的基础。其开创之功在于：

第一，首创"诗话"体式。中国文学批评，花样繁多，有《毛诗序》与陈子昂《修竹篇序》之类题序跋记论赞，有钟嵘《诗品》之类论诗品则，有刘勰《文心雕龙》之类体系严密的文学理论专著，有唐人诗格、诗式、诗例、诗句图、诗本事之类诗学入门之作，也有杜甫《戏为六绝句》、元好问《论诗三十首》之类论诗诗，有白居易《与元九书》、司空图《与极浦书》之类论诗书信，等。而诗话，是欧阳修《六一诗话》为之创体，大开文人诗话之风，为文学批评创立了一种崭新的诗歌评论样式，并且衍生出词话、曲话、四六话、文话、剧话、赋话、小说话、画话、楹联话、医话、仙话之类，几乎每一种文体、每一个行业都有自己的话语。

第二，论诗内容以记述诗本事为主，其29则论诗条目，采用漫谈随笔体，不分章节，不作严肃正经的崇论弘议，而是注重诗人及其诗歌创作中的趣闻逸事，信笔所至，娓娓道来，如茶余饭后的谈资，寓作者的诗证、诗考、诗评、诗录、诗学观点于大量的诗事记述之中，表现出极大的自主随意性。中国诗话以"论诗及事"为正宗地位者，就是欧阳修《六一诗话》为之奠定的。

第三，确立了诗话轻松活泼的艺术风格。从宋人论诗话诗而言，欧阳修作《诗话》在于"以资闲谈"，作为人们茶余饭后的谈资；从诗话创作而言，要求行文运笔轻松自如，不计章法，不拘形迹，自然为文，活泼有趣。这是欧公赋予诗话之体特有的艺术个性与艺术风格。这种风格，符合中国人的民族文化性格与审美情趣，与先秦诸子著书立说的设喻取义、幽默诙谐、纵横排挞的文化传统与学术风格也是一脉相承的。

（2）日本释师炼《济北诗话》

第一部以"诗话"命名的日本诗话，是释师炼的《济北诗话》。

师练（1278-1346），本姓藤原，号虎关，京都人。自幼进入禅门，年二十

3　《历代诗话》与人民文学出版社校点本的28则之误，是将其中"李白戏杜甫"与"陶尚书"二则合而为一，厘为28则。

七，于建长寺拜谒前来日本游化的元代高僧一山、一宁为师，进修儒禅之学。归京以后，曾先后担任日本东福寺、南禅寺、楞严寺等住持。主要著述有《济北集》《元亨释书》《聚文韵略》等。正和二年（1313），藤原师练退隐济北寺，于著述之余撰著《济北诗话》。

师练《济北诗话》一卷，凡 29 则，由一条一条内容互不相关的论诗条目连缀而成，但基本上是论及中国历代诗人诗作，而以唐宋诗歌为主，于记诗事、考证、论诗之中略抒一己之见，带有比较清晰的诗学批评色彩，其中多有前人未发之论者：

一是尊孔，谓孔子为“诗人”云：“孔子诗虽不见，我知其为诗人矣。何者？以其删手也。方今世人不能作诗者，焉能得删诗乎？若不作诗之者，假有删，其编能足行世乎？今见《三百篇》为万代诗法，是知仲尼为诗人也。只其诗不传世者，恐秦火耶。”

二是主理，谓以“工”“朴”论诗不合乎“理”者云：“赵宋人评诗，贵朴古平淡，贱奇工豪丽者，为不尽耳矣。夫诗之为言也，不必古淡，不必奇工，适理而已。大率上世淳质，言近古淡；中世以降，情伪见焉，言近奇工，达人君子，随风讽喻，使复性情，岂朴淡奇工之所拘乎？唯理之适而已。古人朴而不达之者有矣，今人达而不朴者有矣，何例而以朴工为升降哉？周公之言朴也，孔子之言工也，二子共圣人也，宁以言之工朴而论圣乎哉？圣人顺时立言，应事垂文，岂朴工云乎？然则诗人之评，不合于理乎。”

三是以儒家正统衡人，非难陶渊明，谓之为“傲吏”。傲吏者，傲慢无礼之吏也。虎关师练云：“诗格万端，陶氏只长冲淡而已，岂尽美哉？盖文辞，施于野旅穷寒者易，敷于官阁富盛者难。元亮者，衰晋之一介士也。故其诗清淡朴质，只为长一格也，不可言全才矣。又元亮之行，吾犹有议焉。为彭泽令，才数十日而去，是为傲吏，岂大贤之举乎！何也？东晋之末，朝政颠覆，况僻县乎？其官吏可测矣，元亮宁不先识哉？不受印已，受则令彭泽民见仁风于已绝闻德教于久亡，岂不伟乎哉？夫一县清而一郡学焉，一郡学而一国易教焉，何知天下四海不渐于化乎？不素、思此，而挟其傲狭区区、较人品之崇庳、竞年齿之多寡，俄尔而去，其智怀可见矣。后世闻道者鲜矣，却以俄去为元亮之高，不充一莞矣！”师练从儒家正统观念出发，非难陶渊明者有三：一则非其“冲淡”之格，以为诗歌艺术以“穷寒”为易而以“富盛”为难；二则非其诗只具“清淡朴质”一格而非为“全才”；三则非其辞官归隐，是非“大贤之举”，非高风亮节。

（3）朝鲜徐居正《东人诗话》

古代朝鲜第一部以“诗话”命名者，是徐居正的《东人诗话》。徐居正（1430-1492），字刚中，号四佳亭。韩国大邱市人。登进士、生员、文科等。官至大提学、左赞成，赐封为“达城君”。有《四佳亭集》《东文选》《东国通鉴》等著述行世。

其《东人诗话》二卷，凡 143 则，今有汉城景文社 1980 年影印“百部限定版”本、《日本诗话丛书》影印本、《韩国诗话丛编》影印本，前有姜希孟、崔国华、金守温三序，后有李必荣识语。这部诗话沿袭《六一诗话》开创的中国诗话的论诗体制，是典范性的诗话之作。其论诗的基本特点是：

一是论诗注重“气象”，其中论及“气象”者，多达十数处。所谓“气象”，一指景象，二指风格与气势，三指诗歌所表现出来的精神风貌与气质禀赋。

二是论诗侧重诗本事，记述古代中国与朝鲜的诗人诗作创作缘起与诗歌逸事。如卷上所记古代朝鲜诗坛的竹林“七贤”云：“李文顺奎报，少以文章自负。时李仁老、吴世材、林椿、赵通、皇甫抗、咸淳、李湛之等，称为‘七贤’。饮酒赋诗，旁若无人。世材死，湛之谓奎报：‘子可补耶。’奎报曰：‘七贤岂朝廷官爵补其阙耶？未闻嵇、阮之后有承之者。’”

三是作者对诗人诗作的品评多从具体诗作入手，系点悟式的审美鉴赏，很少做理论分析。如卷上依据欧阳修《六一诗话》之评论“苏梅”者云：“梅圣俞、苏子美齐名一时，二家诗格不同。苏之笔力豪俊，以超迈横绝为奇；梅则研精覃思，以深远闲谈为高，致各臻所长，虽论者未易甲乙。然欧阳子隐然以梅为胜。”

四是恪守儒家诗教之旨，正如姜希孟《东人诗话序》指出：“刚中氏是编之作，上不乖夫子之意，下以仿诸家之范，能以己志迎取作者之意，有所发明而不咈乎！”

金文良在《东人诗话后序》中高度评价其价值，称：“其记闻之博、识见之高，真所谓在堂上而辨曲直，诗道之集大成者也。”评价过高，但《东人诗话》以中国传统诗话的正宗形式出现在朝鲜近古时期，既具有承上启下的作用，又开创了古代朝韩诗话创作的崭新局面，也是东方诗话家族中的力作之一。

（4）中韩日三国第一部诗话之比较

中、韩、日三国诗话中的第一部以“诗话”命名的论诗著作，其问世时间虽然有先后之分，但其论诗体例、结构形态、语言风格、论诗宗旨，乃至基本概念、范畴、范畴群、诗学文化体系与方法论体系，如出一辙，属于东方诗文化模式。

东方诗文化，是以诗为主体的文化模式。这“诗”属于抒情诗，包括古体诗与近体诗。古体源于《诗经》，近体即为律诗。中国律诗，成就了以唐诗为主体的诗歌王国，也成就了古代朝鲜与日本的“汉诗”。“以诗之多，而后有诗话”；诗话本是诗歌繁荣发展的产物。

比较而言，中、韩、日三国诗话中的第一部以“诗话”命名的论诗著作，还是有其自身的差异：

一是诗话命名：三部诗话之命名一样富有各自的代表性，欧阳修《六一诗话》，起初即为《诗话》，而后即以其个人字号“六一居士”命名，徐居正《东人诗话》即以一个东方民族群体之称“东人”而命名，师练《济北诗话》则以其所居寺院“济北寺”而命名。

二是创作主体：三部诗话的创作主体是同中有异。中国宋代的欧阳修与朝鲜的徐居正，属于大官僚政客之类，其中欧阳修于宋仁宗朝任枢密副使、参知政事，徐居正于近世朝鲜官至大提学、左赞成，分别是朝廷要员；而日本藤原师练只是一介僧侣而已。

三是论诗对象：欧阳修《六一诗话》与师练《济北诗话》所论者皆为历代中国诗人诗作，而徐居正《东人诗话》则为古代朝鲜诗人诗作为主兼及中国诗人诗作。

四是创作旨归：三部诗话的创作宗旨不同。欧阳修《六一诗话》旨在“以资闲谈”，故重诗歌故实与诗歌佳句赏析；师练《济北诗话》与徐居正《东人诗话》是有意而为诗话，于述诗事之中蕴涵自家的诗学之见，而不作“闲谈”之语。

五是诗话体制：三部诗话的论诗体制，都是由一条一条内容互不相关的论诗条目连缀而成，但其体制之大小有别。师练《济北诗话》一卷 29 则诗话条目，是明显地效法欧阳修《六一诗话》一卷 29 则体制；而韩国徐居正的《东人诗话》虽与《六一诗话》一样，是典范式的诗话著作，但其体制之庞大，二卷凡 143 则诗话论诗条目，是对欧阳修《六一诗话》论诗体制的一大突破。

第九章　中国诗话与朝韩诗话

朝鲜半岛与中国大陆山水相连，从悠悠历史到殷殷现实，社会生活与学术文化，都是唇齿相依，相濡以沫。古代诗话，乃是中国与朝鲜——韩国学术文化交流的纽带与结晶。

古代朝韩诗话是中国诗话的衍生之物，是古代鲜族诗人学习中国文化与中国诗话的优秀成果，也是古代朝鲜诗人的诗学观念、审美情趣及其民族文化性格的展示。

在古代朝鲜，最早以“诗话”命名的，是李氏朝鲜成宗五年（即公元1474年，中国明宪宗成化十年）徐居正的《东人诗话》，与中国第一部以“诗话”名书的《六一诗话》相比，晚出四百年之久；而高丽朝元宗元年（公元1260年，中国南宋理宗景定元年）问世的朝鲜第一部论诗之作——李仁老的《破闲集》，与《六一诗话》的时差仅二百余年。

古往今来，朝韩诗话，作家如林，卷帙繁富，于东方诗话之林独树一帜。这是东方诗话乃至文学理论批评的一笔重要的文化遗产。加强对中国诗话与朝韩诗话之比较研究，于是中国古典诗歌、诗歌理论、诗歌美学研究，颇有借鉴意义，且有利于建立具有中国特色的、有别于西方诗学的东方诗话学。

一、朝韩诗话演变史

洪万宗《诗话丛林订正》云：“我东自丽朝至于今，作为诗话或小说，以传于世者，夥矣。”[1]事实确实如此，据韩国赵钟业氏所编《韩国诗话丛编》

1　李钟殷等《韩国历代诗话类编》，汉城亚西亚文化社1988年本。

[2]所载，朝鲜历代诗话凡十二卷，共收录一百十三种之多，其他散佚的，尚难以数计。

纵观朝韩诗话，其历史演进过程大致经历了高丽、朝鲜两个朝代，并可分为中古、近古、近世三个主要发展阶段，与中国诗话发展史上的元、明、清、近代基本吻合。

其一，中古时期诗话：

中古时期，属于高丽朝后期，这是朝韩诗话的草创阶段。主要代表作有李仁老的《破闲集》，李奎报《白云小说》，崔滋《补闲集》，李齐贤《栎翁稗说》。这是流传至今的四部高丽时代诗话，虽无“诗话”之名，却存诗话之实，奉行北宋欧阳修《六一诗话》“以资闲谈”的创作宗旨，采用随笔体式论诗评诗，以“记事”为主，寓诗论于闲谈述事之中。其论“诗有九不宜体”、“诗以意为主”、诗有“山人之格”与“宫掖之格”等议论，皆有所建树。

李奎报（1169-1241），字春卿，号白云居士，京畿道人。其《白云小说》一卷，仿效欧阳修《六一诗话》之格，凡 29 则论诗条目，论诗对象兼及高丽与中国诗人，以白居易为宗尚，推崇陶渊明、梅尧臣与苏轼等，认为“凡诗言物之体”，强调诗歌“以意为主”，而“意亦以气为主”，反对“雕镂其文，丹青其句”者。

崔滋（1188-1260），字树德，号东山叟，海州人。其《补闲集》三卷，仿效司马光续欧阳公《诗话》而作《续诗话》者，为补李仁老《破闲集》之缺，“强拾废忘之余”而作《补闲集》，以“资于谈笑”也。是编论诗于中国则以杜甫为宗，认为“言诗不及杜，如言儒不及孔子”；而于高丽则崇尚李奎报，称其“天才峻迈”，诗文“日月不足誉”。

李齐贤（1288-1367），字仲思，号益斋、栎翁，两班出身，曾任西海道安廉使。二十八岁时，随高丽朝忠宣王至北京，后又多次来往中国，在华生活达三十年之久。其《栎翁稗说》一卷，杂论是高丽与中国历代诗人，多摘句以为评述也，属于典型的朝鲜“稗说体”诗话之作。

其二，近古时期诗话：

近古时期，属于李氏朝鲜初期，徐居正的《东人诗话》问世，标志着朝韩诗话之崛起已成必然之势。是书作为朝韩诗话史上第一部以“诗话”命名的谈诗论诗之作，分上下两卷，凡 143 则诗话，前有姜希孟、崔淑精、金守

2 赵钟业《韩国诗话丛编》，汉城东西文化院影印本。

温序文，后有李必荣跋语，今有汉城景文社 1980 年“百部限定版”行世。《东人诗话》以一种中国传统诗话的姿态出现于朝鲜诗苑，从而开创了朝韩诗话创作的新局面。除此之外，此期的诗话代表作，还有成伣的《慵斋丛话》10 卷，南孝温《秋江冷话》1 卷，曹伸《搜闻琐谈》3 卷，金安老《龙泉谈寂记》2 卷，金正国《思齐摭言》2 卷，李济臣《清江诗话》1 卷，鱼叔权《稗官杂记》6 卷，权应仁《松溪漫录》2 卷，沈守庆《遣闲杂录》1 卷，尹根寿《月汀随笔》2 卷，尹国馨《闻韶漫录》2 卷，金时让《谙溪记闻》2 卷，车天辂《五山说林》3 卷，郑斗卿《东溟说诗》1 卷，等等。

其三，近世时期诗话：

近世期，属于李氏朝鲜中、末叶，朝鲜——韩国诗话进入第三个发展阶段，这是朝韩诗话创作鼎盛的黄金时代。诗话作品丰富多彩，千姿百熊，种类繁多，呈现一派繁荣兴旺的景象。其代表作有：李睟光《芝峰类说》，申钦《晴窗软谈》，许筠《惺叟诗话》，姜坑《睡隐诗话》，梁庆遇《霁湖诗话》，柳梦寅《於于野谈》，李植《学诗准的》，洪万宗《小华诗评》，南龙翼《壶谷诗话》，申景濬《诗则》，申昉《屯庵诗话》，南羲采《龟磵诗话》，赵秀三《秋斋诗话》，朴趾源《杨梅诗话》，丁若镛《籜翁闲谈》，李圭景《诗家点灯》，成海应《兰室诗话》，尹廷琦《舫山诗话》，金渐《西京诗话》，申采浩《天喜堂诗话》，河谦镇《东诗话》，等等，不胜枚举。这个时期的诗话，可谓卷帙繁富，众彩纷呈。其中，南羲采的《龟磵诗话》，乃是朝鲜——韩国诗话的一部巨著。全书二十七卷，凡二十多万字，分门别类，卷帙浩繁，囊括了中国历代经籍文献、文论著述、笔记小说之涉于诗者，所引经、史、子、集书目多达 227 种，内容庞杂，如同一部《艺文类聚》，是朝鲜——韩国诗话之最，在东方诗话之林也是比较罕见的诗话之作。

然而，战后的朝韩诗话，日渐衰微，寥若晨星，少许诗话之作已经开始运用现代朝鲜语进行创作。但韩国诗话则不然，其诗话创作出现了李家源于 1972 年撰著的《玉溜山庄诗话》；其诗话研究成果则更加丰硕，其发展趋势也像中国诗话一样，走上一条变革创新之路，较之于冷落的日本诗话，韩国诗话研究的前景则更加辉煌。当韩国诗话研究专家赵钟业教授退任之际，我以篆书为之书写了一幅“诗话之光”的书法，被他刊印在《东方诗话论丛》的纪念文集之扉页上。其中“光”字我书写的是大篆，如火如荼，光焰万丈，颇具象征意义，正是我对韩国同仁们所寄予的希望之光。

二、中国诗话影响下的自我意识

韩国赵钟业教授指出:“韩国之诗话起于高丽中叶，实蒙宋诗话之影响者也。盖自上古，韩国与中国为邻，唇齿相依，文化相随。启自箕圣东来，已有八条之教，又有《麦秀之歌》尚矣。”[3]朝鲜半岛古代文化之渊源所自如是，中国诗话对朝鲜——韩国诗话之影响，亦历历如在目前。

其先，语言形态。

朝韩诗话一直是汉语中的文言与白话语体，与宋人诗话的语言形式如出一辙。这是历史所造成的。朝鲜古代没有本民族的语言文字。箕子入朝鲜，教民以礼义；三国之国学，亦以汉儒经书为读本；殷人尚白，大事殓用日中，戒事乘白马，以至朝鲜民族至今尚有白衣之风。由于政治、经济、文化诸方面的原因，古代朝鲜一直使用汉语和汉字进行社会交际，文人墨客以汉文进行创作，汉文诗（即“汉诗”）在朝鲜文学史上占有举足轻重的地位。直到中古时代的十五世纪中叶，朝鲜才出现了本民族的语言文字。这样，汉文在一个相当长的历史时期之内，自然也就成为朝鲜民族共同的书面语言。朝韩诗话创作采用汉语形式，也势在必然。以至汉字入朝，古朝鲜人每称中国为“大华”，而自称之为“小华”。正如今人赵钟业《中韩日诗话比较研究》所说：“日本则诗话之盛，较晚在于日汉混用之时，故诗话之混用者往往有之。韩国则认为诗话之诗是汉诗，故诗话之话亦当以汉文可也。”现存朝鲜——韩国诗话，仅申采浩《天喜堂诗话》一卷采用朝鲜谚文写之。他认为:“诗者，国民言语之精华”，“东国诗何？东国语、东国文、东国音，为东国诗。”这种民族意识的增强，自然是在近代的事，不必否定历史。

其次，结构形态。

朝韩诗话像宋人诗话一样，多采用“闲谈”随笔体式论诗。每部诗话的体制结构，均由一条一条内容互不相关的论诗条目连缀而成。每一则论诗条目，一般只谈论一人一事，有话则长，无话则短，长短随宜，应变作制，富有弹性，风格平易，优游自在。诗话之体的这种别具一格的形式与风格，是中国北宋时代的一代文宗欧阳修开创的。朝韩诗话一直沿用这种论诗体制，经

---

3 《汉书·地理志》:“殷道衰，箕子去之朝鲜，教其民以礼义、田蚕、织作。乐浪、朝鲜民犯禁八条：相杀以当时偿杀，相伤以谷偿，相盗者男没入为其家奴，女子为婢；俗自赎者，人五十万。虽免为民，俗尤羞之，嫁取无所仇。是以其民终不相盗，无门户之闭，妇入贞信不淫辟。”

久不变。从中古时期的《破闲集》《补闲集》《白云小说》《栎翁稗说》，到近古时期的《东人诗话》《慵斋诗话》《清江诗话》《霁湖诗话》《小华诗评》《壶谷诗话》《东国诗话》《绿帆诗话》《天喜堂诗话》《海东诗话》等等，无一不沿袭中国诗话的论诗体制和论诗方法，几乎没有什么新的变化和发展，使欧阳修《六一诗话》所开创的“闲谈”随笔体式的论诗传统，相续相禅，生生不息，代代相传，成为一种历史的积淀。在诗话结构形态方面，我在《诗话学》中探讨了中国诗话论诗条目的组合方式，大致有并列式、承返式、复合交叉式、总分式等四种类型，而朝韩诗话诗条目的组合方式，则比较赵于单一化，大致采用并列式的条目组合。如徐居正《东人诗话》，凡 143 则，大致按时间顺序编排论诗条目，无须起、承、转、合随手述录，与宋人初期诗话一脉相承。此外，朝韩诗话的论诗形式，还有以诗论式一种。如李奎报《论诗》、金时习《学诗》《感兴诗》、洪良浩《诗解》、申纬《东人论诗绝句》、金正喜《论诗》等，承袭着杜甫《戏为六绝句》与元好问《论诗绝句三十首》之以诗论诗的文化传统。

再次，论诗对象。

朝韩诗话论诗与日本诗话一样，具有双重对象：一是中国古代诗人诗作，二是朝鲜“汉诗”及其诗人。但有所不同者，是日本诗话中第一部以“诗话”命名的《济北诗话》专论中国诗人诗作；然而朝韩诗话的论诗对象主要放在古朝鲜本国、本民族的诗人方面。以书名而言，诸如《东人诗话》《海东诸家诗话》《海东诗话》《东国诗话》《东人论诗绝句》《东诗话》《东溟说诗》《东国诗话汇成》《东诗丛话》《朝鲜古今诗话》《小华诗评》之类专为古代朝鲜之表现者甚众；而日本诗话除了江村北海之《日本诗史》五卷，其他诗话则较少表现出标榜“日本”之名者。以论诗内容而言，日本诗话多涉于中国，而朝韩诗话则不然，论及中国者相对较少，且评论中充满着自信、自尊，自我意识强烈，很少流露出自处“小华”的那种民族自卑感，特别注重于朝鲜本国诗人、书家、音乐家、政治家、军事家、外交官等一代才人和民族英雄之诗事的记载与颂扬，对国家的历史和民族文化精神充满自豪感。这是最难能可贵的。崔滋《补闲集序》称高丽朝以人文化成，贤俊间出，如“日月交辉，汉文唐诗，于期为盛”；李晬光《芝峰类说・自序》对云：“我东方以礼义闻于中国，博雅之士殆接迹焉。”《补闲集》等推崇李奎报诗文“日月不足誉”，认为“其豪迈之气、富赡之体，直与东坡吻合”；《白云小说》等称颂新罗真德女王《太平颂》诗“高古雄浑，比始唐诸作，可相上下”。朝韩诗话论诗重点的转移，正标着朝韩诗话创作中那种可贵的民族意识的觉醒、民族性的增强。但是，朝鲜古代学者并没有数典忘祖。他们评论朝鲜历代汉诗、又多与中国古典诗歌进行比较，既指出朝鲜“汉诗”渊源于中国，又分析中朝两国“汉诗”之异同。朝鲜不少诗人如崔致远、李奎报、李齐贤、申纬等，不仅到过中国，而且师事中国诗人、学者，耳濡目染，师承递传，中国诗歌风格和诗歌理论，因此渐染于朝鲜汉诗和朝韩诗话。李奎报《白云小说》、成伣《慵斋丛话》、金安老《龙泉谈寂记》、李济臣《清江诗话》、申钦《晴窗软谈》、朴永辅《绿帆诗话》等，每论朝鲜“汉诗”，便涉于中国诗人、诗歌、诗风，论述精到。如李奎报《白云小说》论陶潜，认为陶诗“恬然和静，为清庙之瑟，朱弦疏越，一唱三叹。余欲效其体，终不得其仿佛”；论苏轼，则称其“富赡豪迈，诗之雄者也”；论梅尧臣，则谓梅诗“外若荏弱，中含骨鲠，真诗中之精隽也。”作者们往往“不以外国人为之轻重”，表现出朝韩诗话论诗的主体意识和开放性格。

第四，诗学宗尚。

朝韩诗话论诗主旨和理论倾向，则往往为中国诗坦之风尚所左右。自新罗之末至高丽之初，朝鲜诗坦崇尚唐诗，推崇李白、杜甫、韩愈和柳宗元、白居易。李仁老《破闲集》首倡杜诗，说：“自《雅》歇《风》亡，诗人皆推杜子美为独步”。至如白居易，则有“白傅名重鸡林”之誉[4]。高丽中、末叶，则转而宗宋，崇尚苏轼、欧阳修、梅圣俞、黄庭坚，特别是苏轼誉满东国。崔滋《补闲集》云：“近世尚东坡，盖爱其气韵豪迈，意深言富，用事恢博，庶几效得其体也。今之后学，读东坡集，非欲仿效，以得其风骨，但欲登据，以为用事之具。”苏轼之气韵，苏轼之风骨，被高丽诗坦视为与范，正如徐居正《东人诗话》说：“高丽文士，专尚东坡。每及第榜出，则入曰：‘三十三东坡出矣。’”高丽末期二百年间，东坡之学声势浩荡，直入李氏朝鲜，饮誉甚久。南龙翼《壶谷诗话》谓李朝“文体专尚东坡”，金万重《西浦漫谈》亦称“国初承胜国之绪，纯学东坡”。时至近世，受明代七子“诗必盛唐”文学复古思潮之影响，崔庆昌、白光勋、李达等“三唐诗人”出，又转而尊唐黜宋，所谓“盛唐风格”、“可肩盛唐”、“不减唐人”、“似唐”、“法唐”、“逼唐”之评，于此时诗话之中比比皆是，而鄙视宋诗。李达之从许筠说：“诗至于宋，可谓亡

4 李晬光《芝峰类说》，朝鲜科学院出版社 1984 年本。

矣。所谓亡者，非其言之亡也，其理之亡也。”[5]而李朝英祖、正祖年间，受清代乾嘉诗风影响，李朝诗坦又转向“兼宗唐宋”之格，推崇王士祯、袁枚之辈。中国诗话，自南宋末期肇始的“唐宋诗之争”，波及朝鲜诗苑，诗风返变，大凡经历了“宗唐”→“宗宋”→“宗唐”→“兼宗唐宋”等四个主要阶段。这些诗学宗尚之变，说明中国诗风之变对朝鲜诗坦及其诗话创作之影响，而朝鲜诗人对汉诗的总体崇尚之风，千百年而不衰竭矣。

三、朝韩诗话的基本特征

纵观历代朝韩诗话，从其文化渊源、诗学宗尚、审美情趣等等来加以综合考察，我以为在中国诗话的影响之下，朝韩诗话论诗大致具有以下风格特征：

（1）儒化

朝鲜自古以来就属于儒家文化圈的范围之内，尚儒尊孔，乃是朝鲜古代文化的基调。因而、朝鲜人的诗学观念和审美理想，始终打上中国儒家文化的烙印。朝韩诗话，重儒家“诗教”，强调诗歌的“美刺”功能，注意诗品人品，追求诗歌的人格之美。

《东人诗话》是朝鲜第一部以“诗话”命名的论诗之作。是书论诗以儒家“诗教”为本，姜希孟《东人诗话序》云：“刚中氏是编之作，上不乖夫子之意，下以仿诸家之范，能以已志近取作者之意，有所发明而不咈乎！”崔滋《补闲集》卷中引人之语云：“诗《三百篇》，非必出于圣贤之口，而仲尼皆录为万世之德者，岂非以美刺而言，发其性情之真，而感动之切，入人骨髓之深耶！”洪万宗《小华诗评》指出：“诗可以达事情、通讽谕也。若言不关于世教，义不存于比兴，亦徙劳而已。”

从这种诗学观念出发，中国诗话强调诗歌的艺术本质与审美特征，在于抒情言志。朝韩诗话也强调这一本质特征。柳梦寅《於于野谈》指出：“诗者言志，虽词语造其二，而苟失其义所归，则知诗者不取也。”又说：“诗者，出乎性情”；“诗关风教，非真哦咏物色耳”。这种诗学观念，与中国古典诗论如出一辙，对朝鲜“汉诗”创作曾产生过极其深远的影响。高丽末年的李齐贤《栎翁稗说》、李朝徐居正《东人诗话》、成伣《慵斋丛话》、张维《溪谷漫笔》等诗话之作，都主张创立诗境，注重自然感应，推重含蓄、飘逸、雄浑诗风，讲求“天机”“禅趣”。张维《溪谷漫笔》说：“诗，天机也。鸣于声，华于色

5 《覆瓿集》卷四《宋五家诗序》。

泽，清浊雅俗，出乎自然。”金昌协《晨岩杂识》亦云：“诗者，性情之发，而天机之动也。唐人诗，有得于此，故无论初、盛、中、晚，大抵皆近自然。”所谓“天机”，指人的天赋灵机。语出《庄子·大宗师》：“其耆（嗜）欲深者，其天机浅。”陈启天《庄子浅说》释云：“天机，自然之生机。”陈彭应《庄子今注今译》说：“当指天然的根器。”朝韩诗话的“天机”说，兴刘勰《文心雕龙·明诗》之“人禀七情，应物期感，感物吟志，莫非自然”和姜夔《白石道人诗集·自序》之“诗本无体。《三百篇》皆天籁自然”之论，是一脉相承的，认为诗歌出于自然天成，强调诗歌艺术的自然本色之美。

李奎报《白云小说》云：

> 夫诗以意为主，设意最难，缀辞次之。意亦以气为主，由气之优劣，乃有深浅耳。然气本乎天，不可学得，故气之劣道，以雕文为工，未尝以意为先也。盖雕镂其文，丹青其句，信丽矣。然中无含蓄深厚之意，则初若可玩，至再嚼则味已穷矣。

李奎报此论，是对中国诗论的继承和发展。北宋刘攽《中山诗话》提出“诗以意为主，文辞次之”之说，而魏晋时代曹丕《典论·论文》提出“文以气为主”之论：一重“意”，一重“气”；而李奎报又将“意”与“气”二者统一起来，认为“气之优劣”决定“意之深浅”，因而强调诗歌创作应该“以意为先”“以意为主”，而“意亦以气为主”。

李奎报先主“意”而后主“气”，他的门生崔滋进而发明之，即先生“气”而后次及“性”与“意”、“情”。其《补闲集》卷中云：

> 诗文以气为主，气发于性，意凭于气，言出于情；情即意也，而新奇之意，立语尤难，辄为生“气”而后次及“性”与“意”、“情”。

崔氏论诗重“气”，特言及“气”者较多，以为“气尚生，语欲熟。初学之气生，然后壮气逸；壮气逸，然后老气豪。”他评论朝鲜“汉诗”，注意从“气”、“意”、“格”、“辞”、“语”、“声”、“律”这八个字人手，在《补闲集》卷下指出：

> 文以豪迈壮逸为气，劲峻清驶为骨，正直精详为意，富赡宏肆为辞，简古倔强为体。若局生涩、琐弱，是病。若诗则新奇绝妙，逸越含蓄，险怪俊迈，豪壮富贵，雄深古雅，上也；精隽遒紧，爽豁清峭，飘逸劲直，宏赡和裕，炳焕激切，平淡高邈，优闲夷旷，清玩巧丽，次之；生拙野疏，蹇涩寒枯，浅俗芜杂，衰弱淫靡，病

也。夫评诗者，先以气骨意格，次以辞语声律。

崔滋评诗以“气骨”、“意格”、“辞语”、“声律”为标准，以为好诗应该是“新奇绝妙，逸越含蓄，险怪俊迈，豪壮富贵，雄浑古雅”的；其次等者也应该是“精隽遒紧，爽豁清峭，飘逸劲直，宏赡和裕，炳焕激切，平淡平邈，优闲夷旷，清玩巧丽”的诗作；至于那些“生拙野疏，蹇涩寒枯，浅俗芜杂，衰弱淫靡”之作，自然属于病诗之列，应该加以指斥。这种诗学观念和审美情趣，渊源于儒家诗论重“意”、主“气”之说，同时也是古代朝鲜汉诗创作的经验总结与理论升华。

基于古代朝鲜诗评家这种“儒化”的诗学观和审美观，朝韩诗话特别推尊杜甫。徐居正《东人诗话》视杜甫为“诗圣”，李睟光《芝峰类说》推崇杜甫“诗史”的崇高地位，李植《学诗准的》则以杜诗为学诗之“准的”。杜诗独步于朝鲜千古诗谈坛，“天下几人家杜甫，家家尸祝最东方”（申纬），“诗史”、“诗圣”、“诗神”、“诗宗”、“诗经”、“诗典”、“诗博”之喻，风靡于古代朝鲜诗坛文苑[6]。在中国，杜甫“诗圣”的形象，经过历代诗话家的精心雕塑，带着诗国至圣的神圣光环，而卓然屹立于诗歌王国的群峰之巅。因而推崇杜甫及其“诗史”，恰好说明儒家文化对古代朝韩诗话创作的影响之深。

（2）欧化

中国诗话，以其诗学宗尚和论诗体制而言，有“欧派”与“钟派”两大系列之分：欧派，以欧阳修为宗，本于欧阳修《六一诗话》，以“论诗及事”为主；钟派，以钟嵘为尚，本于钟嵘《诗品》，以“论诗及辞”为主。由于特定的社会环境和文化背景的制约，日本诗话论诗具有“钟化”倾向，“论诗及辞”，侧重于诗率的阐述，属于“钟派”诗话之列；而朝韩诗话，大多属于“欧派”诗话之列，论诗体制具有“欧化”倾向，以欧阳修《六一诗话》为宗，以“闲谈”“记事”为创作旨归，风格轻松、活泼，体制自由、松散，语言平易、浅近，很少单独发议论；很少大段地阐述个人的诗论见解，多半论诗条目是寓诗论之见于“闲谈”“记事”之中。

古代朝韩诗话的论诗传统，直接源于高丽时期论诗之作，其代表是李仁老的《破闲集》和崔滋的《补闲集》。

李仁老《破闲集》，被奉为“朝韩诗话之祖”。是书现行本凡三卷，八十则

6　李丙畴《韩国文学上的杜诗研究》，汉城二友出版社 1979 年版；李立信《杜诗流传韩国考》，台湾文史哲出版社 1991 年版。

诗话，述及三国、新罗、高丽朝诗人诗作，间或言及中国的杜甫、苏轼、黄庭坚等人。以论诗及事为主，或因诗存人，或因人存诗，内容纯系作家作品类。

崔滋《补闲集》，是高丽朝最富有影响的诗话之作。是书原名《续破闲集》，以续李仁老《破闲集》之编，如同司马光《续诗话》之续欧阳修《诗话》者。其自序曰："李学士仁老略集成编，命日《破闲》。晋阳公以其书未广，命予续补，强拾废忘之余。"后改名为《补闲集》，凡 145 则诗话，厘为三卷。此书亦承"闲谈""记事"体例，论诗而及事，但论诗内容与《破闲集》不同，论诗极推李奎报，称李奎老诗文"日月不足誉"，堪为"天才俊迈者也"。又称颂杜甫诗圣，认为"言诗不及杜，如言儒不及夫子"。一已一见，一得之见，如吉光片羽，略见于"诗事"之中矣。

诗话的价值，在于诗歌的评论性与文化义蕴。即使如欧派诗话，虽以"以资闲谈"为宗，以"记事"为主，重在诗歌本事之记述，用事造语之考释和寻章摘句之欣赏，但其中闪光的东西，却是寓于诗事之中的诗歌评论，是其中含蕴着的民族文化内涵。朝韩诗话亦然，特别是李朝诗话，比较注重于"记事"之中开展诗歌评论，褒贬抑扬，比较优劣，批评的针对性加强了，文化的内涵更丰富了。诸如许筠的《惺叟诗话》、梁庆遇的《霁湖诗话》、南龙翼的《壶谷诗话》、洪万宗的《小华诗评》、李植的《学诗准的》、朴趾原的《杨梅诗话》、朴永辅的《绿帆诗话》等，皆偏重于朝中诗人诗作的评论与诗本事的记述。当然，这种评论与诗事，都是就诗论诗，就诗话诗，采用的仍然是欧派诗话作家作品论中的那种评点方式，没有钟派诗话中大段的批评和逻辑性的说理，一般是三言两语，点到即止，不作任何引申、生发，只作微观考察，而不注重宏观的把握，因而论诗的视野不够开阔，覆盖面不广。以《韩国历代诗话类编》为例，编者根据三十三部朝韩诗话统计，全书共计收录 3270 则论诗条目，其中"作家类"为 1406 则（占 43%），"品评类" 882 则（占 27%），"辩正"类 393 则（占 12%），而"诗论""历代诗评论"两项仅 102 则（占 3%）。由此可见，朝韩诗话论诗的重心，全在于作家作品评述方面，与欧阳修派诗话一脉相承，诗论成分比较淡薄，诗话的诗学理论价值不很高，而它本身所富有的文化义蕴，是不容忽略的。

（3）"稗说体"化

《汉书 · 艺文志》论及"小说"时说："小说者流，盖出于稗官。"所谓"稗官"，颜师古注云："稗官，小官。"又引如淳之语曰："细米为稗。街谈巷说，其细碎之言也。王者欲知闾巷风俗，故立稗官，使称说之。”朝鲜高丽时代，曾出现一种以记录诗句、琐事、传闻、故事为内容的随笔、杂录，因其篇幅短小而内容琐屑、驳杂，故史称之为“稗说体”。与中国早期所谓“小说者流”类似，实则稗官野史而已。

朝鲜初期诗话之作，一无“诗话”之名，二是围绕诗句而述事评诗，内容多涉于传闻逸事，有如稗官野史，故被文学史家称之为“稗说体”。高丽末期的几部诗话，如李奎报的诗话干脆就名为《白云小说》，李齐贤的诗话也直称为《栎翁稗说》。一为“小说”，一为“稗说”，其诗话创作宗旨与基本内容，也就可想而知之何其琐屑驳杂了。

受朝韩诗话之祖《破闲集》影响，李朝诗话中的“稗说体”论诗之作，亦屡见不鲜。如鱼叔权的《稗官杂记》六卷，曹伸的《谀闻琐录》三卷，金安老的《龙泉谈寂记》二卷，权应仁的《松溪漫录》二卷，沈守庆的《遣闲杂录》（不分卷），车天辂的《五山说林》三卷，尹国馨的《闻韶漫录》二卷，李睟光的《芝峰类说》五卷，任璟的《玄湖琐谈》一卷，金昌协的《晨岩杂识》四卷，南鹤鸣的《晦隐琐录》一卷，朴亮汉的《栎翁闻录》一卷，丁若镛的《箨翁闲谈》等等，举不胜举。这些诗话之作，从书名到内容和写作方法，都表现出朝韩诗话之“稗说体”化的个性特点，即“杂”、“琐”、“闲”、“漫”。这与欧阳修《六一诗话》“以资闲谈”的创作宗旨，显然是一相承的。但“稗说体”诗话的这个艺术风格与中国诗话、日本诗话，则迥然不同。

朝韩诗话之注重于诗人诗句、诗坛轶事、故实传闻的掇拾，而不重在诗论，不像中国初期诗话，即使是“闲谈”“记事”，作者所关心的仍然是诗论，是文化精神，是一已之见，一得之见。因此，诗话的重心才从诗的故事转到诗论，从说部转为诗评，从诗本事而转向诗学、文艺论与美学论，诗话之体才有以“论事”为主向以“论辞”为主转变的契机，才有由欧派诗话向钟派诗话升值的更张力。单纯的“论诗及事”，无异于“本事诗”。朝韩诗话与中国诗话、日本诗话的这种明显的差异性，也许与朝韩诗话的“稗说体”化有密切关系。

（4）朝韩诗话的近代诗学演变

时至近代，朝韩诗话与中国诗话一样，受到西方诗学之影响，而逐渐有漫谈随笔体式向体系完备的诗学发展演变，出现了一种西化的诗学倾向。比较典型的几部著作如下：

佚名的《东洋诗学源流》，首次以“诗学”命名。据《韩国诗话丛编》辑录者说，是书为大学教材用书，系油印本。全书按章节编辑，第一章首录宁斋李建昌的《答友人论作文书》，第二节为“诗体论”，第三节为“诗法论”；第二章为“古诗”，第一节“乐府及古诗体式论”，收录中国历代乐府与古诗为例证；第三章为“律诗”，第一节论“声律与律体之渊源”，第二节论“句法”。章节并不齐全，所论全系中国古诗与近体诗，所例亦为中国诗人诗作，而冠之以“东洋诗学”之名，是为移花接木者也。“东方诗学”之名，早见于姜希孟的《东人诗话序》，但《东洋诗学源流》一书之注重于诗歌创作理论，而又标举其“东洋诗学”者，于朝鲜与韩国诗话却是一种现代意义上的超越。

韩国也有品则类诗论著作，如郑容洛有《四家品序》《品则抄》和《印品》。这种著述多秉承旧题司空图《二十四诗品》，于是郑容洛辑录司空图《诗品二十四则》、郭麐《词品》二十则、许乃谷《画品》二十四则，郑容洛《书品》十二则，而为“四家品”。又有杨伯夔《词品》十二则，柳缵基《律品》二十四则，程庭伯《印品》十二则。如此品则类著述，以诗论诗，以诗论词，以诗论画，以诗论书法，以诗论酒律，以诗论篆刻，较之于朝韩诗话中的“稗说体”者，无疑向诗学跨进了一大步。

韩国成均馆大学、延世大学教授李家源于 1972 年撰著的《玉溜山庄诗话》，不分卷，凡二十多万字，是现代韩国诗话的煌煌巨著。而其论诗体制已经超越了历代诗话的论诗条目式，前有自序，后采用近现代体系完整的理论著作体式，结构严谨，逻辑严密，内容丰富，分为三大部分：Ⅰ绪言；Ⅱ本论（其一），Ⅲ本论（其二）；Ⅳ结语。这是韩国诗话中别具一格的论诗之作，虽然其书名仍然为“诗话”，其本论之中尚采用旧体诗话论诗条目的组合形式，但其本论其一、其二之述，已经完全摆脱了旧体诗话的论诗框架与结构模式，走进了西方哲学、诗学著述的结构形态之中。其逻辑结构与论诗体例，比前此之《东洋诗学源流》者，还要完整严密得多。这是韩国诗话的集大成之作，是对东方诗话著述固有体制的一种现代超越，是韩国诗话史的一块新的里程碑，令我刮目相看。

四、朝韩诗话的学术文化价值

朝韩诗话，是东方诗话学园圃中的一枚艳丽的奇葩，也是朝鲜古代文论、文学批评和文艺美学研究的一笔宝贵遗产。它在朝鲜汉文学史乃至东方文学批评史上具有重要的学术价值和历史地位。

首先，朝韩诗话是古代朝鲜文学研究的资料宝库。同中国诗话、日本诗话一样，朝鲜——韩国历代诗话，卷帙繁富，称引广博，纲罗散佚，文献资料十分丰富，为研究朝鲜文学史、诗歌史、诗歌理论批评史乃至社会学、民俗学、语言学、文化学等提供了丰富而翔实的史料。正如崔淑精《东人诗话后序》所说：

> 吾东方诗学，始于三国，盛于高丽，极于圣朝。其间，斧藻裁品者，若郑中丞嗣文、李大谏眉叟、金文正台铉、崔平章树德、李益斋仲思，皆有裒集之勤。

朝鲜诗学，自高句丽、百济、新罗三国以降，千年汉诗文，作家辈出，作品如林，卷帙繁富，从发生、发展到鼎盛以至衰落的全过程，朝韩诗话都有真实而生动的记录。崔滋的《补闲集》三卷则以“补”李仁老《破闲集》、“强拾废忘之余”为创作宗旨。这两部诗话，论及上古时朝鲜诗人一百二十余人，朝鲜文学史上最早的一批汉文作家及其诗歌本事、诗句真伪、艺术高下以及家世爵里、仁宦交游、品格风貌、悲欢离合、流派集团等情况，都留下极其清晰的历史面貌。李钟殷、郑珉所编《韩国历代诗话类编》，以三十三部朝韩诗话进行量化分析，朝韩诗话涉于作家作品论者，多达 2681 则，占总条目的百分之八十以上。许多汉诗人及其作早已湮没无闻，正史、方志也无从考登，全靠诗话所载，赖以仅存。有的汉诗人虽然正史有传，但不及诗话所提供的材料那么具体、生动和丰富多彩。有些诗知辑录古今诗事，如许筠《惺叟诗话》、佚名《左海裒谈》《海东诸家诗话》《海东诗话》《东国诗话》、朴亮汉《梅翁闻录》、成海应《研经斋诗话》、徐湄《青丘诗话拾遗稿》等，不啻就是一部朝鲜诗史。此外，朝韩诗话也有少许专论一朝一代的断代诗话，如黄玹《读国朝诸家诗》，所论只限李氏朝鲜，故曰“国朝”也有专论某一地域的地方诗话，如金渐《西京诗话》三卷，《补录》一卷。西京，即今之平壤。古云箕子入朝定都于此，高句丽亦在此定都，后人于此咏之不绝，故辑之而为《西京诗话》，有如一部地方诗史。这是朝韩诗话通于方志的特殊一例。朝韩诗话所涉及的大量史料，无疑都有裨于朝鲜——韩国文学史之研究。

其次，朝韩诗话是古代文学理论、文学批评和诗歌美学的宝贵财富。诗话，是中国古代文学理论批评专门化的产物。朝韩诗话，也是历代汉诗批评的一种专著形式，在朝鲜——韩国文学理论批评史上占有重要的历史地位。

其理论批评和诗歌美学价值和意义，主要表现在作家论、创作论、唐宋诗论、诗话论等方面，值得我们深入发掘和借鉴。

朝鲜千年汉诗，俊才云蒸，仅《韩国历代诗话类编》统计，凡三十三部诗话所论及的朝鲜历代诗人，则有442名，加韩国作家合论中的433名，合计785名。这数以百计的汉诗人，朝韩诗话曾以满腔热情加以赞扬，表现朝韩诗话创作中那种可贵的民族意识。申纬《晴窗软谈》说：

> 我朝作者，代有其人，不啻数百家。以近代人言，途有三焉：和平淡雅，成一家之言者，容斋李荇、骆峰申光汉，而申较清，李较圆；大家则徐四佳居正，当为第一，而佔毕斋金宗直、虚白成伣次之。如讷斋朴详、湖阴郑士龙、苏斋卢守慎、芝川黄廷彧，简易崔岦，以险瑰奇健为之能，涉于得正觉者犹不多。思庵朴公淳，近来稍至唐派，为诗甚清邵。

所谓"三途"者，则和平淡雅为上，险瑰奇健次之，涉唐派者别之也。南龙翼《壶谷诗话》以极简洁的语言，高度概括出近八十名朝鲜历代诗人的艺术风格和审美特征。而任璟《玄湖琐谈》则记载李朝诗人金锡胄论诗之语云：

> 息庵金相公锡胄尝取东方诗人，自罗、丽至我朝，各有品题。其评曰："文昌侯崔致远，千仞绝壁，万里洪涛；乐浪侯金富轼，虎啸阴谷，龙藏暗壑；知制诰郑知常，百宝流苏，千丝铁网；双明斋李仁老，云屏洗雨，水镜涵天；白云居士李奎报，金鳷劈天，神龙舞海；知公州陈澕，花开瑞雪，彩绚祥云；益斋李齐贤，烟雨吐吞，虹霓变幻；牧隐李穑，居注天潢，倒连沧海；圃隐郑梦周，跃鳞清流，飞翼天衢；陶隐李崇仁。千乘雷动，万骑云屯。"又曰："四佳徐居正，峨嵋积雪，阆风蒸霞；真逸斋成伣，鹤飞青田，凤巢丹穴；佔毕斋金宗直，明月拔云，芙蓉出水；梅月堂金时习，银树霜披，珠台月泻；忘轩李胄，瑞芝祥兰，和风甘雨；挹翠轩朴訚，金汤古险，山海雄关；容斋李荇；夜游金谷，春宴玉楼；讷斋朴祥，炉峰转雾，石濑鸣湍；湖阴郑士龙，飞湍走壁，晴雷喷阁；企斋申光汉，鱼游明镜，花妆层崖。"又曰："思庵朴淳，画拱栖烟，文轩架壑；石川林亿龄，山城骤雨，风枝鸣蝉；锦湖林亨秀。幽壑清湍，断崖层台；苏斋卢守慎，悬崖峭壁，老木苍藤；霁峰高敬命，吟风吹露，跻汉腾霞；芝川黄廷彧，快鹘搏风，健儿射雕；简易崔岦，

> 快阁跨汉，老木向春；孤竹崔庆昌，金阙晓钟，玉阶仙仗；玉峰白光勋，寒蝉乍鸣，疏林早秋；荪谷李达，秋水芙蓉，倚风自笑。”又曰：“月沙李廷龟，云卷苍梧，月挂扶桑；芝峰李晬光，积李缟夜，崇桃绚昼；体素斋李春英，林梢霜月，峡口秋云；石洲权韠，奇峰云兴，断壑霞蔚；东岳李安纳，露阁横波，虹桥卧壑；五山车天辂，快鹏横海，众马腾空；九畹李春元，青骢白马，玉勒珠珰；竹阴赵希逸，络云笼月，疏星浥露；泽堂李植，百尺峭崖，十围枯松；东溟郑斗卿，长风扇海，洪涛接天。”象村文章，与芝峰伯仲间，而独漏于此，岂息庵以其外先祖，故不敢评品而然与欤？就其诗家大小体格，各有引譬，而无不的当，故用录于编尾。(《玄湖琐谈》)

这样的作家之论，言简意赅，披沙简金，语言爽隽，清新流丽，与宋人敖陶孙《敖器之诗话》之论二十八名魏晋六朝、唐宋诗人和明代王世贞《艺苑卮言》之论一百多名明代诗人的艺术风格，如出一辙，充分显示出朝韩诗话家的笔力之健！

同中国诗话一样，朝韩诗话的作者大多是汉诗人，具有丰富的诗歌创作经验，因此在诗话创作中特别强调“诗以意为主”而意“以气为主”(《白云小说》)。一部徐居正《东人诗话》，论及“气象”者多至十数处。所谓“气象”，一指景象，二指风格、气势，三指诗歌内在精神风貌、气质禀赋。徐居正强调的是后一种，他甚至说：“诗当先气节，而后文藻。”追求的先是“气节”，而后才是诗歌的形式美。

然而，朝鲜人面对着的却是格律严密的汉诗。汉诗创作，最紧要的是“以穆耳协心为音律之准”(《姜斋诗话》)，强调体格之严和声律之美。因而同日本诗话一样，朝韩诗话特别注重于诗格、诗法和声韵。李济臣《清江诗话》重在对偶之法及气象之崇高；张维《溪谷漫笔》论诗专主声韵之学；他如申景濬《平仄韵互举》《订正日本韵》《东音解》、李学逵《声韵说》一卷、西溟散人《韵学本源》等，与唐人诗格、诗式、诗例和元、明诗权与之类诗学入门书，一脉相承。其中亦有所发明者，如尹春年《诗法源流体意声三字注解》一卷，以《诗法源流》为据，释其“体”“意”“声”三字，重在诗之声律。申景濬《旅庵诗则》一卷，论诗以“体”、“意”、“声”三者为大纲，“体”有五言、七言、辞、歌、行、歌行、操、引、怨、叹、吟、曲、谣、咏、篇、律诗、绝句；"意"有主意、运意；"声"有宫、商、角、徵、羽、等，述说甚详，于普及诗歌格律，促进汉诗创作之格律化，无疑有裨益的。

中国文学史上历久不衰的"唐宋诗之争"，像一根感应神经似的牵动着古代朝鲜诗坦。诗分唐宋，主要在于时代风貌和审美情趣之差异性所致。在中国诗话史上，严羽《沧浪诗话》倡言"以盛唐为法"，为期长达六七百年之久的"唐宋诗之争"，究其实质乃是诗歌美学的论争。围绕唐宋诗的评价问题，朝韩诗话大致可以分为三大派别：

一是"宗唐"，代表作有许筠《鹤山樵谈》《惺叟诗话》、尹根寿《月汀漫笔》、李睟光《芝峰类说》、梁庆遇《霁湖诗话》、柳梦寅《於于野谈》、李植《学诗准的》、金得臣《终南丛志》、任璟《玄湖琐淡》、丁若镛《籜翁漫录》等；

二是"宗宋"，代表作有权应仁《松溪漫录》、李塈《艮翁疣墨》等；

三是"唐宋并宗"，代表作有申钦《晴窗软淡》三卷。申钦之时，朝韩诗话尊唐黜宋之风甚烈，而申氏于唐宋诗平分论之，曰：

> 唐诗如南宗，一顿即本来面目；宋诗如北宗，由渐而进，尚持声闻辟支尔。此唐宋之别也。

中国禅宗之南宗与北宗，宗派各异，参禅方法各异，却无优劣高下之分。他批评分唐界宋之说，认为"世之言唐者斥宋，沿宋者亦不必尊唐，兹皆偏已。唐之盛也，岂无俚谱？宋之衰也，岂无雅音？此正钩金与薪之类也"。持论公允，品评严正，在朝韩诗话中并不多见。

如同日本诗话一样，朝韩诗话关于唐宋诗的论述，其价值正在于促进了中国诗史和诗歌美学史的"唐宋论"之辨，加深了人们对于唐诗与宋诗各自不同的审美特质之理解。

何谓"诗话"？朝韩诗话作者一般认为是"诗之随笔"。由于朝韩诗话偏于"记事"，因而以为"诗话"即"野史"，"谐谈禅说，无不备具"（《西浦漫笔序》）。这是从诗话之体制与内容来说的，与中国人所论相比，并无甚发明。惟南羲采之《龟磵诗话·自序》云：

> 大凡人必以所业者话：业于酒者，弹冠杏炉，相逢以酒话；业于农者，索绹松灯，相对以农话；业于剑技者，猎缨屠门，相与轩眉以剑话。莫不以己所业者，各话其话。业于诗者亦然，水楼朋罇、山寺僧榻、景物晴妍、更鼓迟迟、相与挥麈、尾碎壶口，肩于眉睫、动于口吻、霏霏如玉屑者，无一话非诗也。

南氏从“行业”之话角度来解释，认为“诗话”就是“业于诗者”之话，即“诗人之话”，自然突出了“诗话”创作之主体。虽是平凡之说，但亦为前人所未发。今人赵钟业在《中韩日诗话比较研究》中说：“吾以为诗话之名，乃诸般诗之评论，即诗谈、诗议、诗评、诗论、诗话、诗话，乃至诗句、诗训、诗法、诗则、诗范、诗规、诗史，其他诗格、诗解、句图等之总名也。”是为一家之说。

再次，朝韩诗话还是中朝、中韩两国文化交流的历史见证。从朝韩诗话的产生、发展演变的历史轨迹，到论诗的语言文字、主旨内容、风格特征，足以说明朝韩诗话是中朝韩三国文化交流的产物。可以说，一部朝韩诗话史，就是中朝韩各国人民在政治、经济、外交、文化诸方面长期友好交往的历史。数以百计的朝韩诗话，不仅广泛地论及中国历代诗人及其诗歌，而且中国历史上改朝换代的政治风云，两国使者的友好往来、唱和应答，历代诗苑文坦的诗风文风之变，许筠《鹤山樵谈》之论明代七子诗文之风，基本上符合中国诗的实际情况。朝韩诗话作家从域外角度来论述中国诗歌，角度不同，理解各异，但他们探索中国诗歌奥秘的精神是可贵的，从中亦可见中国诗文创作之风和诗论之见对朝鲜汉诗和诗话创作的影响之深。魏晋之际正始年间，阮籍、嵇康、山涛、向秀、阮咸、王戒、刘伶七人，相与友善，以诗酒自娱，游于竹林，号称“竹林七贤”。朝鲜高丽朝中期，李仁老、吴世材、林椿、皇甫抗、咸淳、李淇之、赵通等七人仿效而为“竹林高会”，时人名之为“海左七贤”。例如李奎报《白云小说》所说：

先辈有以文名世者七人，自以为一时豪俊，遂相与为“七贤”，盖慕晋之“七贤”诗也。每相会，饮酒赋诗，旁若无人。

徐居正《东人诗话》卷上所载，内容与李奎报《白云小说》差不多。从中国西晋“竹林七贤”到朝鲜高丽时代的“海左七贤”，足以说明朝鲜高丽时代“竹林文学”之涌起，也正是中朝、中韩两国文化交流的结果，而朝韩诗话则正是这种广泛文化交流的历史见证。

第四，韩国诗话中保存了一批中国早已失传的诗话文献资料，可补中国诗话之阙如，尤为珍贵。例如《韩国诗话丛编》第 17 册中所收录的中国诗话资料，就有宋代佚名编辑的《唐宋分门名贤诗话》与明代吴默、王槚辑录的《诗法要标》抄本。

《唐宋分门名贤诗话》，佚名编辑，二十卷。这是中国第一部诗话类编。

宋人严有翼《艺苑雌黄》、黄朝英《湘素杂记》、张镃《仕学规范》以及《古今类总诗话》皆称引为《名贤诗话》，而《集诸家老杜诗评》《事实类苑》《遂初堂书目》等皆称引为《唐宋诗话》。郭绍虞先生《宋诗话考》则以之为《唐宋名贤诗话》与《分门诗话》二书；其《宋诗话辑佚》仅仅辑得《唐宋名贤诗话》者 5 则。是书久佚，南宋以降都未能窥其真谛。韩人赵钟业先生偶得五百年以前（公元 1491 年）之明代海外木刻残本于书肆者，并影印于其编辑的《韩国诗话丛编》之中。以为此书成于北宋熙宁六年（1073）至熙宁末年（1075）之前，后佚，流于海外，至明代弘治辛亥（1491）之秋刊于世。现存木刻残本，有目录，为二十卷，凡三十四门，现存九卷。目录右上与目终均题作《唐宋分门名贤诗话》字样，正文每卷之首亦标记此名，惟其刻书者跋首题作《唐宋诗话》。其目录如下：

第一卷　品藻	第十一卷　题咏
第二卷　鉴戒　讥讽	第十二卷　离别　幽思
第三卷　嘲谑	第十三卷　伤悼　图画
第四卷　纪赠	第十四卷　谶兆
第五卷　知遇　不遇	第十五卷　诗卜　纪梦
第六卷　激赏　聪悟	第十六卷　神仙　道释
第七卷　豪俊　轻狂	第十七卷　伶伦　鬼魅　正讹
第八卷　迁谪　闲适	第十八卷　笺释
第九卷　登临　隐逸	第十九卷　杂记
第十卷　咏古　感兴	第二十卷　乐府　四六

《宋史·艺文志》文史类著录《唐宋名贤诗话》二十卷，但未著其姓名。此本《唐宋分门名贤诗话目录》为二十卷，正与史载相合。此残本保存完好者，是其卷一至卷九。由其跋文可知，是书系明季朝鲜尚州牧使姜用烋（1450-1505）于弘治四年（1491）付梓刊印者，时已非完帙。是书残本之影印问世，纠正了中国诗话史研究中的传讹。一般学者以阮阅《诗话总龟》首创诗话辑录分门别类之法，而事实证明，《唐宋分门名贤诗话》二十卷者，才是北宋熙宁年间出现的中国第一部诗话汇编，是宋代诗话分门别类汇集笔记说部论诗之语而为诗话之嚆失。

明代吴默、王槚辑录的《诗法要标》，三卷，抄本，卷首署名为“无障吴默、二曲王槚选集”与“兰隅朱之蕃评、山人程逵校”。前有朱之蕃序，后有新都人程逵跋。是书全为辑录前人论诗法之语，加之朱之蕃评语。是书因朱之蕃于明代万历乙巳（1605 年）出使朝鲜，而以手抄本形式携带出国，故国内未能流传。从韩人赵钟业《韩国诗话丛编》所收影印本而言，无多发明者，且引录之文皆未注明出处，如同己说一样。其中卷一选集《诗学正源》《诗学正义》等 36 则；卷二选录"荣遇诗法"、"咏物诗法"等 8 则；卷三选录"诗法十科""诗法二十四品"、"诗法一指"等 10 则。总共 54 则论诗条目，每一则后选录相关诗歌而解说佐证之，如同一部诗歌选集，又如古今诗格、诗式、诗法、诗品、诗例之集大成者。

总体而言，朝韩诗话，日本诗话与中国诗话，其论诗体例、结构形态和论诗宗旨，都大致相同；其概念、范畴、范畴群、话语体系，也都打上中国传统文化的烙印，表现了独具特色的东方民族文化性格和审美心态。这样，在中国、朝鲜、韩国、日本，加上东南亚地区，便在世界的东方出现了一个跨越历史时空的巨大的诗话圈。而今，对这个历史悠久的诗话圈之形成进行系统的研究，建立具有中国特色的、有别于西方诗学的"东方诗话学"，也许有助于解开人类东方文化之谜。

第十章　中国诗话与日本诗话

一、大和民族

日本，别名大和。究其根源，大和只是古代日本的一个地名。公元 3 世纪，日本人在大和（今奈良）建立了一个地方古国，始有“大和国”之称。至公元 4 世纪前叶，继续沿用“大和”之名，日本中央政权统称为“大和朝廷”。直到公元 645 年实行“大化改新”，日本历史上的“大和”时代才宣告结束。从此，“和”与“大和”也就成为日本民族的一个代名词，有所谓“和族”“大和民族”之称，而称其独具特色的民族服饰为“和服”。

其实，大和民族、日本文化，与中华民族及其中华文化，有着难分难解的亲缘关系。

其一，以其渊源所自，“大和”乃是大中华文化的产物。“大和”一词，原出《周易·乾·象辞》：“乾道变化，各正性命，保合大和，乃利贞。”大和，一作“太和”，即高度和谐。其意思是说“乾”卦变化万端，能使宇宙万物各自端正其自然属性和寿命，从而保持高度的和谐统一，有利于天下万国的太平安宁。

其二，根据史学界考证，大和民族的民族之根在亚洲大陆，大和民族的血脉之源，北来自于西北利亚的旧暇夷族，南来源于中国大陆的汉族。以其中国汉民族血缘而言，据历史记载大致有三：一是泰伯后裔说。泰伯，即吴太伯。日本人的生活习性与生活方式，与中国吴越之习相似，故史以吴太伯为之乃祖。《晋书》卷九十七《列传》六十七《倭人传》云：倭人“男子无大小，悉鲸面文身，自谓泰伯之后”。二是徐福东渡说。徐福，一作“徐市”，字君房，秦时山东人。《史记》卷六《秦始皇本纪》记载，徐福入海求仙未归。徐福归于何方？日本江户时代巨儒林罗山云："徐福之来日本，在焚书坑儒之前六、七年矣。"（《罗山文集》卷一）又长井定宗《通纪》云："时始皇好仙术，于是使方士徐福将童男女千人入海，求神仙不死之药。徐福来朝，不得其药，遂畏诛不敢还，居于熊野，卒，子孙皆曰'秦氏'。"此为私人著述，似不足信，而《日本国志》卷一亦有同样记载，称"今纪伊国有徐福祠，熊野山有徐福墓，其明证也"。日本考古学家卫挺生《日本神武开国考》更以《徐福入日本建国考》为副标题，详述徐福至日本建国之事，断言日本"神武天皇"乃是徐福其人。三是弓月君渡日说。据台湾李则芬《中日关系史》，称秦始皇后裔功满王于日本仲哀天皇时（约四世纪中叶）归化日本，其子弓月君率部族臣民东渡，于新罗被阻，日本出兵击败新罗，遂使其渡日。弓月君有四子，分别封为真德王、普洞王、云师王、武良王，各处诸郡，以蚕桑织绢为贡。以上三说，无论何种说法，中日史学界都认定大和民族的血缘亲属关系在古代中国大陆。

其三，大和民族的文化渊源也在中国大陆，是中国的儒家文化。日本初无文字，西部九州，因处于中朝交通之故，有人略识汉字。中国儒家文化东传日本，中外学界都认为是以百济为跳板，以百济华裔学者王仁渡日为契机而肇始。本来，徐福东渡，就将中国先秦时代的典章制度传播并应用于日本，《日本国志》卷一称"日本传国重器三：曰剑、曰镜、曰玺，皆秦制也；君曰尊，臣曰命、曰大夫、曰将军，又周、秦语也"。中国宗法文化成为日本的立国之本。之后，又有百济儒学家辰孙王、阿直岐等游学日本。中国晋武帝太康六年（285），王仁应阿直岐的邀请，携带儒家经典《论语》十卷、《千字文》一卷赴日本讲学，被尊为太子太师，以《论语》《孝经》教授皇太子菟道雅郎子。以儒学为宗的汉学在日本得到了长足的发展。公元 604 年，圣德太子以儒家的"仁义礼智信"五常和"德"字命名，制订了授予官僚贵族的"冠位十二阶"，次年又根据儒家思想颁发《十七条宪法》纲要，强调群卿百僚"以和为贵"、"以礼为本"，提倡"信是义本，每事有信"，指出"无忠于君，无仁于民，是大乱之本"。阿直岐、王仁、辰孙王三位大儒，被尊为"国初三儒"；儒学在日本成为治国的法宝。

日本文化，以儒学东渐为契机，从此进入中国古代儒家文化圈内。盛极一时的日本汉诗与日本诗话，就诞生在中日文化交流的学术文化氛围之中，它既是古代日本汉诗繁荣发展的产物，又是日本人善于吸收中国诗话这一独特的论诗之体，经过移植、模仿而逐渐使之日本化的结果。

二、日本诗话渊源论

日本诗话，历史悠久，源远流长。一般研究者认为，日本诗话肇始于中古之平安时代（794-1192），即以日僧空海之《文镜秘府论》为其端绪。[1]其实，这种流行于日本学术界的说法，与中国关于“诗话昉于三代”之说一样缥渺。当今日本著名诗话研究专家船津富彦在《中国诗话の研究》一书中指出：“在日本，被称之为‘诗话’的那一系列著作，如众所周知的那样，是日本人模仿中国诗话写成的作品。”在中国，自北宋欧阳修首创“诗话”之体，若依日本诗话创始于《文镜秘府论》之说，那么，日本诗话甚至在欧阳修《六一诗话》之前二百多年就诞生了。显然，这是不符合历史事实的。

日本斋藤馨《诗山堂诗话序》云：“有诗而后有诗话。故古所谓‘诗话’者，诗之自话也，非人之话诗也。”[2]中国郭绍虞《诗话丛话》亦指出：“以诗之多，于是有诗话。”[3]这就是说，诗话这种诗论之体，是诗歌繁荣发展的产物。日本诗话，是日本文学史上经久不衰的汉诗创作繁荣发展的产物。

在中国，诗话之体之所以在北宋时代崛起，原因固然很复杂，但其中一个重要的原因就是中国古典诗歌特别是一代唐诗的空前繁荣发展，诗话的生命之树植根于诗歌国度的皇天后土之中；离开了肥美的诗歌土壤，离开了中国诗文化，诗话之体就失去了赖以生存的根基。同样，日本诗话也是顺应日本汉诗的繁荣发展而产生的；没有如此发达的日本汉诗，没有盛行于日本的汉字文化，日本诗话也就没有存在之可能，聪明好学的日本人也就没有必要去引进中国诗话而使之成为日本诗歌理论批评的一种重要形式。

然而，对于日本历代诗话整理、出版和研究、现代日本人并没有表现出应有的学术热情。现代化的日本民族受西方文化之影响，已经不太尊重本民族的文化传统，也许日本人并不把日本诗话当作自己的文化传统和宝贵财富。其实，正如经久不衰的日本汉诗是日本文学的重要组成部分一样，日本诗话渊源于中国诗话，但它经历了移植、模仿、日本化三个发展演变阶段，已经

1　《日本诗话丛书》，池田四郎次郎编，国分高胤校阅，东京文会堂书店发行。日本武库川女子大学图书馆丰富健二教授复印本。

2　《日本诗话丛书》。

3　郭绍虞《照隅室杂著》。

属于日本民族化的诗学文化范畴了。

受日本诗话之影响而风靡一时的"日本俳话"，是日本文学理论批评的一种不可忽视的样式。如内藤鸣雪《鸣雪俳话》、增田龙雨《龙雨俳话》、角田竹冷《听雨窗俳话》、星野立子《玉藻俳话》、宇田零雨《草茎俳话》、岛田青峰《静夜俳话》、正刚子规《祭书屋俳话》、山口誓子《誓子俳话》等等。日本俳话是诗话日本化的产物，从名称到体制、从内容到形式、无不打上了日本诗话的恪印，充分说明日本诗话在文学批评史上的重要地位。

令人遗憾的，在诗话文献资料之整理、出版和研究方面，日本远不及中国和南朝鲜，至今仅有大正八年（1919），国分高胤校阅、池田四郎编次、东京文堂书店刊行的《日本诗话丛书》十卷，除朝鲜人徐居正《东人诗话》以外，尚收录《文镜秘府论》《济北诗话》等日本历代诗话六十四部。[4]此外，绝大多数日本诗话之作早已散失不传。研究者更是寥若晨星，1977 年日本东京八云书店出版的，东洋大学教授船津富彦先生撰著的《中国诗话の研究》一书，仅在附编中论及《日本の诗话》。此外，只有韩国赵钟业教授在《中韩日诗话比较研究》一书中对日本诗话作过较为系统的研究。中国诗话之涉于日本者不多，惟有清朝光绪年间著名学者俞樾的《东瀛诗记》二卷，自《东瀛诗选》别出，以人为目，记述了 150 名日本汉诗诗人的生平事迹与汉诗创作得失。今影印于台北广文书局《古今诗话丛编》。而中国学者对日本诗话的研究，除拙著《诗话学》之外，蔡镇楚撰有**《千年诗话 功罪几何》**，是第一次对日本古贺煜《侗庵非诗话》的评论与文化阐释，比较公正地评论日本古贺侗庵所著《侗庵非诗话》一书之"非诗话"，为国际东方诗话学会 2003 年第四次（上海）国际学术大会而作，正式附录于国家图书馆出版社 2006 年出版的蔡镇楚编《域外诗话珍本丛书》第 20 册之卷尾。

其他研究者至今仅有弟子谭雯的博士论文《日本诗话及其对中国诗话的继承与发展》，后改名为**《日本诗话的中国情结》**，凡八章，中国社会科学出版社 2008 年本，一册，乃作者根据博士论文修改增补而成，系中国首部关于日本诗话研究的学术专著，具有开创意义和文献价值，前有蒋凡、蔡镇楚序，后附《日本诗话书目提要》。其次，祁晓明撰著**《江户时期的日本诗话》**，中国社会科学出版社 2009 年本，简装一册，系作者于日本大阪大学攻读博士学位之学位论文，分为序章、上下两篇，共九章，上篇分论江户时期日本诗话创

4 参见《日本诗话丛书》。

作背景、发展概况、主要内容、基本特征及其外域影响，下篇论述其所表述的诗歌理论，以诗歌本质论、创作论、批评论、鉴赏论出之。前有深泽一幸之序，后有作者后记。濒于消亡的日本诗话，亟待有识之士起而救之，给它抹去历史的尘垢，使之重现理性的光彩。此外，湖南师大张红有《江户前期理学诗学研究》，系国家社科基金项目《日本杜诗学研究》的阶段性成果，论述江户前期的理学与诗学，凡十一章，岳麓书社 2019 年精装本。

三、日本诗话史论

纵观日本诗话发展演变的历史进程，我以为可以把日本诗话的历史，分为以下几个历史发展时期：

第一，诞生期：五山文学时代。从现有文献资料来看，在日本文学史上，最早以“诗话”名书的是释师练的《济北诗话》。师练（1278-1346），本姓藤原，号虎关，京都人。幼人禅门，年二十七，则拜谒元僧宁一山于建长寺，修儒释之学。归京后，曾任东福寺、南禅寺、楞伽寺住持，是五山文学先驱之一。著有《元亨释书》三十卷，《济北集》二十卷等。其《济北诗话》一卷，以作于京都白川之济北庵而得名，收入《济北集》卷十一，是书又名为《虎关诗话》，以汉文记之，由内容互不相关的论诗条目连缀而成，凡二十九则，评论李白、杜甫、王维、韦应物以至宋人林逋、王安石、杨万里、刘克壮之诗。船津富彦先生根据《六一诗话》之《百川学海》本和近藤元粹《萤雪轩丛书》本为二十九则诗话之事实，认为师练《济北诗话》之体例可能是从模仿诗话之鼻祖《六一居士诗话》而来的。[5]由此可见，日本诗话一诞生，就与中国古典诗歌和中国诗话结下了不解之缘。日本诗话以《济北诗话》为嚆矢，距中国第一部以“诗话”命名的《六一诗话》晚出二百七十余年，而比朝鲜第一部以“诗话”命名的《东人诗话》却早出一百多年。

第二，发展期：德川时代。庆长八年（1603），德川家康（1542-1616）担任“征夷大将军”，在江户（今东京）建立德川幕府，推行封建幕府制度。《济北诗话》之后，由于社会、政治、经济、文化诸方面的原因，三百年间的日本诗话竟无嗣音承响。至德川时代之初，方有林悫之《史馆茗话》出现，然后逐渐发展，一则日本诗话创作已蔚然成风，许多大诗人、著名文学批评家缘笔而为诗话，运用诗话这种形式评论作家作品，展开文坛论争，从而提高了“诗

5　参见拙著《诗话学》1990 年湖南教育出版社版。

话”这种文学批评样式在日本文学史上的身价和历史地位；二则日本诗话论述的对象逐渐由中国古典诗词转向日本和中国诗歌同时并举，语言形式也由单一化的汉文逐渐变为汉文和日本两种；三则诗话著作卷帙繁富，传世的佳作层出不穷，除收入《日本诗话丛书》的六十多部以外，《近世汉学者传记著述大事典》等日本文献典籍著录的未刊诗话尚有三十余部，散落的珍珠已无法数计。其中诗话代表之作如：

石川丈山《诗法正义》一卷，日文

贝原笃信《初学诗法》一卷，汉文

芥川丹丘《丹丘诗话》三卷，汉文

祇园南海《诗学逢原》二卷、《诗诀》一卷，日文

江村绶《日本诗史》五卷，汉文

山本北山《孝经楼诗话》二卷，日文

三浦梅园《诗辙》六卷，日文

皆川淇园《淇园诗话》一卷，汉文

西岛长孙《敝帚诗话》二卷，汉文

释慈周《葛原诗话》四卷、《葛原诗话后编》四卷，日文

久保善教《木石园诗话》一卷，汉文

菊田五山《五山堂诗话》十卷、《补遗》五卷，汉文

津阪东阳《夜航诗话》六卷，《夜航余话》二卷，日文

田能村竹田《竹田庄诗话》一卷，汉文

林瑜《梧窗诗话》二卷，汉文

加藤良白《柳桥诗话》二卷，汉文

大洼（wa）天民《诗圣堂诗话》一卷，汉文

友野霞舟《锦天山房诗话》四卷，汉文

古贺侗庵《侗庵非诗话》十卷，汉文

小畑诗山《诗山堂诗话》一卷，汉文

广濑淡窗《淡窗诗话》二卷，日文

东条琴台《幼学诗话》一卷，日文

以上这些都说明，日本诗话经过移植、模仿中国诗话之后，已逐渐转向本土化、民族化，由附庸之邦而蔚为大国。

第三，转换期：明治时代。1867 年，孝明天皇次子睦仁（1852-1912）登

基，次年改元明治，以“王政复古”为号召，推翻江户幕府统治，自京都迁都东京，建立天皇专制政权。这就是日本近代史上具有划时代意义的资产阶级民主改革运动，历史上称之为“明治维新”。在这场社会大变革中，随着封建幕府制度的崩溃、资本主义制度的崛起、西洋文化的输入，日本人的世界观、人生观、文学观和审美观随之而发生巨大变化。作为中国旧传统衍生出来的日本汉诗及其日本诗话，其出现新的时代转换已势在必然了。在此，明治时代的日本诗话已经失去了德川时代那种繁荣兴盛的景象，汉诗及其诗话的作者和读者也随之锐减。这个时期较有名的日本诗话之作有：

斋藤拙堂《拙堂诗话》（1867）
鹰羽云淙《我诗话》（1868）
铃木文台《喫烟诗话》（1870）
太田晴轩《白醉轩诗话》（1873）
林鹤梁《醉亭诗话》（1878）
长梅外《长梅外诗话》（1881）
籾山勉也《明治诗话》（1893）
野口宁斋《少年诗话》（1905）
河井醉茗《醉茗诗话》
中根淑《诗窗闲话》一卷（1913）
木穌岐山《五千卷堂诗话》（1918）
阪口五峰《北越诗话》（1918）
阪口五峰《越人诗话》（1923）
阪口五峰《七松居诗话》（1923）
细川十洲《梧园诗话》（1923）
释清潭《下谷小诗话》一卷（1938）
刚崎春石《近世诗人丛话》一卷（1938）
岩溪裳川《诗话》（1943）
木下彪《明治诗话》（1943）

明治年间，最值得一提的是池田胤于大正八年（1919）编辑出版的《日本诗话丛书》，于古代日本诗话的整理与研究贡献最大。据船津富彦《中国诗话の研究》附录《日本之诗话》记载，除了以上诗话之外，明治之后的日本近代诗话，至今仍余韵未绝，如三木露凤《露风诗话》，矢岛梨轩《梨轩诗话》，藤田三郎《近代诗话》，富士川英郎《西东诗话》，吉川幸次郎《人间诗话》，竹内实的《中国吃茶诗话》等，但中国诗学传统几乎丧失殆尽，从内容到形式，都比较注重日本化。

四、日本诗话的分类

日本诗话的分类，也是一个非常复杂的工程。以语言形式分类，即有汉文诗话与日文诗话两大类型。

由于汉字之东传，汉文学之发达，日本诗话之作最初都是用汉文书写的，且多以中国古典诗歌为评论对象。以后，在日本诗话发展演变过程中，随着一种“准汉文”的日本文字之勃兴，于是一类以国文（即日本文）书写的诗话之作应运而生。至江户时代，用汉文和日文书写的两类诗话并行不悖，交相辉映，呈现一派绚丽多彩的繁荣景象。以《日本诗话丛书》辑录的六十四部日本诗话为例，日文诗话三十三部、汉文诗话三十一部。其他散见的日文诗话还很多，如野口宁斋的《宁斋诗话》、山田信的《翠雨轩诗话》、坂口五峰《北越诗话》《越人诗话》、木下彪的《明治诗话》、吉川幸次郎的《人间诗话》，等。当时的日本人认为，中国诗话皆以其古典形式表现，日本人如以国文写作，或许被人视为不具备用汉文写作之能力，故当时的诗话作者全力而用汉文写作。这种写作意向反映日本人对中国传统文化的崇拜，但鄙视日本国文是不对的。事实上，日本国文诗话之崛起，乃是日本诗话的必然归宿，对于日本诗话之本土化、民族化，无疑起了一定的推动作用。

以内容分类，日本诗话亦可分为以评论中国诗词为主和以评论日本诗词为主两大系列。前者从内容到形式，与中国诗话相差无几，如《济北诗话》（释师练）、《诗论》（太宰纯）等；后者则模仿中国诗话体式以论述日本诗人诗歌，形式与中国诗话相同而内容有别，若以日文记之，则纯乎是本土化的日本诗话。如加藤良白的《柳桥诗话》二卷，田能村竹田的《竹田庄诗话》一卷，西岛长孙的《敝帚诗话》三卷，小畑诗山的《诗山堂诗话》一卷，等等。还有一些论诗内容杂夹着中日两国诗人诗作者，如大洼天民的《诗圣堂诗话》一卷、冢田虎的《作诗质的》一卷，等等。

从论诗主旨来分，还可以将日本诗话分为以下几个较细的门类：

（1）诗论：论诗主旨侧重于诗学理论。如原直《诗学新论》三卷之尚驳辩，山本北山《作诗志彀》之主性灵说，倡“清新”，斥拟古诗风；清田绚《艺苑谈》之论述有关学术诗文之说，反对当时轻薄之风；古贺侗庵《侗庵非诗话》之扬唐宗杜；释慈周《葛原诗话》主宋诗，而力排木下、物二社之伪唐诗；广濑淡窗《淡窗诗话》之倡“文以意为主，诗以情为主”之论，等等。

（2）诗格：这是一类诗词入门书，重在诗格、诗法、诗韵、诗体，与唐人诗格、诗式、诗例之作一相承，于普及中国古典诗词常识，繁荣日本汉诗创作和审美鉴赏，有一定意义。如石川丈山《诗法正义》一卷，梅室云洞《诗初学钞》一卷，贝原笃信的《初学诗法》一卷，林义卿《诸体诗则》二卷，源孝衡《诗学还丹》二卷，三浦梅园《诗辙》六卷，滕太冲《太冲诗规》一卷，中井竹山《诗律兆》十一卷，赤泽一《诗律》一卷，长山苌园《诗格集成》一卷，奥采崖《采崖诗则》一卷等等，在日本诗话中占有很大比重。

（3）诗史：即具有诗史性质的诗话，如江村绶《日本诗史》五卷、太宰纯《诗论》一卷、友野霞丹《锦天山房诗话》四卷，皆或详或略地论述了日本和中国历代诗歌的历史沿革和演变轨迹。

（4）诗证：此类诗话注重于诗句考证和语辞之诠释，在日本诗话中占有一定数量，如释慈周《葛原诗话》八卷，猪饲彦博《葛原诗话标记》二卷，津阪东阳《葛原诗话纠谬》二卷、《夜航余话》二卷，等。

（5）诗录：此种诗话主要收录计人诗作，或以人存诗，或以诗存人。如冈崎春石《近世诗人丛话》一卷，篇者小引云：“题《近世诗人丛话》者，明治以后关于诗人者，将述以余所见闻也。”后录自大沼枕山之下凡二十家之诗，先述诗人传略，次录其诗，间作简评。

（6）诗事：以述事为主，如中国诗话的《本事诗》之类，禀承欧阳修《六一诗话》“以资闲谈”之旨。此类诗话在日本诗话中并不多见，间有所闻者，如川路柳虹《南国诗话》（黑船记），则依其祖父川路圣谟的事迹而写成的随笔体诗话。

此外，若依时间和地域来分，日本诗话也有专论一朝一代之诗的断代诗话，如木下彪的《明治诗话》（昭和十八年刊）、藤田三郎的《近代诗话》（昭和十三年刊）等；也有专论某一地域之诗的地方性诗话，如坂口五峰的《北越诗话》（大正七年刊）等。

从以上对日本诗话的初步分类来看，较之于中国诗话，当然还很不完备、齐全，但各种诗话之体已基本初具规模，是东方诗话学的一个重要的组成部分。研究东方诗话，则不可不研究日本诗话，这是中国学者特别是诗话研究者必须清醒认识到的。

五、日本诗话的基本特征

从宏观审视高度来看日本诗话，对比中国诗话特别是朝韩诗话，它在许多方面继承了中国诗话的古典诗学传统，而又表现出与朝韩诗话不同的艺术风格和审美特征：

（1）诗格化

日本诗话有两个外来的中国诗学传统：一是唐人诗格，由空海大师根据《文赋》《文心雕龙》《诗品》和唐人诗格编纂而成的《文镜秘府论》六卷是最早影响于日本诗话的著述，被奉为日本诗话之祖；二是南宋魏庆之编辑的《诗人玉屑》二十卷，由释惠于镰仓时代正中元年（1324）在日本正式出版，这是中国宋代诗话之最早流传于日本者。鉴于这两个诗学传统的影响，日本诗话论诗则特别注重于诗歌格律、法式，而不注重于诗本事的考察。

其次，从论诗对象来看，日本诗话最初面对着的是格律严肃的汉诗。诗格，是一种无师自通的诗学入门著作。日本诗话的诗格化，是日本人学习写作“汉诗”的需要。这种汉诗创作，最重要的是讲究诗歌格律，“以穆耳协心为音律之准”（王夫之《姜斋诗话》）。因为，诗之所以为诗，在艺术形式方面就在于它具有独特的体格之言和声律之美。中国旧体诗，从永明体，一变而为沈、宋律诗，再变而为唐宋律诗，律诗是中国旧体诗的主体。日本人学诗，最初就是以中律诗为楷模的。为此，日本人特别注重唐人诗格之类诗学入门著作。在浩如烟海的日本汉诗中，绝句特别是七言绝句占绝对多数。从明治到昭和年间，在专集传世的绝句作家，多达一千四百余人。日本汉诗人和诗话家特别追求诗歌格律之美，日本诗话特别注重诗格、诗法，也是势在必然。

早在近世江户时代之初，石川丈山（1583-1672）撰《诗法正义》一卷，先列规式、意匠、结构、指摘四目，述作诗大要；次为诗源总论，列举平仄格式、题法、绝律排律格法，多引前人之说，述汉诗创作要旨，甚为说尽。而后，祇园南海（1677-1751）《诗决》一卷，论诗之结构、字法、体格，述古风近体诗之异同，实为诗学入门之属。三浦梅图（1723-1789）《诗辙》六卷，纵论诗的句法、字法、韵法、篇法等，极为精细全面，是一部系统论述诗歌格律的诗学入门书，最为日本诗苑所称赏。还有《诗学还丹》（源孝衡）、《诗律初学钞》（梅室云洞）、《丹丘诗话》（芥焕丹丘）、《斥非》（太宰纯）、《诗则》（林义卿）、《沧溟近体声律考》（泷川南谷）、《社友诗律论》（小野达）、《幼学诗话》（东条耕）、《采崖诗则》（奥采崖）等，多得不可胜数。这些诗学入门者，与唐人诗格、诗式、诗例和元、明诗学权舆之类一派相承，其中许多条目甚至直接称引唐人诗格、诗式之类书籍。

日本诗话注重诗格，其中又更加注意于声韵。论声韵之作，以卢玄淳《唐诗平仄考》三卷为最早，分论七言律诗绝句、五言律诗绝句和古诗平仄，此书与中井竹山的《诗律兆》被誉为日本声韵著作的“双璧”。然而日本诗话声韵论的巨著，当推日尾约的《诗格刊误》二卷（1850 年刊）。上卷论古诗韵法，古韵、古诗平仄，以古诗声韵为主；下卷论五言律诗的换字句法、七言律诗的换字句法、绝句的换字句法，和诸拗句、律韵、两音、对偶、用重叠字、诗语错综等，而以拗体为主。像此书这样以上二卷专论韵与声者，在中、韩、日三国诗话中都是难能可贵的。

此外，还有新井白石《白石先生诗范》一卷，服部南郭《南郭先生灯下书》一卷，贝原笃信《初学诗法》一卷，原田东岳《诗学新论》三卷，赤泽一堂《诗律》一卷，菅茶山《诗论入门》与《诗律入门》，中根香亭《诗窗闲话》一卷，榊原篁洲《诗法授幼抄》三卷，等等。这些“先师自通”的诗学入门书，重在诗体、诗格、诗法、诗眼、诗病、诗韵诸方面的知识性的介绍，论多庸虏，例尤猥杂，算不得什么杰出之作。然而，它从一诞生开始，就与宋人诗话有着不同的风格，以“论辞”为主，有助于普及中国古典诗词格律常识，对于日本汉诗创作之繁荣发展，提高人们对于古典诗词的创作水平与审美鉴赏能力，无疑是有借鉴作用的。

（2）钟化

中国诗话，以其论诗宗尚和论诗体制而言，有“欧派”与“钟派”之分：欧派，本于欧阳修《六一诗话》，以“论诗及事”为主；钟派，本于钟嵘《诗品》，以“论诗及辞”为主。由于特定的社会环境和民族文化传统的影响，从总体论诗倾向来看，朝韩诗话论诗具有“欧化”的特点，“论诗及事”者多，重在诗本事的掇拾，属于“欧派”诗话之例；而日本诗话论诗则述，属于“钟派”诗话之列；而日本诗话论诗则具有“钟化”倾向，“论诗及辞”者众，侧重于诗论、诗评的阐述，属于“钟派”诗话之类。这样，我们便可以将中国诗话与朝韩诗话、日本诗话的关系，作下列图示：

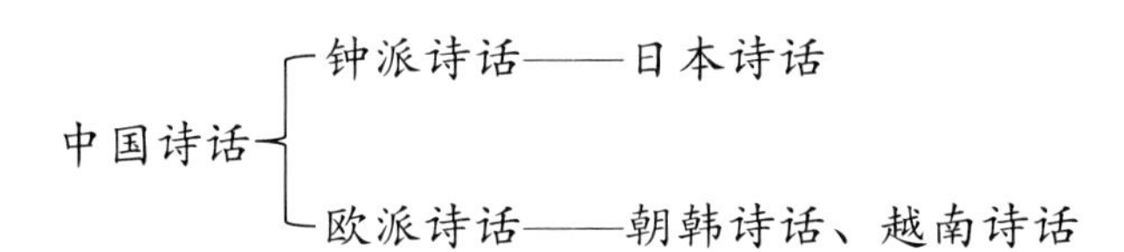

钟嵘《诗品》，是中国古代第一部专门论诗之作，也是千年诗话之祖。清人章学诚《文史通义·诗话篇》指出："《诗品》之于论诗，视《文心雕龙》之于论文，皆专门名家，协为成书之初祖也。"《诗品》之最大特点，是"第作者之甲乙而溯厥师承"（《四库总目》）。

钟嵘《诗品》之东传久矣。早在日本宽平三年（890），藤原佐世编纂的《日本国见在书目》就曾于"小学家"类中著录有《诗品》三卷，"杂家"类又著录《注诗品》三卷。可见，最迟在晚唐时代，钟嵘《诗品》已东渡日本。受其影响，日本诗话论诗，重品评，尚驳辩，论高下，分优劣，具有一种难能可贵的批判精神。

日本天明年间，受明代前后七字"文必秦汉，诗必盛唐"文学复古思潮的影响，荻生徂徕（1666-1728）开创的古文辞派的拟古复古之风甚嚣尘上之时，天明三年（1783），山本北山（1753-1812）撰《作诗志彀》，以清除蘐园拟古复古之风为已任，尖锐地批评徂徕"不知诗道"，强调作诗言志，提倡"清新"诗论，认为"诗之清新，犹射之志彀"。自此，"海内靡然一变，革其面目。今诗宗清新，文学韩、柳，实先生倡之矣。"（《墓志铭》）。山本北山是诗风转变的关键人物。然而，《作诗志彀》，对北山关于徂徕、南郭、春台三人的批评提出驳难，并在书后载以杉友子孝的《附录》，非难山本北山使用文字之误。而北山门人、《作诗志彀》的校者雨森牛南（1755-1815）又起而应战，撰《诗讼薄鞭》以攻诘佐久间熊水《讨作诗志彀》之谬。天明六年（1786），石窗山人何忠顺又收录上述三书之争，重新加以裁断，而撰《驳诗讼薄鞭》，以维护蘐园古文辞派之诗旨及其地位。之后，又有人作《唾作诗志彀》和《词坛骨鲠》等，对《作诗志彀》亦多微辞。诚然如此，山本北山反对"拟古"，提倡"清新"，无疑是不可厚非的。在《孝经楼诗话》中，他专设《清新》一章，提出了"得唐之真，在于清新"的诗学主张，强调诗人应该创作"真诗"、"真性之诗"，反对摹拟复古、分唐界宋。在《随园诗话钞》新刊本序言中说："试以平心公判诗之世界，唐宋岂有优劣之分哉！"这些都说明山本北山敢于攻诘名家，坚持真理的勇气。

天明七年（1787），释慈周（1737-1801）"涉猎诸家语，聚共类而演绎之、疏解之”，以“考明字义”[6]，而撰著《葛原诗话》八卷，前编四卷，后编四卷，释诗语，考典故，几近千数。惟其论诗宗宋，以为“苏、陆之诗，实为少陵之阶梯也”[7]，又好用新语奇僻之字，故引来不少批评者。林瑜《梧窗诗话》说：“近人好奇字，盖六如老柄为之张本。”菊池五山《五山堂诗话》说：“诗用生字者，六如之癖也。盖渠一生读诗，如阅灯市，觅奇物，故所著诗话只算一骨董簿，殊失诗话之体也。”评之甚酷。更有甚者，津阪东阳之撰《葛原诗话纠谬》四卷，如清人冯班之《严氏纠谬》然，专为纠正《葛原诗话》之谬误而述，见其误谬者，则一一举例以反证之。其《夜航诗话》对六如之论的批评也不乏其例。猪饲敬所的《葛原诗话标记》一卷也参与批正。凡此种种，不一而足。日本诗话立门庭，好标榜，尚驳辩，攻诘不止，咄咄逼人，使整个诗坛充满一般泼辣辣的霸气，我们明显地看到明代诗坛门户派别之争在日本诗话身上所留下的印记。这种文风固然有其弊，但这种驳榷之风，是有助于学术争鸣和发展繁荣的。从文学批评的角度来看，诗话作为诗歌理论批评的一种主要形式，就必须具有批评性、针对性，具有日本诗话这种敢于论争的批判精神。

（3）诗论化

日本诗话一诞生就摆脱了宋人诗话“以资闲谈”的“记事”格局，而成为评诗论诗的严肃的著作，诗论化的倾向性及为突出。

在中国，诗化之体的发展演变轨迹，大致可以分为两大进化过程：其一曰“话”，以“记事”为主，重在诗歌评论，属于广义诗话阶段[8]。而在日本诗话中，“闲谈”“记事”之体则极为罕见。它已经跨越了中国诗话原先走过的狭义诗话阶梯，更不象朝韩诗话那样长期期停留在“闲谈”“记事”的旧格局之中。

从总体而论，进入广义诗话阶段的日本诗话，其创作重心在于“论”，而不在于“话”，从内容到形式，已经显示出诗评、诗论、诗学的风格特色了。

其一，知识性。鉴于日本汉文学特别是汉诗创作之需要，日本诗话以介绍和普及中国古典诗词格律常识为己任，于是一批从事诗体、诗律、诗格、诗法以至音韵、修辞、诠释方面的研究专著应运而生。除上述诗格、诗式、诗法之诗学入门书以外，更值得提及的是声韵、诗语诠释之类专著。声韵之说，

6 淡海竺常《葛原诗话序》。
7 橘洲细元桢《葛原诗话后编序》。
8 《唐诗平仄考解题》，《日本诗话丛书》卷一。

如前所述《初学诗法》有律诗、绝句用韵法,《丹丘诗话》有二声之平仄法,《诗辙》卷二主论诗歌"八病"之说,《诸体诗则》有押韵、音韵,而至如《唐诗平仄考》《诗格刊误》《诗律兆》《沧溟近体声律考》等,皆以声韵之论为主,其中《唐诗平仄考》比清人翁方纲《平仄举隅》尚早二十余年,被日本誉为"先鞭"之著[9]。以诗语之诠释解说而言,中国诗话一般与诗人诗作之评论、本事之掇拾等内容交叉并存于一书,而在日本诗话中则多专著形式出之,如《葛原诗话》八卷等,在中国诗话和朝韩诗话中甚为少见。这批日本诗话的一个显著特点,就是注重于知识性,实则是汉语诗学入门之作,对于在日本普及汉语诗学常识自然起到了重要作用,也为汉语诗学、音韵学、修辞学、词汇学研究提供了极其丰富的资料。

其二,针对性。日本诗话论诗,不像中国诗话那样注重语言的蕴藉朦胧含蓄之美,也不像朝韩诗话那样常常寓诗论之见于诗本事之中,而是大胆泼辣,大破大立,敢于论争,具有强烈而鲜明的针对性,从来不隐瞒自己的诗学理论见解。如前述,山本北山作《作诗志彀》《作文志彀》,痛斥徂徕模拟剽窃之风,于是围绕《志彀》二书的一场学术论争遂起。前后三十年时间,先后有《讨作诗志彀》(能水)、《附录》(子孝)、《唾作诗志彀》(佚名)、《诗讼蒲鞭》(牛山)、《驳诗讼蒲鞭》(忠顺)、《艺园锄莠》(九山)、《辨艺园锄莠》(君凤)、《词坛骨骾》(九山)等八部争鸣之问世,书名用之以"讨"、"唾"、"驳"、"辨"之类论辩与挑战性的词语。当代学人之间如此不讲情面,如此咄咄逼人,争论不休,攻讦不止,较之壁垒森严、号呼叫嚣的明代诗坛文苑的派别之争,则有过之而无不及。此外,市川世宁(1749-1820)《谈唐诗选》关于《唐诗选》选者之辨,指正服部南郭校刻本之误;津阪东阳《葛原诗话纠谬》之专为纠正《葛原诗话》中的谬误而述,《夜航诗话》关于古人诗之批评、历代诗话误谬之论辨;《淇园诗话》《鉏雨亭随笔》以及《葛原诗话》《孝经楼诗话》《五山堂诗话》《诗山堂诗话》《诗圣堂诗话》《竹田庄诗话》《柳桥诗话》之"唐宋诗之争",等等,都是针对性很强的作品,充分反映了日本诗话独具有特色的论战争辩色彩。

其三,系统性。日本诗话的基本体制虽然未脱中国诗话之体的窠臼,但其诗论已具有一定的系统性,不再如初期中国诗话那样吉光片羽似的"闲谈"随笔。如祇园南海《诗学逢原》,卷上论诗原、境趣,注重诗之本;卷下论诗

9 《唐诗平仄解题》,《日本诗话丛书》卷一。

雅俗、轻重、清浊、强弱，侧重诗之末。是编“言近旨远，循循善诱，实诗家正法眼藏也”[10]，本末轻重，排列有序，与清人叶燮《原诗》可以媲美。特别要提的是古贺侗庵（1788-1847）《侗庵非诗话》凡十卷，论诗以严羽《沧浪诗话》为宗，对清代诗话的三大学说——王士祯《渔洋诗话》的神韵说，沈德潜《说诗晬语》的格调说，袁枚《随园诗话》的性灵说，他既有批判又有吸收，从而形成了“格调”为中心而熔合“性灵”、“神韵”二说的诗歌理论体系——“拆衷说”。首先，侗庵赞同徂徕古文辞派“以汉魏、盛唐为准的”之诗学主张，但批判其“以复古为志”，认为“明前后七子论诗，必以汉魏盛唐为准的，未大失也；其失在守法太拘，而取境太狭”（卷九），强调“诗之体裁要华丽整洁，首尾匀称，通篇以自成风神气格为贵”（卷一）；其次，侗庵论诗亦重性灵，欲以“清新性灵”矫正诗坛陈腐拟古之风气，但也批评《随园诗话》“浮薄佻巧”“枯肠无物”之弊；其三，侗庵严厉批评王渔洋之“神韵说”，认为它“少性情”，失之“朦胧”“暧昧”，而对其“神韵兴象”之妙、“水月镜花”之韵、“一唱三叹”之意，则又给予充分肯定和吸收。日本诗话中的优秀之作，正是象《侗庵非诗话》这样在批判继承中来建立起自己的理论体系和审美框架的。

日本诗话论诗的系统性，还突出表现在诗史论方面。在中国，以“诗史”名之的诗话仅见宋人蔡居厚的《诗史》，亦属“闲谈”随笔之体，有“诗史”之名而无“诗史”之实。在日本，明和八年（1711），江村绶（1713-1778）的《日本诗史》就问世了。此书五卷，论述中古以降至江户时代中期的日本诗史，“考其世与其人，以论其诗”，[11]以时为序，以“史”“论”结合，系统完整，是一部名符其实的日本诗史专著。在二百二十年前，在世界的东方，就出了这样一部命名为《日本诗史》的文学批评史著作，较之于西方的第一部中国文学史著作还要早一百多年[12]。这是日本诗话对世界文学史的一大贡献，是日本人的骄傲和自豪。

六、日本诗话的学术文化价值

中国大陆学者的诗学研究、古典文学特别是唐诗研究、文学史研究、乃

10 金龙道人释敬雄《诗学逢原序》。

11 柚木太玄《日本诗史·序》，《日本诗话丛书》卷一。

12 俄国学者瓦西里耶夫《中国文学史纲要》，1880 年 SPb 出版。

至文化史研究等，过去只着眼于中国现存的文献资料，而很少关注域外诗话。其实，像朝韩诗话一样，日本诗话是中国与日本学术文化的重要载体，也是中日两国古典诗学、文学批评和诗歌美学的宝贵遗产，它的学术价值是不可低估的。

第一，文献价值。

日本诗话，是日本汉文学史的生动记录，是日本作家作品研究、文学流派研究、诗史研究的资料宝库。日本汉诗，创始于奈良时代，成熟于“五山文学”时代，而鼎盛于江户时代。关于日本汉诗发演变的历史过程，日本诗话都作过具体而生动的记述，如西岛长孙的《敝帚诗话》上卷之论述石川丈山、木下顺庵、贝原益轩、伊藤仁斋、东涯和其他诸家之诗。特别是江村绶《日本诗史》五卷，从中古时代汉诗诞生之初到江户时代中期，千年汉诗的历史发展轨迹，历历在目。卷一、二述庆长前国王、贵族、武将、僧侣、闺秀之诗，以诗传人，以时为序；卷三、四、五即收录元和以降京师、关东诸州之时，日本诗史已初具规模。可以说，当今日本文学史和文学批评史之研究，须臾也离不开日本诗话文献资料。

在汉语声律学方面，日本诗话由于注重汉诗创作的诗歌格律，故其对汉语声韵学的论述，往往成为我们研究声韵学的重要参照系。古往今来，中国学者在研究汉语声韵学方面，常常因六朝时代永明声律运动的文本资料极其缺乏而一筹莫展。空海大师的《文镜秘府论》即大量保存了六朝与隋唐时代的诗学、诗格、诗式等诗歌声律学文献资料，如沈约的《四声谱》、刘善经的《四声指归》、王昌龄的《诗格》、皎然的《诗式》《诗评》《诗议》、崔融的《诗髓脑》《唐朝新定诗体》、元兢的《古今诗人秀句》、佚名的《文笔式》《笔札》《帝德录》、陆机的《文赋》、刘勰的《文心雕龙》、殷璠的《河岳英灵集》等，其中的一些声律学著作中国已经失传，是书赖以保存。再加三甫晋（1723-1789）的一部《诗辙》，六卷，洋洋二三十万言，其中卷一论大意、诗义，卷二论体制，卷三论变法、异体，卷四论篇法、韵法，卷五论句法、字法，卷六为杂记，考证常见词语。其分目之细，资料之详，引述之精，篇幅之巨，堪称日本汉诗声律学之集大成者。其他诗格、诗律、诗韵、诗语之类日本诗话之作，如《诗律兆》《葛原诗话》《沧溟近体声律考》《唐诗平仄考》等注重诗歌声律的著作，点点滴滴的记述，为汉语语义学、音韵学、诗学之研究提供了极为丰富的资料，都有益于中国学者从事汉语声律学与诗歌音韵美学的学术文化研究。

《全唐诗》在清康熙年间问世以后，日本诗话家们给予了极大的关注。市川世宁根据日本流传的唐诗资料，收集整理出《全唐诗逸》三卷，收录唐代逸诗 60 多首，残句若干。针对明代后七子李攀龙编辑的《唐诗选》日本校勘本之误，市川世宁又撰《谈唐诗选》一卷，纠正其中的谬误之所在。这些著述于唐诗的整理与研究，其文献意义是非常突出的，故其后被收录到《日本诗话丛书》之中。

第二，比较研究价值

众所周知，日本诗话、朝韩诗话，都是中国诗话的衍生之物。通过中日、中朝诗话之比较研究，不仅能够清楚地认识到中国诗话在东方文论史上的学术价值和历史地位，弘扬民族优秀文化传统，批判“五四”以降中国文化界崇拜西方诗学而漠视以中国诗话为主体的东方诗话学业的理论倾向性，而且可以将中国诗话研究推向世界比较文学特别是比较诗学的广阔的学术领域，因而具有跨国界的现实意义。这一研究领域，韩国赵钟业教授的《中韩日诗话比较研究》一书，已经为我们开了一个好头，作出了榜样，其开创之功是值得肯定的。但还很不够，还只是比较简单化的，表层化的，还有待于中国学者深入拓展之，以建立具有中国特色的，有别于西方诗学的东方诗话学。

中日两国诗话之比较研究，属于“影响比较研究”。在这种比较研究中，日本诗话的价值和作用主要在于：

（1）日本诗话可以作为中国文学史和文学理论批评史研究的重要参照系。日本诗话不仅保存了中国国内诗歌的大量文献资料，而且又从域外的角度和价值标准去评述而使这种诗歌评论更加别开生面。以《全唐诗》）为例，二百多年以前，市川世宁撰《全唐诗逸》三卷，集得诗人 128 人（其中 82 人未见于《全唐诗》）的 66 首诗，断句数百，极大地丰富了《全唐诗》的艺术宝库。而原直（1729-1783）的《诗学新论》三卷，自《诗经》至明诗，详述各代诗风，于唐、明二代尤为精当。其他如《丹丘诗话》卷下“诗评断”，《梧窗诗话》论唐宋元明清各代之诗，新见迭出。以往的中国文学史（特别是诗史）和文学批评史之研究，只着眼于国内，而很少兼顾域外，视野狭小，陈陈相因，难出新意。这种封闭状态下的学术研究，随着改革开放之深入应该及早结束才是。

（2）通过中日两国诗话之比较研究，我们可以清晰地看到中国文学和文学理论对日本诗坛文苑的深远影响。日本诗话公开承认其诗学渊源在中国。从中古时代开始，日本就进入中国儒家文化圈之内，日本汉诗及其诗话，都是中国儒学东渐的产物，是中国古典诗歌的宁馨儿。以江户时代为例，其诗话的论诗主旨以及创作倾向，就是以《三百篇》为圭臬，恪守儒家的“诗教”之旨。长山荏园《诗格集成》说：“《三百篇》，诗之祖也。”祇园南海《诗诀》说：“大凡作诗以《风》《雅》为本。《风》，即《国风》；《雅》，又有大雅、小雅之分。”久保善教《木石园诗话》也认为“诗之渊源，在《三百篇》”。从诗学宗尚、论诗内容、风格、体制、形式、方法诸方面来看，日本诗话深深地打上了中国传统文化的烙印，与中国诗话一脉相承。从中日两国诗话之影响比较研究中，我们可以更进一步地认清中国诗话的重要学术地位与国际影响，它早已跨越国界，自立于世界文化之林。

第三，诗歌理论价值

日本诗话的诗歌理论和诗歌美学价值和意义，主要表现在诗源论、唐宋论、诗话论等方面，值得我们深入地发掘。

祇园南海著《诗学逢原》，书名取自《孟子·离娄下》：“孟子曰：君子深造之以道，欲其自得之也。自得之，则居之安；居得之也。”此所谓“原”，同“源”，水源也。南海以此为诗话之名，意谓作诗应该达到纯熟的境界，工夫到家后，自然得心应手，如万斛泉源，取之不尽，用之不竭。南海指出：“凡欲学者，先宜知诗之原。诗原者，诗之心声，而非心字也。”（卷上）南海以“诗以心声”为其诗源，注重的是“情”。被誉为“一代宿儒”的广濑淡窗在《淡窗诗话》卷二说：“诗文之道：文以意为主，诗以情为主；故无情者，无以为诗矣。”伊藤东涯《读诗要领》说：“诗以道人情。”田能村竹田《竹田庄诗话》说：“悲欢，情之质；笑啼，情之容；声音，情之形；诗词，情之迹。”何谓“情”？淡窗等认为：“温柔敦厚，诗教也。”故“温柔敦厚”四字“诗教”，可以以一“情”字来形容。这种观点，与王夫之《姜斋诗话》之对于“与观群怨”的解释，如出一辙也。由此而涉及诗的本质的认识。何谓“诗”？赤泽一《诗律》说：“诗者，志也。志之所发，讽以咏之也。”原直温夫《诗学新论》说“诗，吟咏情性而已矣。”（卷上）这是主“诗言志”说。除此以外，日本诗话还有两种见解：一是太宰纯说：“夫诗何为者也？诗出于思者也。人不能无思，即有思则必发于言，既有言则言之所以不能尽，必不能不咏歌呻吟以舒其壹郁，故古者谓之歌诗，言可歌也。”（《诗论》）二是赖惟完说：“余尝谓山林廊庙，无往不诗。诗者，天地自然之音也。”（《唐诗平仄考序》）这两种说法，一重主观，一重客观，各有所侧重，可以互为补充矣。

赵钟业先生说：“今人论诗之派别者，不曰唐，则曰宋，以唐、宋诗，各有特色，能自成一派；而自元以降，则非学唐，即学宋，卒未能别成一派，与唐宋鼎足而三也。”[13]中国诗史上的“唐宋诗之争”，波及日本诗坛，或尊唐，或崇宋，亦相为论争。特别是“五山以来之汉诗，主取宋诗风格；而顺庵则提倡诗必盛唐为规范”[14]南海《诗诀》说：“宋诗理窟，无《三百篇》之本意，若薄文义则可矣；唐诗温厚和平，近乎国风、雅、颂，非由声音而得者也。”东聚《鉏雨亭随笔》亦刻意尊唐，其意“以为资于唐诗之复兴也”（《解题》。）皆川淇园《淇园诗话》则又直追于唐，以盛唐为第一义，欲“以盛唐诸公风神格调，沈实优柔者”矫明七子之失。他们论诗宗唐，以李白、杜甫、王维为尚。祇园南海《诗学逢原》宗李白；古贺侗庵则宗杜甫，《侗庵非诗话》卷九说：“诗至老杜，是谓集大成之孔子。”古贺以严羽《沧浪诗话》“能唱宗唐之说，以唤醒群迷”的学术价值和历史地位，给予了充分的肯定。而另一方面，自五山诗僧以儒学自立，朱子学由朝鲜退溪、粟谷传来日本，成为江户时代之显学，日本诗坦宗宋之风亦日炽。山本北山曾撰《作诗志彀》和《孝经楼诗话》，斥明七子的尊唐之风为“伪唐”。如《葛原诗话解题》所云：“到江户，从刘龙门学修辞，又嗜诗，常憎木下、物二社之伪唐学，始改古辙，唱宋诗，曾曰：‘苏、陵二家，实学少陵之阶梯也。’海内由是崇宋诗，排制彼之唐诗，如山本北山，亦闻其风起。”之后，《竹田庄诗话》《诗圣堂诗话》等，亦倡宋诗。至于《五山堂诗话》，菊池桐孙又提出“伪唐诗”和“伪宋诗”之论，说：

> 山本北山先生倡言排制伪唐诗，云雾一扫，荡涤殆尽，者鄙才子翁然知向宋诗，其功伟矣。余谓先生曰：“伪唐诗已鏖矣，更有伪宋诗，可谓又生一秦也，何如？”先生莞然。（卷一）

菊池五山既排出“伪唐诗”，又排制“伪宋诗”，与分唐界宋之论自不相同。而津阪东阳《夜航诗话》已清醒地认识到：“历代之诗，各有所长，择其善者可也，何必一概以世废言？元享已来，明诗盛行，宋诗则弃和粪土耳；近日专

13 赵钟业《中韩日诗话比较研究》。
14 《日本汉文学史》。

主张宋诗，黄口儿皆趋彼，几令明人无处生活。时风之所靡，好尚无定如此，不亦太甚乎。”因而反对论诗“好争唐宋”。然而，日本诗话中的“唐宋诗之争”，如同中国一样，其实质却是诗歌美学的论争。它的价值，正在于促进了中国诗史和诗歌美学史的“唐宋论”之研究。

日本诗话的理论价值，还突出地表现在诗话论方面。何谓“诗话”？诗话之体是怎样产生活？斋藤馨《诗山堂诗话序》云：“有诗而后有诗话。故古所谓‘诗话’者，诗之自话也，非人之话诗也。”而小畑行简《自序》却说：“诗话者，诗中之清淡也。盖读此则足以察作者性情，又足审其迹矣。”这两段话说明以下几个问题：一是“有诗而后有诗话”，说明诗话是诗歌的宁馨儿，是诗歌创作繁荣发展的产物。这种是见解填补了诗话研究中的空缺。在中国直至今人郭绍虞《诗话丛话》才提出“以诗之多，于是有诗话”这种类似的观点，而古人论诗话则概未涉及。二是日本人研究诗话侧重于从诗话本身入手，所谓“诗之自话”和“诗中之清谈”者，盖以诗为要，突出“诗话”的主体性。立论的角度，与中国人略有不同。然则诗话之研究，日本则始于古贺侗庵的《侗庵非诗话》，后于清代章学诚《文史通义·诗话篇》。《侗庵非诗话》凡十卷，卷二《总论下》曾历数280部诗话之作，惟称颂钟嵘《诗品》、严羽《沧浪诗话》、李东阳《怀麓堂诗话》和徐祯卿《谈艺录》四种诗话为“其铁中铮铮者”。[15]而古贺撰《侗庵非诗话》之最大目的，在于指陈宋元以降历代诗话共同存在的十五种弊病：曰争门户，曰炫才学，曰穿鉴字义，曰传会典故，曰以诗为贡阿谀之资，曰不谙诗之正法门等等，以唤起诗人注意[16]。据此，他曾严厉批评《渔洋诗话》和《随园诗话》等“流于捕风系影”，浮薄佻巧，枯肠无物，不入计之正法门路。故以诗话之名曰“非”。“非诗话”者，斥诗话之非也。虽侗庵之论太甚，但亦有助于诗话之研究也。

第四，文化价值。

日本诗话，是中国与日本学术文化史的重要载体之一。

日本诗话所论所述，涉及到中国传统文化的各个方面，如儒家文化、民俗文化、地域文化、汉字文化与饮食文化等，还论述到各种学术文化思潮与学术流派、文化社团，同样涉及到日本民族的生活方式、文化性格、审美情趣、价值观念等，可以说日本诗话是中国文化与日本文化的一面镜子，是文

15 古贺侗庵：《侗庵非诗话》10卷，《崇文丛书》本，四册。
16 松下忠：《古贺侗的诗文论和中国的诗文论》，日本《东方学》第54辑。

化传播的重要媒介。当我们翻开日本诗话的历史卷宗的时候，呈现在我们眼前的是一幅多姿多彩的历史文化的漫长画卷与社会生活图景，于日本、于中国的学术文化研究，都具有非常重要的参考价值。

众所周知，宋代以程朱理学著称于世，是中国学术文化史上最为重要的一个历史阶段，至朱明王朝发展而为统治阶级的统治思想，流播之广，影响之深，是前所未有的。但是日本诗话，在怎样看待宋明理学的问题上，则表现出与中国学者完全不同的学术文化观念。诸如原直（1729-1783）有《诗学新论》三卷，江村北海为之作序云："古曰'学业'其何谓乎？君子所习谓之'学'，为政之术谓之'业'。古之君子靡弗学，学成而仕，为政之术于是乎试焉，治平之道于是乎生焉。道合服从，不合则去。古籍所载，照然可见也。"这是对孔子"学而优则仕"教育观的发挥，也是对君子从政之道的一种概括。而原直《诗学新论》卷上所论，直接动摇了赵宋王朝作为统治思想的程朱理学。他指出：

> 濂涪二翁，流毒吟咏，乃至南渡，鸿儒磨练禅偈穷矣。大雅之害，无此为酷。夫帝酷北去，白甲靡烂，太祖便以杯酒解权为谋，则开国歷本，威灵顿损；道君之初，吾不必归咎花石纲，回霸虽狡，弗耀威武，燕云祸烈，开门揖盗，犹剧童贯，哀哉！明皇之时，安史猖獗，两京虽陷，焉得问鼎轻重？时屯而亨，运蒙而正，是皆由国初解兵与否故也尔。设解兵，以诒厥孙谋，辟诸以羊犊之弱，而扞虎狼之敌，乃不束手就擒者，未之有也。乃汴京不守，神州尽没于金，宋氏遂南，惩羹吹荠，权舆一种理学。南人脱套，嗟乎！二帝北狩，赵氏不绝如带。《说郛》载徽宗一绝云："彻夜西风撼破扉，萧条孤馆一灯微。家山回首三千里，目断天南无雁飞。"此盖北狩时作也，意殊可悲。又钦宗："纥干山头冻死雀，何不飞去生处乐。"当时父子情况如此，岂止令人酸鼻哉？当此之时，宋人不哀，玩岁愒（qì）月，举一世安于君父之仇，不复愍伤，只拱手高谈性命，其习弥漫朝署，衣冠皆以此为悦者也。且如游酢，程门高弟，上疏谏贼桧，贼桧秉政固执和议，乃诛岳武穆父子。岳武穆父子诛，不惟宋祚不修，乃失二帝染指之望，竟使二帝为重昏侯，金主赐服也。噫！是不之痛，孰复可痛？虽有道学先生，何禅之有？尔后崖山流离，犹至读《大学》章句，张陆握鄦不晓事务。故国家土崩，其咎

> 不必系贯似道，拙谋之至，甚于刻舟也。淳熙中，周必大荐朱熹。熹将入奏事，或要于路曰："正心正意。"上所厌闻。熹曰："吾平生学问，只在此焉，岂可隐默欺君乎？"吴与弼两召不起，曰："宦官、释氏不除，而欲天下治难矣。必除，吾可入。"人笑其迂。此二事虽有差异，而至其愚愎清狂则同。夫穷理之学兴，而人才差池；正心之说隆，而气象抑厌。若夫韩范诸贤，虽不有闻正心之说，而皆以穆行能著经纶之绩。中世道学，与金并兴，无不猥大焉。是以大雅既亡，宋祚随之矣。道学诸公，多是缩朒（nǜ）不任事，未曾有一人企及韩范诸公者，亦可怪哉！意者天厌宋德尔乎？不然，盖是正心之说害之也。……

道学，又称"理学"，是宋代崛起的以性命之学为中心的新儒学。它一改汉儒章句之学的治学传统，而注重于宇宙人生之"义理"，以儒家伦理思想为基本核心，广泛吸收道教、佛教思想融合而成一种新的儒学思想文化体系。其代表人物有周敦颐、邵雍、张载、二程、朱熹、陆氏兄弟等，而朱熹乃是理学的集大成者。道学，其思想体系也有许多弊端，甚至束缚着中国人的思想行为，成为维护封建秩序的理论工具，但它却是中国学术文化史上最辉煌的篇章，应该予以充分肯定。身处18世纪日本封建幕府时代的原直温夫，在对宋代理学进行历史反思时，全然不从学术上思考问题，专以君主与国家社稷为评判基准，指斥"正心之说"害了宋祚，认为"能学经济谓之通儒，如八元八恺、及伊尹傅说等是也；而如老庄仙佛、阴阳九流之类，无益于人民社稷者，谓之杂学；理学亦此类耳"。这是对理学的挑战，表现出日本诗话反封建传统的勇气。然而，平心而论，北宋二帝的悲剧命运，南宋王朝的衰败景象，如果完全归咎于理学之兴，也未必符合历史事实与朝代更替规律。日本学者有一句名言，认为"一部中国历史，乃是汉民族与少数民族争夺生存空间的历史"。金朝入主中原，元蒙贵族统一中国，就是这种历史的演义结果。本来，北宋二帝北狩，南宋王朝有能力收复中原，古代朝韩诗话也有当时高丽本欲从金朝后方帮助南宋朝廷援救二帝的历史记载，但是由于南宋王朝内部的皇位之争，这个意愿被宋高宗赵构拒绝了。原直论诗关注社稷民生，是无可非议的，却一味指斥学术文化之过，未免过于偏激。是否可以这样说，宋代理学的崛起，本来是中国学术文化发展演变的一种历史必然，而其中一个重要的动因正在于对赵宋王朝向金主和的国策与积贫积弱的国势的一种反拨、一种理性思考。诚如原直所言，道学先生没有一个企及韩范诸公以穆行能著经纶之绩者，但是却很少有主和卖国者，其人格之尊正是其“正心诚意”之学的象征，而不像赵构那样大义不道，为一己皇位而弃“君父之仇”于不顾。

第十一章　中国诗话与梵语诗学

佛祖因缘，梵呗凝香。梵语诗学是一种广义的诗学，属于西方诗学体系，是印度以佛教为代表的古代文化的产物。随着印度佛教文化传入中国，印度梵语诗学对中国人的文学观念及其文学理论批评特别是中国诗话产生的影响是极其深刻的。

一、梵语诗学

梵语诗学，是指印度古典诗学，是一种广义的诗学，即古代印度文艺理论之属。以其梵文、梵语之故而得名。梵文，亦称梵字、梵书，是印度的古文字，相传为创造之神大梵天所创造。

梵语诗学崛起于古代印度，是印度梵文、婆罗门教与佛教文化的产物。其崛起的历史渊源与诗学文化基础，大致有三：

首先，梵语诗学是古印度梵语诗歌繁荣发展的产物。

梵语，属于印欧语系。以梵语创作的印度古典诗歌，一般分为“大诗”（mahakavya）与“小诗”（khandakavya）两大类型。其中，“大诗”主要是指叙事诗，“小诗”主要是指抒情诗。前者导源于印度两大民族史诗《摩诃婆罗多》和《罗摩衍那》，后者导源于《梨俱吠陀》《婆摩吠陀》《夜柔吠陀》《阿达婆吠陀》为代表的吠陀诗歌与两大史诗中的抒情成分[1]。作为印度梵语叙事诗，《摩诃婆罗多》凡十万颂，《罗摩衍那》凡二万四千颂，篇幅之大，堪称世界文学中的民族史诗之最；其内容之众，涉及丰富的古印度民间传说、寓言、

1　参见黄宝生《印度古典诗学》，北京大学出版社 1993 年本。

神话、童话与大量的宗教学、哲学、政治学、论理学、修辞学等资料，不啻是一部古代印度的百科全书。它不仅奠定了印度古典文学的民族文化传统，而且成为梵语诗歌与梵语戏剧创作的重要源泉之一。依照印度的文化传统，一般称《摩诃婆罗多》为“历史传说”，而称《罗摩衍那》为“诗祖”，即印度梵语诗歌之祖。

古典梵语诗歌创作的繁荣发展，决定了古代印度人的诗学观念的生成。本来，古典梵语文学就包含着戏剧、小说、叙事诗和抒情诗等。这种纯文学形式，在梵语中通称之为“诗”（kavya），又称叙事诗、抒情诗、小说等为“可听之诗”（srayakavya）。古印度人的这种诗学观念，与古希腊如出一辙，而与中国和以色列则迥然有别。

印度梵语诗学，以其本质而论，属于西方诗学体系；以其文化性格而言，乃是印度佛教文化的产物，既是古代梵语文学创作经验的全面总结，又是印度民族文化传统与诗学观念的集中体现。

其次，印度梵语诗学的学术渊源在于梵语戏剧学。

在古印度，梵语戏剧学率先诞生于公元前后之交，其主要标志为婆罗多牟尼的《舞论》（Nātāsastra）。这是印度现存最早的古典戏剧学著作。全书以诗体为主，间有部分散文体，凡 5500 节诗歌，汉语译文长达 20 余万字，洋洋洒洒 37 章。如此鸿篇巨制，为世界戏剧史与戏剧理论史所罕见。一部《舞论》，专门论述戏剧表演艺术，创建了以“味论”为核心的印度婆罗多戏剧学理论体系。

何谓“味”？婆罗多指出：“味产生于别情，随情和不定的[情]的结合。”认为“味”有八种，即“艳情，滑稽，悲悯，暴戾，英勇，恐怖，厌恶，奇异”。可见，《舞论》主“味”，指的是戏剧艺术的表演效应，是指观众从戏剧演员的表演艺术中所获得的审美快感。

戏剧，本是一门综合性的艺术，包括文学、音乐、舞蹈、美术、人物表演等。在印度，自《舞论》问世以后，梵语戏剧学就成为一门独立的学科。而梵语诗学，最初一直依附着梵语戏剧学而存在。所以，我们完全可以把梵语戏剧学视为以戏剧为研究对象的诗学。之后，随着梵语诗歌创作的繁荣发展，梵语戏剧学所研究的戏剧语言、戏剧文学，已经不能适应梵语诗歌繁荣发展的情势，于是一门以梵语诗歌为主要研究对象的梵语诗学，逐渐从梵语戏剧学中分离出来，发展成为一门新的学科。

可以说，梵语戏剧学是梵语诗学赖以诞生的母体。以《舞论》为代表的梵语戏剧学，从语言艺术、诗律、体式、风格乃至诗学观念、理论体系等方面，为梵语诗学的诞生与发展奠定了坚实的基础，成为梵语诗学的学术渊源。到公元五、六世纪，婆罗诃的《诗庄严论》与檀丁的《诗镜》两部诗学著作的问世，标志着梵语诗学正式摆脱自己作为梵语戏剧学的附庸地位，而成为一门有别于梵语戏剧学的独立学科。从这个意义上来说，《舞论》者，乃印度百代诗学之祖，梵语诗学之伐山也。

再次，印度梵语诗学的产生还与特别发达的印度古代语言学密切相关。

印度古代文献之现存最早者，是四部吠陀，即《梨俱吠陀》（颂诗）、《娑摩吠陀》（歌曲）、《耶柔吠陀》（祭祀仪式）、《阿达婆吠陀》（巫术咒语）。吠陀，是梵文"知识"之音译，主要指宗教知识。其中，《梨俱吠陀》收诗 1028 首，《阿达婆吠陀》收诗 731 首。吠陀，作为印度古代宗教文献和文学作品的总集，辅助之者"吠陀支"有六门，即式叉论（语音学）、阐陀论（诗律学）、尼录多论（词源学）、毗耶羯罗那论（语法学）、劫波论（礼仪学）、坚底沙论（天文学），构成了印度古代六门传统的学科，而属于语言学范畴的分支学科，就多达四门。而后，婆罗多的《舞论》，则广泛吸收了梵语语言学的研究成果，以大量篇幅论述戏剧语言，涉于语音学、词汇学、语法学、修辞学、方言学、语言风格学、审美语言学等印度古代语言学研究的各个领域。六、七世纪之交出现的《跋底的诗》（Bhattikavya），更是一部难得的梵语语法修辞学专著。

古印度人是语言的真诚崇拜者，以语言为女神，十分强调语言的运用能力。如此发达的梵语语言学，从语音学、词汇学、语法学、修辞学、方言学、语言风格学、审美语言学等各方面，为梵语诗学的崛起，提供了可靠的理论基石。特别是梵语诗学理论体系中的"味论"、"韵论"、"情论"、"曲语论"，乃至"庄严论"、"风格论"等核心理论支柱及其一般概念、范畴、范畴群，都承袭着梵语语言学的基本命题和概念范畴，从而逐步成就了以"庄严"、"风格"、"味"、"韵"为核心的梵语诗学体系。

二、印度梵语诗学史

印度梵语诗学的发生发展，经历了一个漫长的历史过程。关于梵语诗学的历史分期，金克木先生《古代印度文学理论文选·序》分为前后二期，亦有从其创立开始而为三期者。我根据其发展演变的历史轨迹，认为其孕育期应该考虑进去，故而大致可以划分为四个历史时期：

其一，梵语诗学的孕育期，从印度“吠陀”时代到公元六世纪左右，这数千年文明岁月，印度梵语诗学一直依附着印度吠陀文献、梵语语言学和梵语戏剧学，始终未能独立成体。这个时期的所谓“梵语诗学”，一是零散的只言片语，吉光片羽的；二是附庸于语言学，是所谓语言诗学之属；三是婆罗多《舞论》的出现，标志着印度戏剧美学的崛起，而梵语诗学即属于所谓戏剧语言诗学之列。

其二，梵语诗学的创立期，约为公元七世纪前后，以婆罗诃的《诗庄严论》为标志。

“庄严”（alankara）者，梵语本为装饰或修饰之谓也。梵语诗学中的“庄严”，其概念有广义和狭义之分：广义者，是指诗（即文学）的装饰因素，即艺术美，属于文艺美学范畴；狭义者，是指修饰方法而言，如夸张、双关、比喻之类，属于修辞学范畴。伐摩那《诗庄严经》云：“诗可以通过庄严把握，庄严是美，来自无诗病，有诗德和有庄严。”其中，前两个“庄严”是指广义的，即艺术美，而后一个“庄严”乃是狭义的，指修辞方法。以其第一部诗学著作名为《诗庄严论》，使印度梵语诗学最终摆脱梵语语言学与梵语戏剧学的附庸地位而独立成为一门新的学科，故“庄严论”便成为印度梵语诗学的通称。

婆罗诃（Bhamaha）《诗庄严论》（Kavyalankara），凡六章 398 节诗，论诗多承前贤之见，认为“诗是音与义的结合”，而“庄严”是诗美的基本要素，其实质乃是“曲语”——一种曲折的表达方式。并指出庄严有谐音、迭声、明喻、隐喻等 39 种之多，诗病有两组各 10 种，喻病有 7 种。这部著作的主要贡献，在于为印度梵语诗学中的“庄严论”一派奠定了理论基础。

檀丁（Dandin）《诗镜》（Kavyadarsa），凡三章 660 节诗（又有 663 节本），以论文学与修辞学为主，认为诗有“义庄严”（即词义修辞方式）与“音庄严”（即词音修辞方式）之别，进而论述 39 种庄严和 10 种诗病，提出“风格论”之见，并将风格分为“维达巴风格”和“高德风格”两种类型，以“诗德”为“风格的生命”。这部诗学著作，内容丰富，议论精微，囊括了印度“庄严论”的主要理论和诗学精神，可谓印度梵语诗学的集大成者，对后世影响很大。

其三，梵语诗学的发展期，约七世纪以后到十世纪左右，主要代表作有《诗庄严经》《摄庄严论》《诗庄严论》《韵光》等。此时的梵语诗学，论诗有三个主要特点：一是对前期庄严论的全面生发与阐释，二是论诗重心实现了由对修辞等语言艺术形式的关注到探讨诗的灵魂（即诗的内容和本质特征）的转变，三是确立了以“庄严论”、“风格论”、“味论”和“韵论”为四大支柱的诗学体系。

伐摩那（Vāmana）《诗庄严经》（Kāvyārasūtra），凡五章，采用经注体，有“经”有“注”，分论诗体、诗病、诗德、诗庄严和诗的应用等，内容与《诗镜》《诗庄严论》大同小异，侧重于诗的风格之论，以为“风格是诗的灵魂”，而“风格是词的特殊组合。这种特殊性是诗德的灵魂”。他把风格分成“维达巴”、“高德”和“般遮罗”三种，而“维达巴风格”具有十种诗德，“高德风格”具有壮丽、美好两种诗德，“般遮罗风格”具有甜蜜、柔和两种风格，从而在檀丁风格论基础上建立了更完整的风格论诗学体系。

优婆吒（Vdbhata）《摄庄严论》（Kavyankarasangraha），又名《摄庄严精华论》，凡六章，以婆摩诃《诗庄严论》论述 39 种庄严为基础，稍加增删而为 41 种庄严，予以阐释。

楢陀罗吒（Rudrata）《诗庄严论》（Kāvyālankara），凡 16 章，重点论述庄严和诗病，明确将庄严分为二类；“音庄严”和“义庄严”，又把“义本事”分成本事、比喻、夸张、双关四门，并把诗病也归纳为“音病”和“义病”两种，从而比婆摩诃《诗庄严论》所论更为系统化。

欢增（Anandavardhana）《韵光》（Dhvanyaloka），凡四章，以韵散出之，正文为诗体，注疏为散文体。欢增是“韵论”的创立者，本书的论诗主旨在于“诗的灵魂是韵”。第一章开宗明义，提出“韵”是诗的灵魂这一重大命题，并予以论证；第二章论述韵的分类以及诗德和庄严的区别；第三章以韵为标准，把诗分为三类：韵诗，以韵为辅的诗，画诗；第四章论述韵的应用问题，强调继承和创新的有机联系。是编在印度梵语诗学史上具有划时代的意义。它把梵语诗学理论研究从“诗的形体”转到“诗的灵魂”，又把梵语语法家、逻辑学家、哲学家的分析方法运用到诗的“词和义”的分析，从注重“词”转到注重“义”，创立了梵语诗学领域中关于“韵”的学说，以韵和味为内核，以庄严、诗德、风格为外壳，构成了一个较为完整的梵语诗学体系，具有开创之功。

欢增的韵论后来得到淋漓尽致的发挥，这就是十、十一世纪之交新护（Abhinavagupta）的《韵光注》（Kavylokalocana）。作者以为欢增视韵为诗的灵魂，并把韵分成“本事韵、庄严韵、味韵”三类，无疑是正确的，但是诗是味韵（灵魂）与装饰，有诗德和庄严的音和义（身体）的结合，因此“欢喜”（anand）是诗的主要特征和最重要的功能。“欢喜”，就是审美快乐。此书名为《韵光》作注，实乃阐述和发扬“韵论”的一部专门著作，至今仍是印度古典诗学的权威之作。此外，新护又有《舞论注》（Abhinavabharati），对婆罗多牟尼的“味论”亦作了创造性的解释。

恭多迦（Kuntaka）《曲语生命论》（Vakroktijivita），凡四章，采用诗注体，正文为诗，注疏为文。论诗注重“曲语”，认为“曲语是诗的生命”，并将曲语分为六类；即词音的曲折性，词干的曲折性，词缀的曲折性，句子的曲折性，故事成分的曲折性和整篇作品的曲折性。这是对欢增“韵论”的反拨，亦不失为一家之言。

其四，梵语诗学的终结期，约在十一世纪以后至以俗语为主的印度中世纪诗学崛起之前。代表作有《诗光》《诗教》《庄严论精华》《文镜》《味海》等，论诗的主要特点是综合性，对前人的诗学成果加以综合和阐释，富有百川归海之势。

曼摩吒（Mammata）《诗光》（Kāvyaprakāsa），凡十章，采用经疏体，以142节诗体歌诀为纲要，共222条，以散文说明诗论，引用603首诗为例。全书以《韵论》为核心，全面总结以往的梵语诗学。第一章总论诗，以“品”论诗，把诗的评价标准分为上、中、下三品；第二章论词的功能及其意义；表示义，转示义和暗示义；第三章专论意义的暗示性；第四至第六章论“韵”及三品诗；第九章论音庄严；第十章论义庄严。《诗光》是印度梵语诗学的一个总结，是“韵论”的集大成之作，内容周祥，结构严谨，论述简明，至今仍然是印度梵文文学理论和修辞学的典范性读本。

雪月（Hemacandra）《诗教》（Kāvyānusasana），凡八章，主要承袭欢增《诗光》，新护《韵光注》，恭多迦《曲语生命论》，王顶《诗探》，曼摩吒《诗光》以及婆罗多《舞论》，新护《舞论注》等的观点和材料，虽有综合性特点，却无较多创见。

鲁耶迦（Ruyyaka）《庄严论精华》（Alańkārasarvasva）。顾名思义，这是一部专论庄严的著作，总计论述了81种庄严，较前人之论庄严更多精当之见。

毗首那特（Visvanātha）《文镜》（Sāhityadarpana），凡十章，一论诗的特性，二论词句，三论“味”，四论“韵”，五论“暗示”，六论戏剧学，七论诗病，八论诗德，九论风格，十论庄严。论诗主“味”，以为“诗是以味为灵魂的句子”，是一部以“味论”为核心的梵语诗学的综合性著作。

世主（Jagannātha）《味海》（Rasagńgādhara），现存二章，第一章论诗的定义、分类、味、情与诗德；第二章论“韵”与庄严。作为一部诞生在十七世纪的综合性诗学著作，《味海》既能继承印度梵语诗学的优秀传统，综合各家之长，又能间出新见，不落俗套。于诗的定义，世主更注重“可爱性”（ramanīyatā）即注重诗的审美快感；于诗的分类，世主提出以“魅力”为准则；于诗人主体学，世主注重“才能”，认为“才能是成为诗人的唯一原因”。而总体上看，《味海》论诗，视野更开阔，内容更全面，理论更深邃，风格更趋于现代性。因此，学术界认为，世主是印度梵语诗学史上最后一位重要理论家，《味海》标志着梵语诗学的终结。它与《诗庄严论》相距千年之久，一始一终，首尾照应，印度梵语诗学发展演变的历史轨迹，清晰可鉴。

三、梵语诗学的审美特征

回溯千年梵语诗学的演变过程，纵观梵语诗学的种种论著，我们深深感到，印度梵语诗学植根于印度本民族宗教文化的土壤之中，具有许多与中国诗话完全不同的民族文化性格和审美特征。

（1）诗体化

印度梵语诗学著作，大都采用诗体，是歌诀式专著，以诗论诗（文学），是印度梵语诗学体制的最大特色。从最古老的《诗庄严论》《诗镜》，到近世的《文镜》《味海》，上下千百年，卷帙浩繁的印度古典诗学，大多采用两种体裁，一是纯诗体，二是韵散间用体。《诗镜》诗纯诗体，由 660 节诗组成，《诗庄严论》亦然，由 398 节诗连缀而成；《诗光》以诗体为主，即以 142 节诗体歌诀为纲领，而以散文形式逐节解说，引 603 首诗为例证；《韵光》采用韵散结合体式，正文为诗，凡 116 节；《文镜》亦以诗体歌诀为纲，以散文解说；《味海》亦然。

印度梵语诗学的诗体化，乃是印度这个文明古国的传统文化所致。印度与古希腊一样，是“史诗”的国度。从公元前 10 世纪到前 1 世纪的“史诗时代”，印度便产生了《摩诃婆罗多》与《罗摩衍那》两大史诗。印度现存最早的四部吠陀本集——《梨俱吠陀》，《娑摩吠陀》，《耶柔吠陀》与《阿达婆吠陀》，主要是诗体。其中《梨俱》10 卷，凡 1028 首诗，共 10589 节；《娑摩》

系歌曲集，共 1785 节诗；《耶柔》分黑、白两种，《白耶柔》为祷词，1975 节诗，《黑耶柔》部分为诗，部分为文；《阿达婆》二十卷，凡 731 首诗，共 5975 节，连解说《梨俱吠陀》的《众神记》，用的亦是诗体形式。梵语文学时代产生的《往世书》，现存共 18 部，如《梵天往世书》《莲花往世书》等等，都仿效大史诗《摩诃婆罗多》，主体是诗，间有散文，采用对话格式。受这种梵语文学传统的影响，现存最古的梵语戏剧学专著《舞论》，凡 37 章（南传本 36 章），共 5500 节诗，采用歌诀式，唯少数解说用散文体式。

不啻如此，连哲学、政治学、社会学、心理学、医学、数学、天文学、建筑学、占星术等社会科学与自然科学方面的一切著作，大多数亦以诗体歌诀或经注体写成。例如，哲学诗篇《瑜伽婆私吒》，通篇用史诗格律，长达 277687 节诗，是一部通俗性的哲学著作；法学诗篇《摩奴法典》本是两部重要的论述法律和社会道德规范的印度古法典，全用诗体。其中，《摩奴法典》与《祭言法典》共十 12 章，由 2684 节诗（颂）组合而成；《祭言法典》，凡三章 1009 颂组成，诗体与《摩奴法典》一样，宛如一部简明的法律手册。《欲经》七篇 36 章，章末以诗体总结，凡 1250 节诗；《利论》十五篇 150 章，是用散文体，但间以提要式的诗句插入，仿佛口诀。凡此种种，说明以诗体形式论诗（文学），是印度古代的文化传统，一种民族文化的历史积淀。

（2）体系化

印度梵语古典诗学，作为一门独立的人文学科，从一诞生起，就具有体系化的结构特征和理论体系。这种体系，是建立在古典哲学与修辞学基础上的，依印度的传统说法，称之为“庄严论”，即广义的修辞学。其基本内容，主要研究诗（即文学）的艺术技巧性；其基本形式，是章节编排的有序性和结构的严谨性。

以梵语戏剧学而言，从婆罗多的《舞论》，到十世纪胜财的《十色》，古典戏剧学建立了一个完整的梵语戏剧学理论体系；以梵语诗学而论，从檀丁的《诗镜》，到十四世纪宇主的《文镜》，整个梵语诗学建立了以庄严、风格、味、韵为核心的梵语诗学体系。其中，庄严论以婆罗诃《诗庄严论》、优婆吒《摄庄严论》、楖陀罗吒《诗庄严论》为代表，论诗以庄严为要，重在诗的修辞技巧；风格论以檀丁《诗镜》、伐摩那《诗庄严经》为代表，论诗以风格为灵魂，旨在探讨风格的构成；味论以新护《舞论注》为代表，系统阐发了婆罗多《舞论》中“味”的学说，使之上升为诗学理论；韵论以欢增《韵光》为代表，认为“韵”是诗的灵魂，而后新护为《韵光》作注，加以推崇，使其成为一部规范化的梵语诗学教科书。

这是从总体而言，以其单篇梵语诗学论著论之，依然具备体系化的论诗倾向性。

例如，婆罗诃的《诗庄严论》，以庄严论为旨归，以探讨诗（即文学）的语言美为核心内容。首章明义，为文学总论；而后各章为专论，分别论述“音庄严”与“义庄严”的艺术效果；书末总结性的概括全书内容：“六十颂（即第一章）论诗的身体，一百六十颂（即第二章和第三章）论庄严，五十颂（即第四章）论诗病，七十颂（即第五章）论逻辑，六十颂（即第六章）论语言的纯洁。”其结构之严密，体系之完整，由此可见一斑。初期草创之作尚且如此，后期的梵语诗学专著更尤为突出。

如欢增的《韵光》，全书分为四章，旨在建立以“韵论”为核心的诗学理论体系。第一章提出论诗主旨“诗的灵魂是韵”，然后逐一批驳反对“韵论”者的种种错误观点；第二、三章正面论述诗的“暗示义”与诗德、庄严等问题，进一步为“韵论”论证；第四章论述“韵”的实际应用情况，以说明“韵论”的诗学价值与实际意义。可见，婆罗诃的《韵光》一书，不是一般的诗学入门之作，亦非一般文学理论的综合性读本，而是从“诗的形体”—“词和义”—追求“诗的灵魂”而提出重要学说的专门性学术著作。它以深邃的理论探索精神，打破了以前的“庄严论”只注重修辞手法的理论传统，建立了一个关于“诗的灵魂”的系统的梵语诗学理论体系，不愧是梵语诗学的里程碑之作。

（3）宗教化

印度，是宗教化的文明古国。自古就有婆罗门教、耆那教、佛教等。其中，佛教是世界三大宗教之一。

印度，是佛教的策源地。佛像如林，僧侣如云，梵刹遍于国中，佛经写于贝叶，有“佛国”之誉，是古代僧侣所崇拜和向往的极乐世界，而虔诚佛教徒的“西天取经”更成为佛教文化传播中的一大壮举。

处在这种宗教环境与佛教文化氛围中的印度梵语诗学，自然具有强烈的宗教意识，打上宗教文化的烙印。可以说，印度梵语诗学是印度佛教文化的产物。

具体而言，佛教对印度梵语诗学的影响，主要有以下几方面：

其一，从论诗体制来看，印度梵语诗学著作，照例都有篇首颂辞。例如，檀丁《诗镜》第一章篇首云：

愿四面天神的颜面莲花丛中的天鹅女，极纯洁的辩才天女，在我的心湖中永远娱乐吧！

“四面天神”，是指大梵天，即创造之神，传说有四个头，面向四方，坐骑天鹅。天鹅具有分别乳与水的能力，故用以比喻有才学见识的人。“辩才天女”，是指主宰文艺的女神，大梵天的女儿（一说是妻子），饱学且能言善辩，故又视为语言或语言之神的别名。作者对以对“辩才天女”这个文艺女神的虔诚祝福，表达自己追求诗的艺术之美的强烈愿望。又如欢增《韵光》第一章卷首云：

愿摩豆的敌人的，自愿[化为]狮子的，其皎洁胜过月光的，能除信神者的苦难的，爪甲保佑你们吧！

这照例的卷首颂辞，借毗湿奴化为半人半狮的一种怪物杀死魔王金床的英雄故事，表达作者捍卫自己关于“诗的灵魂是韵”这一诗学主张而勇于论争的意愿。“摩豆”，是印度佛教传说中的一个恶魔，被大神毗湿奴所杀。“爪甲”，指化为狮子的爪甲。曼摩吒《诗光》卷首云：

愿诗人的语言（文艺女神）胜利！她的创造不受主宰力量的规律限制，只由欢乐构成，不依其他，具有九种美味。

毗首那特《文镜》篇首亦云：

愿那位有着秋月的美丽光辉的，[主宰]语言的女神，在我心中消除黑暗，永远照明一切事物（意义）。

这一切对神灵的呼唤，对文艺女神的祝福和赞颂，虔诚而热烈，真挚而袒露，如一声声祷告，一句句课诵，真诚地表露着作者们那颗圣洁的“诗心”，看到梵语诗学的作者追求语言艺术之美和审美境界的崇高理想。

印度梵语诗学著作中的卷首颂辞，其源盖出于佛教呗赞。“呗赞”，就是佛教歌赞，即歌颂赞叹佛德的一种宗教仪式。呗（Pāthaka），又曰“婆陟”、“婆师”，梵文是“歌咏”、“赞叹”之意。原为歌曲，在佛教仪式上，佛教徒引声咏偈颂，以赞叹歌颂佛教“三宝”（佛、法、僧）之功德，故谓之“呗赞”或“歌呗”。而呗赞之用于论诗，故有《诗镜》《诗光》《韵光》《十色》《文镜》等梵语诗学论著的卷首颂辞。

其二，从论诗内容来看，印度梵语诗学的作者，大多是虔诚的佛教信徒。

佛教的人生观、哲学观、世界观、价值观、审美意识，浸透到文艺与学术领域之中，使梵语诗学深深地打上了佛教文化观念的烙印。

以佛理论诗（文学），其名词术语、概念范畴、人物典故，大多出于佛教经典文献。诸如：大梵天、遍入天、大自在天、有为法、大乘、小乘、三界、大千世界、智者、罗刹、四大事、劫、劫波、行、行藏、仙象、默念、祝愿、归敬、色、心湖、四面天神、辩才女神、天鹅女、如意神牛、摩豆、真义、灵魂、欢喜、修行、因果、智慧、三昧、顿悟、极乐世界、铃声比丘、知音、福地、三藏、三时，等等。佛教的语言编织着梵语诗学的语言星空，给梵语诗学蒙上了一层层神秘的宗教文化光环。

以檀丁《诗镜》为例，其论诗内容以修辞学为基础，注重“诗的形体”，而关于“诗的灵魂”即文学的本质特征，则论及甚少。然而，仅从“诗的形体”着眼，其内容仍然具有佛教化的理论倾向性。作者在第一章就说：“假如名叫词的光不从世界开始时就照耀[世界]，这全部三界就会成为盲目的黑暗了。”作者以佛理论诗（文学），认为语言是“三界”的光明使者。而“三界”，依印度佛教的传统观念，则以凡夫众生所居住的世界分为高下三层：一是欲界，即食欲与淫欲特盛的众生所居者；二是色界，位于欲界之上，是已经脱离粗欲而只享受精妙境象的众生所居者；三是无色界，更在色界之上，为远离物质享受而只有精神存在于定心状态中的众生所居者。佛教徒心目中的“三界”，以“欲”与“色”为分界。而檀丁以佛理论诗，这“三界”则借用以展现由“词的光”照耀着的三种文学艺术境界，即作者所追求的三种语言艺术世界。因此，檀丁接着又指出：

> 智者教导说：语言使用得正确，它就是如意神牛，可是[如果]使用得错误，它就要表示使用者的愚蠢。

“如意神牛”，是佛典中著名的神牛，有求必获。作者把语言使用的正确性比喻为“如意神牛”，认为语言使用不好是作者的愚蠢，表明梵语诗学作者对语言之神的崇拜和向往。曼摩吒《诗光》第一章开篇，称其“在开始以事著作时，著者为了消除障碍，默念有关的保护神”。此“保护神”，就是语言女神。古印度人崇拜语言，既崇拜语言的创造能力，也意识到语言具有女性般的艺术魅力。这种崇高的语言崇拜，与佛教信徒那种虔诚的佛祖崇拜一样，具有鲜明的印度民族文化性格和审美心态。

其三，从论诗的表现方法来看，印度梵语诗学的基本表现方法主要有二：

第一是经注，属于印度梵语阐释学的范畴；第二是象喻，属于语言修辞学的范畴。

佛教文献，包括经、律、论三类，称之曰“三藏”。为便于口头传授记诵，三藏的体数。多为诗体形式。类似歌诀，言简意赅，义蕴莫辨，因此注疏之学随之繁荣，经注之体应运而生。《梵经》《正理经》《奥义书》《瑜迦经》等古代文献经典，都有注本行世。受其影响，印度梵语诗学著作，多采用经注体式，如欢增《韵光》则有新护《韵光注》，曼摩吒《诗光》则有宇主《诗光注》，此乃自成专著的注疏之作；还有更多的“经”与“注”合为一体者，与中国古代的“十三经”注疏之学和小说评点之学颇为类似。如《韵光》《诗光》《文镜》等，正文为诗，解说为文，韵散结合，论证分析，排比有序，疏密有致。其中有些解说或注释，实际上又是一篇篇充满论辩色彩的诗学论文。

古代印度，宗教派别之争愈演愈烈。为了吸引广大教民，佛教不仅使用俗语宣教和编纂经典，而且好用比喻和寓言故事阐发教义，形成了用形象以教人的“象教”传统。《涅槃经》六云：“以象喻佛性，盲人譬无明之众生，说众盲摸象之肢体，为种种之解。”所谓“象喻佛性，盲喻一切无明众生”者，此乃佛教“象喻”之说。公元前后，遂有梵语佛典《百譬喻经》和《天譬喻经》先后应运而生。重修辞，尚比喻，乃是印度古代的民族文化传统。且看《阿达婆佛陀本集》卷八第47首诗云：

像鸟展开了翅膀，请你覆盖在我们身上。

像车夫避开坏道路，愿危险从我们旁边过去。

群神啊！看着我们吧，像暗探一样望着对方。

请引我们到欢乐的路上，像引马到清水的近旁。

《梨俱吠咤》中的诗赞，有许多几乎通篇用比喻句式为节。“象喻”之于佛教，完全在于教人。由于佛经行文繁杂，不避重复，故佛教之“象喻”多用“博喻”。《大品般若》卷一云：“解了诸法，如幻，如烟，如水中月，如虚空，如响，如犍闼婆城，如梦，如影，如镜中象，如化。”这就是著名的“大乘十喻”。

受佛教“象喻”与古典诗歌比喻传统的影响，印度梵语诗学论诗亦常用比喻出之。毗首那特《文镜》议论诗（即文学）的特征时云：

所谓诗的增高就是说，[诗]德好像英勇等[品质]，修饰好像臂钏耳环等，风格好像各部分的不同肢体；[诗德、修饰、风格]通过词和义增高作为诗的灵魂的味，[好像英勇等等]通过身体[增高灵魂]一样。

作者认为，“德、修饰、风格”乃是“味”的增长的基因。“味”有艳情、悲怜、滑稽、英勇、厌恶、奇异、暴戾、恐怖等八种，或加“平静”为九，或加“慈爱”为十；“德”有甜蜜、壮丽、显豁等十种；“风格”有南方派、东方派等二、三或四种；“修饰”有义与词的修饰。

梵语诗学家对梵语文学中蕴藏的丰富的修辞方式予以理论总结，名之曰“庄严论”。庄严之数逐步增多，公元六世纪为39种（婆摩诃），八世纪为41种（优婆吒），十二世纪为68种（鲁耶迦），十六世纪为115种（阿伯耶，底克希多）。以比喻为例，楼陀罗吒的《诗庄严论》把“义庄严”分为“本事”，“比喻”，“夸张”，“双关”四类，其中比喻类（aupamya）就有21种庄严，仅次于本事类。恭多迦的《曲语生命论》，更把“曲语”视为诗的生命，当作批评原则，认为“一切文学作品都应该具有曲折的表达方式。”这一切，充分说明佛教“象喻”对梵语诗论诗手法的影响，是何等广泛而深远！

四、印度佛教影响中国文化

印度佛教像一阵阵和煦的春风，度过玉门关，吹拂着中土大地。“南朝四百八十寺，多少楼台烟雨中。”晨钟暮鼓、木鱼诵经之声，传遍大江南北。佛教传入中国，以至征服中国，是中国文化史上一件石破天惊的重大事件。它对中国文化与中国诗话所产生的影响，是巨大而深远的。

首先，梵语声明论之影响汉语声律之学者。

梵语声明论，是印度学者研究梵语声韵之学的一个学术门类，属于语言学范畴，相当于语言学中的训诂、音韵、词汇学。印度声明论的传播，促进了汉语声律学的研究和发展，加速实现了中国诗体的伟大变革。

清人吴琇曾以诗律方面探讨诗话之源，提出诗话出于诗律之“细”说。他在《龙性堂诗话·序》中指出：“‘晚节渐于诗律细。’‘细’之为义，诗话所从来也。”所谓“诗律”，就是诗歌格律。吴琇认为，诗话之所从来，在于诗歌格律之缜密精细。诗律何由产生？究其渊源所自，一是汉语声调，二是梵语诗律，是二者相互结合的结果。

汉语是方块字组成的，重训诂，重声训，梵语是拼音文字，注重音节组合，故梵语诗律分为波哩多（vrtta，有规则组合）和阇底（jāt 瞬间有规则组合）二类。本来，四声调类是汉语所固有的，先秦古汉语就有声调，然而却不知有“四声”者。“四声”之说，是在印度梵音传入中土之后才得以正式正名。宋人郑樵《通志·艺文略》云：“切韵之学，起自西域，旧所传十四字贯一切音，谓之婆罗门书。”郑氏所谓“切韵之学”，就是指拼切字音的方法。

中国的汉语翻译之学，肇始于汉魏六朝兴盛一时的佛经翻译，历史可谓久矣。东汉之世以降，梵语以佛经东传为媒介进入中国，翻译佛经，研习梵字，梵音之风日盛，从佛徒僧侣到士族文人，多以梵音为尚。《高僧传·齐释惠忍传》载：

> 始有魏陈思王曹植，深爱音律，属意经旨；既通般遮之瑞响，又感渔山之神制。于是删治瑞应本纪，以为学者之宗。传声则三千有余，在契则四十有二。

一般人只读过曹植的诗歌，未知陈思王曹植之研习梵学，启迪时人，竟传习了 42 个梵文字母。当时，“婆罗门五十字母”，通过佛经翻译而广为传播。晚唐诗人许浑《冬日开元寺赠元孚上人二十韵》诗云：“梵文明处译，禅衲暖时缝。”佛经翻译，又促使汉语等韵之学应运而生。日本僧安然《悉昙藏》曾转引谢灵运语云：

> “《大涅槃经》中有五十字以为一切字本，牵彼就此，及语成字。”就是说，运用梵语五十个字母，便拼出各种音符，排列而成拼音表，永明年间，“汝南周颙善识声韵，（沈）约等文皆用宫商，将平、上、去、入为四声。以此制韵，有平头、上尾、蜂腰、鹤膝。五字之中，音韵悉异；两句之内，角徵不同，不可增减，世呼为永明体。

“永明体”是齐梁声律运动的产物。“永明体”的出现，引发了中国古典诗歌的一次重大变革。至初唐，中国诗歌在永明体的基础上出现了一次新的飞跃，一种形式固定而格律严密的律体诗——“沈宋体”，勃然崛起于沈佺期、宋之问时代，中国诗史也实现了从古体诗向近体诗的重大转变。

近体诗，以律诗为主，律诗有两大特色：一是音义的排偶，二是声音的对仗。朱光潜认为，律诗意义对仗的特色，主要是受赋及梵文关切的影响形成的。随着唐宋时代律诗的高度繁荣，一则为诗话之体的诞生奠定了坚实的基础，使诗话这种独具特色的论诗之体有了一个从古典诗论的母体分离出来成为诗歌评论主要样式的必要与可能；二则促使了一批唐人诗格、诗式、诗例、诗句图之作的出现，为普及律诗格律常识作出了一定贡献。宋以后的诗话之作，象印度梵语诗学和唐人诗格一样，亦特别注重声律和法式的探讨，有一类是属于诗歌格律的，如许印芳的《诗谱评说》，吴绍灿的《声调谱说》，赵执信的《声调谱》等等。

历史证明，中国诗话的“格律批评”与中国人对诗词格律的审美鉴赏，之所以如此繁荣，溯其渊源，就是梵音输入中国以后形成的永明声律运动。

五、梵语诗学影响中国诗话

除此之外，佛教与梵语诗学之影响于中国诗话之体，还表现在以下几个方面：

一是诗话名称。诗话之名，近出之于唐宋说话论诗之风，远受到佛经翻译和佛陀讲唱之习的影响。因为佛经的传播，中国古代文体中出现了“变文”和“话本”等通俗文学体裁。所谓“变文”，本指变更佛经本文而成俗讲之意。变文的最大特色，在于讲唱，讲者以散文，唱者以韵文；形式出于佛经，韵散结合，相得益彰。唐宋时代兴盛一时的“话本”，不仅从内容到形式对“变文”有所发扬光大，而且径直出现了以“诗话”名书者，如《大唐三藏取经诗话》之类。尽管《大唐三藏取经诗话》成书时间，学术界各本自说，但无论何说，都否定不了隋唐五代以来流传于民间与士林的“说话”之习。以说诗论诗为“诗话”者，就是这种社会风气的产物。想排除欧阳修《诗话》之名受到这种时风之影响，是不切实际的。我认为，从“变文”到“话本”再到“诗话”，又从“话本”中一部分别称“诗话”到论诗著作之命名“诗话”，其间的因袭递传，发展演变的脉络清晰可见，都与佛经的翻译和讲唱结下了不解之缘。

二是诗话体制。诗话之体，乃是诗的随笔，属于笔记体。徐中玉《诗话之起源与发达》一文认为：“诗话之笔记化，溯厥渊源，乃近受语录之影响，远受佛教翻译文学之影响。”所谓“语录”，乃是一种文体，用以记录某人的言记行事之类。“语录”之名，最先见之于《旧唐书·经籍志》，其中“杂史类”，著录有唐人孔尚思《宋齐语录》十卷。“语录”之源大凡有二：一是儒家经籍，先秦《论语》，《孟子》是其语录体之始；二是佛家坛经，六朝惠能于大梵寺讲经弘法，门人记录其言论行事，目为《坛经》，或曰《法宝坛经》，此种释子语录，原为佛门弟子之用，以识其师门真谛，至于宋明理学，语录广为用于教坛，则有所谓儒家语录之称。

钱大昕《十驾斋养新录》卷十八“语录”条云：“释子之语录始于唐，儒家之语录始于宋，儒其行而释其言。”其实，自《论语》肇始，语录之体历久不衰，无论是释子语录还是儒家语录，其体制都采用语录条目式，由一条一条的言论行事等语录条目组合而成。因此，语录体，属于随笔体式，有的还采用对话，问答，讨论形式。文体活泼，平易浅近，与佛教经典体式大致相同，且多有注释解说，如同“经注”也。

受语录体之影响，诗话之体亦为随笔体式，由一条一条内容互不相关的论诗条目连缀而成。随言长短，应变作制，灵活自由，富有弹性，而且，语录又通于诗话，起于宋人唐庚述、强行父记录的《唐子西文录》。郭绍虞《宋诗话考》云：“此书为强行父记录唐庚论诗文之语。王若虚《滹南诗话》卷二评论是书，犹称为《唐子西语录》，是为语录通于诗话之始。”此外，何汶《竹庄诗话》及王怨辑《南溪笔录群贤诗话》称引时均作《唐子西语录》，而《季沧苇书目》著录有宋版诗话四种，即《唐庚语录》《竹坡诗话》《许彦周诗话》《吕紫微诗话》，则又将《唐子西文录》改称为《唐庚语录》；清初《千顷堂书目》卷十五又称司马泰《古今汇说》卷二十五有《唐庚文录》，而卷四十七又有《唐子西诗话》，说明明人已将是书论诗论文别为两种。又宋人胡舜陟《三山老人语录》与佚名《漫斋语录》等，《竹庄诗话》与《南溪笔录群贤诗话》称引时亦有《三山老人诗话》与《漫斋诗话》之名。

诗话因承语录而为问答体式者，更是不胜枚举，如《清诗话》所收之《师友诗传录》，郎廷槐问，王士祯、张笃庆、张实居答；《师友诗传续录》，刘大勤问，渔洋老人王士桢答。又如清人吴乔《答万季野诗问补遗》，徐熊飞《修竹庐读诗问答》，陈仅《竹林答问》等，都明显地打上了语录体的印记。

三是诗话语言。佛经的传播，语录体的盛行，既丰富了诗话的语言词汇，又促进了诗话论诗语言的通俗化。诗话的语言大都运用宋元语言中的白话文言文，没有西方诗学那种长于逻辑思辨的欧化语言，也没有刘勰《文心雕龙》为代表的前此文学理论批评著作那种骈俪工巧与深奥简古的语言风格，而是自然为文，通俗浅近，更便于敷言达意，具有可读性，因而为广大读者所喜闻乐见。

佛教征服了中国。随着佛教新观念的渗入，佛教文献与语录传记中的名词术语，典故事类，被大量引入诗话创作之中，名词术语如下：公案、三昧、现量、净土、意念、解脱、境界、三生、涅槃、法门、真如、大乘、小乘、神韵、空灵、本色、当行、彼岸、宝筏、项礼、顿门、悟入、只眼、真谛、参禅、辟支、窠臼、机锋、菩提、报应、因果、变相、佛陀、瑜加、浮图、意蕴、因缘、活法、羚羊挂角、功德无量、不即不离、大慈大悲、立地成佛、正法眼藏、心心相印、举手投足、不可思议、不生不灭，等等。常见典故有：三千世界、天女散花、现身说法、文盲扪象、泥牛入海、极乐世界、井中扬月、拈花微笑、折苇渡江、万城淹水、千手千眼、口吸西江等等，极大地丰富了中国古代诗歌理论诗歌美学的语言宝库，为诗话论诗开一方便法门，提供了新的语言工具，更能有效地切入诗歌的艺术境界。

刘熙载《艺概·文概》认为，“佛书入中国”，使文章为之“又一变”，这是因为这些佛教新概念的输入所带来的大量语词，丰富了汉语词汇，给原先的汉语词汇注入了新的活力，而佛经的翻译和禅宗语录的盛行又必然促进外来语法结构对汉语的冲击。这种语言变革，及过来又必然引起中国人的思维方式的变化。从这个意义上来说，佛教北传所引起的汉语音韵学、词汇学、语法学、修辞学等方面的种种变革，无疑是中国汉语史上一场深刻的语言革命。

六、诗化的文学理论批评

中国诗话与印度梵语诗学一样，最富有诗味，是一种诗化的文学理论批评。

第一，论诗体裁的诗化。诗话论诗体裁，有韵散分途。韵文类有论诗诗和论诗绝句等，如杜甫《戏为六绝句》，旧题司空图《二十四诗品》，吴可等人的《学诗诗》，戴复古《论诗十节》，元好问《论诗绝句三十首》，谢启昆《读全宋诗仿元遗山论诗绝句二百首》，洪亮吉《道中无事偶作论诗绝句二十首》，姚莹《论诗绝句六十首》，李光昭《诗禅吟》，袁枚《续诗品》，曾纪泽《演二十四诗品》等等。论诗绝句之通于诗话，郭绍虞《诗话丛话》曾以洪亮吉《北江诗话》为证，认为二者“有同样性质，又兼论辞论事二端。”至于其散文类，从内容到形式，特别是其结构形态和表现手法，都具有明显的诗化特点。

第二，审美情感的诗化。诗话以诗为审美对象，专论历代诗人诗作、诗风、诗派，内容的诗意化，专门化，是内容庞杂的西方诗学不能比拟的。诗话作者大多数是诗人，兼诗人与批评家、理论家于一身，既具有丰富的诗歌创作经验，又特别注重于诗歌的审美鉴赏，他们对历代诗歌佳句隽语，名篇杰作的赏析评点，能从理论与实践相结合的高度，为读者打开诗歌艺术之宫的大门提供了一把金钥匙，可以说，每一部诗话佳作，本身就是一部诗歌赏析集，而每一部诗话的创作过程，就是一种对诗歌艺术之美进行鉴别的审美活动。这种审美活动，以作者的审美情感为中心，强调诗人的切身体验，具有审美的直观性的感性的经验形态，避免了诗歌审美的诗歌批评由概念到概念的一般化，抽象化的说教，使诗话论诗的内容更加具体、细致、生动、富有诗味。

第三，诗话理论形态的诗化。中国诗话受中国抒情诗传统的制约，特别追求艺术形式的朦胧传含蓄蕴藉之美，使诗话的理论形态具有模糊性。其基本特征是，寓丰富多彩的论诗之见于某种朦胧含蓄之美的形式之中，模糊蕴藉，委婉曲折，富出空白，富有诗意，透发读者的想象力，以寻求诗歌的味外之旨，体味言外之意，启开诗意之谜。这种模糊性，如“羚羊挂角，无迹可求，故其妙处透彻玲珑，不可凑泊，如空中之音，相中之色，水中之月，镜中之象。”诗话论诗的模糊性，有点像达·芬奇画笔之下的蒙娜丽莎的微笑，深邃难测，而又典雅、动人。千百年来，无数诗人被这种水月镜花似的诗意之美引得如醉如痴，如梦如幻，崇奉不已，衍为诗话，曲折其情，吞吐其语，因象悟意，神除言外，流风所披，举世景从。

第四，诗话表现方法的诗化。中国诗话，如同印度梵语诗学，论诗之法以比喻为最大特点用之于论诗人者，如宋人敖陶孙《敖器之诗话》论古今 29 位诗人，自曹操而至于吕居仁，以景喻，以物喻，以典故喻，以人事喻，比喻奇物，要言不烦。用之于论诗风者，如宋人蔡修《蔡百衲诗评》论唐宋 14 名家诗风，长短并重，瑕瑜互见，颇多见地；明人王世贞《艺苑卮言》卷五以比喻评论明代高棅以降 120 名诗人的诗歌艺术风格，集古今事物故实之总汇，酣畅淋漓，曲尽其妙，叹为今古奇观；用之于论诗法者，如谢榛《四溟诗话》，黄子肃《诗法》，邬以谦《立德堂诗话》等。还有以比喻论诗体、诗派、诗歌境界者，数不胜数。从总体看来，中国诗话以比喻论诗，较之佛教与梵语诗学之“博喻”，更富有诗话的特色：一是形象生动，众彩纷呈，其多多样性；二是语言简洁，多用排比句式出之，注重对称之美，整齐表现，排列有序，富有诗的结构，具有诗歌形式之美；三是大多采用比较方法，寓比较于比喻之中，即于比较中引喻，以比喻之法加以比较分析，比喻与比较交相辉映，达到高层次的审美效果。

第十二章　东方诗话与西方诗学

一、基督教文化与西方诗学

中国人对西方基督教的初步认识，肇始于唐代。唐太宗贞观九年（635），基督教叙利亚教会传教士上德·阿罗本携带经籍由大秦国来到长安，太宗派房玄龄迎至宫内，译经传道，建波斯寺；高宗时仍以阿罗本为镇国大法主，景教“法流十道”、“寺满百城”。景教，是基督教的一个派别，属于聂斯脱利派。德宗建中二年（781），建立《大秦景教流传中国碑》，由大秦寺教主景净口述，吕秀岩书写，刻碑而示。碑文先叙基督教大义，次写635-781年的近一个半世纪里景教流行中国的情况，末为伊斯业绩的赞美之辞。此碑于明朝熹宗天启五年（1625）在陕西出土，现藏于西安碑林，是基督教流行中国的一个历史见证。

基督教（Christianity），公元1世纪起源于巴勒斯坦，相传为耶酥所创立。以《旧约全书》与《新约全书》为圣经，信奉上帝，耶稣是上帝之子，惟有上帝及其独生子耶酥基督才能拯救人类。基督教的圣洁，崇尚“真善美”的思想境界，是符合文化人类的审美追求、文明水准和最高利益的。

韩国梨花女子大学，是基督教会创办的世界上最大最古老的女子大学，她以“真善美”为人文语境和办学宗旨，在校徽上铸造了“真”“善”“美”三个汉字。20世纪90年代之初，当我第一次在梨花女子大学的校园里，看到韩国女大学生胸前佩带的校徽上这三个闪光的字眼的时候，我的眼前仿佛升起了一道绚丽的彩虹。在地球上，无论人种，无论民族，无论宗教，无论性别，无论国别，无论老少，无论古今，“真善美”是全人类共同追求的理想境界，是人类克服异化、使人性获得复归的一束理想之光。

人类的灾难太多了，天灾人祸，战争、饥荒、病魔、毒品，自然的，人为的，受害者都是平民百姓。我们常想，上帝造人，难道是要惩罚人类，让人类受苦受难吗？曰："非也！"你看，那甜蜜温柔的伊甸园，那普罗米修斯偷来的火种，那女娲炼石补天的妙手，那后羿射日的利箭，那精卫填海的意志，那神农氏遍尝百草的忠诚，那夸父追日的脚步与拐杖，那大禹治水的辛劳，那洪水泛滥中的诺亚方舟，那耶酥背负的十字架……都是为拯救人类的苦难而设计的。"我不下地狱，谁下地狱"；"我不背十字架，谁背十字架"？这样铮铮有声之语，正代表着为人类的共同命运而敢于自我牺牲者最崇高的意念和伟大的承诺。

耶酥，作为人类的救世主，最后却被其叛徒犹大出卖。犹太教当权者把耶酥钉死在沉重的十字架上。这是基督教的历史悲哀，这是多么令人诅咒的现实！然而，叛徒犹大作为耶酥的十二门徒之一，竟然为了获得三十块银币的蝇头小利而出卖圣洁伟大的耶酥，才应该为人类所唾弃，才应该被永远钉在历史的耻辱柱上。

然而18世纪后，法国的启蒙运动，是"中国热"的思想学术之风，出现以著名作家伏尔泰、卢梭等为撰稿人的"百科全书派"，广泛翻译和传播中国文化，赞美中华民族"可以和欧洲最开明的民族竞争"。伏尔泰极端推崇孔子的仁学，称颂孔子为"天下唯一的师表"，认为孔子比基督还伟大，因为孔子从不以神或预言者自命，不讲神秘，只谈道德，不将真理与迷信混同；而基督教则是虚伪的，迷信的，只给人类带来不幸。孔子说"己所不欲，勿施于人"，基督从未说过类似的话。基督不过禁人行恶，孔子则更劝人行善，要人"以直报怨，以德报怨"。霍尔巴赫的《德治或以道德为基础的政府》一书，特地提倡"以德治国"的政治主张。1793年罗伯斯庇尔起草的《人权和公民权宣言》指出："其原则为自然，其规则为正义，其保障为法律，其道德界限则在下述格言之中：己所不欲，勿施于人。"被马克思称为"现代政治经济学始祖"的法郎士·魁奈，乃是"欧洲的孔子"。他推崇孔子和中国的重农学派，建议欧洲向中国学习，认为"中国哲学胜过希腊，一部《论语》可胜希腊七贤"。

当今之世界，道德沦丧，物欲横行，暴戾肆虐，金钱和权利成了唯一的人际关系和价值标准。一切都作假，商品作假，学问作假，文凭作假，货币造假，建筑造假，食品造假，人都可以克隆造假……这还像什么世界？还有什么“真善美”可言？科技的发展，本意在于为人类谋福利，然而最终却促进了人类的异化，导致人类的自我灭绝。这是文化人类学的悖论。这样的科技竞争，于人类又有何益？与猖獗的军事竞争又有何异？科技给人类生存环境带来的负面影响，工业化给人类造成的灾难性破坏，已经明显地感觉到了。人类最后是自己毁灭自己，这不是危言耸听。所以，我们要呼唤文明，呼唤文化智者，呼唤“真善美”的复归！而那些为一己、一时、一地、一国之私利竟可以置人类、置民族、置百姓的根本利益于不顾的人，其行为之丑恶与出卖耶稣的叛徒犹大又有什么两样?

人们常说，西方诗学是希伯莱文化与基督教文化的产物。虽然有些片面，但就其渊源与后世崛起的基督教而言，不可能没有联系与影响。

我们讲的“西方诗学”，是指以亚里斯多德的《诗学》为鼻祖的西方文学理论的通称而言。这个通称，是“五四”新文化运动前后中国学者为区别于东方而倡言的。

亚里斯多德（Aristotelēs，公元前 384-前 322），人传其出身于斯坦吉拉。从古希腊唯心主义大师柏拉图（Plato，公元前 427-347）受业，柏拉图死后，前往小亚西亚阿索斯城讲学，曾任马其顿王国太子亚历山大的老师，后去雅典创办吕克昂学园，从事讲学与研究。亚里斯多德摈弃了老师的客观唯心主义的“理式说”，针对柏拉图的哲学思想和文艺观点，站在朴素唯物论的理论高度，就文艺与现实的关系、文艺的社会功能等问题进行深入探讨，认为文学艺术源于一种永恒不变的“理式”，是对“理式”的“摹仿的摹仿”，撰写《诗学》一书，成为西方诗学的奠基之作。他是古希腊最著名的哲学家和文艺理论家，影响及于整个西方世界。马克思称他是“古代最伟大的思想家”，恩格斯认为他是古代欧洲大陆“最博学的人”。

《诗学》是西方第一部比较系统而全面的文艺理论专著。此书从摹仿出发，分别论述了诗的起源、诗的真实与历史的真实、诗的分类以及悲剧、喜剧艺术等问题。全书分五个部分，凡 26 章。其中第一部分为序论，第二部分论悲剧，第三部分论史诗，第四部分论文艺批评的原则和方法，第五部分将史诗与悲剧加以比较研究，认为悲剧形式比史诗更高。作者认为，摹仿是人的本能，以摹仿为主的文艺创作，可以给人们带来快感和“求知”；由于摹仿媒介不同，文艺的种类也不各异：因摹仿的对象不同，而有悲剧、喜剧；由于摹仿的方式不同，又得史诗、抒情诗与戏剧之分。亚里斯多德特别推崇悲剧，认为“悲剧是对于一个严肃、完整、有一定长度的行动的摹仿”。

亚里斯多德《诗学》，是古希腊文艺创作经验的总结和理论的升华。在西方文艺理论史上影响极为深远。此后，古罗马贺拉斯（Quintus Horatius Flaccus，公元前 65-公元 8 年）的《诗艺》，意大利明屠尔诺（Antonio Sebastian Minturno）的《诗的艺术》，法国布瓦洛（Nicolas Boileau Despreaux, 1636-1711）的《诗的艺术》等等。其后，虽然西方的诗学著作已很少有继续沿用《诗学》之名者，不像《诗话》之名一直沿用至今，但近 2000 年以来，西方多沿袭亚里斯多德《诗学》的文艺理论系统，将诗学概念引入美学。于是在西方，“诗学”就成为了“文艺理论”与“美学”的代名词。由此可见，“诗学”是一个包含着诗论与一般文艺理论乃至美学理论的传统概论，是广义的诗学概念。

二、中西诗学之别

中国诗话滋生、繁衍在诗歌国度的皇天后土之中，与亚里斯多德创立起的西方诗学相比较，其研究对象与包容范围，则有着明显的差异性。中国诗话的研究对象虽然也兼及文，如宋代的《唐子西文录》《韵语阳秋》《王直方诗话》，以及明代王世贞的《艺苑卮言》、清代沈德潜的《说诗晬语》等等，但皆以论诗为主，主要对象又是抒情诗。因此，人称中国诗话是关于抒情诗的科学，是狭义的诗学。而西方诗学，其研究对象泛指以史诗和悲剧为代表的整个文学艺术，它论诗，而以叙事性的史诗为主，更重在悲剧之论。因此，人称西方诗学为关于语言艺术的科学，是广义的诗学，实质就是西方的文艺理论。

中国诗话，是中国古代文学理论的一个重要组成部分。作为古代文论的一个分支，中国诗话尽管与西方诗学存在明显的差别，但是，它们立足于各自的文化传统，对于文学艺术的审美作用和功利价值又都曾作出了相应的回答，具有某种共同的“诗心”与“文心”。因此，比较中国诗话与西方诗学，目的在于寻求跨越东西文化的共同诗学规律。正是出于这崇高的目的，我们一则要寻求中国风格，二则又要跨越中国风格，在东方诗话与西方诗学的各自体制和理论系统中进行同中辨异，异中求同的比较研究。这种“比较”不是比高低优劣，“既不是要证明中国比西方高明，因而用中国古代的美学理想来反对西方的美学思想；也不是要证明西方的高明，从而否定中国古典美学思想”[1]，是比风格，比特点。

在世界文坛诗苑，每一个民族都有自己的审美意识和价值观念，这是一种历史的积淀，是民族文化心态所形成的一种传统观念。而作为这种审美意识和价值观念的理论形态之表现的诗学和美学思想，与本民族的文化传统是分不开的。中国诗话，之所以区别于西方诗学，形成了自己独特的中国风格，就因为它植根于中国这一诗国的沃土之中，打上的是中华民族传统文化的烙印，体现了东方民族古朴的文化性格。

（一）论诗体制之别

西方诗学的论诗体制，大多是理论著作，体制完备，逻辑严密，长于思辨，如同罗马大帝国金碧辉煌的宫殿一样。而中国诗学，除《文心雕龙》与《原诗》等之外，大多是漫谈随笔体式的诗话、词话、曲话、赋话、文话、剧话、小说话之作。

中国几千年的传统文化，是以儒家思想为其核心的。自从董仲舒提倡“罢黜百家，独尊儒术”，中国人没有不读儒家经典的。在儒家思想熏陶之下，中国士大夫以“学而优则仕”为唯一出路，读书究经他们进身求荣的阶梯。他们的理想、志向和情趣，他们的希望、前途和命运，都与仕途成败紧密相连，与宦海沉浮息息相关。所以，与西方不同，中国古代的诗人，大多是兼官僚、政客、诗人于一身，并无职业诗人，即使“隐逸诗人”和“布衣卿相”如陶潜、柳永之辈，也都是仕途舛厄、科场失意者。诗，只是他们娱情遣兴的工具，所谓“调理性情，静赏自然”而已。每当政事闲暇、友朋了聚欢之际，而或辞官归隐、游山玩水之时，赋诗填词，娱人娱己，乐在其中。这种“余事作诗人”的创作态度，决定了中国士大夫对诗的传统观念。这样，就整个文化来说，诗人对诗歌本身的贡献则是次要的。而重要的则在于使诗人自己的精神有所寄托。不论是官场的宠儿，还是人生旅途的穷困乏潦倒者，诗，则为他们“排解感情纠葛的特效剂”（闻一多语）。

鉴于这种民族文化传统的影响和诗歌本身“排解感情纠葛”的特殊功能，诗话作为中国古代一种独特的诗论之体，从它一诞生起，则与士大夫茶余饭后的谈资结下不解之缘。诗话，由欧阳修创始，从这种诗论体裁在中国古典诗论的母亲内孕育，经过“十月怀始”至北宋欧阳修时代而“一朝分娩”的实

1　蒋孔阳语，《学术月刊》1982 年第 3 期。

际情况来看，诗话诞生之之初确实是“绪余”之作，郭绍虞《论诗话绝句》所谓“偶出绪余撰诗话”者也。欧阳修在《六一诗话》卷首题序云：“居士退居汝阴而集，以资闲谈，”“闲谈”一作“闲话”。这个题序，清楚地表明了欧公《诗话》的创作宗旨。所谓“闲谈”者，在口为谈资，是对“宋人言诗”而言；在手为行文运笔的风格，是对诗话创作而论的。欧公首创作话之体，采用漫谈随笔体式，由一条一条内容互不相关的论诗条目连缀而成，随言短长，应变作制，富有弹性。正是这种灵活自由的论诗体制，轻松活泼的论诗风格，很适合中国没有职业作家的诗坛实际，为谈文论诗开一方便法门，因而欧公之后，效者云集，并继续为历代诗话所沿袭，从而形成了中国诗话所固有的民族文化性格，这就是闲谈性，随笔性。

与中国古代文学创作未成为一种独立职业，文学创作只是士大夫仕宦以外聊以自娱的风雅余事不同，西方从希腊奴隶社会起，文学创作就转化而为一种商品生产。诗人、剧作家都是职业作家，吟游诗人以讲唱史诗、神话、英雄传说为生，剧作者以给剧场提供演唱剧本而获取酬金。文学创作随着商品经济的发展而进入了文学市场，成为文学商品，形成了作家这一职业阶层。中国几千年的封建社会，以农业为立国之本，商品意识淡薄，文学创作的新产品化直至近代资本主义的萌芽才和以实现。从第一个大诗人屈原开始，文学家就没有以文学创作为终身职业的。诗文创作以消闲自娱为旨归。在这种创作风气之中，诗话创作的闲谈性也就更为突出了。

因为是“闲谈”，寓教于乐，轻松活动，趣味盎然。西方诗学，固然长于思辨，善于大段的逻辑推理，但就诗论而言，一般逻辑严密的理论巨著，往往令人望而生畏，趣味索然，味同嚼蜡，难以卒读；而中国诗话，体制灵活，行文自由，无须西方诗学那样严密的逻辑推理、系统的思辨和精心巧妙的构思，只要灵感触发，诗思彻悟，有感而作，三言两语，便道出精辟这见，义蕴深厚，益人神智。正如郭绍虞所说，诗话之作“在轻松的笔调中间，不妨蕴藏着重要的理论；在严正的批评之下，予多少又带些诙谐的成分。[2]因而令人百读不厌，爱不释手。有些人看不起诗话之体，正如钱钟书先后所批评的那样，这等人“重视废话一吨，轻视微言一克”，[3]就是未能看到诗话论诗的这种风格之美。

---

2 郭绍虞：《宋诗话辑佚序》。

3 钱钟书：《七缀集》。

因为是“闲谈”随笔，诗话的创作语言具有鲜明的通俗特点，大都运用宋元语言中的白话文言文，没有西方诗学那种长于逻辑思辨的欧化语言，也没有《文心雕龙》那样骈俪工巧与深奥简古，而是“自然为文”，通俗明白，平易浅近，更便于敷言达意，为广大读者所喜闻乐见。这种可读性，赋予了诗话以永久的艺术生命力。欧阳修首创诗话之体以后，中国诗话出现长足之势，效者如云，著作迭出，世代相传，历久不衰，成为中国古代诗歌评论的一种主要样式，无论在数量方面，抑或在质量方面，都是其他任何诗论著作所无可无拟的。

（二）论诗主旨之别

论诗主旨，就是诗学观念。中国，是诗歌的国度。然而，这“诗”，不是西方的叙事诗、史诗，而是中国的抒情诗、格律诗。中国传统文学，以抒情类为主。抒情是诗歌的旗帜，是诗歌的本质特征，也是诗歌的基本内容。古往今来，中国人的诗学观念，即对诗的本质的认识，历来与西方大相径庭，大异其趣。

在西方，诗学就是文艺学。西方诗学重在摹仿、长于再现，重在叙事艺术，要求诗歌创作也象造型艺术一样，惟妙惟肖地描绘事物，形象逼真地再现社会生活的真实；而中国，则重在情感表现，长于抒情言志，多用写意手法，形成了中国抒情诗特盛而叙事诗不甚发达的民族文化传统。正是出于民族文化性质的历史积淀，是几千年中国农业社会的经济生活与半封闭式的大陆文化格局的反映。

中国封建社会中，自给自足的小农经济，形成了中国文人强烈的主体意识。自尊，自力，自强，多能以“达则兼济天下，究则独善其身”为自己的信条和行为准则，水清水浊之间，自以为濯缨濯足，行藏在我。这种文人主体意识和思想感情，强有力地呼唤着人的自我修养，追求理想完美人格。作诗著文，目的在于抒情言志，兴致所至，遣兴抒怀，随遇而发。诗人所珍视的不是能否取悦于他人，能否广为流传，而是情感表现的自身价值。

价值问题，最能反映出一个民族的文化传统、文化心理和思维机制。中国诗人没有从自己的创作劳动得到半点实惠。杜甫“诗圣”，地位至尊于诗坛，然而晚年穷困潦倒，也不能靠诗歌创作卖钱度日；白居易名重鸡林，时人曾将白诗“缮写模勒，炫卖于世”，而诗人自己却得不到半文稿费……中国诗人注重于诗歌抒情言志的自身价值，强调诗歌的自我意识。这与西方叙事史诗重在再现整个民族的发展历史，形成鲜明的对照。这种对照，正是东西方民族不同的诗学文化观念的反映。

诗话，作为中国独特的一个诗论之体，面对着如此发达的中国抒情诗，则自然地把自己论诗的注意力放在诗歌抒情言志的本质特征方面，正像西方诗学注意力放在文学作品的故事情节和叙事艺术技巧方面一样。

西方诗学，偏重摹仿、抒情、写实，以再现历史的真实；中国诗话论诗，则偏重表现、抒情、言志，以表现情感的真实诚挚。这，就是中西诗论和美学的重要特点与基本区别之一。

一般为说，西方诗学不大计较诗人的人格修养和道德品质。只要他能诗、有诗，对诗歌艺术的繁荣发展作出较大贡献，就足以掩盖诗人自身的疵病。因此，西方诗人拼命追求诗歌的艺术美，往往只凭借诗歌本身的故事情节和艺术技巧来表现自己独特的艺术风格和艺术个性，诗与人格基本上是脱节的。而中国的情形就不大相同。中国传统文化。历来强调美与善的和谐统一，提倡“为人生而艺术”，以美善相兼为文学艺术作品的理想境界。所谓诗“发乎情，止乎礼义”者，这“情”受到“礼义”的约束，以儒家伦理道德规范为准则，把诗人的情感生发与社会伦理道德规范紧密结合起来，并以道德规范来指导情感表现。强调“温柔敦厚”儒家“诗教”的之旨，认为诗如其人，诗品出于人品。正如清人余云焕《味蔬斋诗话》所云：“诗以人重，人品不正，诗虽工，不足道。”[4]六朝人忽视了人格之美，诗风因诗品以坠落，而至盛唐，随着社会风气之变，盛唐人气象使人们复活了追求人格之美的文化心态，中国诗歌因而进入了全面复兴的黄金时代。所以，“诗品出于人品”之说，虽然曾经打上封建印记，却正是中国诗话对诗歌注重人品、对应人格之美的民族文化性格的精辟概括，与西方诗学提倡“为艺术而艺术”的诗学观念对比何等鲜明！哈奥斯本《美学与艺术原理》认为，中国的文学艺术和美学思想的构成，是“艺术作品—道—艺术家的人格”三位一体。

（三）审美鉴赏之别

西方诗学对文学艺术作品的评论，往往采取一种冷漠的、旁观的、严正的评判态度，有如执法如山的法官。

中国的诗话特别注重于审美鉴赏。

4　《味蔬斋诗话》卷一，清光绪34年刊本。

中国诗话特别注重诗歌、诗句、诗律、诗境的审美鉴赏，作者既是诗歌评论家和诗歌美学的理论家，又是引导读者进入诗歌艺术宫殿的审美鉴赏家。读者在阅读每一部诗话时，耳边常常回荡着作者提醒读者“注意欣赏”的声音，犹如阿尔卑斯山谷中竖立着的那块写着“慢些走，欣赏！”的标语牌一样。

纵观中国诗话，作者曾反复申说的所谓“兴趣”、“滋味”、“神思”、“妙悟”、“意境”、“神韵”、“情意”、“兴寄”、“含蓄”、“真实”、“诗眼”、“诗格”、“气象”、“自然”、“意象”、“意趣”等等概念、术语、理论，大凡都属于诗歌审美鉴赏的范畴。从诗歌鉴赏的一般原则，到诗歌鉴赏的分类和方法，有关诗歌鉴赏的一系列重要问题，历代诗话都有比较明确的论述，特别是诗话作者对历代诗歌隽句秀语、名篇佳作的赏析评点，更能从理论与实践相结合的高度，为读者打开诗歌艺术之宫大门提供了一把金色的钥匙。从这一角度来看，一部诗话佳作，本身就是一部诗的赏析集。无怪乎钱钟书先生曾视自己的诗话《谈艺录》一卷而为“赏析之作”。[5]施蛰存先生的《唐诗百话》，以《初唐诗话》《盛唐诗话》《中唐诗话》《晚唐诗话》为序编列，原名《唐诗串讲》，后改用“诗话”体制与方法，目的在于“帮助读者欣赏”唐诗。[6]傅庚生先生的《百家唐宋诗新话》，[7]以唐宋诗人为纲，以唐宋诗为目，每一首诗之下系之以诗话，是一部唐宋宋诗的新诗话集，实际还是一部道地的“唐宋诗歌作品欣赏集”。

中国诗话特别注重于诗歌的审美鉴赏，乃是我国古代民族文化性格和审美心理特征的一种反映。

第一，从诗的观念来看，英国诗人华滋华斯有一句至理名言：“诗起于经过在沉静中回味来的情绪。”[8]诗是感情的流露，而诗的情感都是从沉静中回味得来的。朱光潜认为：“感受情趣而能在沉静中回味，就是诗人的特殊本领。”[9]中国诗人亦然，多是在政事闲暇而心境平和之时赋诗填词，意在娱已娱人。闻一多论及王维诗时说过：

王维替中国诗定下了地道的中国诗的传统，后代中国人对诗的

5　钱钟书：《谈艺录序》，中华书局 1984 年版。
6　施蛰存：《唐诗百话》，上海古籍出版社 1987 年版。
7　傅庚生：傅光选编：《百家唐宋诗新话》，四川文艺出版社 1989 年版。
8　朱光潜：《诗论》。
9　朱光潜：《诗论》。

观念大半以此为标准，即调理性情，静赏自然。他的长处短处都在这里。[10]

受这种诗的观念之影响，中国人总以为诗的精微奥妙，只可意会而不可言传，个中诗意全靠细细品味，一经科学分析，即如七宝楼台，拆碎不成片段。宋代理学家朱熹说："诗须是沉潜讽诵，玩味义理，咀嚼滋味，方有所益。"[11]所谓"玩味""咀嚼"，就是强调品尝鉴赏。读者只有通过想象回味。这种文化心理，自然会形成重直观的审美鉴赏而不重理性分析的逻辑思辨的一种传统偏见。

第二，从中国诗歌的诗心机制来看，由于中国古典诗歌深深地植根于农业社会"天人合一"的文化心态之中，凝聚着丰富的自然审美意识，它往往偏重于"人与自然"融凝为一体的意象之美和艺术境界之美。一般来说，所谓意象，则有自然意象和都市意象两种。作为西方文学的主流，小说戏剧乃是都市意象的反映；而作为中国古典文学主体的诗歌，几乎全部意象都是从农村大自然景象中提取的。例如以社会美、生活美、艺术美而著称古今的一代唐诗，就饱浸在农业社会的自然意象之中，而且其意象密度之高，可以说连西方现代意象派诗歌也望尘莫及。[12]这种高密度的自然意象，正是唐代诗人用抒情方式，在素朴、完美、幽雅的大自然中寻觅解悟、超脱，倾诉对大自然的一种眷恋、礼赞和向往。论其动机，在现实层面上是为了寻求心灵的慰籍，在哲学层面上是为了呼唤人性的复归。而在诗歌创作方面，它不仅增添了中国古典诗歌的艺术美，而且在读者的欣赏心理更加强了揣摩、品味的传统节气习俗，每当阳春三月、群莺乱飞，或秋日融融、天高气爽之际，人们偕伴登山临水，观花赏月，寄情山水，眷慕田园，陶冶性情，并且在"山水之乐"里录觅诗思、诗肠、诗境。晚唐郑棨所谓"诗思在灞桥风雪中，驴背上"以及前人"骑驴觅诗"之事，就是一种以情感趋于"人与自然"融凝合一为特征的诗歌审美体验，是植根于农业社会的文化心态和重于自然意象之美的诗心更加自觉化、细腻化和美学化的具体表现。所以，中国诗话之注重于诗歌的审美鉴赏，一个重要的文化基因就在于农业社会的文化心态和诗心机制所造成的。

第三，从诗歌语言风格来看，中国诗话对诗歌语言的要求，一是贵含蓄，

10 郑临川：《闻一多论古典文学》。

11 魏庆之《诗人玉屑》，上海古籍出版社 1959 年本第 267 页。

12 参见蔡镇楚《唐宋诗词文化解读》第 256、257 页，北京图书馆出版社 2004 年 9 月本。

二是重格律。“诗忌直，意忌浅，脉忌露，味忌短”，[13]就是说诗以含蓄蕴藉为美，已成为中国诗歌千古不变的信条。从旧题司空图《二十四诗品》的“不著一字，尽得风流”，到严羽《沧浪诗话》关于诗歌妙处在于“透彻玲珑，不可凑泊，如空中之音，相中之色，水中之月，镜中之象，言有尽而意无穷”之论，都把朦胧含蓄蕴藉之美作为诗歌的最高品格。中国诗歌惜墨如金的简炼性、语言的弹性以及“水月镜花”似的模糊朦胧性，则在时间和空间上造成许多诗意、诗境的空白点。这既是诗歌赏析的难点，又能使读者在阅读欣赏诗歌时充分发挥各自的理解能力和想象能力，以填补这些“书不尽言，言不尽意”[14]的空白点。中国诗歌的“言外之意”与“味外之旨”，为诗歌的审美鉴赏开拓了一个无比广阔的天地，使读者能够展开想象的翅膀，在这个广阔的天地里自由地飞翔，以寻求味外之旨，体味言外之意，启开诗意之谜。再者，中国汉字属于表意文字，不讲究方法上的结构美，而偏重于形式美的组合。所以中国古典美学要求诗歌艺术必须严格遵循语言形式美的艺术规律。中国诗话论诗，注重诗律之美。律诗的平仄对仗，正是形式美规律的表现，体现了古典诗歌和谐美的审美。中国与阿拉伯一样，注重诗歌艺术的审美鉴赏。古往今来，中国诗歌的审美鉴赏，之所以胜义纷呈，千姿百态，呈现出一派见仁见智的繁荣景象，正是由于中国古典诗歌艺术本身的语言风格和审美特质所决定的。

（四）诗学传统之别

所谓传统，就是民族文化的历史积淀。

蒋孔阳《中国古代美学思想与西方美学思想的一些比较研究》一文指出：“在西方，无论是希腊、罗马的奴隶社会，或者是中世纪的封建社会和近代的资本主义社会，都带有宗教性和商业性的特点。中国虽然也有宗教和商业，而且宗教和商业还抱着相当大的作用，但比较起来，中国民族不如西方民族那样具有浓厚的宗教性和商业性，而是更多地具有宗法性和农业性。”[15]这种强烈的宗法性，深刻地桎梏着中国人的国民性和民族文化性格。正如闻一多所说的那样：“周初是我们历史的成年期，我们的文化也就在那时定型了。当时的社会组织是封建的，我们的文化也就在那时定型了。当时的社会组织封

13 严羽：《沧浪诗话・诗法》。

14 《易・系辞》。

15 《中西比较文学论文集》第7页，四川文艺出版社1985年版。

建的，而封建的基础是家庭，因此，我们三千年来的文化，便以家庭主义为中心，一切制度，祖先崇拜的信仰，和以教为核心的道德观念等等，都是从这里产生的”[16]闻一多、蒋孔阳这些精辟论述，深刻提示了封建宗法制度下中国传统文化的物质。文化是有惰性的，几千年的历史积淀，几乎成了中国人的第二天性，这就是浓厚的尚古意识。正是这种尚古意识，极其深刻地影响了一部中国文学以复古为变通的历史，也同样影响了中国诗话创作，使中国诗话的论诗内容具有尊重传统、崇拜祖先、以古为尚的民族文化性格。

清人吴乔《围炉诗话》卷一指出：“诗道不出乎变复。‘变’，谓变古；‘复’，谓复古，‘变’乃能‘复’，‘复’乃能‘变’，非二道也。”[17]吴乔认为，诗歌的发展演变就在于“变”与“复”。所谓“变”，就是变古，即对诗歌旧传统的变革与突破；“复”，就是复古，即对传统的继承与复归。“变”与“复”是一对矛盾的统一，“变乃有复，复才能变”，互为条件，相辅相成。“宋人惟变不复，唐人之诗意尽亡；明人惟复不变，遂为叔敖之优孟”。吴乔这种由“变”而“复”的“复变”循环论，指出了诗歌发展演变过程中对传统的继承与革新的相互关系，是有见地的，与叶燮《原诗》的“正变”论，有某种共通之处。

德国社会学家恩斯特·卡西尔《人论》指出：“中国是标准的祖先崇拜的国家，在那里我们可以研究祖先崇拜的一切基本特征和一切特殊意义。”[18]是的，在中国，祖宗崇拜具有渗透一切的特征，这种特征极其充分地反映并规定了中国人家庭乃至家庭中的全部社会生活。各家各户的神龛上，供奉着列祖列宗的牌位，上面用撒上金粉的大红纸写着“祖德流芳”的横扁，子子孙孙，顶礼膜拜。这就是中国人最普遍的宗教活动主题之一。德·格鲁特（de Groot）在《中国人的宗教》中说：“死者与家庭联结的纽带并未中断，而且死者继续行使着他们的权威并保护着家庭。他们是中国人的自然保护神，是保证中国人驱魔避邪、吉祥如意的灶君（household-gods）。……正是祖宗崇拜使家庭成员从死者那里得到庇护从而财源降盛。因此生者的财产实际上是死者的财产；固然这些财产都是留存于生者这里的，然而父权的和家长制权戚的规矩就意味着，祖先乃是一个孩子所拥有的一切东西的物主……因此，我们不能不把对双

16 《家庭主义与民族主义》，《闻一多全集》第 453 页。
17 吴乔：《围炉诗话》卷一，《清诗话续编》（一）第 471 页。
18 《人论》，上海文艺出版社 1985 年版第 108 页。

亲和祖宗的崇拜看成是中国人宗教和社会生活的核心的核心。”[19]

格鲁特的以上叙述，是符合古代中国的社会生活实际的。中国人的祖宗崇拜的文化意识，渗透到诗坛文苑，就出现了经久不衰的尊杜、宗杜之风。中国诗话，论诗宗杜，曾经是一种最为普遍的诗学文化倾向。古往今来，杜甫被尊为“诗圣”，杜诗被誉为“诗史”。在诗歌与诗话并举的文化国度中，杜甫身处至尊的地位。至于金代，著名学者元好问的杜诗研究而形成影响古今中外的“杜诗学”。清人息翁方世举《兰丛诗话序》谈及有关论杜的“草堂诗话”独盛的情况，云：“余少学朱竹垞（chá）先生家，见《草堂诗话》之专言杜者，凡五十家，他可知也。”[20]不仅中国诗话论诗尊杜，朝韩诗话亦然，如崔滋《补闲集》云：“言诗不及杜，如言儒不及夫子。”崔氏将杜甫与孔子相提并论，足见朝韩诗话家对杜甫的推崇与崇拜。

西方诗学长于严密的罗辑思辨，具有系统的理论探索性，表现了西方海洋文化勇于开拓的民族精神和冒险性格。但是，毋庸讳言，西方诗学有一个致命的缺陷，就是文艺理论的前后否定的相对排斥性。先是“摹仿说”被“再现说”所否写，而后“再现说”又为“表现说”所排斥，理论与学说之间缺乏包容性。中国诗论和美学思想，如海纳百川，容量很大，各种理论、学说之间具有深刻的内在联系，是互相融合，而不是相对排斥、前后否定的。先有“诗言志”说，而后又有“诗缘情”说；前者本身就含有缘情观念，后者又吸收了诗言志说中的“合理内核”，脱胎于“诗言志”说，也包含有言志的观念。在中国诗话乃至中国文学理论史上，“诗言志”与“诗缘情”二说，相互融合，发展壮大而成为中国古典诗学理论的两大基石。又如清代诗话的四大学说：王士祯《渔洋诗话》之“神韵”说，沈德潜《说诗晬语》之“格调”说，袁枚《随园诗话》之“性灵”说，翁方纲《石洲诗话》之“肌理”说。尽管四大学说分立，自成一家之言，但这四大学说又是互相补充而不是互相排斥的。正如日本学者青木正儿在《清代文学评论史》中明确论述了三者之间的内在关系：

> 性灵，格调和神韵，可谓诗的三大要素。性情是诗的创作活动的根源，其灵妙的作用就是“性灵”。而将由于性灵的流露而产生的诗思加以整理的规格，就是“格调”。这样创造出来的艺术品中自然具备的优美风韵，就是“神韵”。所以，仅仅是性灵的流露，并不能

---

19 《中国人的宗教》(The Religion of the Chinese)，纽约 1910 年版，第 67、82 页。
20 《清诗话续编》(二) 第 769 页。

在为诗，必有待于按照格调加以整理；而仅仅加以整理过，也不能就是好诗，还必须具备神韵。以上，从诗的创作过程探讨了三者的关系。再就创作出来的作品而言，性灵是充实诗的内容的思想，格调是构成诗的外形的骨骼。而神韵则是建立性灵和格调之上的风韵，而且不是游离于性灵、格调之外，莫如正是发自这二者的音响的余韵。[21]

青木正儿从诗歌创作过程和作品两个方面论述了性灵、格调、神韵在者统一于诗歌这中的血肉关系，深刻地阐述了中国诗歌理论体系中各种学说之间所具有的内在的本质的联系，鞭辟入里，甚为精到。而且鉴于汉语词汇的丰富多彩，中国古代文学艺术理论范畴，本来就有自己独具中国特色的用语，如：神韵、风韵、风神、风味、风流、风调、风致、风度、风力、风骨、韵味、韵致、韵度、清空、空灵、格力、格调、格韵、意趣、意味、意兴、意气、意境、气势、气韵、气格、气骨、气调、骨气、神气、神味、神情、神理、入神、情韵、情致、兴味、兴会、骨力、格致、神思、诗思、文思、诗眼、诗肠、诗格、诗式，等等，构成了一系列有别于西方诗学的基本概念、范畴、范畴群，从各自不同的角度探讨和总结了文学艺术创作与文学批评的某些普遍规律。其蕴含深刻，胜义纷呈，是西方文学批评乃至西方诗学难以企及的。王渔洋标举一个“神韵”，翁方纲也无法理解透彻，今人郭绍虞、朱东润这类文学批评专家在诠释时也曾搁笔三叹，更何况外国人从西方诗学的角度去评论中国文学艺术论或文艺美学，当然很难得其要领。许多名词术语、概念范畴，如“神韵”、“风骨”、“意境”，在西方文学批评或美学的宝库之中很难找到相互对应的词语，以致一些西方学者不懂其中真谛，却说中国的文学理论和文艺美学是一个“闭合体系”。其实是一种误会。

（五）中西文化之别

中西文化比较，属于异质文化比较，是广义的比较文学范畴。这种比较，从宏观到微观上展示东西文化特质之别，是中华文明史研究的开拓之举，也是中西诗学比较研究的一把金钥匙。不同的国家民族，由于生活方式、历史环境、价值观念、审美情趣的差异，形成不同的文化观念。文化观念不同，人生观、价值观、审美观乃至世界观也必然存在差异。今日之世界，东西方学

21 《清代文学评论史》，中国社会科学出版社 1988 年本，第 122、123 页。

者对某些社会问题的看法出现分歧，实质上是文化观念、价值观念的差异性形成的。

何谓文化？文化的第一要义，是指文治与教化，与武治、法治是相对的概念。这种意义上的文化，最早出现于西汉刘向的《说苑 · 指武》："凡武之兴，为不服也；文化不改，然后加诛。"文化的第二要义，是以"文"化之，这种"文"是文明的同义词，与"野蛮"相对，即用"文"来治理，用"文"去教化的意思。

古往今来，中国人对"文化"的诠释，作为一种文化观念，相当谨慎而严肃，表现出对文化的敬畏心理，不是随意性的曲解滥用。而西方学者对"文化"的诠释，却非常随意，相当个性化，缺乏一个整体性的理性思考。因而，众说纷纭，莫衷一是。甚至认为文化的本意，是耕种与饲养活动，与汉语中的"文化"之意截然不同，简直是风马牛不相及。

英国文化学者特里 · 伊格尔顿（Terry Eagleton, 1943-）《文化的观念》说：英语中的文化（culture）来源于拉丁语的"cultura".，词根是"可以表达耕种、居住、敬神和保护当中的任何意义"的"colere"。这种文化观念，自然是属于物质的，生活型的价值观念。但是古罗马的西塞罗，却最早将文化的初始意义引申为培育人类心灵，而直至 17、18 世纪，英国的培根对文化的解读，才提高到"对人类心智的栽培"上来。

美国学者克洛伊伯等的《文化：概念和定义批评分析》，共收集关于文化的定义有 **160** 多种，归纳起来还有九种基本的文化概念，即哲学的、教育学的、心理学的、历史学的、人类学的、社会学的、生态学的、生物学的。这就是说，对于文化的解释，各个学科都有自己的文化观念。

现代意义上的文化观念，逐渐演变而为"广义"与"狭义"之别。广义的文化，是文明的象征，是指人类所创造的一切物质财富与精神财富之总和；狭义的文化，是指人类社会的精神文化意识，属于社会意识形态范畴，其性质是一定的社会政治经济所决定的。从狭义来看，中国先哲们对文化的解释，是符合科学的。

东西方的文化宗尚，截然不同。相对而言，古希腊虽然有前苏格拉底、柏拉图式的伟大哲学家，但是古希腊文化崇尚，是神话史诗与戏剧小说，比较注重作家与艺术家，如古希腊的《伊索寓言》、荷马史诗和三大悲剧作家之类；而中国则崇尚学术，比较注重学者和思想家，如老子、庄子、孔子、孟子、墨子、孙子、韩非子等先秦诸子及其学术文化思想之列。先秦诸子学之所以绵延不绝，作为学术文化的经典文献，历代学者不厌其烦地一一加以阐释，就是中国后代学者崇尚学术文化的结果。东西方两种不同的文化宗尚，致使西方的叙事文学特别发达，而东方的学术经典和抒情诗独占鳌头。我们无意贬低西方文化，但是过去，人们忽略了这种文化宗尚的比较，往往在亚里斯多德为代表的“西方诗学”面前，感到妄自菲薄、自惭形秽，以为西方的月亮总是比中国的月亮要圆。如果能从文化着眼，将中国古代汗牛充栋的学术文化经典摆在西方学者面前，如果让西方学人都能认真拜读先秦诸子著述及其《诗经》、楚辞、汉赋和唐宋诗词，他们才会感到东方升起的太阳是何等灿烂辉煌！感到中华文化是何等的博大精深！那是东方升起的一轮金色的朝阳，是东方崛起的文化昆仑，那是东方学术文化的喜马拉雅山峰！

至于柏拉图、亚里斯多德、贺拉斯之类思想家、文艺家，也最多可与先秦老子、孔子齐肩[22]，而后出现的但丁、培根、康德、赫尔德、席勒、黑格尔之类大家，已经不可与中国先哲们同日而语。18 世纪后，法国的启蒙运动，是“中国热”的思想学术之风，出现以著名作家伏尔泰、卢梭等为撰稿人的“百科全书派”，广泛翻译和传播中国文化，赞美中华民族“可以和欧洲最开明的民族竞争”。伏尔泰极端推崇孔子，称颂孔子为“天下唯一的师表”，认为孔子比基督还伟大，因为孔子从不以神或预言者自命，不讲神秘，只谈道德，不将真理与迷信混同；而基督教则是虚伪的，迷信的，只给人类带来不幸。孔子说“己所不欲，勿施于人”，基督从未说过类似的话。基督不过禁人行恶，孔子则更劝人行善，要人“以直报怨，以德报怨”。1793 年罗伯斯庇尔起草的《人权和公民权宣言》指出：“其原则为自然，其规则为正义，其保障为法律，其道德界限则在下述格言之中：己所不欲，勿施于人。”被马克思称为“现代政治经济学始祖”的法郎士·魁奈，乃是“欧洲的孔子”。他推崇孔子和中国的重农学派，建议欧洲向中国学习，认为**“中国哲学胜过希腊，一部《论语》可胜希腊七贤”**。

22 参见蔡镇楚《文化学引论》教学讲义。近几年，许多东西方学者质疑古希腊历史与学术文化的真实性，认为都是西方后代学人根据中国历史年表和学术思想虚构的人物与历史。参见诸玄识《虚构的西方文明史》、董并生《虚构的古希腊文明》等以及大同思想网。此当别论。

西方恪守着古希腊的文化宗尚，对作家、艺术家格外青睐，而中国始终以先秦诸子学为学术文化之源，关注学术，关注文化经典，关注社会民生。这是人类文化发展进程之中最为独特、最为光辉的篇章。

文化失去学术，就丧失了灵魂，势必被俗文化与娱乐文化所消解。西方作家之浪漫，如同海市蜃楼，柏拉图的《理想国》缔造的是文化的乌托邦；先秦诸子之严整务实，如同白雪皑皑的昆仑山，成就的是博大精深的文化昆仑。遥想巴比伦文化、玛雅文化、埃及文化、古印度文化、古希腊文化之类是何等辉煌灿烂，何以消失在历史的长河之中?

文化像一条长河，不择细流，滔滔不绝，生生不息，是人类生命的赞歌；文化也像一座大山，不辞土石，日积月累，博大深厚，是悠悠岁月的颂歌。文化就是一种信仰，是一个民族凝聚力的纽带，剪不断，割不掉，瓜瓞绵绵，祖德流芳，代代相传。

从总体而言，从远古神话到悠悠历史，从女娲补天、钻木取火、神农尝百草到后羿射日、精卫填海、大禹治水、愚公移山，中国文化源于黄土地文化，以土地与农耕文明为根基，形成中华民族勤劳俭朴、温柔敦厚、热爱家国、无私奉献的优秀传统与民族文化性格。西方文化宗尚不同，崇尚战神（古希腊神话中的战争之神是阿瑞斯（Ares）是主神宙斯的第二个儿子，蛮横凶残，好为征战，却屡战屡败），源于海洋文化，如海啸，如海盗，以流动迁徙、冲击冒险为基本特征，形成西方赋予开拓进取却又用于征伐、掠夺的殖民主义传统。面对中国的四大发明，中国人用于造福民生、缔造人类文明，而很少用于战争侵略；而西方则用于制造枪炮，从事机械工业、科学技术而用之掠夺、侵略与开拓殖民地。从古希腊神话塑造的英雄传说里，我们看到西方实用主义、殖民主义、霸权主义的文化基因。

这是东西方文化最典型的异质文化特质之别。

近代中国学者注重这种异质文化比较研究，但还很不成熟，如清代黄遵宪《日本国志》卷三十二《学术志一》率先比较中西学术文化[23]，说：

> 余考泰西之学，其源盖出于墨子。其谓人之有自主权利，则墨子之尚同也；其谓爱汝邻如己，则墨子之兼爱也；其谓独尊上帝，保汝灵魂，则墨子之尊天明鬼也。至于机器之精，攻守之能，则墨

23 日本，地属东亚，与中华文化同根同源，本属于东方文化，已如前述。但是明治维新之际，宣布脱亚入欧，而成为西方国家，走的是西化之路。

子备攻、备突，削鸢能飞之绪余也。而格致之学，无不引其端于墨子经上下篇。

这种比较，其方法论可视为开“影响研究”之先声。黄伯耀的《小说与风俗之关系》，从民俗学的角度，指出中国文化影响日本文化的事实：一是日本有感于中国小说蕴涵着的文化精神，而将《水浒传》《西厢记》等为小学教科书；二是日本《百杰图》，将中国文化先祖孔子、《水浒传》作者施耐庵与耶酥、释迦牟尼、拿破伦、华盛顿并驾齐驱，说明中国传统文化的无穷魅力。

但总体而言，梁启超才是近代中西文化比较研究的集大成者（如前述）。其他从各个不同角度对中西文化比较研究者，主要成果还有：金松岑的《论写情小说于新社会之关系》、佚名的《读小说法》、刘师培的《孔子真论》以及马建忠的《马氏文通》。

金松岑《论写情小说于新社会之关系》从社会文化学角度比较中西民族文化，指出：“人之生而具情之根苗者，东西洋民族之所同；即全能感之出而占位置于文学界者，亦东西洋民族之所一致也。”认为人类的情感实乃不分东西之域，比如“《茶花女遗事》，今人谓之外国《红楼梦》也”。

佚名的《读小说法》指出东西小说具有共同的“文心”：“新小说宜作子读：《伊索寓言》，一《庄》《列子》遗也；《卑娄谩言》，一邓、惠之遗也”；“读《世界末日》，胜于读《五行志》：一理想的，一非理想的也；读《环球旅行》，胜于读《舆地志》：一世界的，一非世界的也”；“描摹儿女爱情，可作齐梁乐府读；鲁宾孙漂流之记，维廉傧冒险之编，可作《殖民志》读；大彼得遗谋之发现，俾斯麦外交之狼狈，可作国际史读；埃及之塔，奢们之洞，峋嵝所不能镌，琅环所不能记，可作《金石录》读；王大侠之刀，苏非亚之弹，公孙弘失其诈，梅特涅夫失其奸，可作《剑客传》读”。这是小说比较，更是学术文化比较，是东西方共同“文心”的不同表达方式的比较。

刘师培（1884-1920），是近代著名的文学史家，著有《中国中古文学史》。他的《孔子真论》，以西方学术文化比较中国孔学，并依照英国学者甄思的《社会通诠》的社会学方法，分析中国社会，比较封建君主禅让与西方共和政体的优劣得失。

语言是文化的载体与传播媒介。近代语言学家马建忠，在中西文化的碰撞中，从西方语法中为汉语语法研究找到了出路，撰著了《马氏文通》，为中西比较语言学的创建奠定了基础。这部汉语语法著作，周树人的《摩罗诗力说》，以及王国维《人间词话》的"境界说"，黄人、林传甲的第一部《中国文学史》，都是近代中国中西文化比较研究的优秀成果。但是，先辈学者这些比较研究，从基本概念、主要范畴到话语体系，还是以西学诗学为标准，表现出严重的"失语症"，唯有新世纪之交，四川大学曹顺庆教授等在世界比较文学领域率先提出"跨文化研究"即"异质文化研究"，才得以走上中西比较文学之正道。

三、诗心文心融通

中国诗话乃至中国古代文论与西方诗学的差异性是一种客观存在。然而，我们又不能将中西诗论的差异绝对化、模式化、而"我们所要求的，是要能看出异中之同和同中之异"。[24]以寻求跨越中西文化的共同文学规律。因此，在中国诗话与西方诗学的比较研究中，我们就不应该忽视中西方"诗心"、"文心"的共通性。

古往今来，中西"诗心"与"文心"之所以相通，原因在于文学创作具有共同的规律性。钱钟书先生《管锥编》说过："心之同然本乎理之当然，而理之当然，本乎物之必然，亦即合乎物之本然也"[25]这是不刊之论，切中肯綮，事实上，由于人类的艺术审美心理和文学创作规律的某种同一性，中西方诗歌理论和诗歌美学又有一种共通的"诗心"。概括地说，大体可以从以下几方面来探讨之。

（1）文的复归：论"摹仿"与"感物"

关于文学艺术源泉问题，西方有"摹仿"说，中国有"感物"说。亚里斯多德《诗学》认为，文艺起源于摹仿，艺术就是摹仿的产物，摹仿是文学艺术共同的特征。摹仿媒介、对象、方式不同，因而出现不同类型的文艺作品。这就是风靡于西方文坛的所谓"摹仿说"。在中国，与"摹仿说"相似的有"感物说"。《乐记》明确指出，文艺的产生，"本在人心之感于物也"。认为："凡音之起，由人心也。人心之动，物使之然也。感于物而动，故形于声。"（《乐本篇》）所谓"物"就是万事万物，即社会现实生活。自《乐记》提出"感物说"之后，刘勰《文心雕龙》、陆机《文赋》、钟嵘《诗品》等进而发挥之，指

24 黑格尔《小逻辑》第253页。
25 钱钟书：《管锥编》第1册第50页。

出："人禀七情，应物斯感，感物吟志，莫非自然。"[26]又说："气之动物，物之感人，故摇荡性情，形诸舞咏。"[27]以"感物"说解释文艺起源，在中国古代文学理论批评中占主导地位。我们以为从总体来看，"摹仿"与"感物"二说，其共通之点在于：一是哲学基础相同，都建立在朴素唯物论的哲学基础之上，对文艺起源作了朴素唯物主义的解释；二是对象相似，都认为文学艺术以描写万事万物、反映社会生活为对象，文艺创作取决于"物"，即社会现实生活，三是方法相通，都"照事物的本来面貌"去描写，强调主观与客观、天性与外物，要求二者和谐统一于艺术之中，四是创作目的相同，都力图通过文的复归，从中获得一种心理快感，追求人类共同的欲望：审美享受。

（2）力的礼赞：论"崇高"与"风骨"

崇高，一种博大的美。西方诗学把"崇高"分为两种类型：量的崇高与力的崇高。不论是量的崇高还是力的崇高，其状态上的共同特点都具有一种压倒一切的力量，一般不可遏制的强劲的气势。崇高，是力量的表现，力量崇高的本质特征。而"风骨"，作为中国古典美学中一个特定的审美范畴，其本质特征亦在于力量。刘勰《文心雕龙·风骨篇》指出："《诗》总六义，风冠其首；斯乃化感之本源，志气之符契也。是以怊怅述情，必始乎风，犹形之包气。结言端直，则文骨成焉，意气骏爽，则文风清焉。若丰藻克赡，风骨不飞，则振采失鲜，负声无力。"[28]据刘勰此论，则"风骨"的基本特质在于"力"，在于"遒"，"劲"、"则"、"健"。古往今来，尽管人们对"风骨"的义蕴，解说纷纭，但其本质是"力"，是"气魄和力量"之所在。"风"是骏爽之"力"，"骨"是刚健之"力"。所以，曹顺庆认为，崇高与风骨同属于一种以力为其基本物质的阳刚之美，同属于一个审美范畴。[29]我们以为，这是颇为精当的见解。力量与气势，都是中西诗歌美学共同追求的一种内在美，一种阳刚之美。在中国古典诗歌美学中，孟子早就提出要"养浩然之气"，以"充实之谓美"。之后，汉赋更是以大为美，追求"宏丽""繁富"的审美情趣，表现出汉人包容一切的博大胸怀。慷慨多气、磊落使才的"建安风骨"，正是中华民族在俊才云蒸的两汉魏晋时代要求建功立业而崇尚"力"的生动体现。至初唐，陈

26 《文心雕龙·明诗》。
27 《诗品·序》。
28 陆侃如、牟世金：《文心雕龙译注》。
29 曹顺庆：《中西比较诗学》。

子昂提倡“魏晋风骨”，中国古典诗论对“量的崇高”与“力的崇高”的推崇，更反映出唐人的审美心态。特别是李白诗歌，充满着宏大的气势和力量，是力的腾踊、力的奋发、力的拼搏、力的礼赞。盛唐诗歌的崇高美，充分说明中西方诗学对“力量”的追求是一致的，东西方民族的诗学观念和审美情趣还是相通的。共同的“诗心”“文心”，要求加强东西方文化艺术交流，促进友谊，繁荣学术事业，为人类多作贡献。

（3）情的移入：论“移情”

移情，是审美活动中的一种感情移入现象，是读者对作品审美情趣的一种接受，或者说是一种“感同身受”。一般学者认为，“移情”或叫“移情作用”，出自德文 Einfühliungt 和英文 empathy 的意译。19 世纪末，德国美学家里普斯（1851-1914）和伏尔盖特（1948-1930）等，皆以“移情”说来解释一切审美现象。里普斯认为，“移情作用所指的不是一种身体的感觉，而是把自己‘感’到审美对象里去。”[30]如“感时花溅泪，恨别鸟惊心”，以及“泪眼问花花不语，乱红飞过秋千去”等，都是心理不平衡时所产生的一种“移情”现象，即把自我情感移入客观对象之中，心物交感到心物交融，达到“物我为一”的境界。从艺术心理学来看，“移情”是激情的移入，是改弦易辙的基本途径。

“移情”现象，普遍地存在于中西文论。在中国，“移情”最早见于任昉《王文宪集序》：“六辅殊风，五方异俗，公不谋声训，而楚、夏移情。”唐人吴兢《乐府古题要解》亦记载有“吾师子春在海中，能移人情”与“先生将移我情”之语。[31]清人吴乔《围炉诗话》云：“情能移境，境亦能移情。”朱光潜认为，王国维《人间词话》所谓“以我观物，故物皆著我之色彩”，就是“移情作用”，并说，“移情作用是凝神注视，物我两忘的结果，叔本华所谓‘消失自我’。”[32]这些都说明“移情”现象，中国学者早已注视并有所论述。近百年来，“移情”说在西方风行一时，被西方美学家们吹到天上，甚至把这种理论比之为生物学中的“进化论”，而把它的主要代表人物里普斯捧为美学上的“达尔文”。其实，“移情”说并非是里普斯的独创。

钱钟书先生《管锥编》（一）“毛诗正义”第八则《桃夭》里，大量摘录中

30 《论移情作用》，见《古典文艺理论译丛》第 8 辑第 52 页。

31 《历代诗话续编》第 57 页。

32 朱光潜《诗论》第 56 页。

国文学古籍有关“花笑”的喻例，最后引入丹麦著名童话作家安徒生（1805-1875）的名言，说：“各国语文中有二喻不约而同：以火燃喻爱情，以笑（tlie metaplior of laughing）”喻花发（in flower, in biossom），未见其三。[33]”安徒生说这种“花笑”的比喻，乃是各国文学通用的艺术手法。作为中西方美学所共通的一种学说，“移情”说的主要特点，就在于心物交融，把自我情感移入自然万物之中，把自我移入宇宙人生之中，达到了如《庄子·齐物论》所谓“天地与我并生，而万物与我为一”、刘勰《文心雕龙》所说的“神与物游”和西方所说的“物我为一”的思想艺术境界。这也许是移情说的关键之所在。

（4）美的追求：论“典型”与“意境”

“美”，是一个最迷人、最令人憧憬的字眼。古今中外，人们对于“美”的追求，由来已久。虽然在追求“美”的途径、方法方面，中西方鉴于民族审美理想、审美情趣之异，各自有所不同，然而，总目标即对艺术美的追求，却是一致的。为了揭示艺术美的奥秘，中国与西方的文论家们都曾作了长期而深入的探索，并且获得令人瞩目的理论成果，这就是“意境”说和“典型”论。

姚一苇《论境界》认为“意境”（或“境界”）是中国独特的一个审美范畴，在西洋美学中并无同等的用语。这是很精辟的见解，本人深有同感，已如前论。然而，当我们对西方诗学的“典型”论与中国诗话的“意境”说进行比较研究之时，就不能不冷静地思考二者之间的“异中之同”了。只有这样，才能不冷静地思考二者之间的“异中之同”了。只有这样，才能跨越中国风格，寻求中西文学理论家长期探索艺术美之奥秘的理论结晶，早已在为各自从事艺术创作、文艺批评、审美鉴赏的最高标准。这正是意境说与典型论最根本的共通之处。具体地说，主要表现在以下几点。

其一，主观与客观的统一。

任何一种文学艺术都是主观与客观的统一，无论是中国还是西方，毫无例外。典型与意境，同样包含主观与客观两大要素。就典型而论，文艺作品中的典型形象，乃是客观的实际生活的真实反映，又经过作家的艺术塑造，表现着作家主观的审美理想和艺术情趣，因而比普通的实际生活也就更高、更鲜明、更集中，更带有代表性。典型，主要指人物与环境，称之为“典型人物”、“典型性格”、“典型形象”与“典型环境”。西方诗学认为，典型形象的塑造是文

33 钱钟书《管锥编》第一册第72页，中华书局1986年6月本。

学艺术创作的中心问题。就意境而论，朱光潜《诗论》认为："诗的境界是情趣与意象的融合。情趣是感受来的，起于自我的，可经历而不可描绘的；意象是观照得来的，起于外物的，有形象可描绘的。"每个诗的境界都必定有"情趣"（feeling）和"意象"（image）两个要素。"情趣"简称"情，""意象"简称"景"。所以，实质上诗的意境，就是"情景交融"，是主观之"情"与客观之"景"的忻合无垠。"泪眼问花花不语，乱红飞过秋千去"；情生景，景生情，情景相生，所以诗的境界是由创造获得的，生生不息的。典型论与意境说，都主张主观与客观的统一，情与景的契合。

其二，个性与共性的统一。

典型是一般与特殊、共性与个性的统一体。一般地说，共性总是寓于个性之中，要求通过个别表现一般，通过部分表现整体，通过个性表现共性，把事物的外貌与内在本质统一起来。这是艺术创作中典型化的基本规律。这个规律，对西方诗学所强调的"典型"和中国诗话所追求的"意境"都是适用的。在作家的笔下，每一个艺术典型之所以形象各异，每一种艺术境界之所以给人以不同的审美享受，就因为它们都是个性与共性的统一。刘勰《文心雕龙·物色》主张"以少总多"，旧题司空图《二十四诗品·含蓄》要求"万取一收"，谢榛《四溟诗话》提倡"以数言而统万形"，王夫之《姜斋诗话》强调诗如画"咫尺有万里之势"，赵执信《谈龙录》认为诗歌境界应如"神龙者屈伸变化，固无定体，恍惚望见者，第指其鳞一爪，而龙之首尾完好，故宛然在也"。等等，都说明诗歌境界的创造，必须正确处理好虚与实、藏与露、个别与一般、局部与整体的关系，要像朱光潜《诗论》所说的那样："诗的境界，在刹那中见终古，在微尘中显大千，在有限中寓无限。"

其三，"真善美"的统一。

真、善、美，代表着哲学、伦理学、美学中最基本的三大范畴。由于研究三者之间的关系对于揭示美的本质特征具有重大意义，因此"真"、"善"、"美"成了中国和西方美学研究的基本课题之一。尽管人们对真、善、美的理解见仁见智，众说纷呈，然而，古往今来，中国乃至东西方都强调真、善、美的统一，而且成了东西方美学共同追求的一种最高尚的理想境界。韩国的梨花女子大学，是基督教大学，其校徽上就镌刻着"真善美"三个汉字，代表着其办学的价值观念与教育美学传统。

意境说和典型论，作为东西文学艺术的审美核心，则尤其强调真、善、美的统一。以“真”而论，恩格斯在《致玛·哈克奈斯》信中强调典型的真实性原则，认为“除细节的真实外，还要真实地再现典型环境中的典型性格。”这种典型性格，首先是“真”，其次是“美”，是“真”与“美”的和谐统一。罗丹也说：“所谓美，就是在艺术上强烈地被表现的真。对艺术家说来，自然中决没有丑的东西，一切丑的东西，都可以由艺术家变成美的。”[34]中国的“意境”说，虽然不象西方塑造“典型环境中的典型性格”那样求真，但论诗主“真”者仍然层出不穷。如王若虚《滹南诗话》则以真实性作为诗歌批评的重要标准，要求诗歌具有“事物之真”和“情性之真”；陈绎曾《诗谱》强调诗歌必须象《古诗十九首》一样，“情真，景真，事真、意真”；[35]王国维《人间词话》认为诗歌“能写真景物，真感情者，谓之有境界”，强调诗歌主“真”，才会有意境之美。

至于“善”，在中国，自从孔子提出“尽善尽美”之说，[36]“善”与“美”具有同等价值。儒家以“善”作为最高伦理道德准则，墨家以“义”作为最高伦理道德尺度，道家贵真尚朴，但从《庄子》所谓“至人”之论来看，[37]亦以“善”为美，“善”与“美”同样是统一的。在中国人的审美意识中，“真”、“善”、“美”被视为同义语[38]。“美”以“真”为实，“真”以“美”为华，而“真”“美”则以“善”为根，为义；离开了“善”就无所谓“美”可言。只有“信”、“诚”、“实”，才是“善”，而一切“善”则都是“美”的。以“真”为美，以“善”为美，“美”与“真”和谐地统一于以伦理道德为核心的“善”之中，这就是中国人的审美意识。西方诗学所追求的“真”、“善”、“美”，虽然不象中国这样注重于“善”，这样以“善”为中心，因而在文学评论中并不象中国一样强调“以意逆志”，注重诗人的人格之美，但是在如何处理作家、作品和读者的关系问题上，西方诗学仍然强调“潜移默化”和“寓教于乐”，要求作家对社会、对人生负责，注重作品的认识作用、教育作用和美感作用，指导读者正确地识别美与丑、真与假、善与恶，惩恶扬善，去假存真，寻求真、善、美的高度统一。从总体来说，“真”、“善”、“美”的统一，这在东西方

34 《罗丹言论续编》第210页。

35 《历代诗话续编》第627页。

36 《论语·八佾》。

37 《庄子·田子方》：“得至美而游乎至乐，谓之至人。”所谓“至人”，是指思想道德情操达到最高境界的仁人志士。

38 （日本）笠原仲二《古代中国人的美意识》，北京大学出版社1987年译本。

又是相通的。当然，其中差别亦在，主要是侧重面不同：一般而言，西方典型论偏重于美与真，中国偏重于美与善。

总而言之，中国诗话为代表的东方诗话学与西方诗学，是两种不同文化体系中的两种不同的诗歌理论和美学理论模式。从内容到形式，形成了各自不同的理论体系和方法论体系，二者是异中有同，同中有异，各具特色，和而不同，互为短长。东西方应该互相尊重，取长补短，切不可妄自尊大，也不可妄自菲薄。东西方诗学和美学思想的比较研究，特别是中国诗话与西方诗学的比较研究，还刚刚开始起步。这是一个极其广阔的崭新的学术天地，是世界比较文学特别是比较诗学研究的最高层次。研究的目的，在于建立有别于西方诗学的、又能够与西方诗学进行平等对话的、具有中国特色的东方诗话学。